NAMI

un voyage à soi

Symbole du mouvement perpétuel de la vie, *Nami* signifie vague en japonais. C'est aussi la maison d'édition qui donne vie à une littérature de l'intime. Une littérature qui nous parle de nos joies, de nos peines, de nos défis et de nos choix.

À travers des romans français, francophones ou étrangers, nous vous invitons à célébrer à nos côtés l'inimitable pouvoir de la littérature et à découvrir des plumes uniques, de nouveaux horizons et des personnages en quête d'eux-mêmes.

CONSEILS DE LECTURE POUR ÂMES ÉGARÉES

Titre original : *The Reading List*

Traduit de l'anglais par Élisabeth Luc

Pour la traduction française :

76, boulevard Pasteur
75015 Paris – France

ISBN : 978-2-493816-23-8
Maquette : Patrick Leleux PAO

Pour suivre notre actualité, rejoignez-nous sur Instagram (@editionsnami) !

Nami s'engage pour une fabrication écoresponsable !
Amoureux des livres, nous sommes soucieux de l'impact de notre passion et choisissons nos imprimeurs avec la plus grande attention pour que nos ouvrages soient imprimés sur du papier issu de forêts gérées durablement.

Sara Nisha Adams

CONSEILS DE LECTURE POUR ÂMES ÉGARÉES

Roman

Traduit de l'anglais par Élisabeth Luc

NAMI

En souvenir de Granny, Grandad, Ba et Dada,
Pour Maman et Papa,
Avec tout mon amour.

PROLOGUE

La liste de lecture

2017

LA PORTE EST NEUVE, une porte automatique. Ce n'était pas la même lors de la dernière visite d'Aidan. La première chose qu'il remarque est le nombre réduit des rangées de livres. Quand il était plus jeune, plus *petit*, les rayonnages lui semblaient interminables, chargés d'ouvrages de tous formats. Même adolescent, lorsqu'il y travaillait pendant les vacances d'été, cette bibliothèque était pour lui un refuge. Il ne l'aurait jamais avoué à ses amis, mais il aimait se perdre parmi les montagnes d'ouvrages de référence. Peut-être n'est-ce que la nostalgie d'un monde merveilleux qui n'a jamais existé. À présent, il a vingt-deux ans et n'est plus un enfant. Il est de retour, en quête d'un endroit où se cacher du reste de l'univers, de ses amis, de sa famille.

La bibliothécaire lève les yeux au moment où il franchit le seuil et lui sourit. Aidan est accueilli par le silence. Dans ses souvenirs, le silence total ne règne jamais dans la bibliothèque. Il y a toujours un bruit de fond, des pas furtifs, des murmures d'enfants à leur maman, des pages qui se tournent, des chaises que l'on déplace, des mouvements, des quintes de toux, des reniflements… Ce jour-là, Aidan n'entend presque rien. Quelqu'un tape un texto sur son téléphone. La bibliothécaire s'affaire sur son vieux clavier. C'est tout. Dernièrement, des affiches appelant à la sauvegarde des bibliothèques du quartier londonien de Brent sont apparues sur les panneaux municipaux, au supermarché, à la salle de sport et même aux abords de la station de métro. Elles annoncent diverses animations, une vente de gâteaux, un club de tricot, des manifestations. Aidan n'aurait jamais cru que la bibliothèque de Harrow Road puisse être en péril, car elle est populaire et appréciée. Son cœur se serre… et si cette bibliothèque était la prochaine à fermer ?

Il s'approche des rayonnages consacrés à la fiction, notamment la littérature policière, et effleure le dos des volumes avant de s'arrêter sur *Marée noire*, d'Attica Locke. Il l'a lu il y a des années, peut-être même relu. À mesure qu'il le feuillette en quête d'évasion, les souvenirs ressurgissent… Il revoit le Houston de l'autrice, une ville animée, vibrante et sombre, pleine de contradictions, de contrastes. Aujourd'hui, Aidan a besoin de cette familiarité, il a besoin de revenir vers un monde de peurs et de méandres, certes, mais un monde où il sait comment l'histoire se termine.

Il a besoin de savoir comment *quelque chose* se termine.

La table à laquelle il s'installait quand il était petit a disparu. La disposition des meubles a changé. Après tout, les choses ne vont pas rester figées pour lui faire plaisir, ni ici ni dans sa vie. Encore un mauvais été. Englouti par le récit, il suit les phrases de son index pour recréer ce sentiment d'ancrage, n'être plus qu'un corps lisant des mots en laissant son esprit vagabonder. Le roman prend le contrôle de son esprit et l'entraîne au loin. Ses propres pensées et ses soucis se mettent à bourdonner à l'arrière de sa tête et finissent par n'être qu'un bruit blanc.

Quand il était plus jeune, sa mère l'amenait ici avec sa petite sœur Aleisha, qui préférait jouer. Elle était si dissipée que Leilah devait la faire sortir. Si Aidan n'avait jamais plus de quelques minutes de solitude, cette pause l'apaisait, l'empêchait de se disperser, elle l'aidait à respirer, à s'échapper… ce dont il avait le plus besoin.

Lorsqu'un claquement se fait entendre à côté de lui, il garde les yeux rivés sur sa page. Pour l'heure, il refuse de laisser qui que ce soit rompre le charme de ce moment. Du coin de l'œil, il aperçoit une haute pile de livres. Une barricade.

À la place voisine de la sienne, il perçoit le crissement d'une chaise que l'on traîne, le bruissement d'un papier que l'on sort d'un sac, de reçus que l'on froisse : une fiche, le verso d'une grille de mots croisés, tout cela forme un amas blanc.

Il s'efforce de respirer calmement tandis que la personne assise à côté de lui marmonne. Est-ce une chanson, un air ou une plainte gutturale ? Dans son champ de vision, Aidan repère un stylo figé au-dessus d'un bout de papier, puis il entend la pointe gratter la surface.

Il se concentre sur sa lecture, il assimile chaque mot pour chasser le sentiment qu'il a éprouvé la dernière fois qu'il a lu ces mots dans cet ordre-là.

Pendant plusieurs minutes, son esprit vagabonde entre son livre, la bibliothèque et la grande route de Wembley. Comment va sa mère ? Aleisha a-t-elle remarqué son absence ? Il force son esprit à revenir vers la personne assise à côté de lui, qui griffonne furieusement.

Et soudain, cette personne se lève d'un bond, laissant plusieurs bouts de papier pliés sur la table. Du coin de l'œil, Aidan voit qu'ils sont alignés. Comme au ralenti, un doigt tapote chacun d'eux en comptant… « un, deux, trois, quatre, cinq, six, sept, huit… » Enfin, les papiers sont vivement glissés dans le premier livre d'une pile : *Ne tirez pas sur l'oiseau moqueur*, de Harper Lee.

La main de cette personne se pose un instant sur la couverture de l'ouvrage. Aidan se rend compte qu'il n'a pas tourné une seule page depuis un moment. Sait-elle qu'il l'observe ? Pourquoi la regarde-t-il, d'ailleurs ? Quelques instants plus tard, la personne vêtue d'un gros pull noir tire les ouvrages vers elle avec une légère plainte. La pile de livres disparaît de son champ de vision. Des pas feutrés sur la moquette usée se dirigent vers l'accueil. Aidan peut revenir à son roman.

Quand il se lève enfin, le jour commence à tomber. La bibliothèque est aussi magique que dans ses souvenirs. Cette splendeur tient du miracle, même s'il n'a jamais cru aux miracles. Le soleil couchant projette de longues ombres sur cette bibliothèque miteuse et la baigne dans une lumière si chaude et ambrée qu'elle semble sculptée dans de l'or. Aidan repousse sa chaise sous la table en la soulevant pour ne pas faire de bruit, bien qu'il n'y ait pratiquement personne à déranger.

Il repère alors un bout de papier à la place voisine. Une vieille grille de mots croisés. Il regarde à gauche, puis à droite, et derrière lui. Nul ne l'observe. Il tend le bras, ramasse le papier et le déplie délicatement de peur de le déchirer. Il pense à cette personne anonyme qui écrivait consciencieusement.

Enfin, le mystère est révélé. L'écriture est nette, ronde, chaleureuse, attrayante.

Si le besoin s'en fait sentir :
Ne tirez pas sur l'oiseau moqueur
Rebecca
Les Cerfs-volants de Kaboul
L'Histoire de Pi
Orgueil et Préjugés
Les Quatre Filles du docteur March
Beloved
Un garçon convenable

Cette liste ne fait aucun sens pour Aidan. Ce ne sont que des mots. L'espace d'un instant, il songe à l'emporter, mais il se ravise. Ce petit bout de papier plié avec soin est la liste de lecture d'un inconnu. À quoi pourrait-elle lui servir ?

Il la repose donc sur la table et referme son livre en remerciant intérieurement Attica Locke. Il remet le volume à sa place afin que quelqu'un d'autre puisse en profiter. En quittant la bibliothèque, il entend la porte automatique se refermer derrière lui. Le bout de papier est toujours à l'endroit où il l'a laissé. Les livres lus et non lus forment une barrière entre lui et cette liste de lecture. En s'éloignant, il sent la paix et le silence l'abandonner tandis qu'il se dirige vers les lumières et les bruits de cette ville où il habite.

LE TEMPS N'EST RIEN

d'Audrey Niffenegger

1

Mukesh

2019

BIP.

« Salut, Papa, c'est Rohini. Désolée de t'appeler encore, mais tu sais combien je m'inquiète quand tu ne décroches pas ou que tu ne me rappelles pas. Avec Priya, on vient te voir vendredi. Dis-moi si tu veux qu'on t'apporte quelque chose à boire ou à manger. Je doute que tu aies une alimentation très équilibrée, Papa. Il faut manger autre chose que des haricots mungo, tu sais ! N'oublie pas que c'est le jour des poubelles, aujourd'hui. Seulement les poubelles noires. Les vertes, c'est la semaine prochaine. Si tu n'y arrives pas, demande à Param, au numéro 87, d'accord ? Je sais que tu as mal au dos, en ce moment. »

Bip.

« Papa, c'est Deepali. Rohini m'a demandé de te passer un coup de fil parce qu'elle n'a pas de nouvelles de toi. Elle me charge de te dire que c'est le jour des poubelles, alors n'oublie pas, d'accord ? Pas comme l'autre matin où tu as dû sortir en robe de chambre. Appelle-moi plus tard. Je pars travailler. Les jumeaux t'embrassent aussi. Coucou, Dada ! »

Bip.

« Salut, Papa, c'est Vritti. Tout va bien ? Je voulais prendre de tes nouvelles. Dis-moi si tu as besoin de quelque chose. Je peux passer bientôt. Fais-moi savoir quand tu es disponible. Je vais être occupée ces prochaines semaines, mais on peut s'arranger. »

Chaque mercredi, ou presque, la journée de Mukesh commençait par trois messages vocaux quasi identiques de ses filles à l'heure indue de 8 heures, avant qu'elles ne partent travailler. En général, Mukesh n'était pas encore réveillé.

Tout autre jour de la semaine, il les aurait rappelées pour leur assurer qu'il s'occupait de ses poubelles, même si ce n'était pas le cas, et qu'il n'avait aucune idée de qui était ce Param du numéro 87 alors qu'il le savait très bien. Il aimait les faire marcher un peu.

Ce jour-là, il n'avait pas le temps car il devait faire ses courses. Naina faisait les courses le mercredi. Il aurait été mal de changer cette habitude. D'abord, il inspecta le réfrigérateur et les placards, aussi désordonnés que du temps de Naina. Naturellement, il manquait de gombos et de haricots mungo. Il adorait les haricots mungo, quoi qu'en pense Rohini. Quand Naina était en vie, il ne cuisinait guère, sauf les derniers mois. Cependant, il connaissait quelques recettes et se débrouillait. À quoi bon avoir une « alimentation équilibrée » à son âge ?

Dès qu'il quitta sa maison en claquant la porte derrière lui, la chaleur estivale l'enveloppa. Il s'était *encore* trop habillé alors qu'il souffrait de la chaleur. Certains des autres « anciens » du *mandir** se moquaient de lui quand ils avaient froid, car Mukesh avait toujours trop chaud. Lorsqu'il s'inquiétait d'avoir des auréoles de transpiration sous les aisselles, les autres lui disaient :

— Mukesh, pourquoi t'en soucies-tu ? On est vieux. On s'en moque.

Mukesh ne voulait pas être vieux. S'il cessait de se soucier des auréoles sous ses bras ou des renvois digestifs en public, il risquerait de négliger des choses plus importantes.

Il ajusta sa sempiternelle casquette pour se protéger les yeux du soleil. Cela faisait cinquante ans qu'il la possédait. Elle commençait à être usée jusqu'à la trame, mais il l'adorait. Elle avait duré plus longtemps que sa vie de couple et il aurait l'impression de perdre une partie de lui-même s'il l'égarait.

Chaque semaine, la pente menant de chez lui à la grande rue était un peu plus difficile à gravir, son souffle un peu plus court. Un jour, il devrait se résoudre à utiliser un des transports mis à la disposition des personnes à mobilité réduite et renoncer à ces cinq minutes de marche. Arrivé au sommet, il tourna à gauche et s'appuya sur une borne le temps de reprendre son souffle. Il remonta son cabas en toile sur son épaule et se remit en marche vers son épicerie habituelle, sur Ealing Road.

Le mercredi, cette route était un peu plus calme. C'était pourquoi Naina faisait ses courses ce jour-là. Elle affirmait qu'elle risquait moins de croiser une connaissance, ce qui transformait une sortie de dix minutes en une heure de bavardage.

Quelques clients entraient et sortaient des boutiques exposant des mannequins parés de tissus chatoyants et de bijoux, mais la majorité des passants fréquentaient les étals de fruits et légumes ou traînaient aux abords de la grande mosquée de Wembley.

---

* Temple hindou. (*Toutes les notes sont de la traductrice.*)

Mukesh fit un signe de la main à son voisin Naseem et sa fille Noor qui, assis sur un mur, partageaient un paquet de chips de manioc. Ils ne s'étaient pas parlé plus de quelques minutes depuis le décès de Naina. Et pourtant, chaque fois qu'il voyait Naseem et Noor, il passait une meilleure journée.

Mukesh atteignit enfin son magasin préféré qui regorgeait de produits frais et parfumés exposés à l'ombre d'un auvent. Face à ce monde, ces poussettes, ces enfants, Mukesh sentit monter une légère panique. Nikhil se tenait sur le seuil comme s'il guettait son arrivée.

— Salut, Mukesh !

Âgé de trente ans, Nikhil était le fils d'un homme du *mandir*. Il aurait dû l'appeler « oncle », par respect. Mukesh ne s'en offusqua pas. Ce jeune homme avait encore ses cheveux, toutes ses dents et était loin d'afficher la bedaine dont Mukesh était affligé depuis dix ans, à force de se nourrir de riz, de haricots mungo et de *kadhi*, un plat en sauce. Il aimait se considérer comme un ami de Nikhil.

— *Kemcho**, Nikhil, répondit-il. Donne-moi donc des haricots mungo et des gombos, s'il te plaît.

— Je me demande ce que tu vas manger, aujourd'hui, Mukesh !

— D'après toi ?

— Je plaisantais. Les haricots mungo et les gombos ne vont même pas ensemble. Change un peu, pour une fois !

Nikhil fit mine de lever les yeux au ciel en affichant un large sourire.

— Jeune homme, je me plaindrai à ta mère de ton insolence.

---

* « Comment vas-tu ? »

Mukesh n'imposerait jamais le respect dont jouissait Naina. Au sein du couple, c'était elle la figure publique. Elle dirigeait les réunions appelées *satsang*, le samedi, au temple, ainsi que les *bhajans*, les chants hindous. Elle était respectée.

Mukesh regarda Nikhil se frayer un chemin parmi la foule. Il lui remit un sac plein de gombos et de haricots mungo, ainsi que d'autres légumes en prime. Mukesh le remercia. Dans la rue, il fut assailli par les coups de Klaxon et les musiques assourdissantes jaillissant par les vitres baissées.

En haut de sa rue, il hâta le pas, toutes proportions gardées, dans la descente. De retour chez lui, il gagna sa cuisine pour déballer ses achats : épinards, coriandre et quelques petits pains. Enfin, il s'installa devant la télévision.

En général, le mercredi, il s'asseyait dans son fauteuil, les pieds en l'air, pour boire une tasse de thé aux épices sucré à la perfection, comme Naina le lui préparait. Il utilisait désormais des sachets instantanés de chaï et mettait Zee TV, une chaîne indienne, ou le journal télévisé, sans regarder le fauteuil vide de Naina. Le bruit, les rires, les conversations sérieuses, les affaires mondiales étaient préférables au silence assourdissant qui l'accueillait à son retour à la maison depuis deux ans.

Après la mort de Naina, il avait été incapable de dormir dans son lit pendant des mois parce qu'il avait l'impression d'être chez quelqu'un d'autre.

— Papa, prends ton temps, lui disait Rohini.

Vritti lui avait installé un lit au salon.

— Il ne peut pas dormir ici pour toujours. Il va se faire mal au dos, avait murmuré Deepali à ses sœurs, le premier soir.

Cette inversion des rôles lui faisait honte. Comment être à nouveau lui-même sans son âme sœur ?

— Il s'en remettra. Il fait son deuil. Je n'arrive pas à entrer dans la chambre, mais il va falloir enlever les affaires de Maman. Elle était tellement désordonnée ! avait chuchoté Rohini.

Allongé sur le canapé du salon, Mukesh avait fermé les yeux pour essayer de ne plus entendre leurs rires. Des rires doux et réconfortants. C'était lui, le père. C'était à lui de s'occuper de ses filles. Or il en était incapable. Il ne savait pas comment s'y prendre sans Naina.

Une année s'était écoulée et Mukesh Patel traversait cette période solitaire et silencieuse pendant laquelle tout le monde avait avancé sauf lui. Rohini, Deepali et Vritti avaient insisté pour enlever les affaires de Naina.

— Papa, tu ne peux pas repousser plus longtemps l'échéance. Il est temps de continuer ta vie.

Elles se mirent donc à trier les vestiges du désordre organisé de Naina. Deepali, qui souffrait comme par hasard d'une allergie à la poussière, avait préféré préparer le déjeuner. Durant cette journée, la maison avait été pleine de vie à nouveau…

En écoutant Deepali s'affairer dans la cuisine, Mukesh se tenait sur le seuil de la chambre à observer Vritti et Rohini à leur insu, silencieux et invisible sous son propre toit, un fantôme de lui-même.

Rohini prit les choses en main et cria à Vritti de sortir ce qu'il y avait sous le lit tandis qu'elle s'agitait : elle remit un peigne dans une boîte à chaussures, au-dessus de l'armoire, elle plia des châles avant de les placer dans une grande valise à roulettes. Il y avait tant de bracelets ! Agenouillée par terre, Vritti passa une main sous le lit.

Soudain, un tintement métallique se fit entendre.

— Oh, non ! Qu'est-ce que tu as fait ? geignit Rohini.

Vritti révéla un pot de yaourt désormais à moitié vide contenant des boucles d'oreilles dépareillées. Elles dénichèrent une boîte à chaussures pleine de photos qui les occupaient pendant des heures quand elles étaient petites. Assises sur les genoux de leurs parents, elles posaient mille questions sur les tissus imprimés et les pantalons à pattes d'éléphant aux couleurs criardes en vogue à l'époque.

Vinrent ensuite une série de boîtes en plastique vides et, enfin, un livre de bibliothèque couvert de poussière. Vritti le garda un moment entre les mains, ce qui incita Rohini à s'agenouiller près d'elle.

— Papa ! lancèrent-elles en chœur, ignorant qu'il était tout près d'elles.

Rohini surgit à son tour dans la chambre.

— Le livre de Maman… enfin, un livre de la bibliothèque, dit Rohini. Je croyais les avoir tous rendus. Celui-ci a dû m'échapper.

Mukesh s'avança, incrédule, comme si ce livre poussiéreux et sale était un mirage. Face aux autres vestiges de la vie de sa femme, il n'avait presque rien ressenti. Mais là, il avait l'impression troublante que Naina était présente avec eux. En cet instant, avec ses trois filles et un des romans préférés de Naina, il se sentit un peu moins seul.

Elle gardait toujours une grosse pile de livres sur sa table de chevet. Lors de sa dernière année, ils lui avaient tenu compagnie. Elle ne cessait de relire ses favoris. Mukesh regrettait à présent de ne pas lui avoir demandé de quoi ils parlaient et pourquoi elle les appréciait tant, pourquoi ce besoin de les relire inlassablement. Si seulement il les avait lus avec elle !

Et voilà qu'il ne restait que cet unique livre de la bibliothèque, *Le temps n'est rien.*

Ce soir-là, dans une chambre vidée du fatras de sa femme, Mukesh ouvrit le livre avec l'impression d'être un intrus. Naina n'aurait peut-être pas voulu qu'il le lise. Il se força à parcourir une page, mais dut vite s'arrêter car les mots ne faisaient aucun sens dans sa tête. Il essayait de transformer les lettres noires et les pages jaunies en une lettre que Naina lui aurait adressée. Or c'était impossible.

Le lendemain soir, il fit une nouvelle tentative. Il alluma la lampe de Naina et reprit à la page un. Il feuilleta l'ouvrage en s'efforçant d'être doux, de ne pas laisser de trace de son passage. Il chercha une marque sur le papier, une tache de thé, une larme, un cil, n'importe quoi. Un jour, il faudrait qu'il le rapporte à la bibliothèque. C'est ce que Naina aurait voulu. Hélas, il ne se sentait pas le courage de le laisser partir, pas encore. C'était sa dernière chance de ramener Naina.

Il procéda page par page, chapitre par chapitre. Il rencontra Henry, un personnage capable de voyager dans le temps, d'être une version passée ou future de lui-même. C'était ainsi qu'il faisait la connaissance de Clare. Il voyageait dans le temps pour la rencontrer toute jeune et revenait encore et encore au fil des années. Clare ne pouvait que l'aimer car elle n'avait connu que lui.

Mukesh commença à voir ces personnages non pas comme Henry et Clare, mais comme l'amour lui-même, cet amour qui semble prédestiné, auquel on ne peut échapper. Celui qu'il partageait avec Naina. Finalement, Henry se projetait dans l'avenir et découvrait qu'il allait mourir. Il annonçait à Clare qu'il savait quand surviendrait sa mort et qu'ils seraient alors séparés à jamais.

Pendant qu'il lisait l'histoire tragique de Clare et Henry, le téléphone sonna. C'était Deepali. Incapable de lui parler, il ne put que sangloter.

— Je savais qu'elle allait mourir, ma chérie, lui dit-il en retrouvant enfin l'usage de la parole. Tout comme Clare savait qu'Henry allait mourir dans ce livre. Ils ont pu compter leurs derniers jours ensemble. Moi aussi, j'ai eu cet avertissement. En ai-je fait assez ? Lui ai-je donné une fin de vie heureuse ?

— Papa, qu'est-ce que tu racontes ?

— Je parle du livre de ta Maman, *Le temps n'est rien*.

— Et alors ? fit-elle d'une voix douce teintée de pitié.

— Henry et Clare... tu sais... ils s'aimaient depuis leur jeunesse, comme Maman et moi. Et ils savaient quand Henry allait mourir. Ils ont mené la meilleure vie possible, profité au mieux de chaque instant. Je ne sais pas si j'en ai fait autant.

— Papa, Maman t'aimait et elle savait que tu l'aimais. C'était suffisant. Allez, Papa, il est tard. Il faut dormir, maintenant, d'accord ? Ne te fais pas de souci pour ça. Tu lui as donné une belle vie.

Naina était morte. Ce livre semblait être une petite porte donnant sur son âme, sur leur amour, leur vie commune. Un cliché des premiers jours de leur vie conjugale, alors qu'ils n'étaient encore que des étrangers l'un pour l'autre ou presque. Naina faisait tout, la cuisine, le ménage. Elle riait, elle pleurait, elle courait, elle réparait et, à la fin de sa journée, elle lisait. Elle s'installait dans le lit comme si elle venait de passer une journée relaxante et elle lisait. Dès leurs premières semaines ensemble, il avait su qu'il l'aimerait à jamais.

Je serai toujours avec toi, Mukesh.

Il entendait ses mots, sa voix. Cette histoire la lui avait ramenée, ne serait-ce qu'un instant.

En saisissant sa télécommande, Mukesh posa la main sur le livre. Sur la table basse, *Le temps n'est rien* le regardait. « Le moment est venu de te rendre à la bibliothèque sans te trouver d'excuses », lui murmura l'ouvrage d'une voix qui ressemblait de façon irréelle à celle de Naina. Il fallait avancer, laisser ce roman derrière lui.

Il respira profondément et se leva. Il glissa le livre dans son cabas et vérifia que sa carte de transport se trouvait bien dans sa poche. Enfin, il sortit de chez lui et gravit la pente. Il traversa la route au feu tricolore pour se diriger vers l'arrêt de bus, puis s'efforça de déchiffrer le panneau des horaires.

À côté de lui, une jeune femme au chignon désordonné tenait un énorme téléphone portable entre ses mains.

— Excusez-moi… où se trouve la bibliothèque et quel bus dois-je prendre pour y aller ?

La jeune femme soupira et se mit à tapoter son écran. Il l'agaçait. Il devrait trouver une autre solution. Hélas, même en plissant les yeux, il ne parvenait pas à lire le plan des transports. Il risquait de rester là une éternité.

— Prenez le 92 ici, déclara soudain la jeune femme, faisant sursauter Mukesh. La bibliothèque se trouve au centre municipal.

— Non, pas celle-là ! Il doit y en avoir une autre. Il y a tant de monde au centre municipal. Trop de monde pour moi. Vous pouvez vérifier ?

La jeune femme mastiqua son chewing-gum d'un air maussade et consulta son téléphone.

— J'en sais rien, moi. Les bibliothèques sont en train de fermer une à une, en ville.

Quelques instants plus tard, elle poussa un long soupir.

— Bon, il y a la bibliothèque de Harrow Road. C'est le même bus, mais il faut le prendre en face.

— Merci beaucoup. Je suis bien content !

Il lui sourit et, contre toute attente, elle lui rendit son sourire. En descendant du trottoir, il sentit une douleur fulgurante lui transpercer le genou. La jeune femme lui saisit le bras d'une main bienveillante mais ferme.

— Doucement ! N'oubliez pas de regarder des deux côtés avant de traverser.

Elle vérifia pour lui la circulation et, dès que la voie fut libre, lui signala qu'il pouvait avancer.

Sur le trottoir d'en face, il se retourna pour la remercier d'un signe, mais son bus venait d'arriver et elle l'avait déjà oublié.

Quand le bus 92 s'arrêta devant lui, Mukesh monta péniblement à bord et posa sa carte de transport sur l'appareil.

— Excusez-moi, dit-il au chauffeur, vous pouvez me dire où descendre pour la bibliothèque de Harrow Road ?

Il avait prononcé ces mots comme s'il s'agissait d'un lieu d'une grande importance. Le chauffeur posa sur lui un regard vague.

— Il faut descendre à Ealing Road.

— Merci, mon ami, merci. C'est un grand jour pour moi, vous savez.

2

Aleisha

— Aleisha, dit Dev, alias Thermos, en frappant le bureau de la jeune femme, je sors pour le reste de la journée. Essaie d'avoir l'air un peu vivante, si tu peux. Je sais qu'on n'est pas dans une de ces boutiques de gadgets qui plaisent tant aux jeunes de nos jours, mais les clients s'attendent quand même à un service de qualité.

Aleisha était avachie sur le bureau, avec son « air constant de quelqu'un qui tire la gueule », selon l'expression affectueuse de son frère. Elle leva les yeux vers Thermos sans prendre la peine de se redresser. Thermos était son chef, un Indien élancé, plutôt maigre, vêtu d'un pull sans manches. S'il était parfois agaçant, elle ressentait tout de même un certain besoin de le protéger. Dans la bibliothèque, c'était lui le « patron ». Les bibliothécaires s'affairaient autour de lui pour lui faire plaisir, même quand il était simplement assis dans un coin à boire dans sa Thermos. Elle se demandait toujours si celle-ci contenait de l'alcool parce qu'ils avaient une cafetière dernier cri, ou presque, dans la salle de repos du personnel. Pourquoi aurait-il besoin d'apporter son propre café ? Dans le monde extérieur, il devait être bien moins fier, surtout à Wembley, où les hommes autoritaires buvant dans une Thermos et portant un pull sans manches toute l'année étaient bien moins acceptés. Les gens devaient lui crier dessus dans la rue, s'il marchait trop lentement, ou bien le bousculer et renverser son « café ».

— Ne vous en faites pas, patron. C'est très calme, aujourd'hui.

Il arqua les sourcils mais ne pouvait contester ce fait. Quelques enfants geignards étaient venus avec leurs parents indifférents. Ils avaient sorti un livre chacun en promettant de régler leurs pénalités de retard la prochaine fois. Ces pénalités (de vingt pence et soixante-sept pence) étaient dues depuis trois mois et risquaient de demeurer impayées. Aleisha laissait traîner. Elle n'avait aucune envie de déclarer ce délit. Ce n'était pas le boulot de ses rêves (qui en rêverait ?). Elle travaillait là pour l'été. Elle avait terminé ses examens en mai, c'était donc le plus long été de sa vie.

— Il y a encore des gens qui vont à la bibliothèque ? lui avaient demandé ses camarades quand elle avait décroché ce poste.

C'était si calme, ennuyeux à mourir. Elle avait postulé chez Topshop, sur Oxford Street, pour avoir des remises et pour sortir un peu de Wembley. Et voilà où elle se retrouvait.

— C'est un lieu de paix, lui avait déclaré Dev la Thermos à la suite de son entretien. Nous en sommes très fiers. Ces derniers temps, de nombreuses bibliothèques ont fermé leurs portes, vous en avez sans doute entendu parler, et nous faisons de notre mieux pour faire comprendre aux autorités combien cet espace est vital pour notre communauté.

Il avait les bras ouverts et semblait rayonner dans le silence étouffant de son bureau.

— De nombreux habitués viennent ici pour profiter de cette merveilleuse impression de camaraderie silencieuse, si vous voyez ce que je veux dire. Votre frère adorait venir ici, n'est-ce pas ? Comment va-t-il ?

Pour toute réponse, Aleisha avait hoché la tête et haussé les épaules. Aidan, son frère aîné, avait travaillé dans cette bibliothèque quand il avait son âge.

— Les gens ne cessent de me fasciner avait dit Aidan quand elle lui avait appris qu'elle avait obtenu ce poste. Il suffit de les regarder s'asseoir en silence ou chercher un livre ; dans une bibliothèque, ils ne jouent pas à être ce qu'ils ne sont pas.

Aleisha n'avait pas compris cette fascination. Aidan avait toujours été le studieux de la famille. Il apprenait pour le plaisir d'apprendre, alors qu'elle ne travaillait que pour obtenir les notes qu'il fallait. Jamais elle ne se plongeait dans un livre comme son frère.

Quand ils étaient petits, leur mère les amenait de temps en temps à la bibliothèque et Aleisha ne supportait pas le silence. Elle tapait du pied, hurlait, elle voulait courir dans le parc situé à proximité. En grandissant, Aleisha n'était pas revenue à la bibliothèque. Aidan, lui, y venait après l'école, parfois pour faire ses devoirs, mais surtout pour lire.

Donc, dès qu'Aleisha avait annoncé qu'elle n'était pas prise chez Topshop, Aidan lui avait suggéré la petite bibliothèque poussiéreuse de Harrow Road. D'une certaine façon, elle y travaillait pour lui en espérant, à son petit niveau, le rendre fier.

— Je pars aussi, Aleisha. Tu peux rester seule ? fit Lucy, l'une des deux bibliothécaires bénévoles, en surgissant entre deux rayonnages.

D'après Thermos, le budget ne permettait pas d'embaucher d'autres employés. Il ne pouvait y avoir deux bonnes bibliothèques : celle du centre municipal était géniale, de sorte qu'ils devaient limiter les frais au maximum tout en offrant « le meilleur service possible ». Lucy habitait Wembley depuis des années et Harrow Road était sa bibliothèque de quartier quand elle fonctionnait pleinement. Elle aimait évoquer le bon vieux temps où les enfants affluaient pendant les vacances.

— Cette bibliothèque était bondée, pleine de vie, tu sais, Aleisha. J'aime bien revenir ici plusieurs fois par semaine. Cela me rappelle mes enfants. C'est ici qu'ils ont acquis le goût de la lecture.

Lucy aimait ces souvenirs. Elle avait raconté cette histoire une quinzaine de fois à Aleisha et disait toujours : « Arrête-moi si je te l'ai déjà dit. »

— C'est plus calme, aujourd'hui. Les gamins jouent à la console, je suppose, poursuivit Lucy. Heureusement, les miens dévoraient tous les livres qui leur tombaient sous la main.

Lucy avait une fille qui dirigeait un salon de coiffure. Elle en avait ouvert plusieurs dans le quartier, avec un certain succès. Son autre enfant était comptable dans un cabinet juridique, en ville. Lucy était très fière d'eux et attribuait leur réussite à la bibliothèque.

— C'est tellement calme, aujourd'hui, continua Lucy en enfilant sa veste avant de s'éloigner. Une journée idéale pour se détendre avec un bon bouquin ! À la semaine prochaine !

Le calme confinait parfois à l'ennui et ce jour-là était interminable. Au moment de sortir à son tour, Thermos se tourna vers Aleisha.

— Tu pourrais vérifier la pile des retours ? Il faut enlever tous les bouts de papier et autres saletés. Certains de nos habitués se sont plaints de trouver des papiers entre les pages.

Quoi ? songea Aleisha. *Tous les cinq ?*

— Il y a des gants en latex dans le tiroir. Je sais que Kyle aime faire ça, en général, mais ce serait bien que tu t'en charges aujourd'hui.

Évidemment que ce petit fayot de Kyle adorait les tâches peu ragoûtantes ! Aleisha fut tentée d'ignorer la consigne… Elle parcourut des yeux la salle plongée dans le silence. Un garçon lisait dans un coin. Il y avait une mère et son bambin dans la section jeunesse. Personne n'avait besoin d'elle. Son téléphone était posé sur le bureau. Pas de nouveaux messages. La vieille horloge accrochée au-dessus de la porte indiquait 13 h 30. Il lui restait encore des heures et des heures à tirer… Elle ouvrit le tiroir et enfila des gants en latex qui collaient à la peau.

Au bout de dix minutes de labeur, elle avait déjà constitué deux piles. Les choses à jeter : quelques billets de train, de vieux reçus, une place pour un concert du rappeur Stormzy datant de 2017. Et les éléments à conserver : la carte de fidélité d'une rôtisserie sur laquelle il ne manquait qu'un tampon pour avoir du poulet gratuit. Le pauvre Kyle se mordrait les doigts de passer à côté d'une telle pépite.

Alors qu'elle ouvrait un exemplaire particulièrement répugnant de *Guerre et Paix*, elle repéra du coin de l'œil un vieil homme, derrière la porte vitrée de la bibliothèque. Il essayait de pousser la porte. N'ayant pas réussi à l'ouvrir, il se mit à agiter les bras.

Nom de Dieu, songea Aleisha. *Il y a un bouton juste devant lui.* Elle qui croyait être tranquille pour le reste de la journée… Elle leva les yeux au ciel et attendit qu'il comprenne. Avec un peu de chance, il perdrait patience et passerait son chemin.

Elle se trompait. Il insista, en vain. Une main dans le dos, il examina la porte sous toutes les coutures en quête d'indices. Ses yeux bougeaient de gauche à droite, puis sa tête suivait, avec un temps de retard.

Rien.

Aleisha attendit encore, puis elle céda lorsque les mains du vieil homme se dirigèrent vers le haut de la porte. Elle ne voulait pas que Thermos l'accuse de négligence si ce type se cassait la figure en essayant d'entrer par la fenêtre.

Elle ôta ses écouteurs et alla appuyer sur le bouton pour ouvrir la porte.

— Ah ! fit le vieil homme, ravi d'avoir enfin réussi.

— J'ai simplement appuyé sur le bouton, dit-elle. Il y en a un de votre côté aussi.

— Merci, mademoiselle, répondit-il en hochant la tête.

Aleisha retourna vers l'accueil et remit ses écouteurs, prête à renfiler ses gants en latex. En levant les yeux, elle constata que le vieil homme restait prostré à l'endroit précis où elle l'avait laissé. Du mauvais côté de la porte, qui venait de se refermer automatiquement. Elle leva à nouveau les yeux au ciel, bien décidée à ne pas l'aider.

— Excusez-moi, mademoiselle !

Il frappait à la porte d'une main tout en cherchant avec l'autre ce maudit bouton qui lui avait échappé.

Elle n'était vraiment pas assez payée…

Au bout de trente secondes de coups frappés à la porte, la mère de famille décida de ramener son bambin à la maison. En sortant, elle laissa entrer le vieil homme qui, cette fois, ne laissa pas passer sa chance. Il se dirigea droit vers Aleisha. Elle garda les yeux rivés sur sa pile de bouts de papier en faisant mine d'être concentrée. Peut-être comprendrait-il qu'elle était occupée et la laisserait-il tranquille.

Malgré ses écouteurs, elle entendait des « Excusez-moi, mademoiselle » répétés. Puis il se mit à taper sur le bureau. Lorsqu'elle vit son doigt s'aventurer vers la sonnette, elle le regarda droit dans les yeux.

— Je peux vous aider, monsieur ? lui demanda-t-elle de son ton poli et professionnel, avec un sourire aimable.

— Je voudrais rendre…

Il se tut et blêmit.

— Non… désolé… je voulais dire que je cherche certains livres.

Il avait les doigts crispés sur un petit sac en toile qu'il serrait contre lui comme une bouée de sauvetage.

— Vous êtes au bon endroit, railla-t-elle.

— Non, mademoiselle, j'ai besoin de votre aide. Je vous en prie.

Elle soupira.

— En quoi puis-je vous être utile ?

— Je… bredouilla le vieil homme d'une voix presque inaudible.

Il s'empourpra jusqu'aux oreilles.

— Je ne sais pas trop… quels livres. Je peux avoir des histoires ?

— Pour ça, utilisez les écrans, dit-elle en désignant les ordinateurs.

— Je crois que je ne saurai pas m'en servir, déplora-t-il.

— Vous savez quels livres vous cherchez ? soupira Aleisha.

Elle se tourna vers son écran et ferma son Instagram non sans avoir jeté un coup d'œil à la nouvelle photo postée par Rahul, son ex, pour ouvrir le fichier de données.

— Non, c'est pourquoi j'ai besoin de vous.

Elle fit de son mieux pour ne pas perdre patience.

— Je crains de ne pas pouvoir vous aider si vous ne savez pas ce que vous voulez. Je n'ai qu'un moteur de recherche.

— Vous ne connaissez pas les livres ? Les bibliothécaires savent ce que les gens veulent lire. Je sais quel genre de livres. Je veux des ouvrages qui me plairont. Peut-être même quelque chose que je pourrais partager avec ma petite-fille… des classiques, peut-être ? Des romans. J'ai lu *Le temps n'est rien*, d'Audrey Niffenegger.

Il glissa une main dans son cabas et saisit le volume.

— J'ai beaucoup aimé ce roman. Il m'a beaucoup aidé.

— Je n'en ai jamais entendu parler, désolée. Je connais mieux les livres scolaires, par exemple, tout ce qui est pédagogique. Je ne lis pas de romans.

Horrifié, le vieil homme n'en revenait pas.

— Vous devriez connaître les romans. C'est votre métier. Pouvez-vous au moins me dire quoi chercher ?

— Non. Vous pouvez chercher sur Google, par exemple.

— Je…

En proie à un mal de tête lancinant, Aleisha se leva. Elle pensa à la soirée de la veille, à sa mère, enfermée dans sa chambre, à son frère, qui arpentait le couloir, en alerte, fou d'inquiétude. Aleisha se sentait mal, abattue, épuisée.

— Je vous en prie, monsieur, maugréa-t-elle. N'hésitez pas à parcourir les rayonnages pour choisir un roman. Ils sont là-bas.

Sur ces mots, elle se rassit et regarda le vieil homme s'éloigner dans la direction indiquée, lentement mais sûrement. Il se retourna plusieurs fois, les sourcils froncés. Déterminée à l'ignorer, elle riva les yeux sur son écran. Un semblant de remords lui serra la gorge et la fit tousser. Quelle mouche l'avait piquée ? Elle enfonça ses écouteurs dans ses oreilles.

Elle remonta un gant en latex sur son avant-bras, prête à oublier ces pénibles minutes, quand quelqu'un d'autre l'aborda. C'était l'un des cinq habitués de la bibliothèque : l'amateur de thrillers. Il passait presque tout son temps dans la section littérature policière, assis à l'une des tables donnant sur le parc, un peu à l'écart. Un coin tranquille. Aleisha aimait s'y installer, elle aussi, pour admirer le paysage. Juste une minute ou deux. Une petite pause avant de rentrer chez elle. Le temps de se préparer.

— Quoi ? demanda-t-elle sèchement.

Elle savait que c'était impoli, mais n'avait pas la force de s'en soucier.

— Pardon, marmonna-t-il.

Il avait les cheveux longs, trop longs pour un adulte, selon elle. Ils lui masquaient une partie du visage. Il aimait les T-shirts colorés et portait presque toujours un sweat-shirt à capuche noir par-dessus. À le voir ainsi, dans cette chaleur estivale moite, elle se sentit défaillir.

— Je voulais juste rendre ce livre.

Il brandit un exemplaire de *Ne tirez pas sur l'oiseau moqueur*, de Harper Lee.

D'un doigt, elle désigna la pile des retours.

— Posez-le là. Je m'en occuperai.

— Ce n'est pas un polar, cette fois. C'était vraiment bien. Je l'ai relu plusieurs fois. Je reviens sans cesse à ce roman… il m'aide à me vider la tête, enfin, tous les romans le font, mais *cet endroit* produit cet effet sur moi.

Aleisha fronça les sourcils. Si les polars étaient pour lui une évasion, de quoi s'évadait-il ? Elle hocha la tête.

Thriller poursuivit, un peu gauche et timide :

— Ce bouquin… vous savez… je le conseillerais.

Presque imperceptiblement, il désigna de la tête le vieil homme perdu dans les rayonnages. Face à la perplexité d'Aleisha, Thriller agita le livre en direction du vieil homme.

— C'est un classique… un roman que tout le monde devrait lire, énonça-t-il, avant de poser l'ouvrage avec les autres retours, comme si c'était un cadeau précieux.

Puis il se détourna lentement de la jeune femme.

Quel était le problème de Thriller ? Cherchait-il à la séduire ?

Dès qu'il fut enfin parti, elle prit *Ne tirez pas sur l'oiseau moqueur* et scanna son code-barres pour le réintégrer dans le système. Elle le secoua au cas où il y aurait des bouts de papier entre les pages. En en voyant un tomber, elle s'attendait à trouver son numéro de téléphone ou son compte Instagram, par exemple, mais quand elle le déplia, elle découvrit une sorte de liste de courses. Elle soupira et faillit rappeler Thriller pour lui reprocher de lui donner plus de travail. Toutefois, en y regardant de plus près, elle vit une belle écriture arrondie qui, selon elle, ne lui correspondait pas. Il s'agissait d'une liste de livres.

Une liste de lecture.

Huit titres étaient notés, le premier étant *Ne tirez pas sur l'oiseau moqueur*, le roman qu'elle tenait dans ses mains gantées de latex.

Si le besoin s'en fait sentir :
Ne tirez pas sur l'oiseau moqueur
Rebecca
Les Cerfs-volants de Kaboul
L'Histoire de Pi
Orgueil et Préjugés
Les Quatre Filles du docteur March
Beloved
Un garçon convenable

Dans un premier temps, elle plaça le papier sur la pile « à jeter » mais, au moment de tout balancer à la poubelle, quelque chose l'en empêcha. Elle ôta un gant et effleura délicatement les mots délicats *Ne tirez pas sur l'oiseau moqueur*, avant de glisser le bout de papier dans l'étui de son téléphone, avec la carte de fidélité de la rôtisserie.

Elle leva le livre et observa sa couverture, sentit le poids des pages dans ses mains.

Puis elle se leva et se dirigea vers le vieux monsieur, le cœur battant. La phrase « Un livre que tout le monde devrait lire » résonnait dans son esprit. Il était là, son rameau d'olivier.

3

Mukesh

Mukesh avait senti le regard de la jeune femme sur sa nuque tandis qu'il marchait vers les étagères. Où diable démarrer ses recherches ? Les couleurs des couvertures se mélangeaient un peu. Il passa les mains sur le dos des volumes et sentit leurs textures souvent douces, soyeuses. Il pensa à la pile de saris de Naina, chez lui. Les mots inscrits sur le dos des livres lui échappaient, semblaient se moquer de lui, comme s'ils savaient qu'il n'était pas à sa place, en ce lieu. La jeune femme le regardait-elle encore ? Mukesh erra au milieu des rayonnages pour sortir de son champ de vision.

Il entendit des murmures. D'où provenaient-ils ? Il avait l'impression qu'ils parlaient de lui. Soudain, il se sentit rougir et eut envie de se cacher. Il prit vite un livre, n'importe lequel.

Code de la route : préparation au test théorique. Eh bien, ce n'était pas ce qu'il cherchait. Ce n'était même pas un roman ! Il pourrait néanmoins être utile à sa petite-fille Priya, qui passera son code dans six ans. Rechignant à s'admettre vaincu, déterminé à faire semblant de ne pas avoir besoin de l'aide de la bibliothécaire, il s'attabla et commença sa lecture : « Introduction, le rôle essentiel du Code de la route ».

— Oh, Naina ! dit-il à voix haute. Qu'est-ce que je fais là ?

Une personne installée dans un coin lui adressa un « chut ! » si agressif qu'il se redressa en sursaut. Combien de temps devait-il rester là pour ne pas avoir l'air de s'être trompé ? Il était évident qu'il n'allait pas passer son permis de sitôt ! Que penseraient les gens en le voyant au bord de la panique ? Il lut le sommaire, puis une partie de l'introduction, qu'il trouva intéressante, quoique sans aucun rapport avec sa vie quotidienne. Il avait renoncé à conduire depuis longtemps. Ses filles y avaient veillé.

Il ressentait tant la présence du roman *Le temps n'est rien* dans son sac en toile qu'il avait l'impression qu'il se consumait. Au dernier moment, il avait été incapable de rendre le livre. S'il le rendait maintenant, il aurait de gros ennuis parce qu'il l'avait gardé trop longtemps. Il pourrait peut-être se réfugier dans quelques pages, afin de penser à autre chose qu'à cette terrible expédition si embarrassante…

Il entendit des pas derrière lui, rompant le silence. Faute de temps pour sortir le roman de Naina, il se replongea dans le Code de la route. Un étrange *clac, clac, clac* le fit regarder par-dessus son épaule le plus discrètement possible. Horreur ! C'était la jeune femme de l'accueil. Elle tenait un livre, sans doute pour se moquer de lui. Ses longs ongles pointus tapotaient la couverture.

— Monsieur ? dit-elle, poliment, cette fois.

Mais il ne pouvait lui faire confiance. Il se tourna à nouveau vers son ouvrage pour lire en paix ce texte fascinant.

— Monsieur ? répéta-t-elle. C'est ça que vous cherchiez ?

Elle désignait le Code de la route.

— J'aurais pu vous le trouver si vous me l'aviez demandé.

— Ne m'appelez pas comme ça, marmonna Mukesh en se levant, furieux et gêné par sa déférence soudaine.

Sur ces mots, il ramassa le Code de la route et se dirigea vers la sortie le plus vite possible. Il appuya sur le bouton pour sortir, la tête haute, ignorant le déclenchement de l'alarme à cause du livre qu'il venait de voler.

De retour chez lui, Mukesh ouvrit la porte sur le vide. S'il s'était calmé, il demeurait au bord des larmes et avait les oreilles écarlates de honte. Il jeta son sac en toile sur son fauteuil avec une vigueur inattendue avant de consulter les messages sur son répondeur. Il y en avait un autre de Rohini, qui se terminait par :

« Papa, appelle-moi. On veut savoir quoi préparer à manger quand on viendra te voir vendredi. Je dois faire les courses demain. J'espère que tu manges correctement. »

Mukesh s'écroula sur le canapé. Le message de Rohini n'avait fait qu'accélérer les battements de son cœur. La semaine précédente, Priya l'avait imploré de lui donner quelque chose à lire. Elle avait oublié son propre livre chez elle et n'avait rien pour s'occuper. Il lui avait suggéré de regarder *La Planète bleue* à la télévision.

— Si seulement Ba était là ! Elle avait tellement de livres.

Priya et Naina étaient toujours plongées dans un livre. Naina s'enfermait avec leur petite-fille dans la chambre du bas et toutes deux se faisaient une cabane de draps et de coussins pour lire ensemble. Mukesh les entendait discuter des personnages comme s'il s'agissait de véritables personnes. Il trouvait cela fantasque et adorable à la fois. Pendant ce temps, il regardait ses documentaires avec la même passion. C'était aussi pédagogique, mais moins fatigant pour les yeux. Il aurait aimé que Priya apprécie sir David Attenborough autant que lui.

— J'ai un livre, avait dit Mukesh à sa petite-fille en se précipitant à l'étage, dans le débarras.

Sur les étagères désertées, il ne restait plus que l'exemplaire poussiéreux du *Temps n'est rien*. Lorsqu'il l'avait proposé à Priya, elle s'était montrée furieuse.

— Tiens, Priya. Même moi, je l'ai lu, celui-là. C'est une très belle histoire.

— Dada, il est trop adulte pour moi ! s'était-elle emportée, au bord des larmes. Si seulement Ba était là. Elle saurait, elle ! Tu ne comprends rien aux livres, Dada. Tu t'en fiches, voilà tout !

Priya lui avait arraché l'ouvrage des mains, en pleine crise de colère, ce qui ne lui ressemblait pas.

À ce souvenir, le cœur de Mukesh se serra. Les yeux embués de larmes, il aurait voulu disparaître, entendre la voix de Naina, avoir l'impression qu'elle était assise à côté de lui.

Non. Il ne supporterait pas que cela se reproduise. Il avait eu tellement honte. Il s'était senti si inutile… Naina aurait été déçue.

— Qu'est-ce que je peux faire ? cria-t-il dans la maison silencieuse.

Ce n'est pas le moment de laisser tomber, Mukesh.

Il se figea. Son esprit, sa déception lui jouaient des tours car il avait l'impression que c'était Naina qui venait de lui parler.

Tout le monde a besoin de demander de l'aide, parfois, Mukesh, reprit la voix.

Il en eut la chair de poule. Elle avait raison. Comme d'habitude.

Son cœur se serra de plus belle lorsqu'il pensa à Priya, sur le lit du côté de sa grand-mère, avec un livre, à des milliers de kilomètres de lui, sur une autre planète.

— Est-ce qu'elle aime venir me voir ? demanda-t-il à voix haute.

Il attendit, espérant que Naina revienne pour lui dire que tout allait bien se passer. Mais il n'entendit que le silence.

Il s'installa devant la télévision pour regarder *La Planète bleue*. En général, la voix de David Attenborough, le bleu de l'océan, les bruits étranges des animaux marins lui permettaient de se détendre. Ce jour-là, pourtant, il était incapable de se concentrer. Il sortit *Le temps n'est rien* de son sac en toile et le pressa contre son cœur. Il se rendit dans sa chambre d'un pas traînant et s'écroula sur le lit. Il ouvrit son roman malgré lui et il se laissa transporter dans le monde de Clare et Henry. Ils étaient prévenus de la mort de Henry, ce qui était à la fois une bénédiction et une malédiction. Il n'y avait pas de mise en garde plus grave. Ils savaient que leurs jours ensemble étaient comptés et ils attendaient que vienne la fin.

D'après l'expérience de Mukesh, un avertissement, même grave, n'était jamais un réconfort. Ce n'était qu'un lent goutte-à-goutte de peur durant les bons et les mauvais moments. Le tic-tac d'une bombe à retardement. Il se rappela ce moment où le médecin s'était adressé à Naina et lui, après le dernier scanner.

— Je suis désolé, madame Patel, avait-il déclaré.

Sous son ton ferme, Mukesh avait perçu un tremblement. Avec ses lunettes, le docteur ressemblait au fils que Mukesh aurait pu avoir. Cette familiarité ne faisait qu'empirer les choses. Ils avaient toujours voulu avoir un médecin dans la famille, pour ce genre de situation, pour avoir un expert qui leur dirait : « Ne t'en fais pas, Papa, les médecins se trompent souvent là-dessus. »

Naina et Mukesh savaient tous les deux que le docteur ne se trompait pas.

Ensuite, Rohini était venue chercher ses parents à l'hôpital. Elle les avait bombardés d'informations pour essayer de détendre l'atmosphère dans la voiture, alors que le couple s'était muré dans le silence. C'était *leur* moment. Un moment équivalent au voyage d'Henry dans le futur pour se regarder mourir. Clare et lui se demandaient combien de temps il leur restait avant la fin.

Pendant des semaines, au cœur de la nuit, tandis que Naina dormait près de lui, il avait entendu ces mots : « Je suis désolé, madame Patel. »

— Naina, murmurait-il. Comment puis-je prendre ta place ? Comment dire à Dieu de me prendre, plutôt que toi ?

Si Mukesh savait ce qui l'attendait, comme Henry et Clare, il refusait de l'admettre.

— Mukesh, lui avait dit Naina, un matin. On devrait discuter des dispositions, pour après…

Elle avait parlé à voix basse, mais d'un ton neutre qui lui avait fait mal. Henry ne laissait jamais Clare s'appesantir sur ce moment, sur sa mort, si ? Mukesh ne savait plus très bien. Dans sa tête, le roman se mêlait à sa propre histoire. Henry était Naina et Mukesh était Clare. Celui qui restait.

— Naina, avait-il répondu avec un sourire. Ne t'en fais pas pour tout ça, profitons plutôt de cette belle journée.

Il disait toujours la même chose, qu'il pleuve, qu'il vente ou qu'il fasse grand soleil.

— On devrait discuter des enfants, de leurs besoins. Priya, Jaya et Jayesh. Il y a des choses que je voudrais leur donner, pour quand ils seront grands. Je veux te les montrer.

Mukesh s'était contenté de secouer la tête et de boire une gorgée de thé.

— Naina, ne t'en fais pas. Tu devrais te reposer. On fera ça un autre jour. Regardons un de ces films… un bon film, avait-il bredouillé pour tenter de chasser le côté pragmatique de sa femme.

— Mukesh, avait-elle insisté, lassée de le voir détourner cette conversation tous les deux ou trois jours, quand elle revenait à la charge. On nous a accordé du temps. Nous devrions en profiter.

En dépit de tout, elle n'avait pas une fois essayé de lui parler de ce qu'il devrait ressentir quand elle serait partie, ce qu'il devrait faire pour lui-même, pour la ramener. C'était tout ce qu'il voulait savoir.

Et il se retrouvait seul, sans la moindre idée de ce qu'il devait faire, maintenant qu'elle était partie et qu'il demeurait dans une maison sans vie, sans âme et sans livres. Naina avait marqué les lieux de son empreinte, laissé son cœur dans ses saris. Ses effets décoraient la moindre surface, avec des tissus, des gilets sur les sièges, des piles de livres dans tous les coins et des bijoux accrochés aux colonnes du lit.

Il posa le livre et alla ouvrir les placards pour en sortir une quantité infinie de saris, plus brusquement qu'il l'aurait voulu. Il se dit qu'il cherchait des livres, quelque chose que Priya puisse lire. En réalité, il espérait que cela lui ramènerait Naina. À mesure que les saris tombaient à terre, le parfum chaud et un peu poussiéreux de sa femme assaillit ses narines et l'enveloppa tel un nuage. L'espace d'un instant, elle fut présente. Elle fut partout.

À quoi bon se torturer de la sorte ? Rohini le secouerait en disant : « Papa, la vie continue ! Ce n'est pas ce que Maman aurait voulu. »

Il se rallongea sur le lit, à fixer le plafond, et regretta aussitôt sa décision. Parviendrait-il à se relever ? Il observa les fissures qui s'étendaient, les toiles d'araignées qui envahissaient chaque coin de la pièce et les ombres de la fenêtre qui formaient d'épaisses lignes noires. Il attendit que ces lignes le recouvrent. Il songea à Henry, à Clare, à l'époque où voir sa femme près de lui n'était pas que le vœu d'un homme accablé de chagrin.

LA LISTE DE LECTURE

Chris

2017

IL SE FORÇA À QUITTER LE LIT, la tête lourde, ensommeillée. C'était déjà un progrès. C'était la première fois qu'il se réveillait avant midi depuis des semaines. À côté de lui, la place de Mélanie était vide. Aussitôt, il eut envie que le sol, le matelas l'avalent tout entier pour que la douleur s'en aille. Par terre, une pile de romans policiers le fixait, le provoquait, sous une fine couche de poussière.

En général, les livres de Chris suffisaient à le faire sortir d'une déprime. Après la rupture, le premier roman qu'il avait ouvert décrivait un détective intelligent, grand, élégant et beau, mais il ne pensait qu'à Mélanie. Elle était intelligente, grande, élégante et belle, elle aussi. Frustré, il avait refermé brutalement son livre. Il avait fixé le plafond, un peu dans le vague. Toute la nuit, les images s'étaient bousculées dans sa tête. Mélanie heureuse, Mélanie triste. *Mélanie, Mélanie, Mélanie*…

Ce jour-là, il était déterminé à chasser la jeune femme de son esprit, avec sa gêne, sa faiblesse, son incapacité à se connecter aux gens. Il voulait ranger tout cela dans un coffret en bois. Pourvu que quelque chose le maintienne bien fermé. Il avait besoin d'un peu de temps pour oublier, être une autre version de lui-même.

Il enfila donc son pantalon, qui était propre, avec un T-shirt neuf, lui aussi sorti du placard, et se mit en route vers Harrow Road. Il était en pleine crise de lecture, mais se traînait chaque jour à la bibliothèque, un sanctuaire dans cette ville solitaire. Depuis la rupture, les messages téléphoniques d'amis s'accumulaient : « Salut, vous venez dîner avec nous, Mélanie et toi ? », « Salut, Chris, si on allait faire un tour ? Joanna a envie de vous voir, Mélanie et toi ! », « Comment vous allez, vous les deux ? Et le nouveau boulot de Mélanie ? À plus, bises. » *Mélanie, Mélanie, Mélanie*… tout le monde adorait Mélanie. *Il* aimait Mélanie. À la bibliothèque, au moins, il pouvait respirer, fuir cet assaut de messages, exister un peu.

Ce jour-là, en s'installant à sa place habituelle, il remarqua quelque chose, un livre, posé là. Les gens étaient vraiment désinvoltes, à empiler les livres pour les feuilleter sans jamais remettre en place ceux qu'ils ne prenaient pas, laissant cette corvée au personnel. Il décida de faire une bonne action et de le ranger.

En le ramassant, il trouva un Post-it collé sur la table, au même endroit. Il le décolla délicatement pour le lire. Il ne voyait plus très bien à cause de ces heures passées à lire dans son appartement mal éclairé. Le Post-it était couvert d'une écriture alambiquée.

Je sais que ce n'est pas dans vos habitudes, mais j'ai lu Ne tirez pas sur l'oiseau moqueur *quand j'avais vingt et un ans, lors d'une période difficile. Il m'a appris beaucoup de choses et j'ai regardé à nouveau le monde, le bon comme le mauvais, à travers les yeux d'un enfant. Ce fut pour moi une évasion et je me suis projetée dans l'univers, ses injustices, les personnages. Ce fut l'échappatoire dont j'avais besoin face à la réalité. Il m'a aidée à me soucier de la vie de quelqu'un d'autre. J'espère qu'il sera pour vous aussi un répit. Parfois, les livres nous transportent pendant un moment et changent notre regard.*

Chris repoussa ses cheveux de son visage. Le message ne portait aucun nom. Il pouvait être pour n'importe qui. Comment expliquer cette sensation d'être épié ? Comme si quelqu'un avait lu dans ses pensées ? Il observa le livre et assimila son titre : *Ne tirez pas sur l'oiseau moqueur*. La personne ayant rédigé ce message savait-elle qu'il s'asseyait là, jour après jour, à s'apitoyer sur lui-même ?

Il serrait le livre entre ses mains comme s'il pouvait prendre vie et lui expliquer tout cela. Rien ne se produisit. Nul ne surgit de derrière les rayonnages pour lui révéler qu'il participait à une émission de téléréalité, un épisode de « La vie de merde de Chris ». Et pourtant, quelqu'un, quelque part, lui disait qu'il comprenait ce qu'il traversait.

Il songea à patienter, à garder ce livre pour une journée de pluie… Mais ce jour-là il avait décidé de se changer les idées.

Ne tirez pas sur l'oiseau moqueur lui brûlait les doigts. *Lis-moi, lis-moi, lis-moi.* Il n'y avait pas d'autre explication : ce livre était un signe. Oubliant le doux bourdonnement de la bibliothèque, il consulta la première page. Étrangement, les mots ne se mirent pas à danser et à le fuir. Ils restèrent en place et ne furent bientôt que des images. Quand Scout Finch, la narratrice, présenta à Chris la maison de son enfance, à Maycomb, en Alabama, il sentit un rire naître dans sa gorge. Les excentricités pittoresques des habitants, la résilience puérile de Jem, le frère de Scout, et leur ami Dill… C'était un autre monde et il s'en réjouissait. En arrivant à la page 27, qui vint plus vite qu'il n'aurait pu l'imaginer, il trouva un autre message. Une liste de lecture. *Ne tirez pas sur l'oiseau moqueur* en était le premier titre. Ce livre avait écarté Mélanie de ses pensées, il l'avait rangée dans ce coffret en bois afin de chasser sa douleur et ses doutes. Ces vingt-sept premières pages lui avaient procuré quelque chose qu'il n'avait pas connu depuis la rupture : de l'espoir.

Cette liste était pour lui, il le savait.

Il songea à ce message crypté inscrit au-dessus de la liste : *Si le besoin s'en fait sentir*. Jamais il n'en avait autant eu besoin.

NE TIREZ PAS SUR L'OISEAU MOQUEUR

de Harper Lee

4

Aleisha

Le trajet d'Aleisha entre la bibliothèque et chez elle se déroulait au son des bruits familiers d'un parc : les jeux des enfants, des personnes de son âge qui riaient, fumaient. Y avait-il quelqu'un qu'elle connaissait ? Elle mourait d'envie d'y entrer, de fumer une cigarette, mais elle avait accepté de rentrer directement à la maison afin de préparer le dîner pour sa mère. Celle-ci voudrait un toast garni de pâtes à la sauce tomate en boîte, son plat préféré. Depuis deux semaines, c'était ce qu'elle lui réclamait chaque jour et Aleisha en avait assez des spaghettis en conserve. Elle rêvait d'un ragoût d'agneau accompagné de quenelles, une spécialité de son oncle Jeremy, même s'ils étaient au cœur d'un été torride.

Elle envoya un texto à sa cousine Rachel pour obtenir la recette (son oncle Jeremy était incapable de se servir de son téléphone) et reçut une réponse presque immédiate, une photo de la recette griffonnée sur les pages d'un livre de cuisine de

Delia Smith. « Papa en sait plus que Delia, c'est certain », disait Rachel. La mère d'Aleisha adorait son frère Jeremy et elle adorait aussi sa cuisine. Pourvu que cette préparation leur apporte le répit dont elles avaient besoin, cette semaine. Soudain, une sourde appréhension monta en elle à la pensée des pires et meilleurs scénarios : et si elle brûlait son ragoût, ce qui déclencherait l'alarme incendie, provoquant ainsi la colère de Leilah qui serait à son tour angoissée. Réussir le plat à la perfection avait aussi ses inconvénients. Et si Leilah ne supportait pas que quelqu'un d'autre que son frère ne le prépare ? Et si elle se repliait sur elle-même encore plus longtemps qu'à son habitude ? Aleisha respira profondément, emplit ses poumons de l'air chaud estival et se concentra sur la recette. Une étape à la fois.

Sur l'écran de son téléphone, Aleisha agrandit l'écriture peu lisible de son oncle pour parcourir la liste des ingrédients avant de passer au supermarché. Elle parcourut les rayons et sélectionna les légumes dont elle avait besoin en vérifiant bien sur la liste qu'elle ne se trompait pas.

Après avoir réglé ses achats, elle envoya un message à Rachel : « Merci. Maman va adorer, c'est sûr. En tout cas, ce sera meilleur que les pâtes en boîte. »

Rachel commença à taper une réponse, puis elle s'arrêta et recommença. Aucun nouveau texte n'apparut sur l'écran d'Aleisha, qui patientait. Elle tapa : « Comment vas-tu ? » et hésita un instant avant d'effacer. Sa cousine était sans doute occupée et n'avait pas le temps de papoter. Elle glissa l'appareil dans sa poche.

Après avoir acheté la viande, elle longea la route encombrée pendant cinq minutes de plus que nécessaire. En partie parce qu'elle détestait le raccourci bordé d'énormes bennes à ordures qui débordaient de détritus nauséabonds par une telle chaleur, mais surtout pour retarder son retour. Que signifiait être à la maison pour les autres ?

Au coin de la rue, elle constata que les fenêtres étaient closes, comme elle s'y attendait. Toutes celles de la rue étaient grandes ouvertes. S'en échappaient le bruit des téléviseurs, des consoles de jeux, les sons domestiques. Sa mère devait mourir de chaud, elle qui ne supportait pas les courants d'air.

Aleisha tourna la clé dans la serrure avec précaution, comme si le moindre faux mouvement risquait de déclencher un incendie. Aidan était déjà sorti, parti dès que l'horloge avait sonné 18 heures, annonçant la fin de sa « garde » auprès de leur mère. Parfois, quand il était à la maison, il passait son temps dehors, dans la rue, dans la décapotable qu'il avait achetée en empruntant de l'argent à Leilah, des années plus tôt. Il écoutait de la musique à fond. Leur mère ne s'en offusquait pas. Elle s'en rendait à peine compte. Aidan était son enfant chéri. Parfois, les voisins criaient par la fenêtre pour lui demander d'arrêter ce vacarme, et il leur répondait qu'on était en démocratie. Enfin, quand ses amis assistaient à la scène. Sinon, il baissait la musique.

Aleisha posa ses courses sur le plan de travail de la cuisine avant de rejoindre sa mère à l'étage. Elle savait qu'elle serait dans la même pièce, dans la même position que lorsqu'elle était partie, ce matin-là. Prenant son courage à deux mains, elle ouvrit la porte.

Leilah était recroquevillée sur son lit, sous une épaisse couette d'hiver. Il suffit à Aleisha de la regarder pour être en nage. Leilah avait les yeux fermés et respirait profondément, mais elle ne dormait pas. C'était une mauvaise journée pour Leilah, qui en avait pourtant connu de pires par le passé.

— Maman, je vais préparer un ragoût d'agneau pour le dîner, d'accord ? Comme celui d'oncle Jeremy.

— OK, chérie, répondit-elle sans ouvrir les yeux.

— Tu veux que j'ouvre la fenêtre ?

Leilah se recroquevilla davantage et disparut dans le lit, comme si les mots d'Aleisha l'avaient transpercée de tisonniers brûlants.

— J'en conclus que c'est non.

Aleisha claqua la porte derrière elle en sortant. Sa migraine était de retour et lui vrillait les tempes. Cette chambre l'oppressait, elle avait envie de s'enfuir de cette maison, de s'enfermer dans la voiture d'Aidan, de mettre la musique à fond. Elle voulait que les voisins lui crient dessus et elle voulait leur répondre en hurlant.

Au lieu de cela, elle se rendit dans la cuisine d'un pas traînant et déballa ses ingrédients avec calme et minutie. Rachel et Jeremy préparaient toujours leurs ingrédients avant de cuisiner, comme les chefs des émissions télévisées. Aleisha se mit à émincer, couper, peser… cela lui permettait de se concentrer sur autre chose. L'horloge indiquait déjà 19 h 30. En dessous, elle vit l'assiette figurant Pierre Lapin, le personnage de Beatrix Potter, accrochée fièrement au mur. Aidan l'avait gagnée à l'âge d'environ dix ans pour avoir peint un portrait de Pierre Lapin lors de la kermesse de l'école. Depuis, l'assiette ornait la cuisine.

Les doigts pleins d'oignon, elle tapota son téléphone. Aidan lui avait peut-être laissé un message pour lui dire quand il rentrerait. Pas de nouveau message.

Frustrée, elle leva les yeux au ciel, puis elle vit l'insouciant Pierre Lapin qui souriait en agitant son petit derrière et sa queue duveteuse.

— Aleisha ! implora Leilah d'une voix rauque.

Une peur familière prit la jeune femme aux tripes.

— Qu'est-ce qu'il y a, Maman ?

— Monte ! J'ai des crampes dans les pieds !

— Tu n'as qu'à les remuer, maugréa-t-elle pour elle-même.

— S'il te plaît, viens ! Tout de suite !

Aleisha gravit les marches.

— Maman, il faut simplement que tu bouges les pieds, dit-elle d'une voix douce en s'efforçant de ne pas trahir son impatience.

— Je n'y arrive pas. Comment veux-tu que je m'étire ?

— Je vais te montrer, répondit Aleisha en entrant dans la pièce sur la pointe des pieds. Elle s'assit par terre pour lui indiquer comment étirer ses jambes et ses pieds.

Leilah l'observa et tenta de mouvoir ses membres pour l'imiter, puis elle poussa un long soupir et baissa les bras.

— Je n'y arrive pas.

Aleisha se leva.

— Si, tu peux y arriver. Tout le monde peut le faire, assura-t-elle avec un sourire d'encouragement. C'est comme du yoga pour débutants.

Elle retint son souffle de peur d'être allée trop loin… il était trop tôt pour plaisanter.

Leilah fronça les sourcils.

— Tu devrais peut-être prendre des cours de yoga, dit-elle d'un ton léger. Histoire de t'assouplir un peu.

Elle se rassit par terre et reprit sa posture.

— Ah… souffla Leilah en arquant les sourcils.

Aleisha se détendit un peu. Leilah imita à nouveau la posture de sa fille. Ses membres prirent soudain vie. La jeune femme vit le visage de sa mère se crisper de douleur lorsqu'une nouvelle crampe s'empara de sa jambe tendue. Elle joignit les mains pour chantonner le son « *om* ».

Aleisha ferma les yeux et s'exprima d'une voix éthérée de prof de yoga.

— J'espère que vous avez apprécié cette séance.

Elle éclata de rire, se moquant de sa mère et d'elle-même en se tapant sur les cuisses. Jamais sa mère ne mettrait les pieds dans un cours de yoga. Elle se percha sur le lit de Leilah tandis qu'elle relâchait son étirement.

— *Namaste*, conclut-elle avec sincérité.

— J'espère avoir au moins débloqué tes chakras.

Leilah saisit son pied gauche et le massa.

— Oui, mes chakras vont bien mieux, à présent.

— Inutile de faire le chien tête en bas alors.

Leilah se mit à rire, les yeux plissés. Aleisha s'esclaffa à son tour pour masquer son étonnement. Très vite, elles rirent aux éclats. Leilah rejeta la tête en arrière, la bouche ouverte, telle une écolière espiègle. Aleisha l'observa à la lueur du soleil qui filtrait entre les rideaux pour former un trait sur son visage. Elle semblait heureuse, presque rayonnante. Aleisha grava cette image dans sa mémoire pour immortaliser ce moment. Quand les rires se turent, elles restèrent assises côte à côte, dans une paix relative, en pouffant de temps en temps.

D'instinct, Aleisha tendit la main vers le visage de sa mère qui eut un mouvement de recul juste avant le contact.

Le lendemain matin, Aleisha entendit son frère dans la cuisine en train de faire cuire quelque chose à la poêle. L'odeur de l'huile s'infiltra sous la porte de sa chambre. Elle se leva en se frottant les yeux. Elle avait mal à la tête et se sentait oppressée par la chaleur qui montait déjà. En consultant son écran de téléphone, elle s'efforça d'ignorer les nombreuses notifications de son groupe de camarades d'école. Elle ne verrait que des photos d'eux buvant des cocktails sur la plage, de toute façon. Elle songea à envoyer un texto à Rachel pour la remercier de lui avoir envoyé la recette.

Finalement, Leilah avait mieux mangé que prévu. Elle se ravisa. Rachel n'avait pas besoin de remerciements. Elle faisait partie de la famille.

Elle rejoignit Aidan dans la cuisine, ses mules claquant sur le lino.

— Salut ! Je ne t'ai pas vue, hier soir. Ça s'est bien passé, au boulot ?

— Franchement, c'était pourri.

Aidan posa sur elle un regard interrogateur qui l'invitait à développer.

— C'est juste que…

Elle soupira, peu désireuse de revivre l'expérience.

— Un vieux monsieur est venu à la bibliothèque, il devait bien avoir quatre-vingt-dix ans, je te jure. Il voulait des conseils de lecture et… comme tu le sais, je ne suis pas très lecture.

Elle croisa son regard qui n'exprimait rien de particulier.

— Bref, je l'ai un peu envoyé bouler.

— Aleisha !

— Je sais… N'en rajoute pas une couche, s'il te plaît.

— Écoute, ce n'est pas grave. Quand je travaillais là-bas, j'étais désagréable avec un tas de gens, mais sans doute pas autant que toi… Essaie d'en tirer une leçon. Comme dirait oncle Jeremy, tu feras mieux la prochaine fois.

— Arrête ! Tu n'es ni Maman, ni oncle Jeremy. Pas la peine de me faire un sermon. Tu seras à la maison aujourd'hui ? ajouta-t-elle en remarquant son tablier, son peignoir et ses chaussons.

— Oui. C'est ton jour de repos. Va voir tes copains. Je resterai ici avec Maman. Je crois qu'elle a encore passé une mauvaise nuit. Elle s'est réveillée plusieurs fois.

Aleisha se dirigea vers l'assiette garnie posée à côté d'Aidan. Trois saucisses bien grasses refroidissaient. Elle en piqua une de ses longs ongles en s'efforçant de ne pas toucher la saucisse avec sa peau. Puis elle la brandit devant sa bouche.

— Attention ! Tu fais dégouliner de l'huile par terre !

Aidan se pencha vivement pour passer un essuie-tout sur les taches jaunâtres.

— Écoute, va faire un tour, aujourd'hui. Prends un peu l'air.

— C'est bon, je n'ai rien de prévu. Je comptais traîner ici et regarder la télé.

— Non, Leish. Maman ne supportera aucun bruit. Elle a la migraine, gronda son frère d'un ton sévère. Je serai là, ne t'en fais pas.

Aleisha haussa les épaules et engloutit la saucisse sous le regard écœuré d'Aidan.

— Ça va, je t'assure ! insista-t-elle, la bouche pleine. Je n'ai personne à voir. Je reste à la maison, tranquille, dans ma chambre. Ce sera comme si je n'existais même pas.

— Tais-toi, Aleisha ! hurla leur mère depuis l'étage. Tais-toi !

Le frère et la sœur retrouvèrent leur sérieux et se regardèrent. Aleisha n'était guère étonnée. Les rires, le yoga de la veille… rien n'avait changé. Rien ne changerait plus. Cet épais rideau noir serait présent à jamais sur cette maison et sur Aidan, cette fois. Pendant un moment, ils osèrent à peine respirer, puis il secoua la tête.

— Elle ne le pense pas, souffla-t-il.

— Donc il faut que je parte, c'est ça ? murmura-t-elle à son tour pour ne pas faire de bruit, mais d'un ton vif.

— Leish, tu peux rester. En revanche, il faudra marcher sur la pointe des pieds.

— Personne d'autre ne doit supporter cet enfer. Tu trouves ça supportable, toi ?

Elle était épuisée d'être en permanence en alerte, épuisée d'entendre les cris de sa mère, la nuit, de faire semblant de ne pas avoir entendu, de laisser Aidan tout arranger, épuisée qu'ils n'aient jamais besoin d'elle et de n'être qu'un déclencheur. Elle était fatiguée.

Aidan ne dit mot. Il nettoyait encore les surfaces, qui étaient impeccables depuis longtemps.

Tandis que la porte d'entrée claquait derrière elle, Aleisha entendit la voix de Leilah dans sa tête : « C'est ma maison, pas la tienne ! »

Son argument classique.

Elle n'avait nulle part où aller. Mais, ce serait toujours mieux qu'à la maison.

Sans trop réfléchir, elle marcha au hasard, lentement. Elle passa devant les étals du marché qui s'installaient, ignorant les marchands de primeurs qui la haranguaient, les prix incroyables qui ne l'attiraient pas. Elle croisa des gamins qui faisaient déjà du vélo, traversaient la route sans regarder, criaient à leurs copains, derrière eux, se retournaient franchement en faisant des zigzags.

Elle longea Ealing Road, puis la grande route, s'éloignant peu à peu de sa maison. À chaque pas, elle sentait les battements de son cœur ralentir. Où allait-elle ? À la sortie d'un virage, la route partait en ligne droite et, soudain, elle la vit, aussi incongrue qu'un cottage de style Tudor dans le quartier.

Naturellement, son subconscient l'avait menée à la bibliothèque, le seul endroit où elle serait tranquille, seule, pendant un moment. Ce n'était peut-être pas la pire des idées. Si les livres lui permettaient de s'évader, lire coûtait moins cher que de se saouler.

Ce jour-là, c'était Kyle le fayot qui assurait l'accueil. Aleisha le salua d'un signe de tête, ignorant l'étonnement qu'il ne masquait pas à la voir, puis elle se mit à déambuler parmi les rayonnages. Elle se rendit à la section littérature policière. Les paroles du passionné de thrillers l'inspireraient-elle ? Elle observa les dos et les couvertures plastifiés des livres qui luisaient au soleil, effleura chaque volume, sans en retirer un seul du rayon. Finalement, les rouges, les bleus, les jaunes fusionnèrent en une masse indistincte. Plus rien ne faisait sens. Dans le silence de la bibliothèque, ses oreilles bourdonnaient. Les mots lui sautèrent aux yeux : « mort », « meurtre », « tueur », ainsi que des titres à la fois doux et effrayants : « … te regarde ». C'était un peu trop. Comment faisait-il ? Comment son frère se détendait-il en ce lieu, avec tous ces mots qui lui fondaient dessus ? Elle s'efforça d'avoir l'air calme, d'avoir l'air déterminée.

Son téléphone sonna et vibra.

Encore son groupe WhatsApp. Elles l'avaient créé quand elles avaient quatorze ans, mais Aleisha n'avait fait aucune contribution depuis des semaines. Personne ne s'en était rendu compte. Trois filles étaient citées dans le dernier message de Mia qui avait été la meilleure amie d'Aleisha, autrefois.

@Beth @Lola @Kacey vous êtes chez vous ? On fait quelque chose ce soir ?

Les deux autres, Jenna et Shreya, étaient en vacances et les bombardaient de photos de Chypre et de Croatie, au bord d'une piscine.

Ce rejet blessait toujours Aleisha. Pendant des mois, elle avait trouvé des excuses à ses copines. Elle était connue pour leur faire faux bond à la dernière minute à cause d'une maladie, d'une intoxication alimentaire, d'une migraine, et avait manqué des repas d'anniversaire ou des réunions au parc. Être imprévisible était plus facile que de dire la vérité. Elle ne voulait pas qu'elles sachent que sa mère était folle. Elles n'auraient pas compris.

Beth, Lola, Kacey et même Jenna répondirent immédiatement.

Ding. Bzz.

Je suis dans le coin. On sort ?

Ding. Bzz.

Vous me manquez, les filles. Profitez bien sans moi. Avec vous en pensée. Vodka.

Ding. Bzz.

OK on va où ?

Les murs de livres commencèrent à se refermer sur Aleisha, les ouvrages étant de plus en plus gros, de plus en plus lourds. Elle regardait ses copines continuer leur vie sans elle, message après message. Elle n'existait plus. Des émojis de filles qui dansent, de pouces levés, de visages heureux. Elles étaient heureuses, elles n'avaient pas d'autres préoccupations. C'était l'été, après tout. Elles avaient l'avenir devant elles. Elles vivaient leur meilleure vie.

En émergeant d'une allée, la jeune femme reprit son souffle. Elle avait besoin d'air. Elle retourna son téléphone dans sa paume et sa vision se troubla face à sa coque figurant une tranche de pastèque. Dans une poche, elle vit la liste de lecture qui dépassait.

Encore ce roman ! Le premier de la liste, *Ne tirez pas sur l'oiseau moqueur*. Elle revit Leilah, la tête rejetée en arrière, entendit ses cris du matin, ses sanglots nocturnes. Elle avait tellement mal à la tête… Elle devait s'en aller, fuir Wembley, sa famille, tout quitter. Un livre était-il capable d'accomplir ce genre de miracle ? C'était au moins un point de départ.

Elle trouva une chaise, celle du passionné de thrillers, et s'y installa. Le siège était usé par endroits et les accoudoirs commençaient à se désintégrer, mais elle était confortable. Le soleil illuminait les pages du roman *Ne tirez pas sur l'oiseau moqueur*. Si elle devait se lancer, c'était le bon environnement, la bonne position et le bon moment. Alors qu'elle était sur le point de plonger, qu'elle se préparait à une immersion totale dans le texte, la voix forte et condescendante de Kyle transperça le silence. Il s'occupait d'un client agaçant, irrationnel, à côté de la plaque au téléphone. C'était toujours mieux que d'avoir affaire à lui en chair et en os. Qu'est-ce qui plaisait tant à Aidan dans ce boulot ?

— Non, monsieur. Je crois que je vais devoir vous facturer si vous avez sorti un livre sans passer par l'accueil.

Kyle avait les sourcils froncés.

— Désolé, monsieur… Vous voulez bien répéter un peu plus lentement ? Vous avez une carte de bibliothèque ?

Kyle parlait si fort qu'Aleisha ne parvenait pas à échapper à cette conversation.

— Je suis désolé, monsieur, je ne savais pas. Quand ? Hier ? Oui… merci, monsieur. Merci de me le faire savoir. Je vais me renseigner et voir ce que je peux faire… Eh bien, si vous n'avez pas de carte, je peux vous en créer une pour aujourd'hui. Vous gardez le livre et vous le rendrez quand vous pourrez. Ainsi, je serai sûr que mes collègues ne vous feront rien payer quand vous le rapporterez.

Pétrifiée, rouge de honte, Aleisha se cacha derrière son siège. Elle revit le vieil homme de la veille, debout devant elle, en train de lui demander de l'aide. Elle s'entendait lui répondre sèchement, lui faire comprendre qu'elle ne voulait pas s'en donner la peine. Elle aurait voulu disparaître sous terre.

Dès qu'il eut raccroché, Kyle se redressa et tourna la tête tel un suricate, cherchant quelque chose… elle.

Aleisha resta tapie dans son coin, en vain, car Kyle savait où la trouver.

— Hé, Kyle, qu'est-ce qui se passe ? s'enquit-elle dès qu'il arriva à sa hauteur.

— Tu travaillais, hier, non ?

— Oui.

— Je viens d'avoir un vieux monsieur au téléphone, en plein désarroi. Il dit que tu l'as mis à la porte. C'est vrai ?

Kyle était en mode « autoritaire ». Quand Thermos n'était pas là, Kyle se croyait en droit de le remplacer.

— Ce n'est pas tout à fait ce qui s'est passé. Il voulait des conseils de lecture. Je ne fais pas ça.

— Il le faut. Tu veux ce boulot ?

Elle n'en voulait pas, elle en avait besoin. Elle devait aider Aidan. Leilah était artiste, créatrice. En général, elle travaillait avec les agences du monde entier et était souvent débordée de travail. Mais celui-ci arrivait par vagues. Ses revenus étaient irréguliers, surtout quand elle traversait une période difficile. Aleisha ne pouvait se permettre de perdre cet emploi. Elle n'aurait nulle part d'autre où aller. Car, en dépit de ses défauts, une chose était sûre : la bibliothèque était en train de devenir son refuge silencieux après le chaos qui régnait chez elle.

Elle acquiesça.

— Tu sais combien d'autres personnes pourraient travailler ici, combien voulaient ce job ?

Aleisha secoua négativement la tête.

Kyle poursuivit sur sa lancée :

— Un tas de gens ! Franchement, Dev répète sans cesse qu'on doit faire de notre mieux pour satisfaire les gens, leur procurer un lieu convivial, des conseils de lecture, un service complet. Sinon, on perdra nos habitués. Si tu ne veux pas te mettre vraiment au travail, tu seras virée ou, pire, la bibliothèque fermera et on perdra tous notre boulot.

Aleisha ne le croyait pas. Il lui avait été si facile d'être engagée. Elle ne pouvait perdre ce job et ne supporterait pas d'être responsable du renvoi des bénévoles, Lucy et Benny. Et bien qu'elle le trouve agaçant, elle ne voulait pas priver Kyle du seul endroit où il pouvait faire preuve d'autorité en toute impunité. De plus, Dev était prêt à tout pour maintenir la bibliothèque d'Harrow Road à flot. Elle s'imagina ce bâtiment adorable muré, avec une pancarte invitant les usagers à se rendre au centre municipal. Ce ne serait pas bien. Ils n'étaient jamais débordés, mais les gens appréciaient l'endroit. Elle entendit Aidan imiter leur oncle Jeremy : « Tu peux faire mieux. »

— Si cet homme se plaint de toi à Dev, tu seras virée.

— Écoute, aujourd'hui, je suis là pour le plaisir, par pour le boulot, alors tu peux garder ça pour…

— Et c'est horrible d'être odieuse envers un homme de quatre-vingts ans. Je ne sais pas ce qui te prend, Aleisha.

Le ton de Kyle s'était radouci.

— Essaie d'être un peu plus aimable. Un sourire, un air accueillant peut rendre la journée de quelqu'un plus belle. Tu as peut-être tout gâché. Est-ce que ça en valait la peine ? Ça t'a fait du bien ?

Incapable de dire un mot, elle secoua à nouveau la tête. Elle avait l'impression d'être une enfant qui se faisait gronder.

— Bon, si tu le revois, donne-lui un conseil de lecture, nom de Dieu.

— Quand j'ai essayé, il s'est enfui ! plaida Aleisha.

Kyle l'ignora pour continuer son discours préparé :

— Tu n'as qu'à lire, dit-il en désignant *Ne tirez pas sur l'oiseau moqueur*, qu'elle avait dans la main. Et si ça te plaît, conseille-le-lui. C'est facile. Tu lis un livre, tu recommandes un livre, même si tu l'as détesté. Tous les goûts sont dans la nature et, comme disait ma grand-mère, à cheval donné on ne regarde pas les dents.

Aleisha soupira et regarda Kyle retourner à l'accueil. Sans doute avait-il l'impression d'être un chef. La jeune femme ouvrit le livre, vers le milieu. Le dos était cassé à plusieurs endroits mais, désireuse de laisser sa propre marque, elle replia le livre en arrière, ce qui se révéla moins satisfaisant que prévu. L'ouvrage était souple, mou… la chaleur de la bibliothèque avait ramolli la colle.

Elle revint à la première page et se toucha le nez, puis tripota le papier et quelques mèches de cheveux qui lui tombaient sur le visage. Elle était incapable d'absorber quoi que ce soit. Elle forçait ses yeux à se concentrer sur les mots, en vain.

Quelle imbécile, quelle imposture ! Elle renonça et s'avachit sur le siège rose saumon un peu décoloré. Plusieurs personnes lisaient ou fouillaient dans les rayonnages. De vrais lecteurs, des gens qui étaient à leur place. Des rats de bibliothèque, des passionnés de lecture.

— Fait chier, persifla-t-elle pour elle-même.

Elle rangea ses affaires dans son sac. Le livre était posé sur la table. Devait-elle le prendre ou le laisser là ? Elle scruta les alentours avant de le fourrer dans son sac également.

Elle quitta la bibliothèque en déclenchant la sonnerie d'alarme, son ouvrage volé dans son sac.

5

Mukesh

ALLONGÉ SUR LE DOS, Mukesh entendit le carillon de la porte sonner. S'était-il assoupi ? Rohini et Priya ne seraient là que dans plusieurs heures, du moins le croyait-il. Il se redressa en grognant de douleur, courbatu. Il aurait aimé jurer, mais ce n'était pas son genre.

Il avait hâte de voir sa petite-fille et sa fille. L'ouragan Rohini allait frapper… il y avait survécu tant de fois. Hélas, il n'était pas certain de le supporter au terme de cette journée sans but, solitaire. Autrefois, le vendredi était son jour de détente avec Naina, une journée pour eux. Désormais, il ne faisait rien, en général.

Il descendit lentement les marches en se tenant aux deux rampes. Un ami lui avait installé une seconde rampe, en face de celle qui existait déjà, afin qu'il soit plus stable. Il en était gêné. Avec les rares visiteurs ne faisant pas partie de la famille, il en plaisantait avant qu'ils n'en parlent les premiers.

Il distingua la tête et les épaules d'une femme derrière le verre givré de la porte. Il l'aurait reconnue n'importe où. Il prit une profonde inspiration avant d'ouvrir, les bras ouverts en signe de bienvenue, en affichant un entrain forcé.

— Papa, dit-elle en s'engouffrant dans la pièce, ignorant ses bras ouverts.

Sur ses talons, Priya tenait un livre dans ses petites mains.

— Priya, entre, ma chérie.

Sans perdre de temps en effusions, Rohini fila dans la cuisine et se mit à fouiller les placards d'un air réprobateur. Mukesh se tourna vers Priya, espérant échanger un regard complice et plein d'appréhension, mais elle était déjà plongée dans son livre, assise dans le fauteuil de Naina, au salon.

— Papa ? Qu'est-ce que c'est que ça ? lança Rohini en brandissant un récipient de riz qui traînait au réfrigérateur depuis quelques jours… peut-être un peu plus. C'est dégoûtant !

— Désolé, *chérie*, je te promets que je ne l'aurais pas mangé.

— On ne mange jamais du riz ayant plus d'un jour, Papa ! Tu aurais dû me laisser le faire sauter à la poêle.

— Ne t'inquiète pas, temporisa-t-il en s'avançant vers elle.

Il lui prit la boîte et vida son contenu dans la poubelle.

— Voilà ! Il n'y en a plus !

Rohini s'intéressait déjà à l'évier.

— Oh ! grogna-t-elle avec dégoût, comme Naina, autrefois. Elles sont là depuis combien de temps, ces assiettes sales, Papa ? Ce n'est pas hygiénique ! Tu vas encore avoir des fourmis. Elles adorent la chaleur.

— Rohini, je t'en prie, va t'asseoir et je te prépare un thé.

— Non, Papa ! Il faut que je fasse la vaisselle. Tu crois que je suis là pour boire du thé ? Je viens ici pour m'occuper de toi. Si Maman te voyait, à présent…

Quoique conscient que ce dernier commentaire n'était dû qu'à la frustration de sa fille, Mukesh n'en fut pas moins blessé. Depuis un an, Rohini évoquait sa mère pour le réprimander, lui reprocher de vivre dans une porcherie.

Trop fatigué pour répliquer, il gagna le salon et s'assit lourdement en s'efforçant de ne pas entendre les plaintes de Rohini qui venait de remarquer des fissures dans la porte du placard.

— Je t'ai dit que je pouvais t'envoyer quelqu'un pour réparer les dégâts ! Cette cuisine est presque neuve. Tu ne peux pas la laisser dans cet état négligé, Papa !

Elle s'emporta contre sa réserve de haricots mungo, au réfrigérateur.

— Papa, ce n'est pas sain de ne manger que ça ! Je sais que Maman disait toujours que c'était plein de fibres, mais il faut avoir une alimentation équilibrée. Le docteur te l'a dit !

Elle découvrit trois emballages vides de sa boisson aux épices industrielle préférée dans la poubelle de recyclage.

— Papa ! Tu vas gâter les dents qui te restent et ces boissons sucrées ne sont pas bonnes pour ton diabète ! Maman disait de les réserver pour une occasion spéciale, Papa. Je t'ai montré comment préparer un thé aux épices maison.

Au lieu de souffrir de rhumatismes et d'une mauvaise vue, il regrettait de ne pas être malentendant, en cet instant. Dans cette famille où les filles parlaient à un niveau sonore de milliers de décibels de plus que la moyenne, ce handicap lui aurait été utile.

— Qu'est-ce que tu lis, chérie ? demanda-t-il à Priya.

Rohini rôdait dans toute la maison pour l'inspecter de fond en comble, tel un chien de chasse, en quête de critiques à énoncer. Il régnait un silence de mort dans le salon.

— *Les Quatre Filles du docteur March*, Dada, répondit sa petite-fille, les yeux rivés sur son texte. C'est un des romans que

Ba m'avait conseillés. Elle m'a dit qu'elle l'avait lu quand elle était petite. Papa me l'a acheté la semaine dernière.

— Jamais entendu parler, grommela Mukesh.

Il prit note mentalement de prêter attention à ces choses, maintenant qu'il était inscrit à la bibliothèque.

— C'est un roman très connu, Dada. Tout le monde le connaît, ajouta-t-elle sans lever les yeux, les sourcils arqués, à la fois moqueurs, accusateurs et surpris.

— Il parle de quoi ? s'enquit Mukesh, un peu nerveux au souvenir de ses paroles : « Tu ne comprends rien aux livres, Dada. Tu t'en fiches ! »

— Chut, Dada, j'essaie de lire. Je te raconterai une autre fois, rétorqua Priya sans méchanceté.

Mukesh obéit. Naina faisait un peu la même chose quand elle lisait. Peut-être comprendrait-il un jour. Le soir, quand les filles étaient couchées, il lisait le journal au côté de Naina qui dévorait son livre à une vitesse impressionnante. Quand il avait envie d'engager la conversation, il se tournait vers elle en attendant qu'elle se rende compte qu'il l'observait.

— Mukesh, qu'est-ce que tu fais ? Tu vois bien que je suis concentrée, grondait-elle avec un sourire.

— Je voulais te lire quelque chose d'intéressant dans le journal.

— Mukesh, j'arrive à la partie agréable. Chut !

C'était toujours la même réponse, au point qu'il en était venu à croire qu'il y avait des « parties agréables » toutes les deux ou trois pages. Puis il s'était demandé si ce n'était pas simplement une excuse.

Il la détaillait, dans sa chemise de nuit blanc et bleu, ses lunettes à grosse monture sur le nez, ses cheveux noirs noués en chignon. Même rituel, même réponse. L'espace d'un instant, il se sentit comme Henry, le héros du *Temps n'est rien*, à parcourir les décennies pour rendre visite à Naina.

À l'époque, il ne s'était jamais demandé où elle allait quand elle se plongeait dans un livre. Il aimait tant voir cette concentration sur son visage. Parfois, elle esquissait un sourire, ou elle riait à gorge déployée en tapant sur l'épaule de Mukesh comme s'il était dans la connivence de quelque plaisanterie. À l'époque, voir sa femme heureuse lui suffisait. Maintenant qu'elle était partie, il regrettait de ne pas avoir partagé chacun de ces moments avec elle.

— Papa ! lança Rohini depuis la chambre voisine. Tu peux venir ici ?

Mukesh regarda Priya en espérant qu'elle lui procurerait une excuse pour rester, mais elle était plongée dans *Les Quatre Filles du docteur March*, avec une expression proche de celle de Naina.

— J'arrive… grommela-t-il en se levant péniblement.

Il resta sur le seuil. Une main sur la hanche, Rohini se tenait devant un placard en désignant un sari qui dépassait d'une porte close et reposait par terre.

— Qu'est-ce qui s'est passé ici ? demanda-t-elle.

Elle ouvrit la porte et retint son souffle d'un air théâtral face aux piles de vêtements un peu de travers.

— Vritti et moi, on avait tout plié à la perfection, après que Maman… pour Maman. Que s'est-il passé ? D'autres personnes sont venues chercher un souvenir d'elle ?

Sa voix se fit stridente.

— Non. J'ai juste un peu fouillé pour…

— Ses amies ont toujours été jalouses de Maman. Elles lui enviaient ses saris. Pas étonnant qu'elles aient prétexté présenter leurs condoléances pour affluer ici tels des charognardes. Ses amies… tu parles… elles voulaient ses affaires.

Mukesh revit Naina bien habillée pour aller au *mandir*. « Qu'en penses-tu ? C'est chic décontracté, non ? » lui demandait-elle souvent.

— Ta Maman a toujours eu les plus beaux saris, dit-il à sa fille.

— Oui, et le sens des bonnes affaires, aussi, heureusement. Sinon, ses amies nous auraient dépouillés. Papa, c'est toi qui as semé ce désordre ? Tu veux bien m'aider à ranger ?

Rohini ne parlait pas méchamment. Il entra dans la pièce et s'assit sur le lit en attendant que sa fille lui tende un vêtement à plier. Elle se contenta de s'affairer en lui reprochant de temps en temps d'avoir tout dérangé.

Rohini sortit chaque vêtement, même ceux qui n'avaient pas besoin d'être pliés, diffusant ainsi dans la chambre le parfum de Naina qui envahit les narines de Mukesh. Son parfum et son shampooing, cette fois. Pendant une fraction de seconde, il oublia presque qu'elle était morte et se retourna dans l'espoir qu'elle soit passée lui dire bonjour.

Ces saris étaient ceux que Naina portait régulièrement pour se rendre au temple ou faire les courses. Les gens associaient les motifs, le brocard et l'imprimé cachemire à Naina. D'autres étaient ornés de pierres et de sequins. Ils étaient superbes, souvent sobres. En rangeant le dernier, Rohini caressa le tissu.

— Je me demande quand Maman l'a porté pour la dernière fois, murmura-t-elle d'une voix plus douce.

Elle avait délaissé son rôle d'« inspectrice implacable ». Mukesh ne dit rien. Ce que sa fille se demandait vraiment, c'était si sa mère savait qu'elle allait mourir quand elle l'avait porté pour la dernière fois. Savait-elle que cela la tuerait plus vite que prévu ? Trop vite.

En silence, Mukesh vit une petite larme presque imperceptible couler sur la joue de sa fille. Il réprima son envie de la consoler, sachant qu'elle le repousserait.

— Je suis désolé, Rohini, j'ai un peu déplacé ses affaires… Je cherchais ses livres pour Priya. Je regrette d'avoir mis un tel désordre.

Rohini leva les yeux vers lui, les yeux embués de larmes qu'elle chassa.

— Papa, ce n'est pas grave, mais tu sais que Maman empruntait tous ses livres à la bibliothèque. Elle n'en possédait aucun. Il n'y a pas assez de place, ici.

D'un geste, elle désigna la pièce, la maison entière. C'était étrange, cette impression de manquer d'espace, alors qu'ils y avaient vécu à cinq, une vie animée, effervescente. Désormais, il n'y avait plus que lui et il manquait de place. Le moindre recoin était chargé de souvenirs.

— Tu as raison. Je… je voulais juste trouver un livre pour Priya. Elle n'aime pas la télévision, mes documentaires de David Attenborough… Ils sont pourtant très pédagogiques, tu sais.

Rohini s'approcha de son père et lui tapota gentiment l'épaule. Mukesh lui fut reconnaissant de comprendre que, si elle l'avait pris dans ses bras, il aurait fondu en larmes. Il détestait pleurer devant les filles. Elle le laissa dans la chambre, la porte ouverte. En langage Rohini, cela signifiait : « Je t'accorde de l'espace, appelle-moi en cas de besoin. » Si elle était la plus autoritaire de ses filles, elle pouvait aussi être gentille.

Rohini insista pour préparer un *thali*, un repas sain et complet. Heureusement, elle avait apporté ses propres ingrédients, malgré les protestations de Mukesh. Tous trois se régalaient de *badh* et de *kadhi*, un curry au yaourt dont raffolait Priya.

— Rohini, tu t'occupes bien de moi, dit Mukesh en mangeant avec ses doigts.

Elle n'était pas aussi bonne cuisinière que Naina, ce qui était sans doute pour le mieux car il digérait moins bien les épices. Dès la fin du repas, Priya se hâta de se replonger dans sa lecture.

— Rohini… Priya est-elle toujours aussi calme ? Toujours en train de lire ?

— Elle aime lire, Papa. Tout va bien. Maman était pareille et elle n'était pas « calme », loin de là.

— Je ne l'entends jamais parler de ses copines, de ce qu'elle aime, en dehors des livres. Ta Maman aimait la lecture et cela ne l'empêchait pas d'inviter des amies, également.

— Oui, Papa. Priya a d'autres loisirs. Lui as-tu au moins posé la question ?

Rohini ne regardait pas son père, qui fut aussi blessé que si elle l'avait fusillé des yeux.

— Eh bien, non, mais… bredouilla-t-il.

— Elle a deux amis proches, Papa. Christie et James. Ils sont très gentils et aussi « calmes » qu'elle.

— Elle les reçoit à la maison ?

— Papa, les gosses ne font plus ça, de nos jours. Ils jouent ensemble à l'école, à la récréation.

Sa fille sous-entendait-elle qu'il était vieux et dépassé ? Il songea à cette bande de garçons qui traînaient souvent dans sa rue. Ils s'amusaient, riaient, criaient. Ils disaient des gros mots avec la jubilation que procure la transgression. Ces garçons étaient dehors presque chaque jour quand il faisait beau, même à cette époque où les gens craignaient de laisser leurs enfants vivre leur vie. Cette fois, Rohini se trompait.

Il pensa à Priya, assise au salon.

Elle était solitaire. Sa grand-mère était morte alors qu'elle avait neuf ans. Elle était assez grande pour souffrir de ce deuil. Il savait ce que l'on ressentait de perdre sa meilleure amie, sa compagne de vie, mais il ne s'était jamais demandé ce que Priya avait pu ressentir à la mort de sa grand-mère. Naina la comprenait, elle comprenait son silence, elle avait aidé Priya à s'ouvrir. Que ressentait Priya maintenant qu'elle n'était plus là ?

Rohini se rendit au salon, son père sur les talons, jusqu'à ce que le téléphone se mette à sonner. Mukesh se détourna en s'efforçant de prouver à sa fille qu'il était encore autonome.

— Allô ? lança-t-il sans reconnaître le numéro affiché.

Au bout du fil, il entendit son ami Harish jacasser sans prendre la peine de le saluer.

— Mukesh ! J'ai besoin de ton aide. C'est urgent. Sahil a déclaré forfait pour la marche caritative du temple. Il faut que tu interviennes. Je leur ai aussitôt dit que je savais que Mukesh le ferait parce que c'est un homme bien. Sa Naina l'aurait proposé sans hésiter. Tu vas nous aider, hein ?

Rohini l'observait avec attention. D'instinct, Mukesh eut envie de raccrocher au nez de son ami, de dire à Rohini que c'était du démarchage, mais il ne pouvait se montrer aussi grossier envers Harish, même si ce dernier l'agaçait.

— Harish, qu'est-ce que tu me racontes ?

— Sahil s'est foulé la cheville, mon ami ! La marche a lieu dans une semaine. Il ne pourra pas y participer. Ce serait dommage de perdre son parrainage.

— C'est une marche caritative. Les gens ne demanderont pas à se faire rembourser leur parrainage.

— On ne sait jamais. Tout le monde n'est pas aussi généreux que toi, moi et Naina.

— Donc tu as besoin de quelqu'un pour le remplacer, c'est ça ?

— Voilà ! Tu peux le faire ? s'enquit Harish.

Ils savaient tous les deux que ce n'était pas une question.

— Écoute, j'ai mal au dos… tu sais bien que j'ai le dos fragile.

Harish poursuivit son discours comme si Mukesh n'avait rien dit.

— Merci ! On se retrouve au temple samedi prochain à 8 heures. Merci encore, mon vieux ! conclut-il avant de raccrocher.

Mukesh se tourna vers sa fille, qui regardait Zee TV et marquait le rythme de la musique d'un générique.

— C'était qui ? demanda-t-elle, distraite.

— Oncle Harish.

— Qu'est-ce qu'il veut ?

Elle afficha un air de dédain car elle trouvait Harish insupportable, elle aussi.

— Il veut que je remplace Sahil pour la marche caritative du temple, samedi prochain.

Rohini s'esclaffa. En voyant la mine grave de son père, elle retrouva son sérieux.

— Tu sais qu'il faut parcourir dix kilomètres, cette année ?

Mukesh retint son souffle. Il ne marchait que pour Naina. Sinon, il détestait la marche. Elle avait un petit guide des plus belles promenades dans Londres. Elle se plaignait sans cesse de ne jamais s'aventurer en dehors de Brent alors qu'ils vivaient dans la capitale. De plus, le samedi, il ne faisait pas grand-chose, en général. Il appelait ses filles, parlait à ses petits-enfants, il regardait son émission sur le jardinage, même s'il ne disposait que d'une cour pavée facile à entretenir, puis une rediffusion de *La Planète bleue*. Était-il capable de rompre sa routine à ce point ? Il était déjà allé à la bibliothèque… une marche caritative était au-delà de ses limites.

— Papa, c'est plutôt sympa. Ils veulent t'impliquer.

— Pourquoi ? Dix kilomètres, en plus ? Et si j'attendais la marche de cinq kilomètres ?

— Ils pensent peut-être que tu as besoin de te changer les idées.

— Très drôle !

— C'est le cas ?

— Non. Je suis veuf. Un tas de veufs se sentent seuls, s'ennuient et ennuient les autres. Moi, je t'ai toi, et Priya, les filles et les jumeaux. J'ai mes petites habitudes. Je vais bien.

— Papa, vas-y ! Et n'exagère pas si c'est trop dur. Tu n'es pas trop vieux, j'espère !

Mukesh se redressa fièrement et bomba le torse. Il avait vu son gendre en faire autant avant son jogging.

— Je suis capable de faire cette marche mais je n'en ai pas envie, c'est tout. Je n'ai pas le temps !

Rohini s'efforça de masquer son sourire.

— Si, j'en suis capable ! s'insurgea-t-il.

— D'accord... Je crois qu'on va rentrer, ajouta-t-elle en voyant sa fille assoupie dans le fauteuil. On en a pour environ deux heures. Priya a des devoirs à faire.

Rohini la réveilla en douceur. L'espace d'un instant, en se frottant les yeux, Priya redevint la petite-fille que Mukesh emmenait au parc, après la crèche, le vendredi, celle qu'il prenait sur ses genoux pour regarder des films de Noël, celle qui s'endormait dans les bras de sa grand-mère pendant qu'elle lui lisait une histoire. Il savait que, en grandissant, elle ne voudrait plus fréquenter son vieux Dada. Surtout s'ils n'avaient rien en commun. Le temps leur était compté, non ?

— Vous pourriez rester ici, suggéra-t-il. Je ne veux pas que tu conduises trop tard, d'autant que tu es fatiguée.

— Non, Papa. C'est mieux d'être à la maison.

Ses paroles lui firent de la peine. Il ne s'y attendait pas. Cela faisait des années que Rohini était partie de la maison, mais il considérait qu'elle était toujours chez elle.

— Bonne chance pour ta marche de samedi. Amuse-toi bien, dit-elle en prenant son sac à main. Tu n'as rien oublié, Priya ?

Elle écarta quelques mèches de cheveux du front de l'enfant. Sur le seuil, Mukesh s'agenouilla avec difficulté pour dire au revoir à sa petite-fille, qui n'était plus si petite. Hélas, elle se contenta de passer devant lui et monta vivement en voiture. En les saluant de la main, il afficha un sourire forcé et, dès qu'il eut refermé la porte, il se sentit plus seul que jamais.

Ce soir-là, Mukesh glissa son corps fatigué dans le lit qu'il avait partagé avec Naina.

— *Jai Swaminarayan*, murmura-t-il, une expression religieuse signifiant aussi bien bonjour qu'au revoir.

Puis il posa la tête sur son oreiller, les yeux rivés au plafond. La lueur orangée du soleil couchant filtrait entre les rideaux. Il ferma les yeux en priant pour se réveiller au côté de Naina le lendemain matin. S'il voulait connaître enfin sa petite-fille, gagner sa confiance et son respect, il devrait effectuer quelques changements. La bibliothèque était la clé. Quant à la marche caritative… cela ne coûtait rien d'essayer, n'est-ce pas ?

6

Aleisha

QUEL SOULAGEMENT D'ÊTRE HORS DE LA MAISON, ce jour-là, même si Leilah se comportait comme si elle allait parfaitement bien, astiquant la cuisine pourtant impeccable du sol au plafond. Aleisha longeait la grande route, se frayant un chemin parmi le flot de piétons, ignorant les vendeurs de téléphones à la sauvette. Elle passa devant le stade désert à cette heure de la journée. La circulation était intense et bruyante, l'odeur des gaz d'échappement lui donnait la nausée.

Les rangées d'habitations mitoyennes, autrefois blanches, étaient grises. Devant le temple hindou en marbre, dans toute sa splendeur, étaient réunis des fidèles de toutes générations. Ils discutaient avec passion et sincérité. Aleisha s'assit sur un muret et les observa un moment en se triturant les ongles. Plusieurs des hommes présents portaient un cordon rouge et jaune au poignet. Elle pensa au vieil homme de la bibliothèque, qui arborait le même bracelet. Lorsque la foule se dispersa, la jeune femme mit le cap sur la gare de Stonebridge Park, dans une chaleur moite.

En ce milieu de journée, les personnes qui se trouvaient sur le quai semblaient n'avoir aucun but. Certains devaient se rendre au travail, ceux qui faisaient les trois-huit, ce qu'elle comprenait. D'autres, comme elle, erraient sans objectif précis parce qu'ils n'avaient rien d'autre à faire dans cette fournaise.

Soudain, un détail capta son attention, un type coiffé d'un bonnet… par cette chaleur ! Il devait cuire. Il avait une barbe de trois jours soignée et des yeux d'un vert perçant. Elle l'observa un moment. Son T-shirt aux tons vifs était trop ample et tombait sur son jeans. Il monta tranquillement dans la rame, comme s'il n'avait rien à prouver à personne. Sans savoir pourquoi, Aleisha s'intéressa à lui. Il l'intriguait. Elle monta à son tour, sans savoir où le train allait jusqu'à ce que le haut-parleur annonce le terminus : la station Elephant and Castle. Le jeune homme était avachi, jambes écartées, occupant deux places, uniquement parce qu'il le pouvait.

Il sortit son téléphone, fit défiler son écran. Il aurait du réseau jusqu'à ce que la ligne de métro Bakerloo devienne souterraine. Aleisha sortit son propre appareil et fit mine de le consulter tout en détaillant discrètement le jeune homme.

Elle passa une main dans ses cheveux et se recroquevilla légèrement sans cesser de le surveiller. Il leva les yeux et leurs regards se croisèrent furtivement. Elle baissa aussitôt les yeux vers son écran, soudain nerveuse, ne sachant que faire. Elle se rendit sur l'application Tinder. Elle ne s'en était jamais réellement servie, au contraire de ses amies, qui semblaient toujours être sur Tinder, organisant des rendez-vous un soir sur deux. Elle n'avait pas le temps de « matcher » avec des garçons, d'avoir des rencards. Parfois, quand elle voulait faire comme si sa vie était différente, comme si elle était libre, elle faisait défiler les profils, par principe.

Ce type était-il aussi sur l'application ? Et si elle l'avait fait glisser vers la gauche par mégarde ? Pire encore… si elle l'avait fait glisser vers la droite ?

Elle appuya vite sur le bouton central pour fermer l'appli et rangea son appareil dans sa poche, au bord de la panique. Il était toujours sur son écran et ne pouvait s'en rendre compte ; il ne lui prêtait aucune attention. Elle lissa la poche de son jeans et sentit la chaleur du téléphone à travers le tissu.

Elle balaya la voiture du regard avant de se concentrer sur le plan du métro, l'air détachée. Pour être plus convaincante dans son rôle de l'indifférente, elle sortit de son sac *Ne tirez pas sur l'oiseau moqueur*.

Ils étaient déjà à Queen's Park et personne n'était encore descendu du wagon. Ils étaient cinq à attendre leur station. Aleisha se mit à lire, parcourant la page des yeux en quête de l'endroit où elle s'était arrêtée. Soudain, son téléphone bourdonna.

C'était Aidan.

— Allô ? répondit-elle dans un murmure, gênée.

Le jeune homme leva les yeux vers elle. Pourvu qu'elle n'ait pas rougi !

— Rentre à la maison, ordonna Aidan.

— Quoi ?

— Tu peux être là d'ici une heure ?

— Pourquoi ? Tu es là-bas ?

— Oui. Reviens, si tu peux. Je…

Il s'interrompit.

— Quoi, Aidan ?

— J'ai besoin de toi.

Sur ces mots, il raccrocha. Aleisha se sentit aussitôt oppressée. Leilah semblait aller bien, ce matin-là, non ? Du moins, au vu des circonstances.

Aidan n'avait pas dit « j'ai besoin de toi » à sa sœur cadette depuis le départ de leur père. Aidan essayait désespérément de vider toutes ses affaires. Elle ignorait à l'époque pourquoi il voulait à tout prix effacer la moindre trace de leur père dans la maison.

C'était l'été où Aidan avait renoncé à ses études de commerce à l'université, le temps que les choses « se tassent ». Quand ils étaient enfants, ils jouaient à la cliente grincheuse chez un marchand de vélos. Des années durant, elle n'avait pas douté que son frère transformerait en une réalité ce magasin imaginaire où les marchandises étaient figurées par des couverts pris dans un tiroir de la cuisine. Hélas, les choses ne s'étaient pas tassées. Aleisha ignorait si cela arriverait un jour.

« J'ai besoin de toi. » Ces mots résonnaient dans son esprit. Dès que la rame s'immobilisa, elle lança un ultime regard à l'inconnu et descendit sur le quai pour prendre un autre métro qui la ramènerait chez elle. Elle consulta son téléphone pour faire croire au monde entier qu'elle savait ce qu'elle faisait, qu'elle avait une vie.

Elle regarda en arrière dans l'espoir d'apercevoir le jeune homme, mais la rame était déjà partie.

Sur le pas de la porte, elle leva les yeux vers l'étage en dressant l'oreille, en quête d'un indice de ce qui l'attendait à l'intérieur. Elle n'entendit qu'un hélicoptère, à quelques rues de là. Avec les courants d'air, ses cheveux voletèrent.

Avant qu'elle ne puisse trouver le courage de sortir sa clé de son sac pour la glisser dans la serrure, sa sonnerie la fit sursauter. La porte s'ouvrit sur son frère, qui était au téléphone.

— Aleisha, te voilà ! dit-il vivement en baissant sa main tenant l'appareil. Qu'est-ce que tu fais plantée là ?

— Je ne sais pas. Je viens d'arriver. Qu'est-ce qui se passe ?

— Euh… Je dois sortir…

Il évitait avec soin son regard.

— Pour aller où ? demanda Aleisha en l'observant avec attention.

— Je vais travailler. Tu peux rester ?

Aidan demeurait immobile.

— Pour quoi faire ? Pour Maman ? Je croyais que tu avais l'après-midi de libre.

Elle le dévisagea pour déterminer dans quel état se trouvait Leilah.

Aidan avait les yeux baissés sur ses clés de voiture.

— Oui, je… j'ai été appelé à la dernière minute. Écoute, je suis désolé de te faire ça… je ne veux pas la laisser seule aujourd'hui et il faut que je sorte.

Aleisha fit un pas pour entrer mais son frère ne broncha pas. Il lui cachait quelque chose.

— Elle va bien ? insista-t-elle en s'efforçant de masquer sa panique.

Il lui avait dit : « J'ai besoin de toi. »

— Oui, oui, excuse-moi, elle va très bien. C'est juste que… il y a des hauts et des bas, et j'ai des choses à faire. Je ne savais pas où tu étais, tu n'as pas laissé de message.

L'espace d'un instant, Aleisha lut de la panique, du stress, de la douleur dans les yeux de son frère. Elle chassa vite cette pensée. Aidan ne paniquait jamais. Il était tellement occupé. Des trois, c'était lui le plus équilibré. Oncle Jeremy disait toujours : « Ce garçon porte le monde sur ses épaules avec tant de grâce. » Il avait raison.

— Alors ? Tu me laisses entrer ? Ou il faut un mot de passe ?

— Oui, pardon, répondit-il en s'écartant.

Il prit son sac et sortit, affichant un sourire forcé, mais elle perçut une drôle de lueur dans son regard.

— Très bien, à plus tard, dit la jeune femme d'un ton posé alors qu'elle avait envie de lui crier : Ne me sers plus l'argument « j'ai besoin de toi » quand tout va bien !

Elle avait envie de lui hurler combien il lui avait fait peur, elle avait envie de vociférer.

— Je travaille un peu moins longtemps aujourd'hui, reprit-il.

Il suffisait qu'il soit sur le trottoir, qu'il soit sorti de la maison pour que sa voix soit plus enjouée, son regard plus vif. Jamais elle ne l'avait vu réagir de la sorte.

— Je finis à 20 heures. À plus tard. Appelle-moi en cas de besoin, d'accord.

— Comme tu veux.

— Je te prendrai une pizza ou autre chose pour me faire pardonner. Désolé si on a gâché tes projets, conclut-il avant de monter en voiture.

Elle savait que ce « nous » désignait leur mère et lui parce qu'elle ne pouvait se fâcher contre elle quand il « pensait à Maman ».

— Je déteste les pizzas ! lança-t-elle.

Aleisha fit signe à son frère et rentra à pas de loup en espérant que sa mère était au lit. Mais Leilah était assise sur le canapé, à regarder une chaîne internationale. Chaque personne s'exprimait dans une langue différente.

— Maman, dit Aleisha en s'efforçant de parler doucement. Pourquoi tu regardes ça ?

Leilah ne dit rien, apparemment incapable de répondre. Finalement, elle haussa les épaules.

— C'est apaisant, murmura-t-elle.

Aleisha observa l'écran, une série dont les acteurs surjouaient, avec une musique assourdissante. Une femme foudroya quelqu'un d'une œillade meurtrière.

— Comment ça, apaisant ?

Leilah avait le regard vitreux, comme si elle ne voyait rien.

— Tu veux du thé ?

— Non, ça va.

Elle avait les lèvres sèches, presque grises, le front moite de sueur, de même que l'espace entre sa lèvre supérieure et son nez.

C'était une journée en spirale.

Cela faisait longtemps qu'il n'y en avait pas eu. Aidan savait toujours quels signes guetter. Elle regrettait à présent d'être sortie, ce matin-là. Mais Aidan avait insisté, car il était capable de gérer, lui, contrairement à sa sœur. Tout à coup, elle ressentit son absence avec force. Elle s'agitait et ne savait comment rassurer Leilah, elle ne savait que faire ou que dire à sa propre mère. Malgré les années passées dans cette situation, quand Leilah était dans cet état, elle n'était qu'une étrangère.

Dans la cuisine, elle dut s'appuyer sur le plan de travail avant de sortir son mug préféré. Son père le lui avait acheté sur un marché de Noël. Il était peint à la main. Un ange blond aux yeux bleus. Rien à voir avec elle. Quand elle était plus jeune, elle aimait faire comme si elle était le petit ange blond de son père, un ange aux yeux bleus et au teint de pêche.

Au moment où la bouilloire se mit à siffler, Leilah cria :

— Du thé, s'il te plaît !

Aleisha leva les yeux au ciel et rinça le mug *Guerre des étoiles* de sa mère. Il traînait dans l'évier depuis des jours, plein de traces de café. Elle versa de l'eau bouillante sur deux sachets de thé et la regarda se teinter de brun, puis elle versa un nuage de lait dans chaque mug. Elle les porta au salon en prenant soin de ne pas renverser du thé. Ce serait un drame.

Elle posa avec précaution un mug sur la table, près de Leilah, et éteignit le téléviseur. Leilah s'était assoupie, ce qui était incroyable, et elle ronflait légèrement.

Installée dans un fauteuil, face à sa mère, Aleisha l'observa un instant. Elle entendit des gamins passer devant la maison à vélo. Elle entendit leurs jurons, des mères qui riaient derrière leurs poussettes. Elle soupira, puis sursauta en voyant l'écran de son téléphone s'éclairer. Un appel entrant de son père. Elle prit l'appareil et quitta la pièce en refermant doucement la porte derrière elle.

C'était le premier appel de Dean en trois semaines. Son doigt hésita entre « accepter » et « refuser ». Parler à Dean alors que Leilah se trouvait dans la pièce voisine… elle aurait l'impression de la trahir. Mais si elle refusait l'appel, Dean ne la rappellerait peut-être pas. Il avait une nouvelle vie, de nouveaux enfants, une nouvelle femme. Il avait des excuses pour ne pas rappeler – « je suis tellement occupé, ma chérie ».

— Allô ? murmura-t-elle en se couvrant la bouche d'une main.

Elle s'efforça de ne pas trahir son espoir. Elle voulait juste une conversation ordinaire, rien de plus.

— Salut, chérie ! lança-t-il d'un ton débordant de joie.

Elle entendit un brouhaha derrière lui.

— Salut, Papa. Tu es où ?

— Chez moi. Les gosses regardent un film. Et toi ? Pourquoi tu chuchotes ?

— Je suis à la maison. Maman dort.

— Tout… tout le monde va bien ? Et Aidan ?

— Il travaille. Maman ne va pas très bien, en ce moment. Elle ne prend plus de travail, alors on se débrouille.

Aleisha aimait voir sa mère en pleine création ou peindre, parfois. Mais quand elle était mal, elle arrêtait tout. Elle rangeait son ordinateur, son matériel et n'acceptait plus aucune commande. Pour Aleisha et Aidan, c'était le premier signe que quelque chose n'allait pas.

— Tu sais, si tu veux changer d'air, tu peux venir passer du temps ici. On serait heureux de te recevoir. Ce sont les vacances d'été, non ?

— J'ai terminé mes examens, oui, mais… je travaille. Une autre fois, peut-être ? Quand ce sera plus calme. En tout cas, je vais essayer de lire, de préparer mes candidatures pour la fac. En droit, il y a de la concurrence. Aidan veut que je travaille dur.

Elle contempla le mur, imaginant son père assis dans sa maison impeccable, avec ses enfants parfaits en train de rire et de plaisanter devant la télé. L'air était-il aussi lourd dans son nouveau foyer ?

— Bien sûr, je comprends. C'est bien, chérie. Je suis content que tu prennes ça au sérieux.

Il s'interrompit. Aleisha entendit un ricanement. Quelqu'un l'appelait.

— Papa ?

— Je suis désolé, je dois te laisser. Pardon… je te rappelle bientôt. C'est promis. Si tu veux venir nous voir, tu es la bienvenue.

— Je sais.

— OK, bisous, chérie. Je t'aime.

Il raccrocha sans attendre sa réponse.

— Salut, lâcha-t-elle dans le vide.

Il fallait qu'elle fasse travailler son cerveau pour éviter d'être enveloppée par le silence. Elle fit défiler ses appels récents.

Aidan. Aidan. Aidan. Maison. Maison. Kyle. Dev. Kyle. Maison. Aidan.

Elle ouvrit sa liste de contacts pour appeler Rachel en espérant presque qu'elle ne répondrait pas. Elle ne savait pas vraiment quoi lui dire. Après avoir entendu la voix de son père, si détendue, elle se sentait plus inutile que jamais.

— Salut, petite cousine ! lança Rachel.

— Salut, répondit Aleisha, incapable de dissimuler sa tristesse. Tu vas bien ?

— Désolée, ma belle, je suis avec des copines. Je peux te rappeler plus tard ?

— Pas de problème, acquiesça Aleisha d'un ton faussement enjoué.

Elle ne voulait pas que Rachel culpabilise de mener une vie normale.

— On se parle dans la semaine, d'accord ? Bonne soirée !

Elle raccrocha avec un soupir. Pour l'heure, elle devrait se contenter des ronflements de sa mère pour toute compagnie.

Leilah était assise à côté d'elle, la tête inclinée sur sa propre épaule, et dormait paisiblement. L'espace d'un instant, Aleisha eut envie de la secouer, de la réveiller et de lui crier :

— Maman ! Parle-moi ! Discutons !

Mais elle se ravisa aussi vite.

Elle sortit de sa coque de téléphone la liste de lecture, la déplia et la replia entre ses mains, puis elle tira doucement *Ne tirez pas sur l'oiseau moqueur* dans son sac. Quelqu'un avait pris soin de cette liste, l'avait conservée. Qu'y avait-il dans ces livres ? Pourquoi avoir choisi ceux-là ? Son auteur savait-il que son bout de papier deviendrait la liste de lecture de quelqu'un d'autre ?

Elle regarda *Ne tirez pas sur l'oiseau moqueur* et fut un peu gênée au souvenir de son trouble quand elle l'avait ouvert à la bibliothèque, comme si toutes les personnes présentes l'avaient observée en se demandant ce qu'elle faisait, pourquoi elle se conduisait en rat de bibliothèque. Là, il n'y avait qu'elle, personne pour la juger.

Elle replia le livre en arrière pour mieux l'ouvrir et commença à lire en murmurant chaque mot avec prudence, telle une écolière lors d'un exercice de lecture. Puis, elle s'autorisa à suivre son propre rythme, à s'attarder sur chaque mot. De temps à autre, elle jetait un coup d'œil à Leilah pour voir si elle se réveillait, mais elle ne bougeait pas. Ce livre permettait à Aleisha de pénétrer deux mondes, celui dans lequel elle se trouvait actuellement, à côté de sa mère, dans une chaleur moite, et celui de deux enfants, Scout et son frère aîné Jem, qui habitaient Maycomb, une bourgade de l'Alabama, où ils jouaient dehors, faisaient des bêtises, étaient… des enfants. Elle aurait tout donné pour à nouveau voir la vie à travers les yeux d'un enfant, quand la vie était moins sérieuse et les voisins effrayants rien de plus qu'un passetemps amusant, quand la famille n'était autre que la maison. Dès les premières pages, elle comprit que Scout entravait Jem mais qu'il la supportait quand même.

— Maman, fit Aleisha en se tournant vers Leilah, dont les yeux étaient encore fermés, qu'est-ce que tu penses de Scout et Jem ? Ils ne te rappellent personne ?

Elle sourit, n'attendant aucune réponse, et aperçut la photo exposée sur la cheminée : elle et Aidan à sept et quinze ans, enlacés (sur ordre de Leilah, derrière son appareil) et faisant la grimace. Elle eut un nouveau sourire pour elle-même.

Aleisha rencontra ensuite le père de Scout et Jem. Scout, la narratrice, l'appelait simplement Atticus. Cela ne faisait sens que parce qu'il était important. « Papa » semblait trop banal pour Atticus. Il était avocat, sage, bienveillant, juste… Elle se tourna vers Leilah.

— Maman ! Il est avocat ! murmura-t-elle. Un ténor du barreau dans cette petite ville, apparemment.

Elle voyait Atticus à travers les yeux de Scout. Un homme corpulent, puissant, un homme à respecter. Elle avait eu ce regard pour son propre père, autrefois. C'était étrange comme, après l'enfance, les parents devenaient de simples humains, avec les mêmes peurs, les mêmes soucis que leurs enfants.

— Maman, chuchota-t-elle, je crois que je commence à comprendre.

Elle eut l'impression de voir bouger sa mère, ses yeux s'entrouvrir. Allait-elle lui dire quelque chose, finalement ? Non. Aleisha se recroquevilla sur le canapé, contre sa mère, comme quand elle était petite. Serrant le livre dans ses bras, elle ferma les yeux.

À son réveil, le lendemain matin, La couverture plastifiée du livre lui collait un peu aux mains. En balayant la pièce du regard, elle crut voir une petite enfant assise dans le fauteuil, en face d'elle, les genoux écorchés, en short, les jambes un peu maculées de la terre d'Alabama : Scout. Elle avait quitté Wembley pour Maycomb. Elle regarda à l'autre extrémité du canapé, s'attendant à voir Leilah, se demandant si elle partageait ce moment, mais elle n'était pas là. Aleisha était seule. Pour la première fois depuis longtemps, le silence n'était pas oppressant. Elle pouvait respirer.

7

Mukesh

BIP.

« Papa, c'est Rohini. Je dois me rendre au bureau aujourd'hui, alors je vais déposer Priya chez toi pour quelques heures. Elle n'a pas école : c'est une journée de formation pour les professeurs. Je lui ai préparé un déjeuner parce qu'elle est un peu difficile et elle aura un livre, alors tu n'auras pas à la distraire. Je lui ai pris rendez-vous chez le coiffeur sur la grande route de Wembley à 17 heures. Tu pourras me la ramener là-bas ? Ça te fera du bien de marcher un peu. À plus, Papa. Je serai là vers 11 heures. »

Bip.

« Salut, Papa, Rohini vient de m'appeler, elle voulait savoir si tu avais eu son message. Elle m'a envoyé un texto pour me dire qu'elle était en route vers chez toi. »

Bip.

« Salut, Papa, c'est Deepali. Rohini m'a dit que tu es inscrit pour la marche caritative cette année ! Génial ! Je vais t'apporter mes DVD de fitness. Maman les adorait. Ils la maintenaient en forme. Tu devrais commencer à t'occuper de toi. »

Il était 10 h 45 et Mukesh écoutait le message de Rohini pour la quatrième fois pour s'assurer d'avoir bien compris les détails. Elle arrivait vers 11 heures. Le rendez-vous chez le coiffeur était à 17 heures. Pas de repas à préparer pour Priya. Eh bien ! Il ignora le message de Vritti, qui jouait toujours le rôle de messagère de Rohini. Quant au DVD de fitness de Deepali, il ne lui disait rien qui vaille. D'après ses souvenirs, Naina faisait semblant de les apprécier pour que Deepali n'ait pas l'impression d'avoir gaspillé son argent.

Il nota les détails essentiels sur un bloc-notes que Rohini lui avait fourni à cet effet (« Papa, on dirait que tu n'écoutes jamais mes messages téléphoniques. Tu devrais poser ça près de l'appareil pour prendre des notes. ») La sonnerie retentit. Le cœur de Mukesh s'emballa de plus belle. Il détacha une autre feuille au cas où Rohini ait d'autres consignes avant son arrivée.

— Je suis presque prêt, promis. Onze heures, bredouilla-t-il dans l'appareil.

— Allô, vous êtes bien M. Patel ? fit une voix masculine.

— Oui, répondit Mukesh, un peu méfiant. Ici M. Patel. Qui est à l'appareil ?

— Bonjour, monsieur Patel, c'est Kyle, de la bibliothèque de Harrow Road. On s'est parlé l'autre jour. L'un des livres que vous aviez demandés est de nouveau disponible.

— Je n'ai rien demandé… je ne sais pas comment faire.

— Vraiment ? Nous avons une requête pour *Ne tirez pas sur l'oiseau moqueur* dans nos fichiers.

— Je vous assure que je n'ai rien commandé. Je regrette de vous avoir fait perdre votre temps.

— Ah, c'est bizarre… Une erreur technique, sans doute. Voulez-vous que j'annule cette réservation ? J'ai le livre devant moi, mais je peux le remettre en rayon.

Soudain, une idée vint à Mukesh qui relut son Post-it : « Priya… inutile de la distraire… » Après tout, un livre était un livre, non ? Si la bibliothécaire n'avait pas su lui en conseiller un, il n'avait qu'à mettre à profit cette erreur technique. Il n'avait pas de temps à perdre. Il parviendrait peut-être à distraire Priya, finalement ! Ce serait le point de départ. Il lui montrerait ainsi qu'il essayait de comprendre.

— Je passerai le chercher aujourd'hui, répondit-il à Kyle. Ça ira ?

— Bien sûr, monsieur Patel.

— Merci, jeune homme. Merci beaucoup. Comment dois-je faire ?

— Vous venez simplement à la bibliothèque avec une pièce d'identité, car vous devez encore récupérer votre carte de prêt, je crois, et vous indiquez votre demande à l'employé de l'accueil. C'est aussi simple que ça !

Mukesh n'en était pas si sûr, mais il devrait se débrouiller.

— Merci, jeune homme, répéta-t-il avec une sourde appréhension.

Au moment où il raccrochait, l'horloge sonna 11 heures et quelqu'un frappa à la porte.

— Rohini ! Priya ! dit-il en ouvrant la porte avec un sourire forcé. Comme vous êtes jolies !

Rohini était en tenue de travail, un tailleur-pantalon en lin et des lunettes très tendance. La mine sérieuse, elle le salua d'un signe de tête.

— Merci de me dépanner à la dernière minute, Papa. Vous devez avoir un tas de choses à vous raconter tous les deux.

Priya et Mukesh échangèrent un regard suggérant qu'ils n'avaient jamais eu grand-chose à se raconter.

L'espace d'un instant, le cœur du vieil homme se serra.

— Aujourd'hui, on va à la bibliothèque !

Priya posa sur lui un regard perplexe.

— Génial, commenta Rohini en essayant de masquer son étonnement.

Dès qu'elle s'éloigna vers sa voiture, sa fille prit sa position habituelle, au salon, un livre à la main.

— Rohini ! lança Mukesh. Ça parle de quoi, *Ne tirez pas sur l'oiseau moqueur ?*

— Hein ?

— Ce roman, il parle de quoi ?

— Papa, il y a tellement longtemps que je l'ai lu… je ne m'en souviens pas très bien. Je sais seulement que je me suis mise à pleurer, à un moment, et que Maman m'a consolée. Elle croyait que j'étais stressée à cause des examens, mais c'était le roman.

Rohini revoyait la scène en pensée.

— Tu ne vas pas l'emprunter à la bibliothèque pour Priya ? Je pense qu'elle est encore un peu trop jeune.

— Non, c'est pour moi.

— Ah oui ? fit-elle en observant enfin son père. C'est bien, Papa. Maman serait fière.

Mukesh se rengorgea malgré lui. Rohini monta en voiture et lui fit signe. Quand elle eut disparu, il entendit Naina murmurer à son oreille : *Merci, Mukesh. Merci d'essayer encore.*

8

Aleisha

— ALEISHA ? interrogea Kyle de son ton « professionnel » indiquant qu'il se trouvait déjà à la bibliothèque.

— Oui ?

— Le vieux monsieur, celui que tu as contrarié…

Kyle adorait culpabiliser les gens.

— Eh bien, il passera aujourd'hui chercher le livre que tu lui as réservé. Ton astuce semble avoir fonctionné. Tu veux être présente pour lui en parler ? Je le ferai volontiers, je connais très bien ce roman.

Aleisha leva les yeux au ciel. Naturellement… Kyle savait tout sur tout. Elle ignorait pourquoi elle avait effectué cette réservation mais, dès qu'elle avait tourné la dernière page de *Ne tirez pas sur l'oiseau moqueur*, elle avait eu envie d'en parler avec quelqu'un. Or cet homme cherchait un livre. Elle se demandait à présent s'il n'était pas venu à la bibliothèque en quête de davantage qu'une histoire à lire. Et s'il avait besoin d'un ami, quelqu'un à qui parler, aussi ? Pendant un moment, Scout et son frère Jem… avaient été des amis pour Aleisha. Si cet homme lisait le roman, aurait-il la même impression ?

— Oui, je préfère être là, répondit-elle à Kyle. J'attends le retour de mon frère et je viens d'ici une heure environ.

— D'accord. Arrange-toi pour avoir des choses intéressantes à lui raconter. Il faut lui vendre ce roman. Chaque client compte, n'oublie pas.

Elle raccrocha en grommelant intérieurement. Que lui avait dit Thriller sur ce livre ? Pouvait-elle reprendre certains de ses arguments face au vieil homme ? Elle se souvenait simplement que ce titre n'était pas dans les lectures habituelles de Thriller. Il l'avait sorti de ses histoires effrayantes et tordues, pour une fois.

Sur son téléphone, elle tapa « thèmes abordés dans *Ne tirez pas sur l'oiseau moqueur* » puis « discussions sur *Ne tirez pas sur l'oiseau moqueur* » sur son moteur de recherche. Une liste de questions dignes de son professeur de lettres apparut à l'écran. Elle feuilleta ces pages qu'elle avait tant appréciées, revit Jem, Scout et leur ami Dill tourmenter le vieux monsieur vivant dans la maison hantée du bout de la rue. Elle tomba sur la page où Atticus prépare sa défense de l'innocent Tom Robinson. Son subconscient avait pris des notes. Le droit ressemblait-il vraiment à cela ? Elle avait dévoré ces pages, enragée par le traitement que les gens de la ville réservaient à Tom et à Atticus.

— Aidan ! avait-elle crié quelques nuits plus tôt en entrant en trombe dans sa chambre.

Il était assis sur son lit avec son ordinateur portable, à parcourir l'écran d'un air vague.

— Qu'est-ce qui se passe, Aleisha ?

— Ça ! avait-elle répondu en brandissant le roman. Les habitants de Maycomb, cette ville de fiction. Ils sont horribles ! Ce type est accusé d'avoir agressé une femme blanche et tout le monde la croit uniquement parce qu'elle est blanche. Atticus, c'est un genre d'avocat, un très bon avocat, défend Tom. Tous les autres… ils sont odieux !

— *Ne tirez pas sur l'oiseau moqueur* ? avait fait Aidan en examinant la couverture. Je sais que ça va un peu loin, parfois, mais quand tu stresses, souviens-toi que ce n'est qu'un bouquin.

— C'est toi qui dis ça ? Tu étais le seul à te déguiser en un personnage de roman pour Halloween. Tu vois ce que je veux dire… on a une impression de vérité. Je suis sûre que ça a existé. C'est un véritable combat pour la justice.

— Il t'a vraiment captivée, ce roman, avait-il plaisanté gentiment.

Il n'avait pas tort. Pour l'heure, elle avait besoin de quelque chose d'intéressant à dire dessus et elle ignorait si ses impressions avaient une quelconque valeur. Elle avait ressenti des choses en lisant cette œuvre, mais de là à partager cette expérience…

En attendant que l'eau boue, elle s'appuya contre le plan de travail de la cuisine. Ce contact dans le bas de son dos lui rappela un souvenir d'enfance. Aidan lui courait après quand elle avait trébuché. Elle avait eu l'impression de s'envoler avant de se cogner l'arcade sourcilière gauche contre le bord du plan de travail.

Comme toujours, Aidan était venu à la rescousse. Si Dean lui avait reproché de courir dans la maison, il n'avait pas eu à lui demander d'aller chercher un bandage et une compresse humide pour endiguer le saignement. Aidan avait pris l'initiative de la soigner. Leilah l'avait longtemps surnommé « notre petit docteur ». Aidan était toujours parfait.

Elle s'installa au salon, tenant son mug à deux mains, et regarda par la fenêtre. Chaque fois qu'elle voyait quelqu'un passer, elle buvait une ou deux gorgées. C'était un petit jeu ennuyeux auquel elle se livrait quand elle buvait du thé en solitaire. Elle commençait à s'inquiéter. Si Aidan tardait encore longtemps, elle n'arriverait pas à temps à la bibliothèque pour voir le vieux monsieur.

C'est alors que se produisit une scène qui semblait surgie des pages d'un roman : elle vit passer le jeune homme du métro, sans son bonnet, cette fois. Son imagination lui jouait-elle des tours ? Non, c'était bien lui !

Elle s'approcha, son souffle formant une couche de buée sur la vitre et le regarda traverser son champ de vision. À cet instant, la voiture d'Aidan s'arrêta au bord du trottoir d'en face, sa place habituelle. Le cœur d'Aleisha se calma. La silhouette de son frère se pencha vers la place du passager, sans doute pour ranger ses lunettes de conduite. Il détestait admettre qu'il en avait besoin. Enfin, il inclina la tête en arrière et regarda vers le ciel. Aleisha patienta. Au lieu de descendre de voiture, il s'attarda plusieurs minutes.

Le temps s'arrêta. Elle observait Aidan avec l'impression d'être une intruse, une espionne. Que se passait-il ? Soudain, elle perçut un murmure, derrière elle.

— Qu'est-ce qu'on regarde ?

C'était Leilah, déjà vêtue d'un jeans et d'un T-shirt. Sans doute dans un bon jour. Aleisha s'efforça de masquer sa surprise.

— Tu es levée !

— Bien sûr que je suis levée.

Aleisha fronça les sourcils.

— Qu'est-ce que tu regardes ? insista sa mère.

— Rien.

Elle se retourna pour masquer la voiture d'Aidan afin d'accorder à son frère un moment pour lui.

— Je viens de voir passer un type que j'ai vu dans le métro, un jour, expliqua-t-elle pour faire diversion.

— C'est saisissant, commenta Leilah avec un sourire.

Elle avait le regard moins las, ce matin-là.

Aleisha jeta un dernier regard en direction d'Aidan. Il savait qu'elle l'attendait. Elle lui avait envoyé un texto disant qu'il fallait qu'elle aille travailler. Pourquoi n'entrait-il pas ? Que faisait-il ? Son frère se couvrit le visage de ses mains, les épaules voûtées. Il resta ainsi plusieurs minutes, puis il leva la tête en direction de la maison, de sa sœur.

— Maman ? fit Aleisha, déterminée à passer à l'action.

En se retournant, elle constata que sa mère n'était plus là.

— Je suis en haut ! répondit Leilah.

Aleisha se leva vivement du canapé pour faire comme si elle n'avait pas regardé par la fenêtre. Elle gravit les marches. Devant la porte de la chambre, elle entendit les petites voix métalliques de la radio.

Dès qu'elle entra, Leilah enleva un écouteur.

— Viens, chérie, dit-elle d'un ton léger. Viens t'asseoir avec moi.

Aleisha s'efforça de maîtriser son sentiment de panique à cause de la bibliothèque pour se concentrer sur sa mère. En cet instant, elle avait besoin d'un câlin, que Leilah lui dise que tout allait bien se passer.

Celle-ci était assise au pied du lit. Aleisha était habituée à la voir recroquevillée sur elle-même. Cette fois, ses jambes dépassaient du bord, ses orteils effleuraient le sol. La radio était posée à côté d'elle, ses écouteurs semblaient lui injecter un peu de vie.

Elle tapota le matelas, de l'autre côté de la radio. Aleisha obéit et s'assit. Leilah débrancha ses écouteurs et enroula le fil avec soin avant de les poser près de la radio. Aleisha releva l'aspect graphique de la scène, l'alignement des pieds de sa mère et du sol, de son dos et du lit. La radio et les écouteurs, bien perpendiculaires. Elle eut l'impression que ses limites invisibles passaient à travers elle, au-dessus et autour d'elle. Elle reconnut ses propres lignes de démarcation, la légère courbe de son dos et le lit, ses propres jambes et le sol, ses pieds, orteils vers le bas, contrairement à sa mère. Sa mère lui souriait mais elle ne savait pas comment réagir, en cet instant. Elle n'avait qu'une idée en tête : elle ne faisait pas partie du tableau.

Aleisha était pétrifiée. Elle n'osait esquisser le moindre mouvement de peur de changer l'humeur de sa mère, de lui rappeler combien sa fille n'était pas à sa place. Quelques minutes plus tard, elles entendirent un bruit de clés et le cliquetis de la serrure. Leilah se leva d'un bond, oubliant Aleisha d'un seul coup. Le charme de l'instant était rompu.

— Aidan ! lança sa mère en se dirigeant vers la porte d'entrée.

Penchée sur la balustrade, Aleisha vit Leilah étreindre son fils. Elle le dévisagea, toujours serré contre elle. Il souriait. Il avait le regard tellement vif !

— Viens avec moi à la cuisine, dit Leilah en l'entraînant. Je crois que je vais cuisiner !

Aleisha resta là où elle était avec l'impression d'être de trop. Puis elle se ressaisit et alla chercher son sac dans sa chambre. Elle enfila ses chaussures sur le pas de la porte. Aidan s'approcha d'elle, arborant déjà son tablier.

— Tu pars à la bibliothèque maintenant ?

— Oui. Tu sais, le vieux monsieur… il vient chercher le livre que je lui ai conseillé.

— C'est génial ! Et tu feras mieux, cette fois ?

— Évidemment. Ce livre que j'ai lu…

— *Ne tirez pas sur l'oiseau moqueur* ?

— C'est ça. Tu t'en souviens.

— Tu n'as pas arrêté de m'en parler.

— C'est drôle… je ne sais pas si je vais arriver à dire quelque chose de valable.

— Il va adorer. Tu m'as dit un tas de choses très cools.

Aleisha ne se sentit plus de joie et rougit. À part ce M. Je-sais-tout de Kyle et Dev, son frère était le seul qui s'y connaisse en lecture.

— Ah oui ?

— Je t'assure. En revanche, je t'ai aussi vue assoupie avec le roman entre les mains. J'ai cru qu'il t'avait ennuyée au point de t'endormir.

Aleisha leva les yeux au ciel et lui donna une tape sur le bras.

— Arrête ! je suis capable de me concentrer, tu sais. N'oublie pas que c'est moi qui ai toujours eu de bonnes notes à l'école.

— Qu'est-ce que tu attends, alors ?

— Toi ! conclut-elle en quittant la maison.

— On dirait une scène de *Love Actually* ou un film de ce genre ! railla Aidan.

La voix de Leilah s'éleva derrière lui.

— Aidan chéri, tu viens m'aider ?

Aleisha répondit à son frère par un doigt d'honneur.

LA LISTE DE LECTURE

Indira

2017

INDIRA ÉTAIT EN RETARD POUR SA RÉUNION parce que le taxi s'était trompé dans ses réservations. Elle arriva au temple en nage et au bord de la panique. Elle savait que Naina dirigeait le *satsang*, ce jour-là, même si elle n'avait pu le faire pendant longtemps à cause de son traitement, et elle lui avait promis d'être présente. Elle voulait la voir, la soutenir. Elle priait pour Naina chaque jour. Elles n'étaient pas spécialement proches car Indira n'était proche de personne, mais Naina était serviable et Indira trouvait important de retourner une faveur au moment où c'était le plus utile.

Pourquoi fallait-il qu'elle arrive en retard ce jour-là ?

Indira s'assit sur un siège proche des casiers à chaussures et ôta ses sandales dont les brides étaient serrées par du Velcro. Elle garda ses chaussettes malgré les recommandations de son médecin (« Si vous devez marcher, faites-le pieds nus, c'est préférable, madame Patel. Vous risquez moins de glisser. »)

Indira n'écoutait jamais le médecin, de toute façon.

Elle glissa ses sandales dans un sac en plastique et sélectionna son casier préféré, le numéro 89 du rang D. C'était un rituel. Parfois, quand il y avait un groupe scolaire, il était déjà pris. Tous les autres savaient que c'était la place d'Indira.

Elle vérifia son casier pour s'assurer qu'il était bien vide. Rien de spécial, à part une boulette de papier, vers le fond. Indira s'en saisit et, étant curieuse de nature, le défroissa pour voir si elle pourrait le rendre à son propriétaire… ou la personne l'ayant jeté négligemment. Qui oserait jeter un détritus dans le casier d'Indira ?

Si le besoin s'en fait sentir :
Ne tirez pas sur l'oiseau moqueur
Rebecca
Les Cerfs-volants de Kaboul
L'Histoire de Pi
Orgueil et Préjugés
Les Quatre Filles du docteur March
Beloved
Un garçon convenable

Indira fronça les sourcils. Qu'est-ce que c'était que cela ? Une sorte de liste rédigée d'une belle écriture anglaise qu'elle ne reconnut pas. Impossible d'identifier le coupable et de le réprimander faute d'indices.

Elle consulta l'horloge. Déjà 14 h 5 et elle n'était pas encore dans la salle ! Elle savait qu'il fallait jeter le bout de papier dans la corbeille, mais celle-ci était dans l'autre direction et elle n'avait pas le temps. Se disant qu'il s'agissait peut-être d'un message pour quelqu'un, voire pour elle, elle le plia nettement et le glissa dans son sac en plastique à l'effigie de Swami Bapa qui semblait la regarder.

Elle repéra Mukesh, le mari de Naina, qui regardait par la vitre d'une porte séparant l'entrée de la grande salle.

— Dis donc ! Qu'est-ce que tu reluques ? C'est réservé aux femmes, ici ! File ! plaisanta Indira.

— Comment ça va, Indira ? Je m'assure simplement qu'elle va bien. Je lui ai promis de rester.

Il avait la voix tremblante et les yeux rouges, l'air fatigué.

— Tu vas te coincer le dos, penché comme ça.

— Indira, je sais que tu me comprends. Regarde !

Il lui désigna l'intérieur de la salle. Les avant-bras appuyés sur son déambulateur portant l'emblème du temple, elle tourna la tête dans la direction indiquée.

— Je dois veiller sur elle.

Naina avait tellement changé ! Ses cheveux d'ordinaire noirs et tressés étaient couverts d'un vieux sari qui n'allait pas avec le reste de sa tenue. Cela ne lui ressemblait pas. Indira n'en dit rien à Mukesh qui n'osait quitter sa femme des yeux de peur qu'elle ne disparaisse.

Naina avait les traits tirés, ce qui ne l'empêchait pas d'être aussi expressive et animée que de coutume, malgré ses paupières lourdes. Elle agitait les bras au rythme de la musique et mettait toute son énergie dans ce chant qui lui insufflait peut-être un peu de vie. Les femmes assises sur des chaises ou par terre tapaient des mains, vêtues de saris aux couleurs chatoyantes.

Sans son corps amaigri, ses épaules voûtées, ce qu'Indira remarquait pour la première fois, son visage amaigri et son foulard sur la tête, nul n'aurait deviné que Naina souffrait d'un cancer. Hélas, les signes étaient bien visibles. Pourquoi Dieu avait-il choisi Naina ? Elle avait une famille, des êtres chers. Indira, elle, était en pleine forme et il ne restait pratiquement plus personne pour l'aimer.

— Je dois entrer, dit-elle à Mukesh, qui hocha la tête, la mine grave.

Il lui ouvrit la porte. Naina lui sourit et lui fit signe d'approcher, sans cesser de chanter.

Dans la salle, Indira percevait l'amour et le respect de chacune pour cette femme. Si Indira traversait la même épreuve, les gens seraient-ils présents pour elle ? Elle en doutait. Elle savait pourquoi. Elle savait qu'elle était différente de Naina. Indira avait toujours cherché à établir un contact avec les autres. Malheureusement, ce n'était pas réciproque.

À la fin de l'assemblée, Indira resta près du mur du fond en faisant semblant de vérifier qu'elle avait bien toutes ses affaires, mal à l'aise et ne sachant à qui parler. Naina s'approcha d'elle. Les autres étaient occupées à bavarder entre amies ou avec leurs sœurs, leurs cousines, leurs voisines.

— Indira, c'est gentil d'être venue. Cela faisait un moment, non ?

— Ah, tu as si bien chanté ! Tes filles sont très fières.

Indira désigna les trois femmes alignées au premier rang.

— Elles n'ont pas arrêté de taper dans leurs mains et de t'encourager !

Naina se tourna vers ses filles, Deepali, Rohini et Vritti.

— Oui, elles sont formidables.

Indira hocha la tête et prit le visage de Naina entre ses mains. Elle avait la peau douce et chaude.

— *Jai Swaminarayan*, lui murmura-t-elle.

Les mains de Naina se posèrent sur les siennes.

— Merci, dit-elle avec un sourire bienveillant, une étincelle dans le regard.

Ce fut la dernière fois qu'Indira vit Naina. La liste de lecture demeura pliée et oubliée dans le sac en plastique pendant longtemps. Chaque semaine, elle allait au temple. Quant à la liste, elle trouverait un moyen de se manifester au moment opportun.

9

Mukesh

— DÉPÊCHE-TOI, DADA ! J'ai hâte d'être à la bibliothèque.

Mukesh appréciait cette marche au bord de la grande route. Hélas, ses poumons le piquaient tandis qu'il peinait à suivre sa petite-fille, qui sautillait au-devant de lui. En la regardant, il se sentait encore plus vieux et vulnérable. Il avait tenu Priya dans ses bras juste après sa naissance, avec ses grands yeux et son nez minuscule. Comme elle lui semblait petite et fragile ! Et voilà que les rôles étaient inversés. C'était lui qui risquait de se casser, à présent.

La bibliothèque de Harrow Road se trouvait dans une ancienne maison, très différente du centre municipal, un édifice moderne. Autrefois, quelqu'un avait dû habiter derrière ces murs blancs à colombages noirs. Derrière s'étendait le parc, si paisible bien qu'il se situât en bordure de route. Il y avait de nombreuses fenêtres, dont certaines étaient récentes, sans oublier cette horrible porte vitrée automatique, à l'entrée. Il vit une pancarte qu'il n'avait pas remarquée avant :

SAUVEZ NOS BIBLIOTHÈQUES.
FAITES CIRCULER L'INFORMATION.

— Ouah, murmura Priya. Ba m'a amenée ici quand j'étais petite. Je ne me rappelle pas très bien.

Mukesh hocha la tête. Il était nerveux, gêné, après sa mésaventure de la dernière fois. Par bonheur, l'enthousiasme de Priya le gagna rapidement. La tenant par l'épaule pour l'empêcher de courir loin de lui, il attendit un instant avant d'entrer, le temps de vérifier qui était à l'accueil. Par la vitre, il vit une chevelure brune nouée en chignon qui dépassait du comptoir. C'était elle ! La jeune fille grossière. Il soupira et se redressa fièrement.

La porte s'ouvrit comme par miracle. Dès qu'ils eurent franchi le seuil, Priya fila vers la section jeunesse. Elle était un peu trop grande pour ces ouvrages, mais elle savait sans doute ce qu'elle cherchait.

Priya déambula parmi les rayonnages, totalement à l'aise dans ce nouvel univers. Comment pouvait-elle trouver cela aussi facile ? En vérité, les personnes présentes semblaient aussi à l'aise qu'elle. Toutes sauf lui.

Certaines étagères étaient remplies de livres, alors que d'autres n'en contenaient que quatre ou cinq. Contre un mur étaient alignés des ordinateurs d'aspect moderne. Certaines chaises étaient abîmées et d'autres étaient flambant neuves. Il y avait un espace à l'étage dont l'accès était fermé par une chaîne et un panneau « réservé au personnel ». Cette bibliothèque n'était pas très grande, mais il y trouverait bien quelque chose. La raison de sa présence lui revint : cette réservation mystérieuse qui devait être la première étape de son changement. Il deviendrait bientôt un rat de bibliothèque, comme les autres habitués de ce lieu.

Il prit son courage à deux mains et se dirigea vers la jeune fille de l'accueil. Il eut la surprise de la voir sourire.

— Bonjour, dit-il prudemment.

Il jeta un coup d'œil en direction de Priya, qui avait adopté sa position habituelle, sur un gros coussin, un livre entre les mains.

— Bonjour. Je peux vous renseigner ?

Mukesh ne vit ni téléphone portable ni écouteurs, rien qui puisse l'empêcher de lui accorder son attention. C'était étrange.

— Je viens chercher un livre que j'ai réservé. Auparavant, j'ai une question.

— D'accord.

— Voyez-vous, ce n'est pas moi qui l'ai réservé. Je ne suis inscrit que depuis une semaine. Est-ce un livre de bienvenue ou quelque chose de ce genre ?

— Vous êtes M. Mukesh Patel ?

— Oui… c'est moi.

Soit elle en savait trop, soit cette bibliothèque offrait un service exceptionnel.

Elle tapa quelques mots sur son clavier. Ses ongles produisaient un claquement sur les touches qui lui fit serrer les dents.

— Oui… *Ne tirez pas sur l'oiseau moqueur*, c'est bien ça ? s'enquit-elle, les yeux rivés sur l'écran.

Qu'allait-il se passer ensuite ?

Elle sortit quelque chose de sous le bureau. Un livre, qu'elle lui tendit. S'il n'appréciait guère la texture de sa couverture, il s'y ferait.

— Je… c'est moi qui l'ai réservé pour vous, avoua-t-elle. L'autre jour, vous vouliez un conseil. J'ai pensé à ce roman qui pourrait vous plaire. Il est… bon.

Mukesh avait l'air de n'avoir jamais touché un seul livre de sa vie. Il eut envie de demander à la jeune femme de quoi celui-ci parlait, mais il redoutait que ce ne soit une question stupide. Sans doute était-il censé le savoir.

— Dada, je peux prendre celui-ci ?

Priya venait d'apparaître près de lui, brandissant *Le Sorcier de Terremer*, d'Ursula K. Le Guin, un roman de fantasy pour jeunes adultes.

Mukesh haussa les épaules et se tourna vers l'employée pour obtenir un conseil. Elle hocha la tête.

— Bien sûr, vous pouvez emprunter jusqu'à… six livres à la fois pour chaque carte.

Elle poussa vers lui une carte à son nom.

Priya observa son grand-père et l'encouragea du regard. Jamais il ne l'avait vue aussi enthousiaste. Elle se dandinait, serrant le livre contre son cœur.

— Vous savez, votre petite-fille peut également lire votre livre, *Ne tirez pas sur l'oiseau moqueur.*

Mukesh réfléchit un instant. Rohini n'avait-elle pas dit qu'elle était trop jeune pour ce roman ?

— Donc ce n'est pas un livre de bienvenue ? dit-il en prenant sa carte.

— Si, en quelque sorte. Si vous ne voulez pas le lire, pas de problème. Moi, je l'ai trouvé bon.

Soudain, elle perdit de son assurance.

— J'ai entendu parler de ce livre, Dada. C'est aussi un film.

— Ah oui, chérie ? Il parle de quoi ?

Priya fronça les sourcils.

— Je ne sais pas. Je ne sais pas tout !

Mukesh se mit à rire. L'employée parut sur le point de se lancer dans un long discours, mais elle s'en tint à :

— C'est un excellent point de départ. Un classique.

— Il pourrait me plaire ? s'enquit Mukesh, ignorant s'il s'adressait à sa petite-fille ou à la bibliothécaire.

S'il avait aimé *Le temps n'est rien*, c'était surtout parce qu'il lui était arrivé entre les mains au bon moment et qu'il l'avait rapproché de Naina.

L'employée acquiesça.

Mukesh observa la couverture. Le titre semblait écrit à la main. Il dut plisser les yeux pour le déchiffrer.

— Pourquoi ce titre ? demanda-t-il.

— C'est une citation… désolée, fit la jeune fille en se reprenant aussitôt. Je ne vais pas divulguer l'intrigue. Vous devrez le lire pour comprendre. Je ne vous mets pas la pression.

— Oh oui, Dada ! s'exclama Priya en adressant un sourire complice à l'employée.

Mukesh lut de l'admiration dans le regard de sa petite-fille. Le genre de regard que ses filles adressaient à leurs grandes cousines qu'elles considéraient comme des jeunes femmes particulièrement « cool ».

— Pouvez-vous me conseiller d'autres livres ? Puisque je peux en emprunter six… dont celui-ci, ajouta-t-il en désignant l'ouvrage choisi par Priya.

La jeune fille réagit aussitôt.

— Non, non, mieux vaut commencer par ça, croyez-moi. Il pourrait vous inspirer pour votre prochaine lecture.

— Je vais essayer, répondit-il avec un sourire qu'elle lui rendit. Priya, j'emprunte un livre !

— Je sais, Dada. C'est cool.

Elle tendit son livre à la jeune fille. Mukesh en fit autant.

— Dada, ta carte, murmura l'enfant avec un coup de coude.

L'employée scanna le code-barres de la carte, puis ceux des livres.

— Quand faut-il les rendre ?

— Dans trois semaines. Vous pouvez prolonger par téléphone ou en ligne, au besoin.

— Non, j'aurai terminé. Et elle aussi.

— Vous voulez un coup de tampon sur la page de garde, au cas où ?

Mukesh ouvrit *Ne tirez pas sur l'oiseau moqueur* et remarqua les différents tampons dateurs. Ce livre n'était pas juste pour lui, il était pour tout le monde. Tant de personnes l'avaient emprunté avant lui ! Et tant d'autres l'emprunteraient à l'avenir. Peut-être l'avaient-ils lu sur une plage, dans un train, dans le bus, au parc, dans leur salon. Et aux toilettes ? Il espérait que non. Chaque lecteur était lié aux autres sans s'en rendre compte. Et il ferait bientôt partie de la chaîne, lui aussi.

— Je veux bien, répondit-il.

Il rendit les deux ouvrages à la jeune fille qui les tamponna. Naina avait-elle tenu l'un de ces livres ? Elle en avait lu des centaines. *Ne tirez pas sur l'oiseau moqueur* en faisait-il partie ?

Il rangea le roman dans son cabas en toile.

— Monsieur, si vous voulez vous asseoir ici tous les deux pour lire, il y a une machine à café et des jus de fruits. Comment t'appelles-tu ?

— Priya. Et vous ? répondit l'enfant non sans audace, avec une assurance inattendue.

— Aleisha, enchantée. Ton grand-père et toi, vous voulez vous installer ici pour lire ?

Priya leva les yeux vers Mukesh, pleine d'espoir, mais il secoua négativement la tête. Il était presque 17 heures et elle avait rendez-vous chez le coiffeur. Deux paires d'yeux se rivèrent sur lui.

Devinaient-elles qu'il était soulagé ? Il ne voulait pas lire sur place… il aurait été trop gêné. Il se réjouissait d'avoir une bonne excuse. De plus, il ne fallait pas arriver en retard car Rohini le lui reprocherait pendant une éternité.

— Vous avez besoin d'autres renseignements pour aujourd'hui ? demanda Aleisha.

— Non, merci. Vous avez été très obligeante. Je dois déposer ma petite-fille quelque part.

Elle afficha un large sourire et passa une main sur ses cheveux pour aplatir une mèche rebelle.

— Je vais rentrer, à présent, pour commencer *Ne tirez pas sur l'oiseau pêcheur* dès ce soir, dit-il.

— *Moqueur*, corrigea-t-elle.

Il sourit en se demandant pourquoi elle venait de répéter ce qu'il avait dit.

Priya lui fit au revoir de la main. En sortant, Mukesh se sentait plus grand. Il voyait plus loin, jusqu'au bout du parking, au-delà des arbres et des bâtiments, au-delà du stade de Wembley. Il voyait tout Londres alors qu'il n'était qu'un petit peu plus grand. C'était fou, ce qu'une posture pouvait changer.

Bien joué, Mukesh, tu as affronté ta peur. C'était Naina qui lui parlait à l'oreille, plus fort que jamais, comme si elle se trouvait juste à côté de lui.

— Merci, murmura-t-il.

— Quoi ? fit Priya.

— Rien. Allons chez ta coiffeuse.

— Non, Dada ! Je ne veux pas y aller. Maman veut toujours me faire couper les cheveux et je veux les garder longs.

— Parfois, il n'y a pas d'autre solution que d'écouter sa Maman. Cela lui fait plaisir. Tu pourras lire, là-bas. Cela te convient ?

— C'est vrai, admit-elle en suivant son grand-père à son rythme.

Ce jour-là, il avait emprunté un livre à la bibliothèque et l'employée avait même été serviable. Il s'en voulait un peu de s'être plaint de son attitude. Cela dit, s'il ne l'avait pas fait, elle n'aurait pas été aussi aimable, cette fois. Quand il travaillait à la billetterie du stade de Wembley, les clients adoraient faire des commentaires. Des commentaires sincères étaient le meilleur moyen d'améliorer la qualité du service. Des années plus tard, il n'avait pas changé d'avis.

Ce jour-là, il avait aussi emmené sa petite-fille à la bibliothèque. Pour la première fois depuis longtemps, Priya avait exprimé de l'enthousiasme, du moins un certain plaisir à être en sa compagnie. C'était peut-être le début d'un nouveau chapitre.

LA LISTE DE LECTURE

Leonora

2017

LEONORA SALUA SON PROFESSEUR d'un « *namaste* » et alla chercher ses chaussures dans l'entrée. Tout le monde était pressé de partir. Ils enfilaient leurs baskets sans même dénouer les lacets et sortaient en courant, oubliant aussitôt la paix ressentie lors de cette séance de yoga. Leonora prenait toujours son temps et peu lui importait si elle empêchait les autres de passer. Elle savoura le calme de l'instant en se réadaptant peu à peu à la réalité.

Quand on lui demandait pourquoi elle était revenue à Wembley, elle répondait que c'était pour être proche de ses parents. Elle n'évoquait jamais son divorce, sa sœur Helena, qui déclinait peu à peu. Si elle avait quitté Manchester pour Londres, c'était pour Helena. Dès que son divorce avait été prononcé, ses parents l'avaient implorée de s'installer avec sa sœur pour l'aider et les rassurer. Elle avait accepté à contrecœur. Helena ne voulait pas vraiment d'aide, de sorte qu'elles vivaient désormais côte à côte dans un silence pesant. Leonora était une intruse indésirable chez sa propre sœur. Et elle n'avait personne à qui en parler, aucun ami dans cet endroit familier mais hostile. Elle s'en sortait mal.

Ce retour aux sources était une expérience étrange. Ses parents et Helena avaient été témoins de l'évolution de Wembley. Ils avaient participé à ce changement, de sorte que le contraste les choquait moins. Lors de ses séjours dans sa famille pour Pâques, Noël et autres fêtes, Leonora ne s'était pas aventurée plus loin que l'autoroute d'accès nord. Elle avait découvert les hautes tours, les rues résidentielles décrépites, alors que les centres commerciaux, la gare, le stade étaient bichonnés pour les touristes.

Stressée par cette ville solitaire et changée, Leonora espérait que ces cours de yoga l'aideraient à rencontrer des gens. Hélas, à part un « salut » occasionnel, nul ne venait ici pour bavarder. Les gens filaient pendant qu'elle s'attardait, car elle n'avait pas envie de rentrer chez elle.

Il y avait une dame qui lui souriait toujours avec chaleur, mais elle n'osait pas engager la conversation. Elle savait qu'elle devait surmonter son appréhension et se présenter à elle. Tout le monde était si réservé… Elle aurait trouvé étrange, presque déplacé, d'essayer de lui dire bonjour.

Ce jour-là, elle enfila ses chaussures et noua lentement ses lacets. Comme chaque semaine, elle consulta le panneau d'affichage, en traînant, dans l'espoir que quelqu'un lui adresse la parole. Elle espérait faire une rencontre comme dans les films. Enfin, en réalité, elle voulait juste un ou une amie.

Des stages de yoga à cinq cents livres la semaine, non merci. Des demandes de gardes de chats… avec ses allergies ? Non merci. Un club de lecture à la bibliothèque de Harrow Road, dans le quartier… Elle n'y était pas retournée depuis son adolescence. À côté de l'annonce se trouvait une liste rédigée à la main, apparemment les titres des livres étudiés par le club.

Ne tirez pas sur l'oiseau moqueur
Rebecca
Les Cerfs-volants de Kaboul
L'Histoire de Pi
Orgueil et Préjugés
Les Quatre Filles du docteur March
Beloved
Un garçon convenable

Ce serait peut-être l'occasion de rencontrer du monde. Dans un club de lecture, les gens parlaient. Et elle gardait un souvenir attendri de cette bibliothèque, sa préférée, à l'époque. Elle revit les bibliothécaires, sans doute partis depuis longtemps, à présent, et le jeune directeur, Dev, qui avait toujours un bon conseil de lecture à donner en fonction des goûts et des centres d'intérêt de chaque usager de la bibliothèque.

Elle examina la liste de plus près. Elle en avait déjà lu certains, dont *Ne tirez pas sur l'oiseau moqueur*, quand elle était adolescente. Si elle en avait oublié l'histoire, car elle n'avait pas la mémoire des détails, elle se souvenait de ce qu'elle avait ressenti à la lecture de ce roman. Il s'en dégageait une sorte de chaleur, une magie. Ce titre ravivait le souvenir de petits déjeuners dehors, sur un banc. C'était il y avait si longtemps qu'elle ne se rappelait pas si c'était un souvenir personnel ou une scène du roman.

En arrivant au septième titre de la liste, elle sortit le livre de son sac de yoga, un exemplaire de *Beloved*, et le brandit. Eh bien, elle partait avec une longueur d'avance !

Elle retourna le volume. Elle venait d'en commencer la lecture. Ses amis le lui conseillaient pourtant depuis des années. L'après-midi, quand Helena faisait la sieste, Leonora avait pris l'habitude de lire, assise près de sa sœur, à écouter son souffle. Elle laissait alors vagabonder son esprit. Elle était déjà absorbée par ce roman.

À quelle date aborderaient-ils *Beloved* dans ce club ? L'affichette ne le précisait pas. Serait-elle prête à temps pour en discuter ? L'ouvrage traitait d'une mère, Sethe, et sa fille Denver, dans une maison hantée par le fantôme de la première fille de Sethe, Beloved, qui avait brisé le cœur de sa famille pendant des années. Elle lui rappelait la demeure d'Helena, qui était hantée, elle aussi, par le passé d'Helena, le bonheur d'Helena et l'avenir qu'Helena ne verrait peut-être pas.

Leonora prit une profonde inspiration et chassa quelques larmes coulant sur ses joues. Elle rangea le livre dans son sac. Un club de lecture… C'était peut-être une bonne idée, une chance de parler, de se faire des amis. La jeune femme prit une photo de la liste de lecture et de l'affichette concernant le club. Elle se promit de se renseigner pendant la sieste d'Helena. Et elle irait dès le lendemain.

10

Mukesh

BIP.

« Dada ? C'est moi ! lança Priya d'un ton enjoué. J'adore *Le Sorcier de Terremer*, mais je lis plusieurs livres. Donc, je ne pourrai pas le rendre à la bibliothèque en même temps que toi. Maman m'a dit que tu y retournais déjà aujourd'hui, alors je voulais m'excuser pour ce retard. Je ne peux pas t'accompagner parce que Maman m'a donné des exercices supplémentaires de maths à faire pendant les vacances. »

Elle parlait si vite que Mukesh dut réécouter le message afin de bien noter les détails sur son bloc-notes.

Il avait hâte de voir Priya. Il s'était levé plus tôt que de coutume parce qu'il était impatient de parler avec elle de leurs livres. Il avait même noté quelques passages clés. Il voulait lui communiquer un peu de la sagesse de *l'oiseau pêcheur*, comme Atticus le faisait, même si cette sagesse n'était pas vraiment la sienne.

Ne le prends pas personnellement, fit la voix de Naina, surgissant des pages du livre. *Elle est jeune, elle ne veut pas te faire de mal.*

Naina avait sans doute raison. Cependant, se rendre à la bibliothèque était plus facile avec Priya. De plus, il avait l'impression d'avoir progressé dans ses relations avec sa petite-fille.

Mukesh soupira. Il devait retourner à la bibliothèque pour rendre le livre et en emprunter un autre. Au plus profond de lui-même, il n'était pas certain d'y arriver tout seul. Il feuilleta l'ouvrage une ultime fois, cherchant un peu de la sagesse d'Atticus pour l'aider à traverser ce moment délicat.

Une heure plus tard, en approchant de la bibliothèque, le livre à la main, Scout courait au-devant de lui déguisée en jambon, comme dans le roman. Elle prit la place de Priya, l'encourageant à accélérer le pas. Le sage Atticus marchait à son côté. Lorsqu'il franchit la porte vitrée, avec le soutien de ses amis de fiction, la première personne qu'il vit fut Aleisha, la jeune fille. Elle était en plein travail, les écouteurs dans les oreilles. Il s'approcha de son bureau. Scout et Atticus avaient disparu. Il toussota pour attirer son attention et brandit fièrement le livre devant son visage.

— Bonjour, monsieur Patel. Vous avez déjà terminé ?

Une fois qu'il s'était lancé, qu'il avait surmonté ses appréhensions, il ne lui avait fallu que *deux jours* pour lire le roman en entier. Il était très fier de cette réussite. Durant cette période, il n'avait regardé qu'un seul épisode de *La Planète bleue*.

« Mon frère Jem allait sur ses treize ans quand il se fit une vilaine fracture au coude. » Il avait commencé doucement, avec une moue car, en lisant cette première ligne de *Ne tirez pas sur l'oiseau moqueur*, il avait senti Naina qui observait ses moindres gestes.

C'est un bon roman, Mukesh. Il ne te faudra pas très longtemps. Sa voix était claire et forte dans son oreille. Il avait scruté les alentours, s'attendant à la voir. Il avait essayé de s'installer confortablement au salon, puis dans la cuisine et au jardin. Finalement, il s'était rabattu sur la place de Naina, au lit. L'endroit idéal. Il se sentait comme elle, couché avec un bon livre, mais une petite voix ne cessait de lui répéter qu'il n'était qu'un imposteur.

Il avait tenté de se concentrer sur la sensation des pages, leur douceur, le bruissement du papier, le dos du livre qui se pliait de temps à autre.

Pour revenir à sa lecture et chasser ce syndrome de l'imposteur qui le hantait, Mukesh imagina Atticus, grand, corpulent, autoritaire dans sa petite chambre, sur son tapis Ikea choisi par Vritti. En quelques pages, Mukesh apprit que le père de Scout et Jem, cet homme courtois et détaché, était veuf et qu'il avait élevé ses enfants seul avec l'aide de Calpurnia, la cuisinière. Il avait senti sa gorge se nouer. Mukesh n'était pas avocat, il n'était pas un pilier de la communauté, ses enfants ne bénéficiaient pas de sa sagesse. Il n'était ni grand, ni corpulent, ni autoritaire comme Atticus. En revanche, il savait ce que l'on ressentait à perdre sa femme. Mukesh se redressa, concentré sur cet homme puissant, bienveillant et juste. Au fil de l'histoire, Mukesh se demanda comment Atticus pouvait avancer avec tant de courage. Y avait-il une partie de lui coincée dans le passé pour se cacher de la mort de sa femme ? Peu à peu, il sentit sa gêne se dissiper. Il continua, désireux de découvrir le secret du succès d'Atticus. Comment cet homme avait-il continué sa vie apparemment indemne ?

Après un démarrage un peu long, Naina avait eu raison, ce soir-là. Mukesh n'avait pu lâcher le livre. Il avait été emporté par les leçons de vie d'Atticus. Il s'était mis à la place de Scout, avait vu le monde à travers ses yeux. Il avait toujours l'impression d'être un imposteur, mais l'histoire avait bel et bien pris le dessus.

Mukesh baissa le livre pour révéler son visage à la bibliothécaire, avec un large sourire, le souvenir d'avoir tourné la dernière page, la fierté qu'il avait alors ressentie. Il ôta son chapeau, remit de l'ordre dans ses cheveux.

— Oui ! Je l'ai fini !

— Vous voulez le rendre ? s'enquit la bibliothécaire.

Un peu nerveux, il lui remit l'ouvrage. Malgré son envie de le garder, il permit à la jeune femme de le réintégrer dans le système.

— Voilà, c'est fait, annonça-t-elle avec un sourire.

Il attendit, ne sachant que faire. Il avait envie d'en parler avec elle mais que dire ? Par où commencer ? Il rougit légèrement. Et s'il disait une bêtise ?

— Euh… se mettre dans la peau d'un autre… commença-t-il d'une voix rauque et tremblante.

— Pardon ?

— Se mettre dans la peau d'un autre. Vous savez, c'est ce que dit Atticus, bredouilla le vieil homme.

— Ah oui, je me souviens, répondit-elle, les yeux pétillants.

— Je crois que c'est ce qui m'a le plus marqué. C'est d'une grande sagesse. Atticus est très sage.

— Absolument, confirma Aleisha.

Ils échangèrent un regard gêné. Un silence pesant s'installa entre eux.

— Quand je l'ai fini, confia la jeune femme, j'étais tellement furieuse. J'avais tellement besoin d'en parler à quelqu'un.

— Moi aussi, répondit Mukesh en hochant la tête.

— Eh bien…

Elle regarda son téléphone posé sur la table.

— Il me reste encore un peu de temps sur ma pause déjeuner. Vous voulez qu'on en discute ?

Mukesh sentit que Naina le poussait. Légèrement méfiant, il acquiesça. La jeune femme l'entraîna vers une table, près de la fenêtre.

— Je vous en prie, asseyez-vous, monsieur Patel, dit-elle très gentiment.

— Appelez-moi Mukesh, murmura-t-il.

Il ne savait par où commencer, or elle l'observait comme si elle attendait qu'il prenne la parole.

— Cette phrase sur le fait de se mettre dans la peau d'un autre… eh bien, nous étions dans la peau de Scout, la petite fille de cette histoire, déclara-t-il.

C'était le genre de commentaire que l'on pouvait entendre dans un club de lecture ou un cours de littérature.

— On voit Atticus à travers ses yeux, n'est-ce pas ?

La jeune femme sourit. Cela signifiait-il qu'elle était d'accord avec lui ou bien qu'elle voulait juste lui faire plaisir ?

— Je trouve cette phrase intéressante car si les gens pouvaient se mettre dans la peau de Tom Robinson, ils ne seraient pas aussi méchants avec lui, à l'accuser d'une chose dont il est innocent. Ce mensonge aurait pu anéantir sa vie. Et si Scout et Jem avaient pu voir ce que c'est que d'être le vieux voisin Boo Radley, ils auraient été plus gentils avec lui. Il était adorable… un peu solitaire, peut-être. Les gens ne comprennent pas toujours les gens solitaires.

Il avait prononcé ces mots comme s'il avait besoin de s'en débarrasser. S'il parlait assez vite, peut-être ne se rendrait-elle pas compte qu'il disait des bêtises.

Aleisha hocha la tête.

— Vous avez raison, mais… c'est impossible. Les gens mènent leur vie, ils ne peuvent pas comprendre totalement… quelqu'un d'autre et ce qu'il traverse.

Elle s'exprimait lentement, comme si elle essayait de mettre de l'ordre dans ses propres pensées. Et si elle cherchait simplement à faire en sorte qu'il se sente moins bête ?

— Je pensais cela quand j'étais un jeune homme, quand je suis arrivé ici, souffla-t-il.

Le livre lui avait remémoré cette époque, combien il se sentait déplacé à Wembley quand il était arrivé, la manière dont tout le monde les regardait, lui et sa famille.

— Nous sommes arrivés du Kenya, voyez-vous. Avec ma femme et nos petites filles. Nous voulions commencer une nouvelle vie. Nous avions de la famille ici, et ils nous parlaient sans cesse des opportunités de travail. Au début, je me sentais seul. Je me demandais pourquoi les gens étaient si désagréables avec moi. Je me demandais pourquoi ils ignoraient qui j'étais, alors que j'étais comme eux. J'avais beau dire et faire mon possible, personne n'essayait même de me comprendre. Même si certains de nos voisins étaient serviables, nous étions en général jugés différents, incompréhensibles. Ils n'essayaient même pas.

« Je suis désolé, ajouta Mukesh en secouant la tête pour chasser ces pensées. Cela n'a rien à voir avec le livre. Pourquoi je vous raconte tout ça ? Ma femme me disait toujours que j'étais bavard. »

— Non, ne vous excusez pas, vous avez raison, déclara Aleisha. On ne peut pas vraiment comprendre ce que les gens ont subi, mais on devrait essayer.

L'espace d'un instant, il eut du mal à reconnaître la jeune femme maussade qu'il avait rencontrée une semaine plus tôt.

S'il était mis dans sa peau, ce jour-là, aurait-il mieux saisi son attitude ?

— Donc, quand j'ai lu ce livre, il y a très longtemps…

Elle hésita un instant et balaya la salle du regard. Elle lui rappelait Deepali, sa benjamine, qui faisait la même chose quand elle était nerveuse ou quand elle mentait.

— … longtemps. Disons qu'il fait ressentir des choses. J'ai un grand frère et nous sommes très différents de Scout et Jem. Et pourtant, en lisant leurs aventures, j'ai pensé à Aidan et moi quand nous étions enfants. À faire des bêtises, à nous moquer du voisin. Nous faisions comme eux quand nous étions petits. Le monde entier n'était qu'un jeu.

— C'est vrai ! Je les ai bien aimés, tous les deux. J'ai adoré cette histoire, reprit Mukesh en hochant la tête avec enthousiasme. Et Atticus, aussi ! Un homme très intelligent.

— Il était si bon, confirma Aleisha en s'illuminant. Sa défense de Tom Robinson… Il y avait tant d'émotion, tant de tension… j'ai adoré. Je suis en train de m'inscrire en droit à l'université.

— Du droit ? souffla Mukesh, ravi. Vous êtes très intelligente, alors. Pas étonnant que vous lisiez autant.

Aleisha rit, un peu gênée, et redevint timide.

— Je travaille dur, c'est tout.

— Eh bien, Atticus est un bon avocat, mais vous serez encore meilleure !

Mukesh tapa dans ses mains et ils rirent de bon cœur. Quand leur conversation s'amenuisa, un soupçon de gêne apparut.

— Eh bien, merci de m'avoir aidé, répéta Mukesh. Ce roman m'a plu. Que me conseilleriez-vous, à présent ? Vous avez dit que vous en auriez un autre à me recommander ?

Il la vit crisper les mains.

— Euh… vous aimeriez sans doute *Rebecca*, de Daphné du Maurier.

— Je vous fais confiance !

Elle se leva et se dirigea vers les rayonnages. Elle trouva sans tarder un exemplaire de l'ouvrage. Mukesh fut impressionné par sa façon de savoir où se trouvait chaque livre de la bibliothèque. Elle l'emporta vers son bureau de l'accueil. Le vieil homme quitta le confort de son fauteuil pour la rejoindre.

— Ma femme adorait la lecture, dit-il pour meubler le silence pendant qu'elle tapait le code.

— Elle aimait quoi ?

— Je ne sais pas vraiment. Elle avait toujours un livre à la main, je n'ai jamais su lesquels. Elle est morte, voyez-vous. Il y a deux ans. C'était elle, la passionnée de lecture. Moi, jusqu'à présent, je n'ai pas lu grand-chose.

— Je suis désolée, murmura la jeune fille en le regardant pour l'inviter à poursuivre.

— Elle était ma femme. J'aurais dû prêter attention aux livres qu'elle appréciait. J'aimais la regarder lire, sans avoir l'idée de lui demander ce qu'il se passait dans ces romans. Je me sens un peu ridicule de commencer à lire à mon âge.

— Il n'est jamais trop tard.

— Les histoires sont si bizarres. C'est comme voir la vie d'un autre à son insu. Être curieux.

Aleisha scanna la carte de Mukesh.

— Votre femme serait impressionnée de la vitesse à laquelle vous avez lu *Ne tirez pas sur l'oiseau moqueur* !

— Je le crois aussi, admit-il, la mine grave.

— Qu'est-ce que vous faisiez, dans la vie ? Ou que faites-vous ? ajouta-t-elle en espérant ne pas l'avoir offusqué.

— Oh, je ne fais plus rien, à présent, c'est sûr. Trop vieux, trop usé. J'étais guichetier à la station Wembley Central. À présent, je ne fais plus grand-chose.

— Guichetier ?

— Oui, je vendais des billets. Je connaissais les gens, leur visage, et j'essayais de leur demander leur nom. Je savais quel train ils devaient prendre et à quelle heure. Les gens étaient moins grincheux, à l'époque. Moins occupés. Il y avait très peu de téléphones portables, pas comme aujourd'hui. Les gens regardaient droit devant eux en marchant au lieu d'avoir les yeux rivés sur un écran.

Il désigna le téléphone d'Aleisha, posé à l'envers sur le bureau.

— À l'époque, on était obligé de parler aux gens. Je pouvais interpeller certains si je savais qu'ils avaient un train à prendre. « Votre train arrive, mademoiselle ! », disais-je. Les gens me remerciaient.

— Je n'imagine pas les gens se parlant, à Londres. Personnellement, je n'ai échangé que quelques mots avec une personne dans le métro.

— Je sais, c'est bien triste. Quand je dis bonjour aux gens, ils me regardent comme si j'étais fou.

— L'homme, là-bas, souffla Aleisha en désignant un jeune vêtu d'un sweat à capuche noir. On le surnomme Thriller. Il ne lit que ça. Il est venu me parler, histoire de discuter un peu et j'ai trouvé ça bizarre. Alors que c'est mon boulot. Je travaille ici.

Ils rirent au point que Thriller leva les yeux, mais ils se détournèrent vite. Mukesh eut l'impression qu'elle venait de lui confier un secret.

— Ma femme vous aurait appréciée. Elle aime les jeunes femmes gentilles, intelligentes et bien équilibrées. Et les lectrices, comme elle !

Il était passé au temps présent, ce qui n'avait pas échappé à l'employée également.

— Voici votre prochain roman, monsieur Patel !

Elle lui tendit *Rebecca* avant qu'il ne puisse dire autre chose. Mukesh s'en saisit à deux mains et le rangea dans son sac. Il ne se retourna pour lui dire au revoir qu'une fois à l'extérieur. Dans l'encadrement de la porte vitrée, il agita une main. Elle lui répondit avec le même enthousiasme.

La jeune fille avait raison, Naina serait fière. Pas parce qu'il avait lu un livre à toute vitesse… mais parce qu'il était sorti de sa zone de confort et qu'il était fait une nouvelle amie pendant un moment. Non, il ne rêvait pas, c'était réel. Satisfait, il tourna les talons et s'éloigna.

REBECCA

de Daphné du Maurier

11

Aleisha

QUELQUES JOURS PLUS TARD, Aleisha sursauta en entendant la sonnerie de son téléphone. Il était 7 heures du matin.

— Aleisha, fit la voix rauque de Thermos. Tu es libre pour remplacer Benny, ce matin ? Il est malade après un enterrement de vie de garçon, hier soir. Kyle sera là aussi.

— Tu veux dire que Benny a la gueule de bois ? demanda-t-elle en bâillant.

— Probablement. Mieux vaut qu'il reste chez lui. Je ne voudrais pas qu'il soit malade dans les rayonnages.

Aleisha jeta un coup d'œil sur sa table de chevet où *Rebecca* l'attendait.

— OK, laisse-moi voir avec mon frère si c'est bon et j'arrive.

Elle se réjouissait de cette possibilité de passer la journée à la bibliothèque, de ranger des livres sur les rayonnages. Elle s'était réveillée plusieurs fois au cours de la nuit et avait entendu sa mère crier, puis les allers et retours d'Aidan dans sa chambre, ses pas fatigués, épuisés.

Il n'y avait que deux personnes dans la bibliothèque, deux habitués, dont Thriller, à sa place habituelle, et la vieille dame indienne qui aimait bavarder. Personne n'avait besoin d'elle. Lorsque la porte vitrée se referma derrière elle, les sons et les odeurs de Wembley, les souvenirs de la nuit agitée de Leilah disparurent.

Tandis qu'elle parcourait les allées des œuvres de fiction pour ranger les romans, elle vit une silhouette cachée dans un coin. Soudain, elle revint brutalement sur terre. Mia. Aleisha aurait reconnu sa nuque n'importe où, la ligne de ses cheveux, un pendant d'oreille à gauche, un clou dans l'autre lobe.

Elle passa vite en se penchant derrière l'étagère « W » de la section fiction, les yeux baissés, en s'efforçant d'être discrète.

— Aleisha ?

Oh non…

Aleisha se retourna lentement, d'un air faussement décontracté, un sourire forcé sur les lèvres. En réalité, elle aurait voulu que le sol s'ouvre sous ses pieds et l'engloutisse.

— Tu travailles ici ? s'étonna Mia sans masquer sa stupeur.

— Salut, Mia ! Ça va ? Oui, qu'est-ce que tu fais là ?

— Je révise pour mon dernier examen de la semaine prochaine. Tu nous avais dit que tu travaillais depuis la fin de tes exams, mais je ne te croyais pas.

Mia afficha un sourire narquois, comme si ce job était la blague de l'année. Aleisha la détesta. Pourtant, elle se contenta d'un rire gêné, comme si elle trouvait cela hilarant, elle aussi, comme si elle se moquait d'elle-même. Elle ne l'avait pas vue depuis la mi-mai, il y avait plus d'un mois. Aleisha avait l'impression de ne plus faire partie de la bande de copines, de toute façon. Leur groupe WhatsApp était le seul vestige des liens qui les avaient unies. Comment cela se passerait-il à la rentrée de septembre ? Seraient-elles à nouveau les meilleures copines du monde ? Ou ne se parleraient-elles plus jamais ?

Les manuels scolaires de Mia étaient éparpillés sur la table.

— Il y en a pour plus qu'un seul examen, commenta Aleisha, usant d'une astuce pour faire diversion.

— Je veux aussi prendre de l'avance. Il reste peu de temps avant les candidatures à la fac.

— Je te comprends, répondit Aleisha en cherchant des yeux une excuse pour s'éloigner. Je ferais bien d'y aller. J'ai l'impression que quelqu'un a besoin de moi.

Elle désigna l'accueil où un enfant d'une dizaine d'années était sur le point d'actionner la sonnette. Kyle se dirigeait vers lui également. Elle croisa son regard et lui fit signe de s'arrêter.

— J'arrive ! lança-t-elle à l'enfant.

Elle prit place à son bureau et afficha son air professionnel.

— Qu'est-ce que je peux faire pour toi ?

— Je veux emprunter un livre.

— Tu en cherches un en particulier ?

— Non. Vous pouvez m'en conseiller un ?

Aleisha leva les yeux au ciel. Et c'était reparti ! Sentant que Mia l'observait, elle ne se départit pas de son sourire, jouant à la bibliothécaire modèle.

Mia s'attarda pendant des heures, assez longtemps pour voir Aidan apporter à Aleisha son déjeuner, dans un sac de supermarché. Elle vit Mia dresser l'oreille en entendant la voix de son frère. Son amie avait toujours eu le béguin pour lui, à l'instar de la plupart de ses copines, d'ailleurs.

— Salut ! lança Aidan en s'approchant de sa sœur. Qu'est-ce que tu fais ?

Il lui montra le sac en plastique tandis qu'elle lisait *Rebecca*, avachie dans son fauteuil. M. Patel ayant lu *Ne tirez pas sur l'oiseau moqueur* en deux jours chrono, elle avait dû lui conseiller *Rebecca* avant même de l'avoir terminé elle-même. Au bord de la panique, pour ne plus être prise au dépourvu, elle avait appelé Lucy dès le lendemain pour réserver *Les Cerfs-volants de Kaboul*, *L'Histoire de Pi*, *Orgueil et Préjugés*, *Les Quatre Filles du docteur March*, *Beloved* et *Un garçon convenable*. Tout le reste de la liste. Les ouvrages étaient empilés sur son bureau, prêts à partir chez elle.

— Aleisha ! s'était exclamée Lucy au téléphone. Tu lis beaucoup, en ce moment, dis-moi.

Naturellement, elle lui avait raconté pour la énième fois comment ses propres enfants avaient pris goût à la lecture.

— Crois-moi, même si tu as l'impression que les romans ne peuvent rien t'apporter, ils t'ouvrent sur le monde, ne serait-ce qu'un peu. Regarde ma fille Hannah, c'est une femme d'affaires, à présent, et j'ai toujours fait en sorte qu'elle fréquente la bibliothèque. Les manuels scolaires t'apprennent des choses, mais bien moins que les romans ! Mes enfants sont devenus de grands lecteurs ici même, avait-elle répété. Je suis contente que tu t'y mettes aussi. Surtout après ces pleurnicheries.

Ce jour-là, Aleisha se réjouissait de la protection que lui procuraient les livres. Elle pouvait se cacher derrière. Elle se sentait ridicule car Mia l'observait, même si le fait de lire lui semblait plus naturel, à présent. Au départ, elle avait été attirée par M. de Winter, un homme charmant, séduisant, et pas par sa nouvelle épouse, anxieuse et si amoureuse ! Aleisha ne pouvait chasser le sentiment que le passé allait venir les hanter. Elle avait été captivée par la description de Manderley, cette demeure somptueuse, effrayante, un peu à l'abandon, qui gardait un secret bien enfoui entre les jeunes mariés.

Aleisha avait été surprise, un peu plus tôt, par un passage du roman évoquant une pile de livres de la bibliothèque. Cette image la hantait. Elle avait l'impression que l'autrice avait soudain porté le regard vers l'extérieur du roman, vers elle.

Elle ignorait encore où la mènerait l'intrigue et elle avait envie de le découvrir.

— Je lis, répondit-elle à Aidan.

— Je le vois bien, mais je… suis content que tu sois aussi enthousiaste. Tu te souviens quand Mamie t'a offert ce livre des *Orphelins Baudelaire* et que tu t'en es servie comme présentoir pour tes figurines en plastique ?

Aleisha leva les yeux au ciel.

— Comment ça s'est passé avec le vieux monsieur, finalement ? Tu lis toujours ces titres pour lui ?

— Pas seulement pour lui, répliqua-t-elle. Ils m'aident à passer le temps, je suppose.

Il lui prit son livre des mains et examina la couverture.

— *Rebecca* ? Attention de ne pas lui provoquer une crise cardiaque, tu risques de te faire virer !

— Chut ! persifla-t-elle en se tournant vers Mia. Rends-moi ça !

Elle le lui reprit vivement.

— Excuse-moi, je ne voulais pas saper ton image de fille de la rue devant tous tes amis, railla-t-il en désignant la salle bondée de personnages imaginaires.

Soudain, il aperçut une silhouette familière.

— C'est Mia ? chuchota-t-il avec son emphase habituelle.

Aleisha hocha la tête et fit une grimace que seul son frère pouvait comprendre comme signifiant « eh oui, nom de Dieu ».

— Tu veux que je reste ici pour te protéger ? Pourquoi vous n'êtes plus copines, d'ailleurs ?

— Chut ! On n'a pas de problème. Si tu veux rester, c'est uniquement parce que tu sais qu'elle te kiffe.

— Et alors ? C'est normal, non ? répliqua-t-il d'un air espiègle.

Elle se leva pour lui donner une tape sur l'épaule.

— Hé ! J'espère que tu ne traites pas tout le monde comme ça, ici ! Pas étonnant que tu te fasses une réputation de pire bibliothécaire du monde. Bon, je te laisse...

— Attends ! Puisque tu es venu jusqu'ici... j'ai l'impression de ne pas t'avoir vu depuis une éternité. Qu'est-ce que tu deviens ?

Ils étaient conscients que la gestion des crises de Leilah prenait le dessus sur le reste ces derniers temps, et que les besoins de leur mère se dressaient entre eux de façon tacite.

— Ça va... Je vais peut-être passer responsable de l'entrepôt, ce qui serait bien... enfin !

Aidan travaillait pour une entreprise de biscuits, ce qui n'avait rien du travail de ses rêves. Il travaillait le soir depuis qu'il avait fini le lycée avec le projet de trouver autre chose mais, au bout de sept ans, il en était toujours au même point. Aleisha savait qu'il aimait cette stabilité, cette familiarité... et les biscuits aussi, sans doute.

— C'est génial !

— En revanche, je devrais passer plus de temps là-bas et peut-être renoncer à travailler chez Elliot.

Elliot était le mécanicien chez qui Aidan faisait des remplacements depuis quelques mois. Selon Aleisha, c'était encore une tactique d'évitement. Il s'efforçait d'être pragmatique et mettait en attente son ambition de monter son propre atelier de mécanique. Il avait déjà évoqué la possibilité de suivre une formation commerciale par correspondance mais, chaque fois que Leilah allait mal, il faisait comme s'il n'avait rien dit de tel et se lançait dans autre chose.

— Ce serait la fin du monde ?

— Tu sais combien j'adore la mécanique. Ce serait un bon métier pour moi, à court terme. Il me permettrait d'apprendre à gérer une entreprise sur le tas. Elliot est vraiment sympa. Il m'a promis de m'enseigner cet aspect du boulot si je le voulais.

— D'accord, mais à part ça, est-ce que ça t'intéresse ?

— Je n'en sais rien, avoua-t-il, la mine grave.

— Combien gagne un responsable d'entrepôt ?

— Plus que je ne croyais. Pas grand-chose quand même, moins que ce que gagne un avocat.

Aleisha éclata d'un rire teinté de tristesse. Elle avait toujours eu le droit de rêver, au contraire d'Aidan. Elle avait décidé de devenir avocate dès l'âge de treize ans, surtout parce qu'elle adorait le débat. Depuis, son frère la soutenait au point que l'avenir de sa sœur passait avant sa propre vie.

Si seulement elle pouvait lui dire qu'il était capable de faire ce qu'il voulait, lui aussi ! Il pouvait vivre son rêve. Hélas, il n'écouterait jamais un conseil de sa petite sœur. Il ne suivait les conseils de personne.

— Tu rêves de quoi ? lui demanda-t-elle de but en blanc.

— Pourquoi ? pouffa-t-il. Tu te prends pour ma conseillère d'orientation ou quoi ?

— Je suis ta sœur et je ne sais même pas de quoi tu rêves.

— C'est parce que je ne suis pas comme toi. Tout le monde n'a pas un grand rêve, tu sais.

— Tout le monde est au moins mû par *quelque chose.*

— Dans ce cas, si tu veux vraiment une réponse, disons que je vous ai, Maman et toi.

La gorge nouée par l'émotion, Aleisha fut incapable de dire quoi que ce soit.

Le silence de la bibliothèque les enveloppa. Qu'avait-on fait à ce jeune homme ? Qu'avait-on fait de ses rêves ?

Il lui lança le sac de provisions, afin de dissiper ce moment de tension. Un jus de fruits et un sandwich roulèrent à terre.

— Oups ! cria-t-il, s'attirant les foudres des quatre personnes présentes, dont Mia.

En constatant que c'était Aidan qui avait troublé sa concentration, cette dernière changea d'expression et afficha un large sourire. Elle lui adressa un signe en minaudant. Aidan le lui rendit d'une main tout en ramassant le sandwich et la bouteille qu'il posa délicatement sur le bureau d'Aleisha.

En voyant Mia s'approcher, il sourit à sa sœur d'un air satisfait.

— Désolé, souffla-t-il avant de filer sans demander son reste.

Mia ralentit et dévia de sa trajectoire puisque Aidan avait disparu. Elle bifurqua en direction d'Aleisha.

— Tu as fait tomber ça, déclara-t-elle en ramassant un Post-it orange provenant du sac en plastique.

Elle le lui remit telle une offrande.

« Bon appétit. Rapporte quelques courses pour le dîner. Je ferai la cuisine. Bisous. »

Du Aidan tout craché.

— C'est de la part de ton frère ? Ouah, c'est trop mignon ! commenta Mia après l'avoir lu sans vergogne.

— Merci, répliqua Aleisha en le prenant vivement.

— Euh… je venais juste te dire que je vais m'en aller. À une prochaine fois, peut-être ! Bonne lecture… et bon appétit. C'était sympa de te voir.

À 19 heures, peu avant la fermeture, il ne restait plus qu'Aleisha dans la bibliothèque. C'était le moment de tranquillité qu'elle attendait, le cadre idéal pour profiter pleinement de *Rebecca.* Lorsqu'elle avait commencé le roman, quelques jours plus tôt, elle avait vite compris qu'elle lui donnerait sa chance. Daphné du Maurier était aussi l'autrice de *Ma cousine Rachel.* Celle d'Aleisha lui manquait. Naguère, elles étaient inséparables. Hélas, Rachel vivait désormais à plus de cent cinquante kilomètres…

Le superbe manoir isolé qu'était Manderley avait d'emblée entraîné la jeune fille dans un autre monde. Elle en apprenait peu à peu davantage sur Rebecca, qui était l'ex-femme de M. de Winter, or elle semblait omniprésente dans la vie de la nouvelle Mme de Winter. Elle méritait d'être le titre du roman. Si Manderley n'était pas situé avec précision, la description évoquait les Cornouailles, du moins les photos qu'elle avait vues du magnifique littoral des Cornouailles sur les murs de sa classe, en quatrième, après que ses copines étaient parties en voyage scolaire à Bude, une petite ville du nord de ce comté. Aleisha n'avait pas pu y participer. Aidan, qui venait d'avoir vingt et un ans à l'époque, avait modifié ses horaires pour lui permettre de partir, mais elle avait dû rester car Leilah n'était pas bien. Elle avait détesté ces superbes clichés affichés sur les murs et les récits de ses camarades, tout ce qu'elle avait raté.

Elle avait toujours eu envie de visiter les Cornouailles. Hélas, elle n'en avait pas encore eu l'occasion. Les falaises déchiquetées, les vagues qui venaient s'écraser à leur pied… Rien à voir avec le sable et les pins du North Norfolk, sur la côte orientale de l'Angleterre, le seul bord de mer où Dean et Leilah avaient emmené leurs enfants quand ils étaient petits.

Pour l'heure, grâce à Rebecca et Mme de Winter, Aleisha découvrait les Cornouailles avec une perspective totalement différente. Au fil des pages, elle s'éloignait le plus loin possible de Wembley, de Mia, de Leilah.

Rebecca rôdait dans Manderley tel un fantôme. Parcourue d'un frisson d'effroi, Aleisha lâcha soudain le livre. Quelle angoisse ! Elle prit une profonde inspiration et glissa le volume sous son bras avant de saisir son sac plein d'autres volumes. Dès qu'elle se leva, une immense ombre noire se dressa devant elle, à la nuit tombée, en ce soir d'été.

— Non ! fit-elle en serrant le roman sur son cœur tel un bouclier.

Ses yeux s'accoutumèrent enfin à la pénombre. Ce n'était que l'aspirateur que Kyle avait sorti pour lui rappeler que les lieux devaient être impeccables.

Maudit roman… il ne faisait même pas vraiment nuit et elle avait déjà une peur bleue.

La bibliothèque était déserte à présent, elle n'avait aucun usager à mettre dehors. Elle verrouilla la porte et glissa la liste de lecture dans son exemplaire de *Rebecca* en guise de marque-page.

Une fois encore, elle pensa à l'auteur de cette liste. Elle imaginait quelqu'un d'assez jeune, plus jeune que sa mère et plus âgé qu'elle, à en juger par l'écriture nette et sophistiquée. Rien à voir avec ses propres pattes de mouche. Ce pourrait être un étudiant, mais elle en doutait. Les listes d'ouvrages recommandés n'étaient pas manuscrites. Cette personne avait élaboré la liste elle-même, à moins qu'elle ne l'ait copiée d'un journal ou d'Internet, sur un de ces sites énumérant les « vingt livres qu'il faut avoir lus avant de mourir ». Dans le cas de *Rebecca*, ce pourrait être « le livre qu'il faut avoir lu avant de se marier au cas où l'ex-femme de son époux hanterait la maison, où la gouvernante serait la pire des garces et où il faudrait également se méfier de ce nouveau mari ».

Aleisha ignorait ce que l'on ressentait à être hanté par une défunte ou à vivre dans un manoir. Cependant, la description de Manderley, son atmosphère pesante, oppressante… lui parlait. Elle savait parfaitement ce que l'on ressentait dans ce genre de bâtisse. Elle aurait préféré être incapable d'établir le lien. Ce n'était peut-être pas le meilleur choix de lecture, finalement. Mais il était déjà trop tard.

Après avoir fermé la bibliothèque, elle jeta un coup d'œil à l'intérieur par la fenêtre. La présence de Mia l'avait déstabilisée. Cette dernière était une intruse dans un espace qu'Aleisha s'appropriait peu à peu. C'était plus un refuge qu'une prison. Elle pourrait même y trouver sa place, un jour. Elle vit les derniers rayons du soleil éclairer son bureau, son siège. Elle ne l'avouerait jamais à Mia, mais elle commençait à aimer ce travail.

Grâce à ces petites choses.

LA LISTE DE LECTURE

Izzy

2017

IZZY LA VIT, sur le trottoir, devant elle. Elle scruta les alentours, se demandant si quelqu'un l'avait fait tomber et d'où elle venait. Il y avait un bout de ruban adhésif sur le dessus, sec et souillé par la pollution londonienne.

Cela faisait longtemps qu'elle n'avait pas trouvé une liste. C'était une de ses marottes. Elle collectionnait les listes. Elle avait commencé en arrivant à Londres, quand elle en avait trouvé une abandonnée dans un Caddie, au supermarché. C'était une ville si vaste et solitaire que, parfois, en trouvant des listes, elle avait l'impression d'obtenir de petits moments d'humanité, des preuves que les passants muets qui la croisaient en évitant son regard étaient des personnes, elles aussi. Les gens dressaient des listes de courses, planifiaient des repas, se permettaient des petits plaisirs. Ces listes procuraient à Izzy des repères.

Ses trouvailles étaient rangées dans une boîte, elle-même remisée dans un tiroir de la commode de l'entrée. Un jour, elle devrait les transférer dans un classeur ou un album. Pour l'heure, elles étaient bien. La plupart d'entre elles provenaient de supermarchés, récupérées dans un panier, sur le sol, près de la caisse ou des guichets automatiques. Elle en découvrait aussi dans la rue, devant des magasins. Il s'agissait généralement de listes de courses jetées après avoir servi. Une seule recensait des invités à un dîner. Une liste de noms parfois suivis d'une annotation : « ne mange pas d'œufs, allergique au poulet mais mange d'autres volailles ». Pendant longtemps, elle s'était demandé comment s'était déroulée cette réception, si les gens dont le nom était rayé avaient décliné l'invitation ou s'ils avaient été rejetés par leur hôte.

Chaque liste donnait un aperçu de son auteur. Izzy adorait deviner ce que la personne allait préparer, si elle prévoyait ses repas de la semaine ou uniquement un dîner particulier, en amoureux, pour la rencontre des futurs beaux-parents, une soirée tranquille.

Parfois, elle regrettait de ne pas savoir dessiner car elle se faisait une image si précise de ces gens qu'elle avait envie de réaliser leur portrait, de les immortaliser. Elle était capable de dire s'ils avaient des enfants, s'ils étaient végétariens, s'ils vivaient seuls, et même leur type de peau et leur odeur, en fonction de leur choix de déodorant.

Cette liste qui voletait sur la grande route de Wembley sortait du lot.

Si le besoin s'en fait sentir :
Ne tirez pas sur l'oiseau moqueur
Rebecca

Les Cerfs-volants de Kaboul
L'Histoire de Pi
Orgueil et Préjugés
Les Quatre Filles du docteur March
Beloved
Un garçon convenable

Elle savait ce que c'était. Elle en avait rédigé elle-même quand elle était à l'université et qu'elle devait emprunter une pile de livres à la bibliothèque. C'était une liste d'ouvrages recommandés, peut-être celle d'un étudiant, s'il n'y avait pas eu la première ligne, « Si le besoin s'en fait sentir ».

Elle en connaissait certains, lus des années plus tôt. Arrêtée au milieu du trottoir, elle examina l'écriture en quête d'un rapport entre les titres. Qui avait pu les réunir ainsi ?

Elle effleura les mots un peu tachés. Soudain, il se mit à pleuvoir. Elle ne s'en rendit compte qu'en voyant des gouttes s'écraser sur le bout de papier. L'encre séchée reprit vie et coula. Elle glissa le papier dans sa manche et courut vers son arrêt de bus. Izzy observa à nouveau l'écriture arrondie. Les titres étaient particulièrement lisibles, comme si la personne souhaitait que les romans le soient également. Et pourtant, elle n'avait pu résister à la tentation de quelques fioritures.

Ce soir-là, alors qu'elle rangeait la liste avec les autres, dans la boîte, sur celle qui comprenait « haricots en conserve, glace, saucisses, saucisses végétariennes, croquettes pour chat », elle posa les yeux sur un titre qui la troubla : *Rebecca*. Son père en possédait un exemplaire relié de cuir rouge et orné de lettres dorées hérité de sa propre mère. Il le lisait chaque année parce que c'était le livre préféré de sa mère.

— Ce roman me fait penser à elle, Izzy, lui disait-il quand elle lui demandait pourquoi il relisait le même roman encore et encore. Tu aimes relire tes livres, toi aussi.

C'était un bel objet précieux et il tournait les pages avec soin, sans l'ouvrir complètement pour ne pas abîmer son dos. Le jour où il lui en avait fait cadeau, elle avait su qu'elle était en âge de le lire et qu'il lui faisait confiance. Elle s'était sentie adulte. De peur de l'endommager, de le salir, elle n'était pas allée plus loin que la première page.

Izzy se rendit dans sa cuisine où se trouvait son unique bibliothèque. Elle n'avait jamais demandé au propriétaire pourquoi l'étagère était vissée dans le mur de cette pièce. Elle parcourut ses ouvrages. Pour une fois, elle avait du mal à imaginer l'auteur de cette liste, ce qui la titillait. Peut-être qu'en lisant ces livres, certains pour la première fois, elle se ferait une idée plus précise de cette personne.

Elle était certaine qu'elle ou sa coloc Sage possédaient un format de poche de *Rebecca*. Elle l'avait vu de ses yeux. Une couverture noire avec des lettres dorées et arrondies, et une rose rouge sublime. Il était introuvable. Izzy retourna la liste, sur le point de renoncer, quand elle remarqua la mention « bibliothèque de Harrow Road » inscrite au verso. Les titres avaient été griffonnés au dos d'une fiche d'emprunt indiquant une date de retour, le 11/03/2016. Le texte était presque effacé. *Tiens, tiens*, songea-t-elle tel un détective de série policière ayant découvert un indice crucial. Elle connaissait cette bibliothèque, ainsi qu'un étudiant qui la fréquentait souvent. Elle prit son téléphone pour écrire à Sage sur WhatsApp :

Tu peux m'emprunter Rebecca *de Daphné du Maurier dans ta bibliothèque, stp ?*

La réponse de Sage fut presque instantanée :
Emprunte-le toi-même, feignasse. Viens constater l'ambiance de fou qui règne à la bibliothèque.

Izzy parcourut à nouveau les titres de la liste et nota le « Si le besoin s'en fait sentir ». Au contraire des autres listes de sa collection, celle-ci semblait vouée à être trouvée. C'était une bouteille à la mer, la lettre d'un inconnu. Et Izzy voulait en connaître le sens.

12

Mukesh

BIP.

« Papa, bonne chance ! Tu vas y arriver. N'oublie pas tes étirements. J'espère que tu as reçu les DVD de fitness. Je n'ai pas de nouvelles de toi. Désolé de ne pas les avoir déposés moi-même. Les jumeaux sont infernaux et je n'ai pas une minute à moi. Les enfants, souhaitez bonne chance à Dada ! Bonne chance, Dada ! Ne te casse pas la figure ! »

Bip.

« Salut, Papa, c'est Rohini. N'oublie pas de manger avant de partir pour maintenir ta glycémie. Bois un chaï instantané, par exemple, d'accord ? Amuse-toi bien. Mets un maillot de corps pour éviter les auréoles sous les bras. »

Bip.

« Salut, Papa, c'est Vritti. Je t'envoie plein de bonnes ondes ! On se voit bientôt, d'accord ? En tout cas… je suis vraiment fière de toi. »

C'était le jour tant redouté de la marche caritative. Mukesh avait les yeux rivés sur son livre. Les messages de ses filles résonnaient encore dans ses oreilles. Il avait le cœur battant. Était-ce à cause de son appréhension ou parce que *Rebecca* lui donnait la chair de poule ? Il s'était plongé dans ses pages jusque tard dans la nuit. C'était un roman effrayant, parfois. Il parlait d'une femme amoureuse d'un homme merveilleux qu'elle venait d'épouser. Mukesh avait d'abord cru que c'était le début d'une belle histoire, jusqu'à ce qu'il s'avère que l'ex-femme, l'épouse défunte, Rebecca… ne serait pas oubliée et que cette nouvelle épouse vivrait à jamais avec le fantôme du passé. C'était terrifiant.

Mukesh ravala son angoisse. Il tenait son sac en toile contenant des sucrettes, un sachet de chaï instantané et une bouteille d'eau. *Mukesh*, résonna la voix de Naina. *Tu peux y arriver. C'est pour la bonne cause. Tu n'auras qu'à m'imaginer à côté de toi.* Il serra son livre sur son cœur. Naina emportait un livre partout où elle allait, au cas où elle resterait coincée dans un ascenseur, par exemple, ou s'il y avait la queue à la caisse du supermarché et personne avec qui bavarder. Pour le vieil homme, la présence d'un livre était surtout un moyen d'éviter les bavardages des bénévoles du temple. Il avait l'impression qu'une petite partie de Naina était avec lui, tel un talisman, un porte-bonheur.

En descendant du bus près du temple, il vit le groupe réuni dans la cour. Ils portaient tous le même T-shirt. Il devrait en enfiler un, lui aussi. Ce casse-pieds de Harish lui mit le grappin dessus, tenant un T-shirt bien plié.

— Bonjour, Mukesh ! Tiens, c'est pour toi. Tu es prêt pour la marche ?

Mukesh secoua la tête d'un air de dire « absolument pas ». Sur le parvis, il se trouva encerclé par des personnes qu'il évitait en général comme la peste. Non pas parce qu'il ne les aimait pas.

La plupart étaient très gentilles, même si certaines d'entre elles avaient des idées bizarres ou très arrêtées sur la politique, l'immigration, le service de santé, ceux qui méritaient quelques privilèges et les autres. Il estimait cette attitude hypocrite et contraire à l'hindouisme. Ces personnes se complaisaient à exprimer leur point de vue à qui voulait l'entendre. Il songea aux habitants de Maycomb. D'autres se contentaient de se vanter de leurs enfants, voire de ceux de leurs amis… Pour Mukesh, on ne pouvait se vanter que de sa famille proche.

— Mukesh ! lança Chirag.

Encore un petit jeune un peu trop familier envers les aînés. Le respect dû aux anciens semblait avoir disparu.

— Bonjour, Chirag, répondit-il. Comment vas-tu ? Et ton papa ?

— Il va bien, mais il ne vient plus pour la marche. Il a pris froid.

Mukesh jura dans sa barbe. Pourquoi n'avait-il pas invoqué ce genre de prétexte ? Il aurait tout donné pour échapper à cette corvée.

— C'est dommage. J'aurais été content de le voir. Cela fait un bon bout de temps.

— Tu ne viens plus beaucoup au temple.

Il avait beau vouloir s'en tenir à un « si » laconique, il répondit :

— Je viens pour les occasions spéciales avec mes filles. Je prie beaucoup à la maison. Pas besoin d'être au temple pour prier et être fidèle.

Chirag écarquilla les yeux et s'empressa d'ajouter :

— Oh non ! Ce n'est pas ce que je voulais dire, je t'en prie, ne le prends pas ainsi.

Mukesh remarqua l'effroi du jeune homme.

— Je devrais venir plus souvent, admit-il pour dissiper le malaise, s'accrochant à son livre comme à une bouée de sauvetage, espérant qu'il le relierait à Naina.

— Bonne marche, conclut-il avant de se diriger vers l'entrée du temple.

Quelle entrevue pénible l'attendait à l'intérieur ? Naina savait que faire, que dire en toutes circonstances. Tout le monde l'aimait, les femmes du temple, les hommes, les bénévoles. Elle avait le sens de la communauté et participait chaque année à cette marche. Mukesh ressentait la présence de son âme.

— Pardon, monsieur, l'interpella un jeune garçon portant un gilet fluo trop grand pour lui. La queue pour la marche se trouve là-bas.

Il désigna le groupe que Mukesh cherchait à fuir.

— Je voudrais entrer au temple.

— Vous n'êtes pas venu pour la marche ?

Le vieil homme eut envie de dire « non ». Hélas, Harish surgit encore de nulle part.

— Fais la queue, mon vieux. Tu vas marcher avec moi, non ?

Mukesh hocha la tête et le suivit en implorant le garçon du regard. Celui-ci haussa les épaules.

Ils s'approchèrent d'une femme tenant un bloc-notes.

— Voici mon ami Mukesh. Il remplace Sahil, aujourd'hui, lui indiqua Harish

Elle cocha le nom de Sahil sur sa liste.

C'est parti, songea Mukesh en respirant profondément.

Tandis que les participants se préparaient, le sadhu fit les prières et les rituels d'usage. Le ruban fut coupé, donnant le signal du départ. Vivek, le meilleur ami d'Harish, marchait en tête, brandissant un parapluie rouge pour montrer le chemin.

Mukesh serra son livre contre lui pour qu'il lui porte bonheur. La voix de Naina lui parvint. Son talisman était efficace ! *Bien joué. Tu as pris le départ !* Elle riait. Il fut envahi par un regain d'énergie et l'optimisme de Naina le gagna. Elle aurait été heureuse qu'il soit hors de chez lui, à rencontrer des gens. Cela faisait des années qu'il n'avait rien accompli de tel. La bibliothèque avait été son premier pas hors de sa zone de confort. Il se redressa légèrement, se sentant presque invincible.

Jusqu'à ce qu'il tente d'engager la conversation avec Harish. La tâche était difficile, même pour un Mukesh invincible. S'il le bombardait de questions, Harish finirait peut-être par se lasser et par marcher plus vite pour le fuir.

— Dis-moi, où en est ton premier petit-fils dans ses inscriptions à l'université ?

— Mon Dieu ! s'exclama Harish en levant les bras au ciel. Quel cauchemar ! J'espère encore qu'il pourra aller à Bristol ou à Bath, deux très bonnes universités. Cambridge l'a refusé. Il est trop intelligent, et bien trop sociable et équilibré. Il n'est pas fait pour cet environnement purement académique.

— J'imagine votre stress. C'était différent quand mes filles étaient jeunes.

— Non, c'était pareil, mais les parents s'en soucient trop, de nos jours. Mon fils ne cesse de chercher sur Internet quels sont les taux de réussite de telle ou telle université. De son temps, on le laissait prendre ses propres décisions. On lui a dit de travailler dur, de faire de son mieux.

— C'est aussi ce qu'on a dit à nos filles. Elles ont brillamment réussi.

— Je ne suis jamais allé à une réunion de parents d'élèves, non plus. Mon fils était en voyage d'affaires et il a appelé sa femme en vidéo pour pouvoir entendre ce qui se passait en direct. Il a dû s'équiper exprès pour ça.

— Ce n'est pas un peu excessif ?

— Non ! répliqua Harish, horrifié. Plus maintenant. C'est tellement important pour notre avenir, pour l'avenir de notre pays. Nos enfants et petits-enfants ont davantage d'opportunités, à présent. Nous les leur avons données. Neel sera avocat, tu sais. Il sera le premier avocat de la famille. J'ai de grandes ambitions pour ma petite-fille, aussi. Elle aime la médecine. J'espère qu'elle deviendra pharmacienne. Je doute qu'elle soit médecin parce qu'elle est un peu délicate.

— Avocat… c'est très intéressant, ça ! Restons en contact. On ne sait jamais, un avocat peut toujours être utile.

Il pensa à la seule autre avocate qu'il connaissait, Aleisha, et ressentit une certaine fierté.

— J'imagine que ta Priya le sera. Toujours plongée dans un livre. Si elle lit beaucoup, elle peut être avocate.

— Elle est encore jeune.

— Mais elle pense déjà à son avenir, non ?

— Priya veut être écrivaine ou libraire.

— Je parlais d'un vrai métier, pas d'un loisir.

— Ce sont de vrais métiers.

— Avocat, quand même… Neel pourra lui parler des études quand ce sera son tour.

— Elle ne veut pas être avocate.

— Docteur, alors ? Femme d'affaires ?

Mukesh secoua la tête.

— Ne t'en fais pas, mon ami. Mon Neel voulait être footballeur ou pompier au même âge qu'elle. Ces idées fantaisistes leur passent, avec le temps. Je suis sûr que tu n'as pas de soucis à te faire.

— Je ne m'en fais pas, affirma Mukesh.

Le silence s'installa entre eux. Cette conversation était une impasse. Harish leva les yeux au ciel sans la moindre discrétion. Il attendit trois minutes pour ne pas se montrer grossier, puis il se dirigea vers un autre groupe qui parlait de cricket avec animation.

Ravi de se retrouver seul, Mukesh eut un regain d'énergie. Il était prêt à continuer pour que Naina soit fière de lui. Hélas, avant qu'il ne puisse accélérer, Nilakshi, la meilleure amie de sa femme, au temple, le rejoignit. Les deux femmes avaient été inséparables à une époque.

Un an plus tôt, Nilakshi avait perdu son mari et son fils lors d'un accident de voiture. Prabhand, son mari, était un homme doux et réservé. Mukesh gardait le souvenir de son sourire lumineux. Son fils Aakash en avait hérité mais il en abusait. C'était un charmeur, un garçon intelligent, aussi. Cette double perte avait dévasté la communauté. Le sadhu connaissait très bien Prabhand et ils avaient prié pour lui – Mukesh avait assisté à la cérémonie car Naina l'aurait voulu. Le visage souriant de Prabhand lui manquait déjà. Nilakshi avait pleuré, assise au fond, tandis que des hommes n'ayant même pas connu son mari ou son fils étaient assis devant, sous les yeux du sadhu. Mukesh avait eu de la peine pour elle, sans savoir que lui dire. À la mort de Naina, Nilakshi et Prabhand avaient été d'un grand réconfort. Mukesh avait honte de ne pas avoir été d'un tel soutien pour Nilakshi quand elle en avait tant besoin.

Elle marcha à côté de lui en souriant, à un rythme rapide pour une personne aussi menue.

— Bonjour, Mukesh.

— Nilakshi, quel plaisir de te voir.

— Je suis surprise ! Je ne m'attendais pas à te rencontrer ici.

— Harish m'a convaincu de remplacer Sahil qui s'est blessé.

— Ah ! Harish est très persuasif ! Et insistant, ajouta-t-elle d'un air entendu. J'ai raté plusieurs réunions ces derniers temps. Meena m'en veut. Je peux marcher à côté de toi ? Elle n'osera pas s'aventurer jusqu'ici.

— Bien sûr. N'oublie pas qu'Harish n'est pas loin. Et Meena lui raconte tout.

— Je m'en doute, mais il est plus facile à gérer, lui.

La marche caritative parcourait les rues de Neasden et Wembley, longeant des rues résidentielles dont les habitations autrefois coquettes étaient à présent d'un brun poussiéreux. Les marcheurs parfois hors d'haleine empruntèrent la passerelle surplombant l'autoroute, d'où ils purent admirer le spectacle des bouchons. Le stade se dressait au loin. Ils passèrent devant des rangées interminables de commerces, primeurs, bureaux de change, rôtisseries de poulet déjà très fréquentées. Mukesh avançait lentement mais sûrement. Nilakshi dut lui prendre la main pour l'entraîner derrière elle. En voyant le stade se profiler au loin et les toits de Wembley, il eut l'impression de redécouvrir son quartier. Naina avait toujours aimé la marche. En dépit de ses mollets endoloris, il comprenait pourquoi. Il souffrait. S'il n'était pas assez en forme pour trois kilomètres de plus, il était déjà fier du chemin accompli.

Nilakshi l'encourageait gentiment tout en bavardant. Grâce à elle, il serait peut-être capable d'aller jusqu'au bout. À chaque pas, le livre qu'il avait dans son sac le heurtait. Il guettait la voix de Naina qui lui dirait qu'il s'en sortait bien. Mais c'était Nilakshi qui marchait près de lui et Naina était absente. Soudain, il pensa à *Rebecca*, l'histoire de cette jeune mariée qui remplaçait l'ancienne, hantée par l'épouse défunte… il chassa vite cette idée. Décidément, ces livres jouaient des tours à son imagination.

Il s'efforça de se concentrer sur chaque pas, d'insuffler de la positivité dans ses membres fourbus, il tenta de s'accrocher au fait qu'il était en vie. Jusqu'à ce que la réalité et son souffle court le rattrapent.

— Nilakshi, fit-il en se penchant en avant, les mains sur les genoux, je crois que je vais m'arrêter ici et rentrer en bus.

— Tu vas rater la remise des diplômes et surtout le *prasad*, l'offrande de nourriture.

Mukesh secoua la tête.

— Le *prasad* est la dernière chose dont j'ai besoin en ce moment. Tout ce sucre… je risque la crise cardiaque.

Il baissa la tête, les jambes en feu. Il avait beau respirer lentement, il avait les poumons en feu. Au moins, il avait marché jusque-là. Et il avait vu du monde. C'était un progrès, non ?

— Mukesh, je vais aller voir Harish pour lui expliquer. Il comprendra.

Elle s'éloigna. Mukesh regarda des marcheurs plus lents que lui le dépasser en souriant et en lui faisant signe. La majorité était des hommes à la traîne qui, autrefois, était en tête, séparés de leurs femmes. Ils portaient un pantalon en lin et de confortables sandales à scratchs. Leurs T-shirts aux tons vifs laissaient entrevoir leurs maillots de corps. Mukesh connaissait bien cette tenue, qu'il arborait volontiers lui-même, l'uniforme de l'homme hindou de plus de soixante ans.

Dans cet océan de tons crème, bleu marine et blancs, il chercha des yeux le sarouel bleu ciel de Nilakshi. En vain. Elle était trop loin. Incapable d'effectuer un pas de plus, il s'assit sur le muret d'une maison dont le jardin semblait laissé à l'abandon. Mukesh sentait la pollution dans l'air chaud et moite. Il avait peine à le croire, mais il goûtait presque chaque particule de fumée pénétrant dans ses poumons.

Il pensait à nouveau à Naina. Était-ce ce qui l'avait tuée ? L'air pollué ? Il avait entendu dire qu'il contenait des substances carcinogènes qui provoquaient des cancers.

Il la revoyait rire à gorge déployée quand il était descendu avec un T-shirt enfilé à l'envers. Ce souvenir fit soudain place à une image d'elle à l'hôpital, elle n'était plus que l'ombre d'elle-même.

Quelques secondes plus tard, Nilakshi était de retour avec une bouteille d'eau.

— Harish te dit de rentrer chez toi. Il m'a chargé de te donner cette bouteille. Tu as accompli un exploit, selon moi : tu as pris un bol d'air et tu ne seras pas obligé de parler à Harish à l'issue de la marche. À croire que tu avais prévu ton coup ! Tu rentres comment ?

Mukesh déboucha vivement la bouteille et but une longue gorgée d'eau. Il n'avait même pas remercié son amie. Il ferma les yeux et aspira à pleins poumons l'air pollué avant de se lever.

— Je vais prendre le bus.

— Je t'accompagne.

Lorsqu'il voulut refuser, elle l'interrompit :

— Mukesh, Naina ne m'aurait pas pardonné de laisser son mari rentrer seul à la maison alors qu'il peut à peine mettre un pied devant l'autre.

En un clin d'œil, Mukesh se sentit ridicule… et fragile. Et si les jeunes hommes le voyaient, à présent ? Ceux qui roulaient en voiture de sport et ne lui témoignaient jamais le respect dû à son âge. Ils l'appelleraient « *dada* », grand-père.

Il serra son sac contre lui pour y puiser de la force, quelque chose.

— Nilakshi ? interrogea-t-il tandis qu'ils se mettaient en route vers l'arrêt de bus le plus proche, qui était toujours trop loin.

— Oui ?

— Merci de m'aider.

— Je te le répète, Naina ne me le pardonnerait pas.

— Tu veux entrer ? proposa-t-il, hésitant et nerveux, à Nilakshi, sur le pas de sa porte.

Elle observa la façade, les yeux écarquillés.

— Non, il ne faut pas. Je ferais mieux de rentrer. Je suis contente que tu te sentes bien. Tu es sûr que ça va ?

— Je me sens bien mieux, assura-t-il avec un sourire.

Son rythme cardiaque s'était stabilisé durant le trajet en bus.

— Alors à bientôt, j'espère. Ça m'a fait plaisir de te voir après si longtemps, Mukesh.

Elle lui adressa un signe de la main.

— Et n'oublie pas, je peux passer te montrer comment préparer des beignets d'aubergine. Tu n'as qu'à m'appeler !

— Naina préparait les meilleurs, dit-il distraitement, sentant le poids de son livre dans son sac.

— Oui, je me souviens. Eh bien, les miens sont sans doute moins bons, mais c'est mieux que rien ! lança-t-elle d'une voix un peu stridente.

Sur ces mots, elle s'éloigna.

Mukesh se sentait mal à l'aise. Était-ce à cause de la situation ou parce qu'il avait le corps fourbu ?

Il referma la porte derrière lui. Depuis l'entrée, il voyait la photo de Naina, au-dessus du téléviseur, ornée d'une guirlande. Il observa son visage avec attention. Avait-il changé ? Il trouvait ses yeux moins insouciants, comme s'ils cachaient de la déception, voire de la colère.

Son esprit revint à *Rebecca*, dont il imagina le portrait, dans l'entrée de Manderley, à surveiller les lieux en permanence.

Qu'il était bête ! Si Naina était là, elle lui demanderait des nouvelles de Nilakshi, elle voudrait savoir comment elle s'en sortait. Elle lui ordonnerait certainement de lui porter un récipient de pain indien. Naina n'avait jamais été jalouse de nature. Et pourtant, Mukesh ressentait un soupçon de culpabilité. Il commença par sortir son livre de son sac pour le montrer au portrait de Naina, dans l'espoir secret d'entendre sa voix, ne serait-ce qu'un instant, afin qu'elle le rassure. Puis il le posa sur son fauteuil de lecture, comme il l'appelait désormais.

Après tous ces efforts, Mukesh avait besoin d'une petite sieste. Il alluma la radio car il appréciait un fond sonore au moment de s'endormir, puis il s'allongea sur son lit. À son réveil, il serait courbatu. Dans un instant de panique, il se demanda s'il serait capable de se lever. À quoi bon s'en soucier dans l'immédiat ? Il verrait bien le moment venu.

En posant la tête sur son oreiller, il laissa vagabonder ses pensées. Durant cette journée, il s'était senti vivant, dynamique, en dépit de ses douleurs. Il s'était senti considéré comme une personne à part entière par Nilakshi et même par Harish, pendant un moment, au lieu d'être un fardeau, un vieux père dont il fallait prendre des nouvelles chaque matin à l'aide d'un message téléphonique. Il avait été un être humain doté de sentiments, d'émotions, de goûts et non un simple numéro de dossier chez son médecin ou une ligne sur la liste de choses à faire d'une de ses filles.

Satisfait, Mukesh ne tarda pas à s'endormir.

À son réveil, la nuit tombait et la chambre était inondée d'une lumière douce de plus en plus morne.

D'instinct, il regarda vers sa gauche, le côté de Naina. Cela faisait un certain temps qu'il ne l'avait pas fait. Il était troublé par cette sieste inattendue. Il aurait pu se réveiller à n'importe quelle époque. En 1985, quand ils avaient emménagé dans cette maison, les trois filles dormaient dans la même chambre, sur des matelas posés à même le sol. En 1998, deux d'entre elles étaient parties et Rohini avait tenu à prendre la chambre du bas pour être plus indépendante. Elle n'était pourtant séparée de la cuisine que par un rideau de perles. Ou peut-être en 2010, quand Naina et Mukesh avaient repris cette chambre du bas, heureux d'être tous les deux. Naina aimait toujours avoir de la compagnie. Elle attendait avec impatience les visites de son unique petite-fille, à l'époque, pour mettre un peu de vie sous leur toit.

Or il était en 2019, hélas. Encore une année sans Naina. Il ouvrit *Rebecca*. Ce roman avait beau lui avoir fait une peur bleue, il avait besoin d'être ailleurs, au-delà des limites de sa petite maison de Wembley. Il avait besoin d'être dans la peau d'un autre.

Au fil des pages, il rencontra Mme Danvers, la gouvernante, qui aimait tant Rebecca, la première épouse, et haïssait la seconde. Elle ne cessait de rappeler au jeune couple qu'elle ne pourrait jamais remplacer sa chère Rebecca. En l'espace d'un instant, Mme Danvers prit un nouveau sens pour Mukesh. Elle représentait sa propre culpabilité. Il s'interrompit au milieu d'une phrase et resta figé dans un silence de mort. Si les livres permettaient de s'évader, Mukesh découvrait que ce n'était pas toujours de façon positive.

— Je n'oublie pas Naina ! lança-t-il à voix haute à lui-même et à la gouvernante si prompte à juger les autres. Je te demande pardon, Naina ! Je suis un imbécile. Ce livre ne signifie rien.

En réaction, il crut entendre les paroles de Naina dans l'air vespéral : *Je sais, Mukesh.* Peut-être n'était-ce qu'une illusion provoquée par le roman et qui lui disait ce qu'il avait besoin d'entendre.

LES CERFS-VOLANTS DE KABOUL

de Khaled Hosseini

13

Aleisha

— Aleisha ! lança Benny en essuyant les tables. Qu'est-ce que tu fais, ce soir ?

— Je dois faire des courses pour le dîner, répondit-elle, un pied sur le trottoir. Ensuite, je n'ai rien de prévu. Et toi ?

Aleisha pensa au livre glissé dans son sac, *Les Cerfs-volants de Kaboul.* Elle ne voulait pas le lui avouer, mais elle était ravie de n'avoir rien à faire car elle pourrait ainsi lire tranquillement. Pour elle, c'était ce qu'il y avait de plus ressemblant à un projet depuis longtemps. Chaque matin, elle lisait un chapitre ou deux, désormais. Elle continua à midi, puis ne pouvait s'endormir, le soir, qu'après avoir tourné les pages de son roman, retrouvé les personnages qui lui semblaient plus réels au fil des chapitres.

— Je pars en vacances ! répondit Benny avec une petite danse de la joie.

Aleisha l'appréciait beaucoup, même si elle le voyait rarement car ils ne travaillaient pas souvent ensemble. Il était toujours si enjoué !

— Quelle chance ! Où ça ?

— À Chypre. À Ayia Napa !

Benny avait quarante ans et il partait chaque été en vacances entre garçons. Thermos aimait le préciser chaque fois que le sujet était abordé dans une conversation.

— Avec mes garçons, ajouta Benny.

Aleisha s'esclaffa.

— Et toi ? Tu pars, cet été ?

— Non, répondit-elle en brandissant son livre, mais je pars pour Kaboul, ce soir.

— Ah ! Ce roman est… dévastateur.

— Comme ma vie. J'ai dix-sept ans et c'est mon collègue de quarante ans qui part s'éclater à Chypre, pas moi !

— Ne t'en fais pas, ma belle. Il y a des hauts et des bas, conclut Benny en s'éloignant d'un pas guilleret.

Les Cerfs-volants de Kaboul, de Khaled Hosseini. Elle aimait bien la couverture qui montrait deux garçons bras dessus, bras dessous, un ciel bleu, un cerf-volant. La quatrième de couverture lui apprit qu'il parlait de deux amis, Amir et Hassan, qui voulaient remporter un concours de cerfs-volants. Quelque chose va bouleverser leur existence à jamais. Des années plus tard, Amir, qui a quitté l'Afghanistan pour les États-Unis, se rend compte qu'il doit retourner à Kaboul pour trouver le pardon et la rédemption.

Et que devient Hassan ? s'était-elle demandé en lisant ce résumé. *Qu'a fait Amir ?* Les mots de Benny résonnaient dans sa tête. « Ce roman est dévastateur. » Elle s'était préparée. Elle accordait une grande confiance à l'auteur de la mystérieuse liste de lecture, car elle avait adoré *Ne tirez pas sur l'oiseau moqueur* et *Rebecca*. Deux romans si différents. L'un facile à lire, jalonné de scènes poignantes, l'autre sombre et pesant. Elle avait dévoré *Rebecca* cachée sous sa couette, terrifiée pour la jeune Mme de Winter, la nouvelle maîtresse de Manderley.

Au départ, elle avait suivi la liste aveuglément, en acceptant les titres sans les remettre en question. Elle comprenait à présent que, quand elle lisait, sa journée passait plus vite. Elle n'utilisait plus la liste en tant que marque-page. Elle l'avait rangée dans la housse de son téléphone pour ne pas la perdre. Elle avait beau la connaître par cœur, même sans la photo qu'elle en avait prise, le bout de papier en lui-même était une sorte de porte-bonheur.

Dans la supérette du coin de la rue, Aleisha sortit le livre de son sac pour y fourrer ses provisions. Elle avait acheté plus de choses que prévu parce qu'elle n'arrivait pas à se décider. Si la liste de lecture lui avait appris une chose, c'était qu'elle était incapable de prendre une décision par elle-même.

— Non, déclara la caissière. Ne me montrez plus ça.

— Quoi ? réagit la jeune fille, interloquée.

— Ça ! s'exclama l'employée en désignant *Les Cerfs-volants de Kaboul* d'une main, un filet d'oignons dans l'autre.

— Que voulez-vous dire ? poursuivit Aleisha, les sourcils froncés.

— Ce livre m'a tuée ! Il est si dur. Franchement, vous voulez faire couler votre mascara ? C'est poignant. Encore pire que le film qu'ils en ont fait. Ce livre… Je ne vous en dis pas plus, après tout, c'est votre vie. Quoi qu'il en soit, il vaut mieux être de bonne humeur avant de se plonger dedans.

Aleisha retint son souffle. Ce livre était-il triste à ce point ? Elle saisit le filet d'oignons par l'étiquette et le glissa dans son sac.

— D'accord… merci pour le tuyau, lâcha-t-elle avec un sourire forcé.

La caissière scanna le reste de ses articles en silence.

— C'est bien de voir une jeune fille qui lit, marmonna-t-elle en lui jetant deux sacs en plastique.

— Beaucoup de jeunes lisent, répliqua Aleisha

Elle pensait aux adolescents qu'elle voyait à la bibliothèque, à la fille aux cheveux roses, à l'étudiant aux lacets défaits, et même à Mia.

— Je sais, mais… c'est juste sympa de voir ça, reprit la femme en haussant les épaules. Avec tous ces jeunes accros à leurs écrans et leurs jeux. Cela faisait longtemps que je n'avais pas vu quelqu'un de votre âge avec un livre.

Quelques semaines plus tôt, Aleisha n'avait jamais tenu un livre, à part ses manuels scolaires. Elle faisait partie de ces jeunes qui ne lisaient pas, collés à leur téléphone, regardant à peine où ils marchaient, le nez sur leur écran.

— Vous avez raison. Vous savez, la lecture c'est à nouveau tendance.

Elle rangea le reste de ses achats et prit congé. Au bout de quelques pas, elle posa ses sacs pour reprendre des forces. Elle n'allait tout de même pas utiliser un de ces chariots à roulettes comme les vieilles dames ! Elle leva les yeux au ciel. Cette bibliothèque était en train de la transformer en…

Au moment où elle allait se remettre en route, quelqu'un surgit devant elle et lui barra le chemin. Un homme coiffé d'un bonnet. Il tenait un paquet de cigarettes neuf dans une main et un reçu dans l'autre.

Elle le regarda d'un air de dire : « Je n'en veux pas de tes cigarettes. Je ne sais pas ce que tu veux, mais dégage ! »

Pourtant elle se tut et le dévisagea.

C'était le type du train.

— Je peux t'aider ?

— Et moi, je peux t'aider ?

Elle l'observa d'un air vague, les épaules endolories.

— Tu as fait tomber ça.

Il se baissa pour ramasser *Les Cerfs-volants de Kaboul* qui gisait sur le trottoir.

Lorsqu'elle voulut le lui prendre des mains, il recula et feuilleta les premières pages.

— La bibliothèque de Harrow Road ? fit-il presque pour lui-même. Elle est encore ouverte ? Je la croyais fermée depuis longtemps.

— Non. J'y travaille.

Sans savoir pourquoi, elle était un peu sur la défensive.

— Ouah, tu n'as pas vraiment l'air d'une bibliothécaire.

Il se mit à rire, un peu intimidé.

— Désolé, je dis n'importe quoi.

Il lui rendit le livre, qu'elle saisit vivement.

— Ils sont lourds, tes sacs. Je peux t'aider ?

— Non, ça va, assura-t-elle alors que ses doigts lui faisaient un mal de chien.

Elle leva les yeux au ciel pour masquer sa nervosité et se força à avancer.

— Franchement, je peux t'aider.

— J'ai dit que ça allait, grimaça Aleisha, les doigts meurtris.

— De doute façon, tu vas dans la même direction que moi, insista-t-il en lui emboîtant le pas. Alors, si tu es vraiment bibliothécaire, dis-moi de quoi il parle, ce bouquin.

Aleisha s'arrêta et posa les sacs à terre. Avant qu'elle ne puisse les reprendre, le garçon en prit deux.

— Génial… maugréa-t-elle.

— Écoute, je veux juste que tu me parles de ce livre. Je porte tes sacs une partie du chemin et, ensuite, je te laisse tranquille.

Aleisha mit le dernier sac sur son épaule.

— Désolée de te décevoir, mais je n'ai pas encore commencé à le lire. Je n'ai lu que le résumé.

— C'est pas grave. Comment tu t'appelles ?

— Aleisha.

— Enchanté, Aleisha. Moi, c'est Zac.

Je ne t'ai rien demandé, songea-t-elle.

— Enchantée, répondit-elle d'un air qui se voulait désinvolte.

Zac sourit. Était-il aussi nerveux qu'Aleisha ? Il marchait un peu en retrait, peinant avec les sacs de courses. La jeune fille rit sous cape.

— Alors, reprit-il en la rattrapant, un peu essoufflé, tu lis beaucoup,

Elle ne répondit pas tout de suite. Elle pensait à M. Patel, le vieux monsieur, à leurs échanges sur leurs lectures. Elle sentit avec intensité la présence de la liste, dans la housse de son téléphone.

— Pas tant que ça, avoua-t-elle. C'est assez nouveau pour moi. Mais j'aime bien, c'est vrai.

— *Les Cerfs-volants de Kaboul*… tu penses être prête ?

— Je croyais que tu ne savais rien dessus.

— J'ai vu le film. Y a pas plus triste.

— C'est ce que m'a dit la caissière.

— Elle a raison. La fin est triste, aussi…

— Franchement ! Ne me dis rien. Pourquoi tout le monde veut spoiler ce roman ?

Elle s'étonnait elle-même de sa réaction. Elle était plus détendue, à présent. Elle s'était sentie *normale*, à marcher à côté de cet inconnu, à discuter d'un livre.

Il se mit à rire.

— Ne t'en fais pas, je ne vais rien spoiler, promit-il, les yeux rivés sur elle. Qu'est-ce que tu fais quand tu ne travailles pas à la bibliothèque ?

— Qu'est-ce que tu me fais, là ? Un épisode de *Mariés au premier regard* ?

— Désolé, j'ai tendance à m'emballer.

— Tu m'étonnes.

— Alors ?

— En quoi ça te regarde ?

— Je… je veux discuter, c'est tout. Qu'est-ce qu'il y a dans ces sacs ? Ils pèsent une tonne.

Au bout de la rue, Aleisha s'arrêta.

— Je vais les reprendre. J'habite près d'ici, expliqua-t-elle.

— Je peux les porter jusqu'au bout, pas de problème.

— Non ! persista-t-elle sèchement. Je prends le relais.

Il hocha la tête, posa les sacs par terre et recula d'un pas, comme s'il lui remettait un colis suspect.

— Merci, Zac, dit-elle, désinvolte.

— Je t'en prie. J'espère qu'on se reverra. Je me sens toujours un peu seul en été. C'était sympa.

Zac s'éloigna. Elle ramassa ses sacs et partit en direction de chez elle, non sans jeter un dernier coup d'œil vers lui pour imprimer sa silhouette dans sa mémoire. Le garçon du train. Elle n'en revenait pas d'avoir une telle chance !

Les fenêtres de chez elle étaient closes. Il y faisait sombre, comme à Manderley ou dans la maison de Boo Radley. Pour l'heure, ce n'était pas trop lugubre. Elle posa ses sacs sur le seuil, le temps de chercher ses clés. Elle vit son livre, dans un des sacs, qui semblait la regarder. Les paroles de Zac lui restaient en mémoire. Elle aussi se sentait seule, chaque été. Celui-ci lui semblait un peu moins solitaire que les autres, toutefois.

14

Mukesh

BIP.

« Papa, c'est Rohini. Harish m'a appelée et il voudrait que tu ailles avec lui au temple. Inutile de me rappeler, passe-lui un coup de fil, d'accord ? Je sais que tu n'y es pas allé depuis longtemps et pas tout seul. Ça te ferait du bien. Deepali, Vritti et moi en avons parlé et on pense que tu devrais y aller. Priya me dit de te dire qu'elle a adoré son livre, *Le Sorcier de Terremer*, je crois. Elle t'embrasse ! Salut, Papa, à bientôt ! »

Bip.

« Salut, Papa, c'est Deepali. D'après Rohini, Harish a essayé de te contacter. Et si tu allais simplement au temple ? Ce serait sympa. Tu pourrais manger un repas équilibré, pour une fois, d'accord ? À bientôt ! »

Mukesh prit son livre et s'installa dans son fauteuil. Soudain, le téléphone se remit à sonner. Il leva les yeux vers le combiné, puis regarda son roman.

Ils n'ont qu'à me laisser un message, songea-t-il.

Bip.

« Bonjour, Mukesh, c'est Nilakshi. »

Il sursauta et, d'instinct, porta le regard vers le portrait de Naina, accroché au mur.

« J'ai acheté les ingrédients nécessaires pour préparer des *bhaji* d'aubergine. Je pourrais passer un jour de la semaine prochaine… samedi, peut-être ? Je t'apprendrai à les faire ! Je te souhaite un très bon week-end. »

Il ne s'attendait pas à un appel de Nilakshi. Il regarda encore le portrait de Naina en quête de ce qu'il devait faire. Était-elle bouleversée ? Fâchée ?

Il soupira et essaya de se replonger dans *Rebecca*, bien installé dans son fauteuil, entouré de quatre lampes issues de différentes pièces de la maison et disposées à des hauteurs diverses. À cela s'ajoutait une lampe de lecture USB fixée sur le livre à l'aide d'une pince – un cadeau de Naina à Priya. Ce coin du salon ressemblait désormais à un de ces bars qui se voulaient branchés et que Vritti lui montrait souvent sur le compte Instagram de sa petite chaîne de cafés.

Mais il ne parvenait pas à concentrer. L'appel de Nilakshi l'avait déstabilisé. Comment pouvait-il lire l'histoire d'une nouvelle épouse intruse ? Il posa *Rebecca* et appela Harish dans l'espoir de se changer les idées. Il accepta de l'accompagner au temple le soir même, pour un *puja*, un rite d'adoration d'une image sacrée, et un repas, pour la première fois depuis longtemps. Il ne se rendait au *mandir* qu'en compagnie de Rohini ou Deepali, parfois de Vritti, et uniquement parce qu'elles l'y obligeaient. Il n'aimait pas y aller. Le temple lui rappelait Naina et le fait qu'il n'était plus que la moitié de lui-même, sans elle.

— J'ai hâte de te voir ce soir, mon ami ! s'exclama Harish en hurlant dans le combiné.

Soit il était sourd, soit il n'avait pas confiance en la technologie moderne. Mukesh ne lui en voulait pas vraiment. Il faisait pareil jusqu'à ce que Vritti et Rohini s'en plaignent et lui expliquent que le volume de leur téléphone ne pouvait descendre assez bas pour discuter de manière agréable avec lui.

— Oui, merci de m'avoir convaincu. Ça me fera du bien, affirma Mukesh en s'efforçant d'être convaincant.

— Parfait, mon ami ! À plus tard ! cria Harish.

Mukesh éloigna l'appareil de son oreille.

Au bout de quelques heures de lecture, Mukesh leva les yeux et eut la surprise de voir les quatre personnages principaux de *Rebecca* assis sur le canapé, en face de lui. Mme de Winter, la nouvelle épouse et narratrice, était complètement floue parce qu'elle n'était pas vraiment décrite. Pouvait-il, lui, se fier à elle ? M. de Winter, le jeune monsieur très fortuné qui semblait charmant au départ et qui se révélait inquiétant... non, Mukesh ne l'aimait pas. Puis il y avait Mme Danvers, cette dame curieuse, sournoise et implacable, qui haïssait la nouvelle Mme de Winter uniquement parce qu'elle n'était pas à la hauteur de Rebecca, morte mais loin d'être oubliée. Et il y avait Rebecca en personne, un fantôme assis sur le canapé de Mukesh, à fixer le portrait de Naina, au-dessus du téléviseur.

Mukesh retint son souffle et se frotta les yeux. Soudain, Rebecca se leva et parut tendre une main vers lui. Un coup de Klaxon retentit dans la rue et les quatre personnages s'évaporèrent. Mukesh s'efforça de demeurer immobile. Il n'aurait jamais imaginé qu'un livre dont l'intrigue se déroulait si loin de chez lui puisse l'affecter à ce point. Tout cela paraissait si réel… c'était effrayant.

Encore un coup de Klaxon. Mukesh consulta sa montre : Harish était pile à l'heure.

Trente secondes plus tard, il klaxonna encore.

Toujours aussi impatient.

Parfois, Harish se croyait cool et jeune, la quarantaine triomphante, avec sa belle voiture, ses sorties, ses rencontres. Il n'avait pas de temps à perdre à attendre que son ami enlève ses chaussons et prenne son sac à chaussures pour le temple avant d'enfiler ses baskets à scratchs. Mukesh, lui, prit son temps, histoire de le faire patienter. Du moins était-ce le prétexte qu'il se trouva. En réalité, ses vieilles jambes refusaient d'aller plus vite… la marche caritative l'avait démontré.

Harish possédait une grosse voiture étincelante, même dans l'air pollué de Londres.

— Mukesh ! lança-t-il en se penchant sur le siège du passager pour lui ouvrir la portière.

Mukesh s'installa avec un soupir. Il avait mal au dos et ses jambes étaient à l'étroit.

— Je suis content de te voir, dit-il.

En garant la voiture près du temple, Harish tapota son tableau de bord avec amour et descendit lestement.

Ils marchèrent côte à côte vers le *mandir*. Hélas, Mukesh se retrouva vite à la traîne. L'édifice était superbe, le soleil éclairant ses dômes ouvragés. Quelle splendeur ! Il le voyait rarement sous cet angle. Ce chef-d'œuvre semblait incongru niché au milieu des maisons, des parkings, une école. Et surtout l'autoroute encombrée de conducteurs énervés qui ignoraient la paix régnant en contrebas.

C'était ce que Mukesh aimait tant, à Londres. Cette diversité, ces contrastes, ces contradictions.

Harish avait une longueur d'avance mais il n'avait même pas remarqué que son ami peinait. Il était dans son propre monde.

Mukesh marchait à son rythme. Parfois, il avait l'impression que ses jambes allaient se dérober. Être là, sans ses filles, sans Naina, était une expérience nouvelle. À l'entrée, il passa sous le portique. L'agent de sécurité voyait-il ses parties intimes sur son écran ? Pourvu que non ! Cette simple perspective le fit rougir. Un tel appareil ne devait pas être toléré dans l'hindouisme.

Il récupéra sa ceinture et ses clés, puis tourna à gauche. Il imagina Naina à ses côtés, partant à droite vers les casiers des femmes. Il aperçut alors Indira, seule comme à l'accoutumée. Les gens ne lui parlaient guère. Chacun savait que, une fois lancée, Indira était difficile à arrêter. Il ne la connaissait pas très bien, pourtant, Naina essayait toujours d'engager la conversation avec lui. Il lui fit un signe de la main et baissa rapidement le bras lorsqu'elle lui répondit d'un hochement de tête.

Après la cérémonie durant laquelle Mukesh et Harish versèrent de l'eau sacrée sur une statue en cuivre de Swaminarayan afin d'être bénis, les deux hommes oublièrent vite la tranquillité du rituel pour gagner la salle de sport bruyante où serait servi le repas. Hommes et femmes étaient séparés par un rideau ajouré. Harish se hâta vers le buffet, puis il leur réserva une table tandis que Mukesh saluait les personnes chargées du service.

— Mukesh ! Quel plaisir de vous revoir après si longtemps !

Il rejoignit enfin Harish, son assiette en plastique généreusement garnie de mets délicieux et colorés. Ils mangèrent en silence, Mukesh tentant de regarder derrière le rideau pour voir Nilakshi. Il en faisant autant avec Naina et ses filles. C'est alors que Mme Danvers, la gouvernante austère et critique, s'insinua à nouveau dans son esprit. Elle apparut en face de lui, à côté de Harish, étrangement vêtue d'un sari traditionnel, les cheveux serrés en un chignon strict. Elle fronçait les sourcils, secouait la tête et mangeait avec les doigts, comme lui.

Mukesh cligna plusieurs fois des yeux pour chasser cette image d'une femme inconnue qui n'existait même pas. Rien n'y fit.

— Dis-moi, Harish, demanda-t-il, soudain désireux de se reconnecter à la réalité, comment va Meena ?

— Oh, très bien. Ce soir sans moi lui fait des vacances. Je suis sûr qu'elle est ravie d'être tranquille !

La bouche pleine, Harish rit doucement. Mme Danvers se tourna vers son voisin avec une moue de dégoût. Mukesh se dit que ce devait être son unique point commun avec la redoutable gouvernante de Manderley.

Il imagina Naina de l'autre côté du rideau, en train de servir à manger à Mme Danvers.

Je ne l'ai pas oubliée, se dit Mukesh.

Ignorant s'il s'adressait à lui-même ou à Mme Danvers, il voulut affirmer qu'il n'oublierait jamais Naina, que personne, pas même Nilakshi, ne remplacerait sa femme. Soudain, Mme Danvers prit son assiette et se dirigea vers l'autre extrémité de la salle.

Harish parlait toujours. Si Mukesh n'avait aucune idée de ce qu'il venait de raconter, son « Mon Dieu, pas possible ! » satisfit Harish.

— Meena aimerait savoir si tu voudrais dîner à la maison. Ça fait tellement longtemps, reprit Harish.

Il parut enfin se rendre compte que Mukesh était ailleurs et posa une main sur son épaule.

— Volontiers, répondit celui-ci. Quand tu veux !

— Samedi ? Mon aîné sera là aussi. Ce sera sympa. Il sera content de te voir.

Samedi n'était pas un bon jour. Le samedi 6 juillet, Nilakshi venait chez lui.

— Je suis occupé samedi.

— Tu vois Rohini ?

Mukesh secoua négativement la tête.

— Priya, alors ? Ou les jumeaux de Deepali ? Je n'ai pas vu ces petits depuis longtemps. Depuis...

Mukesh secoua la tête de plus belle.

— Vritti ? Elle a enfin trouvé un mari ?

Encore un mouvement de tête. Il ne voulait pas mentir, mais il était reconnaissant pour ces questions doubles. Harish ne saurait peut-être pas à laquelle il répondait.

— Ah, je suis étonné. C'est une jeune femme si jolie, adorable. Elle me rappelle beaucoup ta chère Naina. Qu'est-ce que tu fais, samedi ? Tu t'es inscrit à un club d'échecs ? De cricket ? glapit-il en se tapant le ventre. Tu t'imagines sur un terrain de cricket ?

— Je dîne avec Mme Nilakshi, déclara-t-il d'un ton neutre.

Il précisa « Mme » afin qu'il n'y ait aucune ambiguïté sur la nature de leurs relations, qui n'était autre qu'une amitié fraternelle.

— Madame qui ?

— Je parle de Nilakshi, énonça Mukesh en rougissant.

Harish fronça les sourcils, puis il écarquilla les yeux.

— Ah ! Tu la fréquentes ! Et Naina ?

Mukesh s'empourpra.

— Non ! Tu te méprends complètement.

À cet instant, l'odieuse Mme Danvers ressurgit de l'autre côté de la salle et riva les yeux sur Mukesh.

— C'est l'amie de Naina ! Tu es veuf !

— Non, Harish ! s'emporta Mukesh en levant les mains, à la fois outré et implorant. Écoute-moi ! Nous sommes amis, rien de plus. Ce n'est rien de ce que tu crois !

Il était sincère. Il n'y avait rien entre eux et c'était ce qu'il trouvait étrange. Ils n'avaient pas passé plus de quelques heures ensemble et les gens les prenaient déjà pour des veufs trompant leurs conjoints défunts. Des adultères !

Mukesh prit son assiette et jeta ses restes dans la poubelle. Sous le regard appuyé de Mme Danvers, il quitta la salle en trombe, puis le temple. Une fois dehors, il sortit son livre de son sac en toile. *Rebecca*. L'espace d'un instant, il crut voir le nom de Naina sur la couverture. Pourquoi ce roman produisait-il un tel effet sur lui ? Qu'attendait-il de lui ?

LA LISTE DE LECTURE

Joseph

2017

JOSEPH FRÉQUENTAIT LA BIBLIOTHÈQUE depuis sa tendre enfance. Quand sa mère devait travailler durant les vacances scolaires, elle l'y déposait en l'encourageant à terminer ses devoirs ou à prendre de l'avance pour l'année suivante. Désormais, il y venait les lundis, mercredis et vendredis, après les cours. Et pourtant, il était assez grand pour rester à la maison seul. Il avait sa table préférée, qui était rarement occupée car moins isolée que les autres, proche de l'accueil. Joseph appréciait le doux murmure des quelques usagers qui venaient emprunter des livres. Il l'aidait à se concentrer. Il aimait cette bibliothèque et son calme. De plus, aucun élève de l'école n'y venait.

Un jour, alors qu'il était assis à cet endroit précis, quelqu'un vint s'installer en face de lui. Il ne leva pas la tête. Il avait déjà commis cette erreur et un jeune homme s'était mis à lui poser des questions sur ses devoirs. Joseph n'avait pas su comment lui faire comprendre qu'il voulait continuer son travail en paix. Il demeura donc tête baissée, les yeux rivés sur sa page.

Lorsque cette personne posa un livre sur la table, Joseph remarqua qu'elle était plutôt âgée. Sa peau était un peu flasque, un peu comme celle de sa mère. Il s'efforça de distinguer la couverture du livre. Trop tard, les mains inconnues avaient ouvert l'ouvrage. Joseph se remit donc au travail.

« Harcèlement et pression de groupe. » Il détestait les devoirs d'éducation sociale et sanitaire, mais il fallait bien s'y coller. La première question était : qu'est-ce que le harcèlement ? Il eut l'impression que Moe Johnson, une star du porno, avait rédigé cette question rien que pour le provoquer. Si Moe Johnson ne posait pas la main sur Joseph, ce n'était pas du harcèlement, non ?

La deuxième question était : comment sait-on que quelqu'un subit un harcèlement ? Les gens cachaient tant de choses. Joseph appuya sa tête sur la table. En levant les yeux, il constata que sa copie n'était d'un gribouillis humide.

La personne assise en face de lui, avec ses mains un peu fripées, mais pas trop, prit un bout de papier et se mit à feuilleter son propre livre en faisant glisser un doigt sur les mots. Elle s'arrêta, inséra le bout de papier entre les pages et poussa l'ouvrage vers lui. Joseph posa les yeux dessus sans croiser le regard de l'inconnu. Il n'avait pas envie de lui parler, en cet instant, alors que des larmes silencieuses coulaient sur ses joues.

L'Histoire de Pi. Sur la couverture s'étendait une mer bleue, avec un tigre géant aux couleurs vives. Il vit dépasser le bout de papier corné entre deux pages.

Joseph ne ramassa pas le livre. Il le laissa sur la table, comme s'il ne l'avait même pas remarqué. Quelques instants plus tard, le mystérieux lecteur enfila sa veste, rangea ses affaires et s'en alla sans que Joseph ait vu son visage.

Joseph n'avait jamais été un grand lecteur. Il n'avait pas lu un *vrai* livre depuis son enfance, car il avait trop de devoirs. Il le tira vers lui et le retourna pour lire la quatrième de couverture. C'était l'histoire d'un garçon de seize ans, coincé sur un bateau en compagnie d'un tigre, une hyène, un orang-outan et un zèbre. *Bizarre !* Sur la couverture, il vit ce garçon recroquevillé à une extrémité de l'embarcation, les jambes repliées contre son torse. Si Joseph ne s'était pas trouvé en bateau avec un tigre, il connaissait ce sentiment de détresse, ce besoin de se faire tout petit, invisible. Il reposa le livre sur la table. Il savait en son for intérieur qu'il avait été laissé là délibérément : pour lui.

En une fraction de seconde, il rangea son devoir d'éducation sociale et sanitaire dans son sac. Il emporta le livre vers un guichet automatique, désireux d'être chez lui pour s'installer confortablement et découvrir ce que la personne inconnue voulait lui montrer.

De retour à la maison, Joseph claqua la porte derrière lui et monta dans sa chambre en courant. Il se glissa sous sa couette, assis en tailleur, et ouvrit le volume à la page marquée par le bout de papier qu'il sortit délicatement.

C'était une liste d'un, deux, trois, quatre, cinq, six, sept, huit livres, dont un était cerclé d'un trait.

L'Histoire de Pi.

Son livre.

15

Aleisha

En tournant l'ultime page du livre, elle poussa un long soupir. Dans la bibliothèque déserte, elle n'avait pas vu passer les heures. C'était la première fois qu'elle lisait sans douter d'elle-même, sans se demander si elle comprenait bien l'histoire, sans penser au monde extérieur.

Elle reposa *Les Cerfs-volants de Kaboul* sur son bureau et se prit le visage dans les mains. Son cœur semblait sur le point de s'échapper de sa poitrine et elle avait mal à la tête. Heureusement qu'il n'y avait personne car, si quelqu'un de réel lui avait adressé la parole, elle aurait sans doute fondu en larmes.

Brûlant d'envie d'envoyer un texto, de communiquer sans parler, de raconter ce qu'elle venait de lire, elle prit son téléphone. Rachel connaissait-elle ce roman ? Cela faisait des semaines qu'elle ne lui avait pas écrit. Peut-être trouverait-elle étrange de recevoir un texto sur un livre. Elle pensa alors à la caissière de la supérette et à ce Zac… Avait-il déclaré l'avoir lu ? C'était bizarre de penser encore à lui.

Elle imaginait Amir et Hassan, les deux amis qui s'aimaient comme des frères, à Kaboul, jouant avec leur cerf-volant. Hassan, si gentil, si loyal, prêt à tout pour protéger Amir, le rendre heureux, et Amir, qui appréciait l'amitié de Hassan, sa loyauté, mais qui se comportait avec la méchanceté qu'avaient parfois les enfants sans réfléchir. Amir avait passé le reste de sa vie à regretter ce qu'il avait infligé à son meilleur ami. Il avait fini par comprendre les sacrifices d'Hassan alors qu'ils n'étaient que des enfants. Si l'histoire avait appris une chose à Aleisha, c'était que, quoi que l'on ait accompli de grave dans le passé, il fallait s'efforcer de faire le bien. L'amitié qui unissait Amir et Hassan avait brisé le cœur d'Aleisha. Elle ignorait qu'un roman, de simples mots imprimés sur une page, pouvait la toucher à ce point.

Si elle avait aimé *Ne tirez pas sur l'oiseau moqueur* et *Rebecca*, elle avait parfois eu l'impression d'y chercher un message, de quoi discuter avec M. Patel.

Avec *Les Cerfs-volants de Kaboul*, elle avait *vécu* le roman, avait respiré à son rythme. Quand elle était à la maison avec Aidan et qu'il lui demandait si elle avait passé une bonne journée, cette journée n'existait pas en dehors de l'univers de son roman.

— Je lis *Les Cerfs-volants de Kaboul*. Et je ne pense qu'à ça.

— J'ai vu le film. C'est triste. Comment tu supportes ça ?

— Personne ne m'a prévenue ! avait lancé Aleisha en brandissant l'ouvrage.

C'était un mensonge. Tout le monde l'avait mise en garde. Et pourtant, elle n'était pas préparée à cela.

— Pourquoi personne ne m'a dit que j'aurais le cœur brisé en mille morceaux ? Hassan est tellement gentil. Et Amir qui le piétine comme ça...

— Ce ne sont que des gamins.

— Oui, mais quand même... ce qu'on fait étant enfant peut influer sur toute sa vie. Amir doit vivre avec ses regrets.

— C'est un roman qui traite de divers thèmes, avait dit Aidan. Demander pardon sincèrement avant qu'il ne soit trop tard...

Aleisha avait posé les yeux sur une photographie d'Aidan, Aleisha, Leilah et Dean.

— Ne pas considérer les gens pour acquis, avait poursuivi Aidan, le regard baissé sur son écran de téléphone.

La gorge de la jeune fille s'était nouée. Amir n'avait pas pu réparer le mal fait à Hassan. Il avait néanmoins fait amende honorable, d'une certaine façon. Elle avait pensé à Dean, à ce qu'il avait fait par le passé. À présent, il s'efforçait d'être un père attentif, ou du moins d'en donner l'impression. Textos, appels, messages vocaux, virements surprise sur leur compte bancaire. Au contraire d'Amir, toutefois, Dean ne regrettait sans doute pas vraiment.

Aleisha essuya une larme sur sa joue. *Oh non*, songea-t-elle en voyant M. Patel faire son entrée. Celui-ci affichait un tel sourire... Elle n'était pas certaine d'être d'humeur à bavarder, en cet instant. Hassan, si jeune et bienveillant, et son ami Amir peuplaient l'esprit de la jeune fille, ainsi que Dean, qui la ramenait à sa propre existence.

— Bonjour ! lança le vieil homme en s'approchant de l'accueil. J'ai fini celui-ci, annonça-t-il en lui tendant *Rebecca*.

Aleisha peina à afficher un sourire.

— Bonjour monsieur Patel !

— Aleisha, tout va bien, mon petit ?

Elle sentit sa gorge se nouer de plus belle. *Ne pleure pas, ne pleure pas, ne pleure pas, ne pleure pas, surtout.*

— Oui, très bien. Je viens de terminer un livre, un roman très triste, mais ça va.

Elle s'éclaircit la voix.

M. Patel se pencha sur le bureau et lui tapota maladroitement l'épaule.

— Allons, allons, mon petit, dit-il d'une voix douce. Ma fille Deepali a exactement la même expression quand elle veut faire croire qu'elle va bien alors que c'est le contraire. Surtout quand elle était adolescente. « Je vais bien, laisse-moi tranquille, Papa. Ça va, je te dis ! »

M. Patel rit doucement.

— Vous avez le droit de dire que ça ne va pas si vous êtes triste. Certains romans sont mélancoliques. J'en ai lu un qui m'a fait pleurer à chaudes larmes.

— Lequel ? demanda Aleisha d'un ton mal assuré.

— *Le temps n'est rien*. On l'a trouvé sous le lit, après la mort de ma femme. En le lisant, je me suis senti plus proche d'elle. J'ai aussi pris conscience de ce que j'avais perdu.

Son regard se fit vague et sa nostalgie ne fit qu'intensifier le mal de tête de la jeune fille.

— Je… je voulais parler avec vous de *Rebecca*, mais on peut remettre cela à plus tard. J'aimerais emprunter un autre livre. Quel est ce titre qui vous a bouleversée ?

Elle le lui tendit.

— *Les… Cerfs-volants… de Kaboul*, lut-il, les yeux plissés.

Aleisha secoua la tête.

— Oui, j'aimerais bien que vous le lisiez. J'ai besoin d'en parler avec quelqu'un !

Le regard du vieil homme s'illumina.

— Vous voulez en parler avec *moi* ? demanda-t-il doucement. Dans ce cas, je vais l'emprunter. Avec plaisir. Et merci, pour *Rebecca*. Il m'a fait réfléchir à un tas de choses. Cependant, je ne sais toujours pas si je l'ai aimé.

— Il ne vous a pas plu ? Trop sinistre, peut-être ? J'ai trouvé qu'il faisait très peur. Cette grande maison, ce fantôme… de quoi avoir la chair de poule !

— Non, pour moi, il était un peu… méchant. Je ne crois pas au remariage. Pas vraiment. C'est trop… moderne.

Aleisha éclata de rire.

— Monsieur Patel ! Ce roman n'a pas pour thème le remariage, vous savez ! Et il a été écrit il y a très longtemps.

— J'ai eu l'impression qu'il tournait autour du remariage, moi, objecta le vieil homme en baissant la tête.

— Hum… fit la bibliothécaire en rentrant *Les Cerfs-volants de Kaboul* dans sa carte de lecteur. Je suppose que chacun y trouve des choses différentes.

— Vous savez, mademoiselle Aleisha, reprit le vieil homme en se redressant fièrement, je ne me remarierai jamais. Jamais !

Elle tenta de réprimer son sourire.

— Et si vous trouviez la dame qu'il vous faut ?

Elle aimait le taquiner. En le voyant bouche bée, les yeux écarquillés, elle comprit qu'il n'avait pas bien pris sa remarque.

— Que voulez-vous insinuer, jeune fille ? s'exclama-t-il. On ne peut avoir qu'un seul véritable amour, dans la vie !

— Si vous le dites…

Elle posa *Les Cerfs-volants de Kaboul* devant lui. Son esprit vagabonda vers Hassan et Amir. C'était étrange de lui passer le relais. Elle s'y était attachée et se sentait un peu possessive, protectrice. M. Patel s'était calmé. Elle lut même de l'enthousiasme dans ses yeux.

— Écoutez, lui dit-elle, je dois être franche avec vous : c'est un roman très dur, très difficile à lire. Enfin non, pas difficile, mais profond. Très, très profond, vous voyez ?

— D'accord, répondit-il. J'ai connu des choses profondes, dans ma vie. Je pense y arriver.

Il afficha un large sourire. Elle comprit qu'il attendait de sa part une question qui lui permettrait de partager une sagesse digne d'Atticus.

— Quoi, par exemple ? s'enquit-elle pour lui faire plaisir.

— Eh bien…

Il leva les yeux au plafond.

— Je ne suis pas né ici, vous savez. J'ai quitté mon pays, le Kenya, pour venir ici afin d'élever mes enfants, leur donner plus de chances. Cela n'a pas été facile de s'adapter, d'être différent en permanence.

— Ce roman parle de l'exil. Amir, le personnage principal, quitte l'Afghanistan où il a grandi pour les États-Unis.

— Ah bon ? fit le vieil homme en effleurant la couverture.

— Je suis sûre que vous allez l'adorer ! Sachez que *Rebecca* fait pâle figure à côté, sur le plan des émotions. De vraies montagnes russes qui vous tiennent en haleine…

— D'accord, mademoiselle Aleisha. Je comprends très bien. Je vais le lire et je vous en dirai des nouvelles !

D'un pas presque sautillant, il se dirigea vers une table.

— Ne pleurez pas, d'accord ? lança-t-elle juste avant qu'il ne prenne place.

— À vos ordres ! railla-t-il.

Il s'installa à sa place préférée, près d'un lampadaire, dans une alcôve.

— D'ici, je vous vois, vous ou les autres bibliothécaires, Lucy, Benny et l'autre jeune homme, lui avait-il déclaré un jour. Ou ces étudiants qui posent leurs livres devant eux et sortent un cahier, ou les jeunes parents lisant des histoires à leurs enfants. J'aime bien cette place. Quand je m'y installe pour lire, c'est comme un nouveau rituel. Ces inconnus sont mes compagnons silencieux.

Aleisha était heureuse de voir M. Patel s'ouvrir à elle peu à peu. Et pas seulement à elle. À ses collègues. Quelques jours plus tôt, Lucy lui avait dit :

— Ce vieux monsieur avec qui tu as sympathisé, il est plutôt sympa, non ?

Elle songea à cette fois où elle lui avait parlé sèchement. Aidan et Kyle l'avaient persuadée de se racheter, à l'instar d'Amir dans *Les Cerfs-volants de Kaboul.* C'était vrai. Il n'était jamais trop tard pour devenir quelqu'un de bien. Aleisha se sentait étrangement fière du vieil homme. Elle le savait solitaire, mais il commençait à sortir de sa coquille. Et il s'en tirait très bien.

16

Mukesh

Mukesh n'avait pas informé ses filles qu'il avait prévu de voir Nilakshi, ce jour-là. Pour elles, elle faisait partie de la famille. Il soupçonnait, ou plutôt il espérait, que Vritti trouverait sympathique qu'il ait enfin trouvé une amie. Rohini et Deepali se méprendraient sur la nature de leurs relations. Elles auraient des idées « modernes ». Derrière son dos, elles diraient : « Papa et elle, ça commence à être sérieux. Pourquoi ferait-il ça à Maman ? » Il ne supporterait pas d'être l'objet de ragots.

Lorsque la sonnette de la porte d'entrée retentit, il sentit son cœur s'emballer. Il leva les yeux vers le portrait de Naina, espérant un message. Rien ne vint.

— Nilakshi ! s'exclama-t-il en ouvrant les bras avec une assurance qu'il était loin de ressentir.

Elle brandit un sac en plastique bleu plein de légumes.

— Tu es prêt à apprendre à cuisiner des *bhaji* d'aubergine ?

Il acquiesça et s'effaça pour la laisser entrer.

— Assieds-toi.

Il se rendit compte qu'il était un peu guindé. Ils se tenaient côte à côte sur le seuil du salon. Le portrait de Naina semblait les observer.

— Merci, répondit-elle en évitant avec soin le fauteuil de Naina, dans le respect de son souvenir. Je peux me mettre sur le canapé ?

Il se pencha pour la débarrasser de son sac de légumes.

— Où tu veux.

Sur le canapé, Nilakshi croisa les mains sur ses genoux, presque recroquevillée sur elle-même pour ne pas prendre trop de place.

— Je t'en prie, fais comme chez toi.

Nilakshi ne broncha pas. Elle se contenta d'un sourire.

Quelques minutes plus tard, elle rejoignit Mukesh dans la cuisine. Il était en train de préparer du thé aux épices maison. C'est ce que Naina aurait voulu pour une invitée.

— Tu veux un coup de main ?

Elle semblait avoir vu un fantôme.

— Tu veux que je commence à tailler les légumes ? proposa-t-elle, manifestement mal à l'aise chez sa meilleure amie décédée.

— D'accord, mais explique-moi ce que tu fais au fur et à mesure, sinon j'aurai du mal à suivre.

— Bien sûr !

Elle découpa une aubergine en dés tandis que Mukesh ajouta de l'aspartame dans le thé. Ils se déplaçaient en s'évitant pour prendre leurs ustensiles, se bousculant parfois.

— Pardon, disait-elle chaque fois.

— Non, non, c'est moi, je suis tellement maladroit ! Désolé... bredouillait-il. Regarde-nous, fit enfin Mukesh. Nous sommes idiots. Je vais rester de ce côté et tu n'auras qu'à me dire si tu as besoin de quelque chose.

— D'accord. De l'huile, s'il te plaît !

Mukesh obéit. Nilakshi prit soin de saisir la bouteille par le goulot pour ne pas toucher sa main. Durant tout le cours de cuisine, il eut l'impression de retenir son souffle. Il avait déjà tout oublié.

— Tu pourrais m'écrire la recette ? demanda-t-il en goûtant la première bouchée d'aubergine frite et bien épicée.

— Bien sûr.

Elle se tenait à trente centimètres du plat et le regardait se régaler.

— Tu en veux ?

— Non merci. Je déteste les aubergines.

— Quoi ? s'esclaffa Mukesh. Pourquoi avoir choisi cette recette, alors ?

— Naina me disait souvent que c'était ton plat préféré. Harish raconte à qui veut l'entendre que tu ne t'en prépares jamais. Même tes filles nous en parlent, au temple. Selon elles, tu ne manges pas équilibré ! Je me suis dit que tu aimerais peut-être apprendre.

Mukesh s'empourpra. Ses filles, probablement Rohini, s'étaient fait une joie de raconter que Mukesh Patel avait ses petites manies.

Nilakshi, elle, blêmit légèrement, l'esprit en ébullition, cherchant quelque chose à dire.

— C'est bienveillant. Les gens se soucient de toi. Comment vont tes petits-enfants ? Et la petite Priya ?

— Tout le monde va bien. Ils sont en vacances. L'autre jour, j'ai emmené Priya à la bibliothèque.

— La bibliothèque ? Celle que fréquentait Naina ?

— Oui ! Je lis, ces derniers temps. Pour moi et pour Priya. Il y a une bibliothécaire qui m'aide. Elle me conseille des romans.

— C'est formidable, Mukesh ! Qu'est-ce que tu lis ? Cela te plaît ?

— Un roman très intéressant intitulé *Les Cerfs-volants de Kaboul*. Il parle d'Amir et Hassan…

Il lui raconta ce qu'il avait découvert. Amir vivait désormais aux États-Unis, il avait pratiquement oublié son meilleur ami et était rongé par la culpabilité et les regrets.

— Cela me semble bien triste, commenta Nilakshi.

Ils étaient installés au salon. Elle était adossée en arrière, les bras sur les côtés, plus à l'aise. Elle commençait à s'adapter.

— En effet. La jeune fille de la bibliothèque qui me l'a conseillé, je l'ai vue très attristée quand elle l'a eu fini. Hassan est tellement gentil et ce qu'il subit est si horrible.

— Oui, fit Nilakshi d'un air compréhensif. C'est assez courant. Mon fils…

Elle baissa légèrement la tête. C'était la première fois qu'il l'entendait parler d'Aakash.

— Quand il était petit, il était si doux, si calme, toujours plongé dans un livre et loyal envers ses amis qui le harcelaient. Ils le maltraitaient. Quand il rentrait à la maison, je lui demandais comment s'était déroulée sa journée. Je voulais qu'il se sente mieux.

Mukesh fronça les sourcils. Nilakshi avait les yeux embués de larmes. Que dire ? Il pensa rapidement à tous les livres qu'il avait lus. Pouvait-il s'en inspirer ? La sagesse d'Atticus pouvait-elle être utile, en cet instant ? Puis il comprit qu'elle avait sans doute besoin de quelqu'un à qui parler, quelqu'un qui l'écoute. Il était en mesure de répondre à cette attente.

— Je voulais juste le rendre heureux, reprit-elle d'une voix brisée. Mais il y a des limites à ce qu'une mère peut donner. Je m'en suis rendu compte.

— Il avait une famille merveilleuse, répondit doucement Mukesh. Les enfants sont parfois si méchants. Ton fils était mûr, il était brillant. Il devait savoir que ce n'était pas lui, le problème.

Nilakshi toussota et s'essuya un œil en souriant.

— Il adorait les beignets d'aubergine, lui aussi. Surtout ceux de Naina.

Quand le silence se fit dans la maison, il flottait encore un fumet d'aubergine et de graines de moutarde. Mukesh se détendit dans son fauteuil, repu, l'esprit apaisé. Cela faisait des mois qu'il n'avait pas eu de compagnie pour lui seul. Voire des années. Tandis qu'il se laissait aller, une partie de lui-même l'incita à lever les yeux vers le portrait de Naina. En une fraction de seconde, il se retrouva à Manderley, hanté par Rebecca.

L'HISTOIRE DE PI

de Yann Martel

17

Aleisha

ELLE ATTENDIT PENDANT QUATRE MINUTES un bus qui ne vint pas, puis elle partit à pied en faisant une halte à chaque arrêt du parcours pour vérifier le temps d'attente sur l'écran. Toujours trop long. Elle se mit à courir. Quand Aidan l'avait appelée pour lui dire qu'il devait partir de toute urgence pour travailler, Aleisha avait mis un temps fou à ranger ses affaires et à se faire remplacer par Kyle à l'accueil. Si elle ne se pressait pas, elle aurait une heure de retard.

Elle avait mal aux jambes, les poumons en feu. Cela faisait une éternité qu'elle n'avait pas fait d'exercices « cardio ». En nage, elle sentait perler la sueur sous son maquillage.

En tournant au coin de la rue, elle fut envahie par une sourde appréhension. Les fenêtres fermées de la maison lui parurent aussi menaçantes que la grille de Manderley. Elle vit Aidan appuyé à sa BMW décapotable, la musique à fond, en train de discuter avec quelqu'un qu'elle reconnut aussitôt grâce à sa coupe de cheveux : Mia. Aleisha regretta soudain d'avoir couru. Elle devait avoir une de ces têtes ! Les joues sans doute striées de mascara.

Aidan lui fit signe, frénétique, les dents serrées, le regard faussement désinvolte.

— Aleisha ! s'écria-t-il en affichant un sourire forcé.

Le cœur battant, la jeune fille remarqua l'énergie et la nervosité de son frère. Il tapait du pied comme s'il cherchait à se maîtriser.

— Mia veut savoir si tu veux sortir !

— Ouais, bonne idée, j'aimerais bien, répondit-elle en essayant de reprendre son souffle. Mais je dois aider Maman.

Elle observa Aidan. Il avait les yeux rouges, comme s'il n'avait pas dormi depuis des semaines, et le regard très mobile. Très agité, il regardait sa montre, son volant, sa sœur, son amie, la maison…

— C'est cool, dit Mia tranquillement, sans se soucier une seconde qu'ils aient quelque chose à faire.

Elle avait adopté une posture un peu déhanchée en présence d'Aidan.

— Je n'ai pas eu de nouvelles de toi depuis l'autre jour, à la bibliothèque, reprit-elle. Je me demandais si tu voulais qu'on se voie. Tu ne participes plus au groupe WhatsApp.

— Ouais, je sais, je suis désolée, mentit Aleisha. Vraiment, Mia. Je ne suis pas dispo tout de suite. Merci quand même d'être passée.

Mia tourna les talons et s'éloigna.

— On organise un barbecue, demain, au parc, à 19 heures ! lança-t-elle. Tu devrais venir. Il y aura aussi Rahul.

— Merci !

Aleisha lui fit signe avant de poser les yeux sur son frère.

— Tu l'évites, déclara Aidan dès que Mia eut disparu.

Il monta en voiture.

— On ne se parle plus vraiment, de toute façon. Le fait de me voir à la bibliothèque a dû lui rappeler que j'existais.

— Vous étiez proches. C'est dommage.

— Elle te plaît ou quoi ? fit Aleisha en le dévisageant.

Il se mit à rire plus fort que d'habitude.

— Écoute, j'ai pas le temps de discuter, je dois aller au boulot. Va voir Maman.

Sur ces mots, il fit démarrer la voiture et partit en trombe sans un regard en arrière.

La maison était silencieuse. Aleisha voulut appeler sa mère pour savoir où elle se trouvait, mais elle n'osait pas faire de bruit. Elle jeta un coup d'œil au salon. Leilah était sur le canapé, les jambes croisées. Aleisha entra sur la pointe des pieds et prit place à l'autre extrémité de la pièce. Puis elle sortit son nouveau livre de son sac : *L'Histoire de Pi*.

— Maman ? murmura-t-elle. Tu veux entendre une histoire ?

Leilah ne leva pas les yeux.

En cet instant, Aleisha n'avait qu'une envie : revivre le jour où elle avait lu *Ne tirez pas sur l'oiseau moqueur* à sa mère. Leilah était profondément endormie. La demeure n'avait pas été aussi paisible depuis longtemps. Le moindre faux mouvement risquait de tout gâcher, mais elle voulait absolument éviter une soirée dans un silence glacial.

Leilah finit par acquiescer. Aleisha se permit de soupirer. Embarrassée, elle s'éclaircit la voix et commença sa lecture. Leilah avait les yeux rivés sur sa fille.

— Attends, dit Leilah au bout de dix minutes de lecture. J'ai raté quelque chose. De quoi ça parle ?

Aleisha ne s'attendait pas à ce que sa mère suive. Elle pensait qu'elle se contenterait d'écouter sa voix, de laisser les mots lui passer dessus.

— Euh… eh bien, c'est l'histoire d'un petit garçon, Pi Patel…

Pi lui faisait penser à M. Patel, qu'elle imaginait jeune, avec une chevelure plus épaisse et le même visage souriant.

— Il vient de survivre au naufrage du bateau qui transportait sa famille entière et leurs animaux de zoo vers le Canada. Il se retrouve sur une embarcation avec un tigre et d'autres animaux, au beau milieu de l'océan Pacifique.

— Mais… ce n'est pas crédible.

— Probablement pas. Je crois que c'est justement le principe de ce roman : la vérité, la différence entre la vérité et l'imaginaire.

— Ah, c'est intelligent, ça, commenta Leilah.

Aleisha sourit, soudain intimidée. Un soupçon de fierté s'insinua en elle.

— Bon, qui est ce Richard Parker dont il parle sans cesse ?

— Maman, c'est le tigre.

— Il s'appelle Richard Parker ? fit Leilah, incrédule, les yeux écarquillés.

— Oui ! À cause d'une erreur administrative. C'était en fait le nom de la personne ayant capturé le tigre. Les noms ont été intervertis.

— OK, je suis intéressée. Continue.

Aleisha reprit au moment où Pi est penché par-dessus bord pour essayer d'attraper à manger pour Richard et le maintenir en vie. Pi était presque seul au cœur de l'océan, avec pour toute compagnie des animaux, dont un tigre versatile. Aleisha réprima un sentiment familier, le mode « survie » qui s'enclenchait chaque fois qu'elle entendait Leilah crier, la nuit. Avec un soupçon de culpabilité, elle se rendit compte qu'elle en connaissait un rayon sur la versatilité. Comme Pi, Aleisha guettait en permanence un changement susceptible de survenir à tout moment. En revanche, le tigre épargnait à Pi la solitude. En levant les yeux de son livre, elle constata que Leilah était dans le monde de Pi, elle aussi. Fixant le plafond, elle peignait les images qui défilaient dans sa tête. Aleisha revit certaines réalisations récentes de sa mère, celles qu'elle concevait pour elle-même et non pour les agences de publicité, imprimées au format carte postale et collées sur les murs de sa chambre. Les couleurs étaient-elles vives ? La mer d'un bleu intense, l'orange soutenu du tigre flamboyant. Leilah s'identifiait-elle à Pi ou au tigre ? Ou à aucun des deux ?

Elle posa le livre un instant.

— Tu veux boire quelque chose ?

— Un verre d'eau, s'il te plaît. La plus fraîche possible.

Pendant que l'eau du robinet coulait dans le verre, Aleisha observait, devant elle, sa silhouette qui se reflétait sur le carrelage, ses cheveux noués en chignon au sommet de sa tête. Elle ressemblait à sa mère sur les photos de l'époque où celle-ci était encore mariée avec Dean. Elle avait toujours le sourire, apparemment. Cela dit, les gens souriaient toujours sur les photos. Sur ces clichés, Aleisha ne parvenait pas à deviner les pensées de sa mère. Dean avait-il su ce qui lui traversait l'esprit ?

Elle démoula des glaçons sur le plan de travail et les jeta dans chaque verre.

— Tu fais trop de bruit, Aleisha ! lança Leilah depuis la pièce voisine.

— Désolée, Maman ! s'exclama la jeune fille en grimaçant.

La magie de ce moment de lecture commençait à se dissiper.

Lorsqu'elle tendit un verre à sa mère, il y avait déjà de la buée.

— Bon, je vais continuer ma lecture dans ma chambre, annonça Aleisha. Ça ira ?

— Non, répondit Leilah. Assieds-toi à côté de moi et lis encore, implora-t-elle, pleine d'espoir.

— D'accord, concéda la jeune fille en masquant son étonnement.

Elles étaient à côté l'une de l'autre, mais pas trop proches. Aleisha tourna les pages de ses doigts un peu tremblants.

Elle redevint une enfant recroquevillée dans son lit, blottie contre sa mère qui tenait un énorme livre de lecture devant elles. Aleisha déchiffrait un par un les mots imprimés en gros. Leilah lui caressait les cheveux, lui embrassait le front chaque fois qu'elle lisait bien et quand elle se trompait, elle murmurait gentiment : « Tu veux réessayer ? » Aidan passait la tête dans l'entrebâillement de la porte et souriait à sa sœur, exposant ses dents du bonheur. Il levait un pouce et la félicitait avec emphase.

Elles s'endormaient souvent ainsi toutes les deux, puis Aidan réveillait leur mère en murmurant à Dean :

— Aleisha a bien lu. Elle est très intelligente, ma petite sœur.

Il zézayait un peu. Dean marmonnait dans sa barbe et Aidan ajoutait :

— Je l'aime tout plein !

Aleisha avait été fière. Si seulement Aidan la voyait, à présent. Elle aurait aimé partager ce moment avec lui, lui montrer qu'elle parvenait enfin à se connecter avec Leilah. Elle savait que son frère avait toujours réussi, lui. Elle pourrait l'aider davantage désormais, parce qu'elle savait quoi faire. Elle savait comment se rendre utile.

Le temps qu'elle lise un autre chapitre – Pi venait de marquer son territoire dans le canot de sauvetage après cinq jours en mer –, Leilah et Aleisha riaient ensemble. Quand la jeune femme reprit sa lecture en pleurant de rire, sa mère posa une main sur son genou. Aleisha se figea, parcourue d'un frisson qui lui transperça la peau, les os, jusqu'au canapé. Elle couvrit la main de sa mère de la sienne et, de l'autre, elle tourna la page.

En lisant, elle entendit les mots dans sa tête sans les assimiler. Elle avait l'impression que cette voix n'était pas la sienne. Elle était seule, emprisonnée dans son propre corps. Seule sa main posée sur celle de sa mère lui appartenait, désormais. Même son genou ne semblait plus être le sien.

La voix de Leilah s'éleva à nouveau :

— Ces personnages sont si vivants. L'animal, ce tigre, est si… humain.

— C'est vrai.

— Qui t'a donné ce livre ? s'enquit sa mère en caressant la couverture.

— Il vient de la bibliothèque.

— Qui te l'a conseillé ? Je n'en avais jamais entendu parler.

— Je l'ai trouvé là-dessus.

Elle sortit la liste de la housse de son téléphone, la déplia et la tendit à Leilah. Soudain, cette dernière la considéra comme la chose la plus précieuse du monde.

— Aleisha ! Je me souviens de *Rebecca*. J'ai adoré ce roman.

Elle effleura les titres et les plis, sur lesquels elle s'attarda.

— Je l'ai lu en une journée, quand j'étais enceinte de toi. Je n'arrivais pas à dormir. Tu ne me laissais pas dormir. Alors j'ai lu ce roman… il était parfait. Ouah ! Quelqu'un a *organisé* cette liste. Elle est magnifique. Tellement simple ! Qui l'a rédigée ?

— Elle se trouvait entre les pages d'un des livres. J'ai aussi trouvé ceci, mais pas dans le même livre.

Elle sortit la carte d'abonnement à la rôtisserie où elle avait griffonné ses premières impressions de *Ne tirez pas sur l'oiseau moqueur* en tout petit au dos, quand Kyle lui avait ordonné de « dire quelque chose d'intéressant » à M. Patel.

— Tu vas continuer à les lire, ces livres ?

Bonne question. Au départ, elle n'en était pas très sûre. Il s'agissait juste de cocher des titres pour avoir quelque chose à dire, pouvoir faire semblant de tout savoir sur les livres avec M. Patel, qu'elle était une bonne bibliothécaire. *Rebecca* lui avait donné la chair de poule. Elle se faisait une image très claire de Manderley, dans son esprit : la maison elle-même, la chambre de Rebecca, restée intacte. Quant aux *Cerfs-volants de Kaboul*… elle n'oublierait pas ce roman. Elle pensa aussi à Atticus, à ses talents d'avocat. Elle l'admirait tant, même s'il n'était qu'une invention. Et à cet instant, elle sentait la main de Leilah sur son genou tandis que Pi et Richard Parker dérivaient au beau milieu de l'océan.

— Oui, affirma-t-elle. Je les lirai tous. J'en suis au quatrième.

— Les autres étaient bons ?

— Oh, oui !

Elle voulut en dire davantage mais se ravisa en pensant aux *Cerfs-volants de Kaboul.* Il était si triste, si empreint de chagrin… Elle avait peur de ce que Leilah ressentirait à sa lecture.

Leilah approcha le bout de papier de son visage en plissant les yeux.

— Ce pourrait être un étudiant. On dirait un genre de liste d'ouvrages recommandés…

— Peut-être.

— *Un garçon convenable.* Dean le lisait pendant que nous étions en vacances, une fois. Il a fini par servir de cale-porte. C'est un pavé. Je ne crois pas qu'il soit allé très loin dans sa lecture.

Cela faisait des mois qu'elle n'avait pas entendu sa mère évoquer Dean. Elle n'avait même pas prononcé son nom depuis des années. En général, elle disait « ton père » ou « lui ». Aleisha fut néanmoins amusée par l'anecdote. Cela ressemblait bien à son père d'utiliser un livre pour caler une porte.

— C'était quand ?

— Tu devais avoir cinq ou six ans. On t'avait confiée à ses parents. C'étaient des vacances à vélo. Nos premières vacances à deux depuis longtemps. C'était bien de ne pas avoir à nous occuper de vous deux.

Leilah s'interrompit. Aleisha fronça les sourcils.

— On vous aimait, bien sûr, mais on avait besoin de se retrouver en tête à tête. Il oubliait sans cesse des choses dans les sacoches quand on était à la villa, et quand il allait les chercher, il restait enfermé dehors. Il a fini par comprendre et par caler la porte avec ce fichu livre. En revanche, il ne rapportait qu'un objet à la fois, de sorte que la porte restait ouverte presque en permanence. Il est tellement tête en l'air. Tu continues la lecture ? poursuivit Leilah après une pause.

Aleisha obéit. Bientôt, le soleil se coucha. Leilah évoqua vaguement un dîner, avant de décider qu'il était trop tard, qu'il était l'heure d'aller se coucher. Aleisha aurait dû lui donner à manger. Aidan serait contrarié. Pour la première fois depuis la période sombre de leur mère, celle-ci avait accepté sa fille, même momentanément. Tout cela grâce à un garçon, un tigre, un orang-outan, un zèbre et une hyène coincés dans un canot.

Leilah embrassa doucement sa fille et monta à l'étage sans se retourner. La jeune fille tenait encore le livre ouvert entre ses mains. Cependant, elle était incapable d'en lire davantage. La couverture plastifiée était douce et chaude sous ses doigts. Elle voulait se souvenir de ce moment, de sa chaleur, de la façon dont un tigre imprévisible et un jeune garçon pouvaient créer de la magie au-delà de ces pages. Cette sensation, celle de sa mère et la sienne, serait-elle encore présente au matin ? Elle préférait ne pas se poser la question. Si seulement elle pouvait reproduire cette expérience ! Elle l'espérait de tout son cœur. Ce livre… et cette liste… risquaient de ramener Leilah vers elle.

Elle ramassa le verre d'eau dont sa mère n'avait pas bu une gorgée.

LA LISTE DE LECTURE

Gigi

2018

Gigi repéra Samuel qui courait devant elle. Son fils adorait les supermarchés. Il courait, courait, courait. C'était pourquoi elle l'emmenait toujours chez Tesco Express. Grâce à sa surface réduite, elle le perdait moins souvent.

En entrant en trombe dans le magasin, il croisa un homme qui étudiant sa liste de courses. Un courant d'air malencontreux, provoqué par la porte automatique, et la vitesse de Samuel firent voler le bout de papier des mains de cet homme. Samuel y vit un nouveau jeu : il suivit la trajectoire du papier, se frayant un chemin parmi les clients, évitant les Caddie.

Gigi le rattrapa au rayon des fruits. Ses petits doigts s'approchaient d'une grappe de raisin, sa dernière marotte. Une semaine plus tôt, elle aurait dû lui écraser les raisins avec une banane ou autre chose pour qu'il les mange.

Elle savait qu'il avait perdu tout intérêt pour cette liste de courses. Il préférait traîner au milieu des fruits. Il prenait un article, le lui montrait et le nommait avec assurance. S'il se trompait rarement avec les « aisins » et les « nananes », les fruits plus rares lui posaient plus de problèmes. Il confondait la mangue avec une pomme et l'ananas devenait « bababa », ce qui signifiait « aucune idée ». L'orange était une « balle ». Elle aimait tellement le voir évoluer, devenir une petite personne.

Elle s'efforça de le récupérer avant que ses doigts poisseux n'atteignent leur cible. En s'approchant, elle constata qu'il ne visait pas une grappe de raisin mais un bout de papier glissé en dessous. La liste de courses de l'homme. Il s'en saisit et l'agita triomphalement, guettant les applaudissements des autres clients.

Gigi le lui prit délicatement afin qu'il ne se mette pas à hurler.

— Samuel, dit-elle calmement. Il faut rendre cette liste au monsieur à qui elle appartient.

En consultant la liste en question, elle fronça les sourcils. Ce n'était pas une liste de courses. C'était une suite de livres ou de films, quelque chose de ce genre.

Elle prit son fils par la main et l'entraîna vers l'entrée du supermarché dans l'espoir de retrouver le client. Il avait disparu. Elle fit rapidement un tour du magasin, sans savoir à quoi il ressemblait.

Samuel ne tarda pas à s'agiter.

— Maman, doucement ! Doucement !

Gigi céda. Mieux valait placer cette liste sur le panneau d'affichage, qui se trouvait tout près de l'endroit où se tenait l'homme, au cas où il reviendrait. Elle fixa le bout de papier sur la surface adhésive. Peut-être n'était-il pas contrarié de l'avoir perdue. Il avait dû trouver ces éléments sur son téléphone, comme tout le monde. Quel genre de personne pouvait consulter une énumération pareille dans un supermarché ?

Ne tirez pas sur l'oiseau moqueur. N'était-ce pas un de ces vieux films en noir et blanc ? Tiré d'un roman.

Les Cerfs-volants de Kaboul. Encore un film qu'elle avait vu avec son ex alors qu'ils étaient au bord de la rupture. C'était bien trop poignant à regarder en compagnie de quelqu'un avec qui on n'était plus totalement à l'aise. Elle avait tenté de cacher ses pleurs, mais avait été trahie par ses hoquets, ce qui était encore pire.

Orgueil et Préjugés. Un autre roman classique adapté au cinéma. Elle l'avait vu avec sa mère parce que celle-ci adorait Keira Knightley, qu'elle surnommait « la rose anglaise ». Sa mère lui manquait. Elle ne lui avait pas parlé depuis une éternité. Elles étaient accaparées par leur vie et vivaient loin l'une de l'autre. À présent, au téléphone, elles n'avaient plus grand-chose à se dire au-delà des dernières nouvelles. Autrefois, elles discutaient pendant des heures, de tout et de rien.

L'Histoire de Pi. Le tigre aux effets spéciaux. Elle avait vu le film au cinéma, en 3D. Avec un homme, là encore. Ce fut mieux car ils étaient toujours ensemble. Quand Samuel serait assez grand, elle regarderait ce film avec lui car il adorait les tigres. Il serait ravi. Quant à Pi, le petit garçon… Samuel lui ressemblerait sans doute un peu, plus tard.

Gigi ne connaissait pas les autres titres, mais elle appuya sur le bout de papier afin qu'il reste en place. Samuel la tirait par le bras. Ces titres éloignaient la jeune femme de la personne qu'elle était actuellement pour la ramener vers une ancienne Gigi. Ces films, elle les avait vus lors de rendez-vous galants. Elle n'était pas allée au cinéma depuis longtemps. Samuel n'avait pas une capacité de concentration suffisante, du moins pas encore.

Cela lui manquait. Elle aimait s'installer dans un de ces fauteuils rembourrés dans une salle, à manger du pop-corn, soit avec sa mère, soit avec un homme. Cette sensation lui manquait, quand le noir se faisait et que le générique défilait. Elle aimait tant le cinéma ! Pourquoi avait-elle renoncé à ce plaisir ?

— Maman, je veux du *aisin*, fit la voix de Samuel qui la ramena à la réalité.

— Oui, chéri, on va en acheter. J'affichai simplement cette liste pour la personne qui l'a perdue.

— Elle est à moi !

— Non, mais tu l'as retrouvée. C'est très gentil, ça !

— À moi !

— Allez viens, on va chercher du raisin.

En se retournant, Gigi sortit son téléphone et prit la liste en photo. Elle appellerait sa mère, qui savait tout. Elle connaîtrait sûrement chaque titre, chaque film, chaque livre. Peut-être pourraient-elles aller en voir certains ensemble… Pour rattraper le temps perdu.

18

Mukesh

— Et si vous l'emmeniez quelque part en dehors de Wembley, pour une fois ? suggéra poliment Aleisha à Mukesh, installé dans son fauteuil préféré de la bibliothèque.

— Je n'emmène jamais Priya en dehors de Wembley. Pour quoi faire ?

Mukesh lui avait demandé des conseils pour resserrer les liens avec sa petite-fille. Elle était la seule jeune fille qu'il connaissait et il pensait qu'elle comprendrait Priya mieux que lui. Il commençait à regretter d'avoir abordé le sujet.

— Parce que c'est une enfant. À son âge, j'étais tout le temps dehors, dans la rue, à jouer. À la maison, je m'ennuie.

— Pas du tout ! Vous êtes à la maison ou ici !

— Aïe, monsieur Patel, vous êtes dur, gémit-elle en faisant mine de s'offusquer.

— Je vous ai vraiment blessée ? s'inquiéta le vieil homme.

— Non ! Je plaisantais. Vous savez, je n'ai pas toujours envie d'être chez moi.

— Pourquoi pas ? C'est bien. Surtout quand on a une famille.

— D'accord, mais…

Il vit son regard vagabonder.

— Eh bien, la famille, ce n'est pas toujours facile. Ma mère est parfois… voyez-vous, elle ne va pas très bien.

— Que voulez-vous dire ? Naina me disait toujours de prendre ma vitamine C et mes cachets de zinc. Je vous les conseille.

— Non, pas comme ça. Désolée… je n'en parle à personne

Elle baissa les yeux pour éviter son regard.

— C'est juste que… il faut s'occuper d'elle. Elle ne peut pas rester seule. Depuis que mon père est parti vivre ailleurs, elle n'a plus qu'Aidan et moi.

Mukesh se tut, incapable de trouver une réplique.

C'était la première fois qu'elle évoquait son père alors qu'ils avaient discuté du père de Jem et Scout, et de celui d'Amir.

Mukesh chercha des mots de réconfort. Naina, elle, aurait su exactement quoi dire. Si seulement elle venait à la rescousse ! Il n'avait pas entendu sa voix depuis des semaines. Il était seul.

— Je ne sais pas quoi dire, admit-il enfin. Donc, vous n'aimez pas rester à la maison ? Mais vous n'aimez pas être ici non plus.

— La bibliothèque me plaît davantage, à présent.

— Que fait votre frère ?

Il se rappelait qu'elle avait parlé de lui avec tendresse tandis qu'ils discutaient de Scout et Jem.

Aleisha se mit à examiner ses ongles.

— Il travaille tout le temps, en ce moment. Je crois qu'il est sous pression…

Elle se tut, presque étonnée de se confier ainsi. Elle respira profondément, les yeux rivés sur ses mains. Mukesh sentit qu'elle n'avait jamais parlé de cela non plus.

— On sortait, avant. Il adorait se rendre au centre de Londres ou en vacances d'été. On ne faisait rien de spécial. Parfois, on prenait le métro au hasard pour voir où il nous conduirait.

— J'aimais bien en faire autant après le travail. C'est parfois très apaisant.

— En effet, confirma Aleisha. Aidan adore être assis tranquillement, au milieu des gens. Chacun s'occupe de ses affaires. Quand j'ai eu ma première carte de transport, j'ai supplié ma mère de me laisser me promener. Elle n'était pas très enthousiaste à l'idée de nous voir partir tous les deux, mais elle a fini par accepter. C'est une artiste. Elle est graphiste. Mon frère m'emmenait dans des galeries parce que je ne comprenais jamais ce qu'elle faisait. On ne regardait pas les expositions. En revanche, on lui rapportait toujours une carte postale de l'expo. À notre retour, elle nous embrassait comme si nous étions partis depuis des années.

Mukesh vit l'esprit de la jeune fille vagabonder. Elle affichait les mêmes expressions que Naina quand elle était plongée dans un livre.

— Vous aimez votre famille, n'est-ce pas ? lui demanda-t-il.

Aleisha émergea de sa rêverie.

— Une famille n'est jamais parfaite, mais on l'aime, reprit-il en brandissant son livre, *Les Cerfs-volants de Kaboul*, comme pour illustrer son propos.

Aleisha leva les yeux au ciel sans méchanceté. Il pensait à Amir, Hassan, au père d'Amir, la petite famille qu'ils s'étaient créée et la souffrance qu'ils s'étaient infligée en conséquence.

— Vous essayez vraiment de me servir la sagesse d'Atticus ?

— Ma chère amie, je possède ma propre sagesse, merci beaucoup !

— Que pensez-vous des *Cerfs-volants de Kaboul* ?

— Bonne question. Ce roman m'a rendu très triste. Nous avons tous un peu d'Amir en nous, une part d'égocentrisme. Et nous avons tous été Hassan, aussi, oubliés par ceux que nous aimons le plus. Finalement, c'est un livre plein de joie. Amir a fait le bon choix, il a agi comme il fallait. Toutefois, je l'ai trouvé bien égoïste.

— Je sais, monsieur Patel. Ce n'était qu'un enfant. Il n'a pas réfléchi.

— Vous avez raison.

Il respira profondément, soudain envahi par la tristesse du roman. Il était temps de changer de sujet.

— Donc, vous pensez vraiment que je devrais emmener Priya en dehors de Wembley ?

Il n'osait admettre que cette idée l'angoissait. Il avait ses petites habitudes et ne s'aventurait jamais très loin.

— Oui ! Emmenez-la à Londres ! Wembley est ennuyeux pour elle. Pour nous tous. Vous devez en avoir assez de cette bibliothèque, non ?

— Pour vous, c'est peut-être ennuyeux. Pour moi, cette bibliothèque, c'est l'aventure, dit Mukesh en joignant les mains. Wembley est assez grand pour moi et en perpétuelle mutation.

— Monsieur Patel, vous méritez de sortir un peu plus.

— Je sais que je devrais, mais… (Il baissa les yeux.) En vérité, ça me fait un peu peur, avoua-t-il. Ma femme Naina était la plus courageuse de nous deux. Elle…

Sa gorge se noua face au regard appuyé d'Aleisha. Elle avait pitié de lui.

— Monsieur Patel, vous savez, le voyage d'Amir vers Kaboul, sans savoir à quoi ressemblerait la ville dans laquelle il avait grandi… C'était un grand voyage et, sans vouloir vous offenser, un effort bien plus grand que de quitter Wembley le temps d'un après-midi. S'il a réussi à faire ça, vous pouvez agir, vous aussi. Priya vous verra sous un nouveau jour. Elle vous trouvera peut-être moins vieux, moins coincé dans vos petites habitudes, et plus proche d'elle.

Mukesh acquiesça en s'efforçant de ne pas se vexer. Il observa *Les Cerfs-volants de Kaboul*, posé sur le bureau d'Aleisha, prêt à être remis en rayon pour que quelqu'un d'autre le lise et pleure.

Alors qu'il s'éloignait vers la sortie, la jeune fille le rattrapa.

— Monsieur Patel, vous avez oublié votre nouveau livre. Il y a un tigre. C'est l'un des nouveaux romans préférés de ma mère.

Elle lui tendit *L'Histoire de Pi*. En voyant le tigre sur la couverture, Mukesh feignit l'horreur.

— Encore l'histoire de quelqu'un qui est contraint de sortir de sa zone de confort pour se retrouver dans un canot de sauvetage avec un fauve, expliqua Aleisha d'un air espiègle.

— Merci. Je sais que vous choisissez ces livres rien que pour moi. Je regrette de ne pouvoir vous donner quelque chose d'utile en retour.

Aleisha afficha un sourire timide.

— Ne vous en faites pas, c'est mon métier.

Le vieil homme sortit d'un pas plus léger et essayant de ne pas laisser l'affichette « Sauvons nos bibliothèques » gâcher le plaisir de l'instant.

Pense à des choses positives, pense à des choses positives, se répétait Mukesh en silence pour apaiser sa nervosité. Cela faisait longtemps qu'il n'avait pas pris le métro et il avait l'impression de réapprendre à marcher.

Il avait choisi une destination pour sa sortie avec Priya, ce jour-là : le centre de Londres, où les bruits étaient plus forts et les gens plus maussades. Cette perspective le terrifiait. C'était un grand changement. Pourvu qu'Aleisha ne se soit pas trompée.

Quand il travaillait dans le métro, autrefois, c'était son quotidien. Les rames de la ligne de Bakerloo étaient ses préférées car il s'agissait encore d'anciens modèles presque identiques à ceux qu'il empruntait pour explorer le secteur jusqu'à ce qu'il soit temps de rentrer à la maison pour dîner avec Naina et les filles. Il était rare qu'il dispose d'une heure après son service pour s'installer dans un wagon, mais il le faisait quand c'était possible.

La rame du métro aérien arriva. Plusieurs personnes montèrent à bord ou descendirent sur le quai. Mukesh dut s'accrocher à la porte, refusant la main que lui proposait sa petite-fille. Il voulait y arriver seul. Priya alla leur réserver des places assises. Soudain, Mukesh se sentit faiblir. Une femme se présenta derrière lui en lui disant :

— Je vous tiens.

Elle le prit fermement par le bras. D'un pas chancelant, il rejoignit Priya sur la banquette. L'enfant était déjà plongée dans son livre. Il y vit une opportunité. Il avait emporté *L'Histoire de Pi* et pouvait lire en même temps que Priya. Soudain, son cœur s'emballa. Priya ne l'avait jamais vu lire et il n'avait jamais lu dans le train. De peur d'avoir mal au cœur, il renonça. Le tigre et le canot attendraient. Il se contenta de regarder défiler le paysage.

Seize stations.

Une famille de quatre monta. Deux fillettes et leurs parents. Ils redescendirent à la station Maida Vale, un quartier résidentiel en bordure de canal où Mukesh n'avait pas mis les pieds depuis des années.

Puis un autre homme entra d'un pas aussi incertain que celui de Mukesh. Celui-ci s'efforça de ne pas croiser son regard mais ne put s'empêcher de l'observer du coin de l'œil, curieux. Mukesh savait ce que l'on ressentait à ne pas bien tenir sur ses jambes. Ces derniers temps, le sol lui semblait instable. L'inconnu s'appuya sur le dossier, les doigts crispés, puis s'assit. Il regarda Mukesh qui, ne pouvant se cacher plus longtemps, lui sourit. L'homme lui répondit d'un signe de tête. Priya était dans un autre univers, le visage très concentré.

— Où on va, Dada ? demanda l'enfant en lui tenant la main.

Mukesh déplorait d'avoir la paume aussi moite tandis qu'ils parcouraient le quartier de Charing Cross, en plein cœur de Londres. Les enseignes étaient plus lumineuses qu'à Wembley, la circulation plus bruyante et rapide que dans les souvenirs de Mukesh. Il y avait tant de monde sur les trottoirs !

— Je crois que tu vas aimer. Ba m'y avait emmené, une fois, pour chercher des cadeaux pour ta mère et tes tantes, quand elles étaient petites. Je me suis dit que ce serait bien de t'acheter un cadeau, à toi aussi.

Depuis la mort de Naina, Mukesh ne parvenait pas à offrir à Priya des cadeaux qui lui plaisent vraiment. L'année précédente, il lui avait acheté un porte-monnaie rose et duveteux orné de sequins. Elle l'avait immédiatement donné à sa petite cousine Jaya, qui avait joué avec pendant une heure ou deux avant de l'abandonner dans un coin de la maison de Mukesh, qui l'avait retrouvé des semaines plus tard, plein de poussière.

— Maman raconte qu'elle ne recevait pas de cadeaux, répondit Priya les sourcils froncés.

— Bien sûr que si ! s'étonna Mukesh. Pour les occasions spéciales. En général, une nouvelle robe cousue par ta grand-mère. Je me rappelle être venu à la période de Noël, autrefois. Nous avions dit que nous célébrerions Noël, sans renoncer pour autant à la fête de Diwali, ce qui faisait deux fois des cadeaux, avec le sapin de Noël, les cartes de vœux, les gâteaux indiens comme le *barfi* et le *gulab jamun*. On faisait tout ça. Ta Maman voulait être comme ses camarades d'école qui recevaient des cadeaux emballés dans du papier brillant.

Naina avait acheté des livres pour Rohini, Vritti et Deepali. Il voyait qu'elles n'étaient guère impressionnées. Il se rappelait clairement Rohini disant : « Maman, je croyais recevoir une robe neuve, cette année. » Deepali et Vritti s'efforçaient d'exprimer une gratitude feinte en ouvrant leurs cadeaux, mais leurs sourires étaient peu convaincants.

Mukesh et Priya s'arrêtèrent à l'entrée de la librairie, attirés par les ouvrages présentés en vitrine, une véritable mise en scène, un océan chatoyant de livres de formats divers. Ces vagues, ces tons bleus évoquaient Pi dans son canot avec son tigre, sur son océan.

— Ouah ! souffla Priya, qui se ressaisit aussitôt et s'efforça d'avoir l'air désinvolte.

Mukesh ressentait la même chose. Il avait vu des livres à la bibliothèque, mais ce n'était rien comparé à ces étages entiers de rayonnages, ces tables, ces piles d'ouvrages. Il avait l'impression que les livres flottaient autour de lui, comme par magie, porteurs de nouveaux mondes, de nouvelles expériences. C'était magnifique.

— Suis-moi, ordonna-t-il à Priya en l'entraînant vers les caisses.

Devant un comptoir, il prit son courage à deux mains, se rappelant sa première visite à la bibliothèque.

— Excusez-moi, dit-il à l'employée, désireux d'impressionner sa petite-fille, qui affichait un air enthousiaste.

— Je peux vous renseigner ? répondit-elle avec un sourire.

Il se détendit. C'était très différent de sa première rencontre avec Aleisha.

— Je voudrais trois livres, s'il vous plaît. *Rebecca, Les Cerfs-volants de Kaboul* et *Ne tirez pas sur l'oiseau moqueur.*

Il avait parlé si vite que l'employée, dont le badge indiquait qu'elle s'appelait Louisa, le pria de répéter.

— *Re-be-cca*, énonça-t-il. *Les Cerfs-volants de Ka-boul* et *Ne tirez pas sur l'oi-seau mo-queur.*

— Merci, monsieur. Je vérifie.

Ses doigts volèrent sur le clavier de son ordinateur.

— Oui, ils sont tous en stock, annonça-t-elle. Je vais vous montrer.

Elle se leva de son poste. Il y avait beaucoup de monde. Avait-elle le temps de leur montrer où chercher, puis de revenir servir quelqu'un d'autre ? Il regarda autour de lui et ne vit que des ouvrages, des tables et des escaliers. Derrière de hautes piles de livres de poche était assise une jeune femme qui aurait pu être Scout devenue grande. Mukesh s'arrêta net. Ce visage était exactement tel qu'il se l'était imaginé. Elle avait les cheveux courts et ébouriffés. Était-ce Scout ? Comment était-ce possible ? Scout n'existait pas, au grand regret de Mukesh. Priya tira son grand-père par la manche pour ne pas perdre de vue l'employée. Elle semblait fascinée par tout ce qu'elle voyait.

— C'est exaltant, non ? murmura Mukesh plus pour lui-même que pour Priya.

Avec plusieurs longueurs d'avance sur eux, Louisa se dirigeait vers un escalier. Il peinait à la suivre. Pourquoi les autres clients ne voyaient-ils pas les personnages qui se trouvaient parmi eux ?

Le fantôme de Rebecca qui rôdait dans un coin, à choisir le livre qu'elle lirait sur la plage cette année ; Atticus, terré dans le rayon dictionnaires, entouré de pavés. Mukesh n'en attendait pas moins de lui ! Pourquoi personne n'était-il aussi ivre de joie que lui ?

Ils finirent par trouver tous les titres. Louisa les prit un par un dans les rayons en lui demandant s'il s'agissait de la bonne édition. Il acquiesçait sans comprendre ce qu'elle voulait dire. Du moment que c'était le bon titre, il était content.

— Qu'en penses-tu ? demandait-il à Priya en lui tendant chaque ouvrage. Quelle couverture préfères-tu ?

— Quoi ? Ils sont pour moi ?

— Oui !

Priya serra son grand-père dans ses bras au risque de l'étouffer. L'employée parut attendrie et Mukesh ne se soucia pas d'être hors d'haleine. Quand Priya l'avait-elle embrassé de la sorte sans que sa mère le lui ait ordonné ?

Quand elle le relâcha enfin, elle observa les livres.

— J'aime bien ceux-ci, dit-elle en effleurant les couvertures brillantes avant de les serrer contre son cœur.

— Parfait, jeune fille. Vous avez besoin d'autre chose ? s'enquit Louisa.

— Pourquoi ces livres-là, Dada ? C'étaient les préférés de Ba ? demanda Priya en dégustant une part de cheesecake au café de la librairie.

Mukesh mordit dans son muffin au chocolat. Il se sentit un peu coupable car il ne savait pas. Il n'avait jamais posé la question à Naina. Elle était toujours si concentrée quand elle lisait ! Il ne s'était pas une seule fois demandé ce que ses livres pouvaient lui révéler sur elle. Maintenant qu'il s'était mis à lire, lui aussi, maintenant qu'il voyait Rebecca parcourir les rayons,

Mme Danvers assise à côté de lui dans ce café, à manger un bagel au fromage, ou Amir et Hassan courir parmi les tables, maintenant il comprenait combien il aurait été merveilleux d'en apprendre davantage sur l'univers de Naina et les personnages qui l'avaient accompagnée.

Il ne voulait pas trahir ses regrets en présence de Priya alors qu'elle semblait enfin heureuse d'être avec lui.

— Je crois que ta grand-mère a lu tous les livres. Elle avait la passion de la lecture.

— Je sais, Dada, répondit-elle en le dévisageant. Mais elle a lu ceux-ci ? Est-ce qu'ils étaient ses romans préférés ?

Elle avait disposé ses trois ouvrages devant elle, alignés comme des cartes à jouer. Elle prit soin de s'essuyer les mains pour ne pas les salir et effleura les couvertures. Naina s'essuyant toujours les mains avait de toucher un livre.

— Je ne sais pas vraiment. En tout cas, ce sont *mes* préférés.

Il guetta sa réaction. S'en souciait-elle au moins ? L'enfant n'exprima rien de particulier.

— Tu peux au moins me raconter de quoi ils parlent ?

Il hocha la tête. C'était un exercice inédit pour lui. Il se rappela l'expression d'Aleisha lorsqu'elle avait terminé *Les Cerfs-volants de Kaboul.* Elle en avait parlé avec tant d'émotion et d'enthousiasme ! Il pensa à elle pour se donner de la force en résumant chaque œuvre.

— Alors, *Ne tirez pas sur l'oiseau moqueur*…

Mukesh se tourna vers Atticus Finch, au rayon dictionnaires, que l'on apercevait depuis le café. Priya était très attentive et concentrée sur le visage de son grand-père.

— C'est l'histoire d'un frère et d'une sœur, Jem et Scout, qui apprennent des leçons de vie importantes. Leur père, qui s'appelle Atticus Finch, est un grand avocat, très bon, très sage et juste. Il défend un homme nommé Tom Robinson, accusé d'avoir agressé une femme blanche, et ce uniquement parce qu'il est noir. C'est sa parole contre la sienne. Scout et Jem sont un peu trop jeunes pour comprendre ces histoires-là. On les voit accepter la situation, on découvre l'injustice à travers leurs yeux d'enfants. Ensuite…

— Arrête, Dada ! s'exclama Priya. Je vais le lire. Je voulais juste l'idée générale.

— C'est vrai. Alors voici un avant-goût du suivant.

Il passa à *Rebecca* et commença par émettre un « ouh » qu'il espérait digne de l'atmosphère effrayante du roman. Il ne parvint qu'à avoir l'air d'un grand-père perclus de rhumatismes.

— Ça va, Dada ? Tu veux t'asseoir sur la banquette ? Elle est plus rembourrée.

— Non merci, chérie. Je vais bien. Ce n'était qu'un petit lancement. Bon, où en étais-je ? Ah, oui. Tu te rappelles tes vacances dans les Cornouailles ?

— Bien sûr.

— Tu te souviens des falaises, des vagues ?

— Oui, Dada.

— Eh bien, imagine une grande maison, dans cette région, et le fantôme d'une femme qui hante les couloirs… c'est l'atmosphère de *Rebecca*. Une ambiance inquiétante, sinistre. Le paysage est un personnage à part entière. J'ignore si ce sont vraiment les Cornouailles qui sont décrites dans ce livre mais on le dirait bien. Tu as eu ce genre d'impression, là-bas ?

Mukesh n'en revenait pas : il évoquait un roman comme s'il savait de quoi il parlait. On aurait dit un professeur de lettres, voire un bibliothécaire. D'instinct, il se redressa, plein de fierté.

— Pas vraiment. On faisait surtout du surf et c'était très beau sous le soleil. Quand il ne fait pas beau, il y a du vent et ça fait un peu peur.

— C'est ça ! Un côté magnifique et un côté sombre… comme *Rebecca.*

Il passa ensuite aux *Cerfs-volants de Kaboul.*

Par où commencer ?

— Tu risques de trouver ce roman très triste, prévint-il. Un peu trop adulte pour toi.

— Une de mes copines l'a lu. Elle a beau être un peu plus grande que moi, je lis plus qu'elle, déclara la fillette.

— Très bien, alors c'est l'histoire de deux amis qui s'aiment comme des frères, Amir et Hassan.

Il désigna les deux garçons figurant sur la couverture du livre.

— Sauf qu'Amir est issu d'une famille riche, contrairement à Hassan, qui est le fils du domestique de la famille d'Amir.

Il prit l'ouvrage entre ses mains. Cette histoire était bien éloignée de la sienne, de celle de ses amis, mais cette amitié lui rappelait Umang, son ami d'enfance, au Kenya. Ils se ressemblaient en dépit d'un passé et d'un avenir différent. Mukesh avait toujours su que lui aurait des opportunités… et pas Umang.

Pourvu qu'Umang aille bien. C'était un garçon au grand cœur, intelligent et mûr pour son âge. Mukesh aimait jouer avec lui. Avec lui, il pouvait être lui-même. « Ils sont comme deux doigts de la main », disait souvent sa mère.

À l'adolescence, leurs chemins s'étaient séparés peu à peu. Ils se croisaient encore dans la rue, à la plage. Cela faisait des années que Mukesh n'avait pas pensé à Umang… jusqu'à cet instant, jusqu'aux *Cerfs-volants de Kaboul.*

— Quand j'étais petit, j'avais un meilleur ami, moi aussi, reprit Mukesh.

Comment formuler la chose sans donner l'impression d'être le méchant ? Il avait remarqué que Mme Danvers avait cessé de manger son bagel pour l'observer.

— Il voulait toujours passer du temps avec moi. Un jour, je l'ai empêché de rentrer chez moi parce que je n'avais pas envie de jouer. Je souhaitais être seul. Mon ami désirait juste un peu de compagnie, de paix et de tranquillité, et manger les crêpes de riz de ma mère. Tous les habitants du village adoraient les *dosa* de ma mère.

— Ils étaient aussi bons que ceux de Ba ?

— En réalité, Ba tenait la recette de ma mère ! J'ai fait d'autres choses dont je ne suis pas fier. Avec le recul, je me dis que je n'étais pas un ami très gentil avec Umang. Je ne jouais avec lui que quand j'en avais envie. Si un grand garçon m'invitait à jouer, je laissais tomber Umang de peur que les grands ne sachent qu'il était mon meilleur ami. Je craignais leur jugement. Nos familles étaient très différentes, vois-tu.

Mukesh reprit son souffle. Comment Atticus interpréterait-il cette histoire ?

— Il est important d'être bon envers les gens, surtout ceux qu'on aime. Car on ne sait ce qu'ils ressentent que lorsqu'on se retrouve à leur place. Souvent, il est trop tard pour changer la donne. Oui, tu devrais peut-être attendre un peu avant de lire celui-ci.

— D'accord, Dada, si tu le dis…

Soudain, Naina était assise à côté de lui. Elle était de retour. Elle lui était revenue pendant une fraction de seconde. Son visage était radieux, son sourire lumineux. Cette journée était une étape importante. Il avait hâte de raconter à Aleisha à quel point il s'en était bien sorti.

LA LISTE DE LECTURE

Indira

2017

INDIRA SE TENAIT DEVANT LA BIBLIOTHÈQUE et regardait par la porte vitrée, la liste entre les mains. Elle la consulta comme si elle pouvait la renseigner. Ce matin-là, la fille de sa voisine avait glissé un message dans sa boîte aux lettres :

Chère Indira, je voulais vous informer que ma mère Linda déménage de Wembley. Elle vient vivre chez moi. Nous sommes ravis qu'elle se rapproche de nous. Sa mémoire commence à lui jouer des tours. N'hésitez pas à la contacter. À bientôt, Olivia.

Linda était la voisine d'Indira depuis vingt ans. Si elles n'étaient pas vraiment amies, elles se parlaient chaque jour ou presque, à 10 heures, quand elles partageaient un moment dans le jardin. Elles se sentaient seules et passaient leur temps à faire des mots croisés et à boire du thé. Elles avaient toutes les deux de petites habitudes. Ce jour-là, Indira se rendit compte d'une différence. Linda avait des proches qui étaient présents pour elle et elle ne souffrirait plus jamais de la solitude. Indira, elle, n'avait personne. Sa propre fille, Maya, vivait en Australie. Elle ne la voyait que tous les deux ou trois ans. Pas une fois Maya et son mari n'avaient suggéré qu'elle s'installât chez eux. Elle avait relu plusieurs fois le message d'Olivia et l'avait plié avec soin.

Bouleversée sans savoir pourquoi, elle avait enfilé son manteau. Il fallait qu'elle sorte, même si elle n'avait nulle part où aller. Elle prit dans sa poche le sac en plastique à l'effigie du temple. L'autre bout de papier en tomba, celui qu'elle avait trouvé des semaines plus tôt dans son casier à chaussures, au temple. La liste.

Elle la retourna et lut : bibliothèque de Harrow Road.

Voilà où je vais aller, songea Indira.

Sa vie durant, Indira avait guetté des signes. Au départ, la liste de livres n'en était pas un, selon elle, mais son esprit n'avait cessé de revenir à ce bout de papier. Ce jour-là, la liste l'avait trouvée juste au moment où elle avait besoin de se changer les idées. La bibliothèque n'était qu'à quelques rues de chez elle. Autant y faire un saut. Elle n'avait rien d'autre à faire. Elle n'avait jamais rien à faire. Elle n'avait plus remis les pieds à la bibliothèque depuis l'enfance de Maya, quand elles s'installaient dans le coin « jeunesse » pour lire ensemble.

Ne tirez pas sur l'oiseau moqueur. Harper Lee. Donc à la lettre « L », se répéta-t-elle plusieurs fois.

Dès qu'elle eut franchi le seuil de l'établissement, elle fut accueillie par un Indien assis derrière un comptoir, vêtu d'une sorte de gilet sans manches.

— Bonjour, madame ! dit-il avec un large sourire. Je peux vous renseigner ?

Son sourire était contagieux. Elle ne put s'empêcher de le lui rendre.

— Bonjour, je cherche certains ouvrages.

Elle lui tendit la liste.

— N'importe lequel me conviendra. Cependant, que me conseilleriez-vous de lire en priorité ? Et si je commençais par le premier ?

Elle ne parvenait pas à s'arrêter de parler. L'employé ne répondit pas tout de suite, le temps de parcourir la liste.

— Vous pouvez commencer par celui que vous voulez, bien sûr. Pourquoi pas *Les Cerfs-volants de Kaboul* ? suggéra-t-il. Vous savez, notre groupe de lecture, géré par des bénévoles, lit cet ouvrage en ce moment. L'une d'entre eux est là-bas, justement.

Il désigna une femme caucasienne qui devait avoir une vingtaine d'années de moins qu'Indira et dont les cheveux étaient noués en chignon. Son visage était en partie caché derrière le livre.

— Lucy ! appela-t-il.

Celle-ci leva les yeux et sourit. Décidément, les gens étaient souriants, dans cette bibliothèque !

— J'ai une dame pour *Les Cerfs-volants de Kaboul* !

Lucy accourut, tenant son exemplaire.

— Vous allez adorer ! Nous en avons plusieurs exemplaires en rayon. Si vous êtes intéressée, vous pourriez venir à nos réunions du groupe.

— C'est quel jour ? s'enquit Indira, prudente, car elle ne savait pas dans quoi elle s'embarquait – elle n'était venue que pour emprunter quelques livres, après tout.

— Le groupe se réunit tous les deuxièmes jeudis du mois.

Indira était libre, naturellement. Elle était toujours libre.

— D'accord… je vais lire le roman et, s'il me plaît, je pourrai venir ?

— Bien sûr, répondit Lucy. Et s'il ne vous plaît pas, pas de problème ! Nous apprécions toujours les débats. Il y a une jeune femme, Leonora, qui s'est inscrite à la bibliothèque uniquement pour le club de lecture. Il y a aussi Izzy, une passionnée de lecture, qui vient toujours avec une liste d'ouvrages, un peu comme la vôtre, d'ailleurs. Elle a déjà lu *Les Cerfs-volants de Kaboul*. Elle y a glissé tant de notes ! Les autres sont moins consciencieux. Izzy donne l'impression de mener une enquête… Bref, elle nous a déjà annoncé qu'elle n'était pas fan. Donc, que vous aimiez ce roman ou non, vous aurez toujours quelqu'un de votre avis. C'est un bon moyen de communiquer avec les gens.

La bibliothécaire souriait toujours en regardant Indira droit dans les yeux. Avait-elle percé à jour sa solitude ? À moins que ce ne soit son imagination…

— Lucy est une de nos bénévoles. Elle connaît cet endroit comme sa poche. Vous voulez que j'aille vous chercher les autres titres de votre liste ? proposa le bibliothécaire indien, sans doute parce qu'elle se déplaçait à l'aide d'un déambulateur.

— Euh… non, je crois que je vais commencer par celui-ci. Ensuite, je verrai.

Elle regarda le volume que tenait Lucy. Parviendrait-elle à se concentrer sur un livre entier ? Cela faisait longtemps qu'elle n'avait pas lu autant dans une autre langue que sa langue maternelle.

— L'auriez-vous en *goudjarati* ? demanda-t-elle à l'Indien en espérant qu'il connaîtrait l'État de Gujerat, dans l'ouest de l'Inde.

— Pas celui-ci, mais nous avons pas mal de titres en *goudjarati*, répondit-il en l'entraînant vers une étagère.

Il y avait une cinquantaine d'ouvrages, de quoi occuper Indira pendant un bon moment.

— Ouah ! s'exclama-t-elle. Eh bien, je vais commencer par *Les Cerfs-volants de Kaboul* et il faudra que je revienne pour ceux-ci.

— Et les autres titres de votre liste ?

— Ah oui… bien sûr. Il faudra vraiment que je revienne.

— Ravie de vous avoir rencontrée, dit Lucy. Excusez-moi, quel est votre nom ?

— Indira. Enchantée également, Lucy. J'ai hâte de participer au groupe de lecture.

— Oh, tout le monde est très sympa, sans vouloir me vanter. Vous allez aimer. On apporte aussi des gâteaux, de quoi grignoter. Si cela vous chante, n'hésitez pas à apporter quelque chose.

— Merci !

— Nous sommes une petite communauté, ajouta Lucy.

Tant de sourires ! songea Indira. Elle devait avoir mal aux joues.

Ce jour-là, en quittant la bibliothèque, elle savait qu'elle reviendrait. Cette étagère lui avait fait grand plaisir car elle avait envie de lire également en *goudjarati*.

Sa liste de lecture était glissée entre deux pages des *Cerfs-volants de Kaboul*.

— Merci, dit-elle à la liste. Merci de m'avoir amenée ici.

ORGUEIL ET PRÉJUGÉS

de Jane Austen

19

Aleisha

LA JEUNE FEMME SE TOURNA VERS SA TABLE DE CHEVET. *Orgueil et Préjugés* semblait la fixer. Ce n'était vraiment pas son truc. Elle l'avait déjà ouvert deux fois et ne parvenait pas à se plonger dans le monde du début du XIXe siècle, avec ses bals, ses mariages plus ou moins arrangés, ses mères dominatrices. Au rythme où M. Patel dévorait ses romans, il n'allait pas tarder à la rattraper. Elle s'efforça donc de se concentrer sur les mots, les images de la maison familiale des Bennet, Mme Bennet, autoritaire. Elizabeth, plutôt arrogante elle-même et M. Darcy, l'amoureux potentiel, le personnage incarné par Colin Firth, dans la série télévisée de la BBC… un arrogant, lui aussi. Elle ne put s'empêcher de le comparer à Zac. Ce dernier surgissait en permanence dans son esprit depuis qu'elle avait commencé ce roman indigeste. Elle ne comprenait pas pourquoi il apparaissait en costume d'époque, le regard ténébreux, comme M. Darcy. Elle imagina Leilah à la place de Mme Bennet… le validerait-elle ? Quelle idée, de penser à Zac et Leilah dans cette situation !

Elle entendit le parquet de l'étage craquer. La chambre d'Aidan se trouvait juste au-dessus de la sienne, mais il devait être endormi. Il travaillait de bonne heure le lendemain, d'après les Post-it affichés sur le réfrigérateur. Pourtant, il semblait faire frénétiquement les cent pas dans la pièce. Elle occupait la chambre du rez-de-chaussée depuis assez longtemps pour interpréter chaque craquement de latte. En général, c'était le parquet de Leilah. Aleisha sortit de sa chambre en laissant son livre posé à l'envers sur son lit. Elle gravit les marches à pas de loup pour ne pas réveiller sa mère. Devant la porte de son frère, elle s'apprêta à frapper quand elle perçut des sanglots étouffés en plus des pas nerveux. Le cœur de la jeune fille se serra. Une partie d'elle eut envie de se précipiter à l'intérieur et de prendre son frère dans ses bras. Lâchement, elle se dit qu'il n'apprécierait pas, qu'il voulait qu'on le laisse tranquille. Elle renonça donc et regagna sa chambre.

Elle mit ses écouteurs et se força à écouter de la musique pour oublier Aidan. En vain.

Aleisha ouvrit à nouveau *Orgueil et Préjugés* en espérant se connecter à ces personnages désuets vêtus de jabots et de fanfreluches. Elle en était à souhaiter voir surgir Zac, en costume d'époque, qui lui changerait les idées. Hélas, son esprit demeurait avec Aidan dans sa chambre. Elle referma brusquement le livre et le jeta à côté de son lit. Quoi qu'elle fasse, sa maison était redevenue Manderley, avec des fantômes dans tous les coins. Elle ferma les yeux et les ténèbres tourbillonnèrent derrière ses paupières.

— Salut ! fit Aidan en passant la tête dans la chambre de sa sœur, le lendemain matin.

La lumière du jour filtrait entre les rideaux mais le silence lui disait qu'il était encore tôt. Elle répondit d'un grommellement.

— J'ai changé d'horaire. Je travaille aujourd'hui. Je serai là ce soir. Je serai donc là à temps pour que tu puisses sortir. Tu sais… pour ton barbecue.

Aleisha dévisagea son frère en quête d'un signe de stress. Elle ne croisa qu'un regard vif et espiègle. C'était l'expression qu'il prenait quand il était enfant et qu'il lui préparait une mauvaise surprise pour son anniversaire ou qu'il couvrait la lunette des toilettes de film alimentaire… avant de cacher le rouleau de film dans la chambre de sa sœur à l'intention de Dean. Comment avait-il pu oublier ce qu'il s'était passé dans la nuit ? Avait-elle rêvé ?

— Aidan, tout va bien ? Tu…

— Oui, ça va ! coupa-t-il. Ce barbecue dont parlait Mia, tu devrais y aller, sortir un peu et profiter des dernières semaines d'été.

— Non, répondit-elle avec un rire amer. Je n'irai pas. Je reste ici. Cela fait si longtemps que tu n'as pas eu une soirée de libre.

Elle se leva enfin et enfila ses chaussons.

— On pourrait rester ici, tranquilles, suggéra-t-elle.

— Non, vas-y. Tu ne vois plus tes amis depuis des semaines. Maman et moi, on pense que ça te ferait du bien.

— Tu le lui as dit ?

— Ben oui.

Et voilà ! Le binôme parental, Aidan et Leilah, voulait lui dicter sa conduite. Le plus drôle, c'était qu'elle était une enfant quand cela les arrangeait, mais une adulte quand Leilah en avait besoin. Il n'y avait pas de place pour Aleisha l'adolescente.

— Promets-moi d'y réfléchir, conclut Aidan en désignant l'étage d'un index

— Promis, maugréa-t-elle.

Une fois encore, elle le dévisagea en quête d'une faille mais ne vit rien. Aidan lui adressa un signe de la main, toujours dissimulé par la porte.

— Promis ! insista-t-elle en lui renvoyant son signe.

— Génial. À plus tard. Je t'ai laissé des restes au frigo.

Tandis qu'il s'éloignait avec son dynamisme habituel, elle scruta le moindre de ses mouvements. Elle chassa de ses pensées l'image et l'histoire qu'elle avait inventée la veille, la scène qu'elle avait vue à travers la porte de la chambre d'Aidan.

Si Aidan n'avait pas fourni un effort et changé d'horaire uniquement pour lui permettre de sortir, elle serait en train de rédiger une excuse sur WhatsApp. Elle invoquerait quelque maladie, une migraine. Mais son frère avait laissé tant de petits mots sur la porte du réfrigérateur pour l'inciter à sortir, à s'amuser, qu'elle s'était sentie coupable. Ainsi enfilait-elle un short et un petit haut qu'elle ne portait qu'en soirée. Elle glissa son paquet de cigarettes « spécial sorties » dans une poche. Sa mère et Aidan n'étaient pas au courant.

— Aidan ! lança-t-elle au pied de l'escalier. Tu pourras me faire entrer tout à l'heure ? Je n'ai pas de place pour mon trousseau de clés !

Le frère et la sœur savaient tous les deux que si elle laissait ses clés à la maison, c'était parce qu'elle avait tendance à les oublier partout quand elle avait bu. Aidan avait déjà dû faire changer deux fois les serrures.

— D'accord ! Amuse-toi bien !

L'air était plus frais, en cette soirée, sous un ciel de coton. Elle acheta un pack de bières avec une pièce d'identité trafiquée grâce aux conseils de Rahul. En atteignant le parc, elle les entendit avant de les voir. C'était un barbecue illégal. Les rires fusaient, les gens buvaient, fumaient. L'amitié était faite de ces moments-là. Le parc était presque désert, à part quelques promeneurs de chien et deux ou trois bandes d'adolescents. Les amis d'Aleisha ne se considéraient pas comme des adolescents. Ils les regardaient de haut.

Aleisha reconnut le rire de Rahul, tonitruant, comme s'il voulait prouver à quel point il s'amusait, combien il était hilarant.

— Tu es venue ! s'exclama Mia en se levant aussitôt. Je suis étonnée. Tu es tellement bizarre en ce moment.

Gênée, Aleisha s'esclaffa.

— Kacey et les autres sont là ?

— Non, elles allaient à un concert. Des places de dernière minute payées d'avance. Elles seront dégoûtées de t'avoir ratée. Elles pensaient que tu ne viendrais pas.

Cette vérité fit mal à la jeune fille.

— Bref, qu'est-ce que tu faisais pendant tout ce temps ? On ne te voit plus.

Aleisha retint son souffle. Il n'y avait rien de nouveau dans sa vie, à part sa rencontre avec M. Patel, les romans qu'elle lisait, la lecture qu'elle avait faite à sa mère. Rien d'intéressant pour eux.

— Pas grand-chose.

— Hé, les gars ! s'écria Mia à la cantonade. Aleisha bosse à la bibliothèque de Harrow Road !

Aleisha se sentit pâlir. Quelques ricanements fusèrent, personne ne leva les yeux.

— Je croyais qu'elle était en train de fermer, intervint Rahul avec un clin d'œil pour s'intégrer dans leur conversation.

Elle ne répondit pas. Il fallait que cela s'arrête. Elle n'avait rien d'autre à dire, de toute façon.

Elle passa la soirée à faire comme si un gouffre ne la séparait pas de Mia ; deux amies devenues des étrangères évoluant dans le même milieu, vivant dans la même ville, sans rien savoir de la vie de l'autre. Rahul ne cessait de la regarder, guettant une occasion de lui parler. Mia était son unique bouclier. Elle la regarda vider une bouteille de bière aux fruits d'été et feignit de s'intéresser à ses vacances familiales et à l'herbe qu'elle fumait avec son père et son frère. Dingue !

À 23 heures, les gens commençaient déjà à s'en aller. Ils voulaient tous rentrer de bonne heure. C'était leur troisième soirée de la semaine, une soirée décontractée et tranquille. Aleisha n'avait pas quitté Mia d'une semelle. Celle-ci rit soudain à gorge déployée. Elle faillit tomber à la renverse et entraîner Aleisha dans sa chute. Certains garçons regardaient Mia s'enivrer de plus en plus, être de plus en plus exubérante.

— Mia, on s'en va ?

Mais son amie secoua la tête et se mit à chanter sur la musique d'un téléphone. Le barbecue était oublié et le groupe avait quitté son territoire dans un fracas de bouteilles et de canettes vides.

Aleisha tenta de faire lever Mia, mais elle était déterminée à rester allongée par terre, à admirer le ciel en chantant.

Soudain, Rahul apparut à côté de la jeune fille.

— Je vais t'aider.

— Non, ça va, répondit Mia à sa place.

— Je veux bien, déclara Aleisha, incapable de s'en charger seule.

Rahul se pencha vers Mia et s'accroupit.

— Écoute, lui dit-il gentiment, je crois que tu devrais rentrer, maintenant. Tout le monde s'en va.

— Personne ne rentre à la maison ! s'exclama Mia en secouant la tête. Aleisha est là. Il faut en profiter ! On ne la reverra peut-être plus.

À eux deux, ils parvinrent à soulever Mia de terre et à glisser chacun un bras sous ses épaules. Mia fit ses adieux en se plaignant de ses chaperons et quitta le parc sous leur escorte.

Aleisha s'efforçait de masquer son agacement. Aidan affirmait qu'il lisait ses pensées sur son visage. Pourvu qu'il soit le seul… Elle ne voulait pas que cette soirée se termine ainsi. Si seulement son amie ne s'était pas enivrée à ce point ! Et si seulement Rahul n'était pas là !

Mia vivait encore dans la maison de son enfance, à l'autre extrémité de Wembley. Aleisha espérait qu'elle pourrait ensuite prendre un bus pour rentrer. Il n'était pas très tard, Aidan serait encore debout. Il regardait sans doute des vidéos, comme chaque soir, au salon, dans la pénombre. Elle aurait pu lui envoyer un texto mais ç'aurait été admettre sa défaite : elle était incapable de prendre du bon temps en dépit de ses efforts. Il aurait la preuve qu'elle était moins douée que son grand frère. Elle garda son téléphone dans sa poche.

Dans la rue de Mia, Aleisha reconnut la maison de mémoire. Les rideaux étaient tirés et il n'y avait pas de lumière. À minuit, tout était calme. Aleisha n'osa pas sonner. Rahul haussa les épaules. Mia n'était pas assez sobre pour sortir ses clés de son sac. Aleisha l'aida en se fiant au tintement métallique. Elle lui ouvrit la porte et, dès que Mia eut franchi le seuil en chancelant, elle leur claqua la porte au nez sans un mot. Ils entendirent le fracas d'une chute, quelques coups contre les murs. Ils n'auraient pas dû s'inquiéter de réveiller la maisonnée : Mia s'en chargeait très bien.

— Bon, chuchota Rahul. Je te raccompagne chez toi, d'accord ?

— Non, pas la peine.

Rahul insista, mais Aleisha sortit son téléphone. Il était temps de hisser le drapeau blanc avec son frère. Elle appela Aidan.

Ils attendirent devant chez Mia. Aleisha était frigorifiée, avec son short et son petit haut sans manches. Elle croisa les bras en évitant le regard de Rahul au cas où il lui proposerait de la réchauffer. L'attente dura une éternité. Elle avait envie de parler à Rahul, de lui confier ce qu'il se passait chez elle, qu'elle s'était liée d'amitié avec un vieux monsieur, à la bibliothèque. Rirait-il ? La trouverait-il stupide ? Peut-être lui dirait-il que c'était gentil de sa part d'apporter un peu de chaleur à un vieil homme solitaire. Elle voulait avoir quelqu'un à qui parler, quelqu'un d'autre qu'Aidan, quelqu'un qui ne savait pas ce que c'était que de s'occuper de sa mère alors qu'elle était capable de se débrouiller, mais qui chercherait à comprendre.

Elle ouvrit même la bouche pour parler, puis se ravisa. À quoi bon ? C'était peut-être le peu qu'elle avait raconté à Rahul sur sa mère qui lui avait fait peur au départ. Les adolescents n'évoquaient pas ces choses-là. Elle s'était un peu confiée à M. Patel. C'était suffisant. Elle avait Aidan. Ils étaient solidaires dans cette épreuve.

La voiture de son frère s'approcha, la musique plus discrète que de coutume.

— Montez ! leur ordonna-t-il.

Elle avait redouté cette soirée, mais son cœur était un trou noir. Elle aurait voulu être l'adolescente insouciante qui se saoulait, pour une fois. Et elle avait été la plus raisonnable, elle avait agi au moins, s'était occupée d'autrui. Rien n'avait changé.

20

Mukesh

BIP.

« Salut, Papa, c'est Rohini. Merci de t'être occupé de Priya. – Oui, merci, Dada ! – Elle a passé un très bon moment avec toi à Londres. J'espère que tu as été prudent, surtout pour toi. »

Bip.

« Bonjour, Papa, c'est Vritti. Désolée d'appeler plus tôt que d'habitude. Je viens de parler à Rohini. Tu veux passer à la maison la semaine prochaine pour déjeuner, par exemple ? Je peux venir te chercher pour que tu n'aies pas à prendre le train. J'adorerais te voir ! »

Bip.

« Bonjour, monsieur Patel, c'est Aleisha. Désolée de vous déranger, mais c'est si calme, à la bibliothèque, aujourd'hui, que j'ai eu envie de voir où vous en étiez avec *L'Histoire de Pi.* J'ai un autre livre pour vous quand vous serez prêt. Bref, je vous rappellerai peut-être plus tard. »

Le rappeler plus tard ? L'angoisse noua la gorge de Mukesh. Il n'avait jamais parlé à la jeune fille au téléphone. De quoi discuteraient-ils ? S'il n'avait pas écouté ses messages, ce matin-là, c'était parce que Nilakshi était arrivée de bonne heure pour passer la journée avec lui. Aleisha risquait d'appeler à tout moment et il n'était pas prêt !

— C'était qui sur le répondeur ? s'enquit Nilakshi depuis le salon, assise à sa place habituelle.

Oui, elle avait sa place, désormais. Elle regardait une série indienne sur Zee TV.

— Oh… ma bibliothécaire, répondit-il.

Était-ce la meilleure façon de la décrire ?

— Ah, cette gentille jeune fille, dit-elle sans quitter l'écran des yeux. Tu m'as tellement parlé d'elle ! On dirait qu'elle a lu un tas de livres. Naina aurait adoré exercer ce métier, tu ne crois pas ?

— Si, admit Mukesh en se rasseyant, les jambes un peu tremblantes.

Il ne lui restait plus que quelques pages de *L'Histoire de Pi* à lire. Il mit le casque antibruit que Nilakshi lui avait apporté. Il appartenait à son défunt mari. Libéré du vacarme de la série indienne, il se replongea dans son roman.

Un instant plus tard, il tourna la dernière page du livre, laissant Pi et son incroyable histoire derrière lui. Cependant, il garda son casque pour savourer un petit moment de silence afin de mettre de l'ordre dans ses pensées. S'il ne voulait pas que le roman s'achève, il avait besoin de connaître le sens du voyage de Pi. Était-il réel ou imaginaire ? Cette histoire avait troublé son cœur et son esprit. Le trajet de Pi avait été long et ardu, mais admirable et révélateur pour Mukesh.

Du coin de l'œil, il vit Nilakshi qui interrompit sa réflexion. Elle se leva du canapé et se dirigea vers l'entrée. Puis elle réapparut et lui dit quelque chose qu'il n'entendit pas. Elle agitait le combiné du téléphone devant lui.

— Qu'est-ce qu'il y a ? demanda-t-il en ôtant enfin son casque.

— C'est pour toi. La bibliothécaire.

— Ah, fit-il, le cœur battant.

Nilakshi avait décroché son téléphone… et si cela avait été une de ses filles ? Il prit le combiné, le couvrit d'une main et se rendit vivement dans sa chambre.

— Allô ?

— Monsieur Patel ! J'espère que je ne vous dérange pas. C'est aussi sinistre que Manderley, ici. J'aime bien le silence mais je trouve le temps long. C'était qui, au fait ?

— Comment ça ?

— La dame qui m'a répondu.

Mukesh respira profondément.

— Ma… euh… j'ai… c'était ma fille. Elle décroche parfois à ma place. Je lisais, voyez-vous.

— *L'Histoire de Pi* ? Vous l'avez terminé ?

— À l'instant ! répondit-il, ravi qu'elle ne l'interroge pas davantage.

Il se sentait coupable d'avoir menti et coupable de la raison de son mensonge.

Il imaginait Aleisha à son bureau, face à la salle presque déserte. Qui était venu ? Cet autre vieux monsieur, peut-être ? Celui qui aimait prendre un café à la machine et s'asseoir près de la fenêtre avec un journal. Ou Chris, plongé dans un thriller ? À moins qu'il n'y ait une réunion du club de lecture. Il n'en avait jamais vu les membres, en réalité. Il devinait leur allure : de grosses lunettes, des sacs pleins de livres, des vêtements classiques…

— Qu'en avez-vous pensé ?

— Hein ? fit-il, pensant toujours à la bibliothèque.

— Le roman !

— Ah oui, je suis bête ! Je l'ai adoré ! C'est incroyable. Ce genre de chose ne peut se produire dans la réalité. Comment Pi a-t-il pu tout perdre lors d'un naufrage et se retrouver dans un canot de sauvetage avec des tigres et des singes et des hyènes pendant deux cents jours ?

— Ce n'est qu'un roman, répondit Aleisha. Mais la façon dont il est écrit… C'est fou. À la fin, il dit quelque chose qui incite à se demander si tout cela n'était pas uniquement l'imagination de Pi. C'était vrai ?

— Je ne sais pas ce que l'auteur voulait nous porter à croire, mais… je crois Pi. Pas vous ?

— Je pense que cela signifie autre chose, vous savez, comme ces histoires de la Bible qui ont différentes significations. Quand on était petits, les enseignants parlaient toujours de la Bible. Je ne comprenais rien. Je devais demander à mon père de m'expliquer. Il ne savait pas non plus.

Elle évoquait à nouveau son père. Était-ce une impression ou était-elle moins réservée, ces derniers jours ?

— Enfin, je n'en sais rien, poursuivit-elle. Je me suis demandé si le tigre représentait quelque chose, la résilience, par exemple.

— Peut-être. Je n'ai pas réfléchi aussi loin. Je suis moins intelligent que vous. Ou que ma femme Naina.

L'image de Mme Danvers revint le réprimander.

— Vous ai-je dit que c'est grâce à elle que je suis venu à la bibliothèque pour la première fois ? Et les livres que vous m'avez conseillés m'ont donné l'impression de la rendre fière. Naina et Priya, ma petite-fille, ont toujours été très liées grâce aux livres. Cependant, je suis moins intelligent que vous avec vos explications profondes.

Aleisha rit doucement.

— Je n'en suis pas si sûre, mais c'est gentil. Votre femme serait très fière de vous, surtout si vous n'aviez lu qu'un seul livre, avant. J'ai du mal à le croire ! Vous dévorez les romans à une vitesse impressionnante.

Mukesh se rengorgea. Mme Danvers déguerpit. À cet instant, le carillon de la porte retentit.

— Oh, non ! Qui cela peut-il être ?

— Attendez ! Vous avez passé une bonne journée avec Priya ?

Soudain, Mukesh oublia la porte d'entrée, Nilakshi et ses séries sur Zee TV.

— Oh, Aleisha, c'était magique ! s'exclama-t-il.

Il entendit la jeune fille rire de bon cœur au bout du fil.

— Je l'ai emmenée dans une grande librairie au centre de Londres. J'ai suivi vos conseils. Il y avait un monde fou qui cherchait des livres ou buvait un café… c'était bondé. Désolé, je ne voudrais pas dire du mal de la bibliothèque mais, vous savez… il y avait plus de monde. Si seulement les gens aimaient la bibliothèque autant que nous, mademoiselle Aleisha !

Ding dong ding dong.

— Je vais ouvrir, Mukesh !

— Non ! s'écria-t-il au moment où Aleisha complimentait le vieil homme.

Il jeta le téléphone sur le lit et trottina vers la porte. Deepali se tenait sur le seuil. Tout sourire, Nilakshi la fit entrer.

— Salut, Papa ! lança Deepali. Je… je passais juste te dire bonjour. J'aurais dû t'appeler avant. Je… j'ignorais que tu avais de la visite. Je ferais mieux d'y aller. Au revoir, Nilakshi. Ravie de t'avoir vue.

Le temps que Mukesh atteigne la porte, Deepali était déjà remontée en voiture, prête à démarrer.

Le plaisir de sa conversation avec Aleisha avait disparu. Alors qu'il regardait sa fille s'éloigner, Nilakshi posa une main sur son épaule.

— Nous sommes amis, rien de plus, lui dit-elle. Nous le savons tous les deux. Tes filles comprendront, bien sûr.

Mukesh savait bien que non. Il les avait déçues. L'expression de Deepali en disait long. Si son échange avec Aleisha avait fait disparaître Mme Danvers, Deepali l'avait ramenée en une fraction de seconde et Naina n'était nulle part. Il ne la sentait, ne la voyait, ne l'entendait plus.

LA LISTE DE LECTURE

Izzy

2019

— Hé oh ? dit Izzy en regardant par-dessus le comptoir de la bibliothèque. Tout va bien ?

L'homme était maculé de poussière, entouré de piles de cartons.

— Oui, souffla-t-il. Je fais un peu de tri. Mon chef veut que les lieux soient impeccables au cas où ils voudraient nous fermer. Je ne sais pas qui sont ces mystérieux « ils », mais c'est ainsi…

Izzy le dévisagea. Elle avait vu les affiches appelant à la sauvegarde des bibliothèques de quartier collée à la porte depuis deux ans, depuis qu'elle avait trouvé la liste de lecture. Chaque fois que les mots étaient illisibles, décolorés par le soleil, un lutin des bibliothèques la remplaçait par une nouvelle feuille de format A4. Pour son grand soulagement et celui de Sage, l'établissement fonctionnait encore, même s'il n'était pas très fréquenté.

Maintenant qu'elle l'avait trouvé, elle n'imaginait pas sa disparition.

— Désolé, reprit l'homme en époussetant son pantalon en velours côtelé et son T-shirt. Je peux vous renseigner ?

Elle ne connaissait Kyle que de vue. Il avait toujours l'air éreinté malgré une certaine sérénité apparente. Izzy hésita un instant. Était-ce la bonne chose à faire ? Elle tenait sa liste à la main. Elle l'avait gardée précieusement dans sa boîte à listes. Depuis deux ans, elle se cachait du monde dans cette bibliothèque et venait de temps à autre aux réunions du club de lecture. Elle bavardait avec chacun, dans l'espoir de démasquer l'auteur de la liste. Pour l'instant, elle avait fait chou blanc. Elle avait lu et relu chaque titre, en prenant des notes, en marquant les scènes, les répliques essentielles à l'aide de languettes adhésives, au cas où les livres eux-mêmes et leurs messages constitueraient une sorte de puzzle. Au bout de deux ans, sa fascination demeurait intacte.

— Il faut te calmer avec cette liste, lui avait intimé Sage, un soir. Elle te rend dingue.

Izzy feuilletait *Les Quatre Filles du docteur March* pour la énième fois.

Cet exemplaire était le troisième qu'elle avait emprunté à la bibliothèque. Elle se demandait si certains livres de la liste recelaient un indice, un message. Izzy les examinait donc tour à tour. Celui-ci ne contenait rien de particulier.

— Je suis déjà dingue, avait rétorqué Izzy.

En dernier recours, elle avait décidé de se confier à Kyle.

— Euh... je sais que ça peut sembler bizarre, mais... j'ai une liste, bredouilla-t-elle.

Kyle écarquilla les yeux, néanmoins il souriait, désireux de lui faire plaisir.

— J'ignore qui l'a rédigée, poursuivit Izzy. J'ai besoin de le savoir.

— D'accord…

— Voilà, je sais que cette personne est venue dans cette bibliothèque. Je me demandais si vous pourriez me dire qui a emprunté ces livres, au fil des années, ou tous ces titres en même temps.

Kyle se redressa. Son sourire avait disparu.

— Non, désolé, nous respectons les données privées. Je ne peux pas vous fournir ces informations.

Un silence pesant s'installa entre eux.

— Je peux jeter un coup d'œil ? demanda Kyle en tendant la main.

Elle lui remit la liste, qu'il examina tel un vestige du passé.

— Voyez-vous, je collectionne les listes, avoua-t-elle, hésitante. C'est une marotte, je sais, mais j'adore ça. Mon père disait que j'étais sa petite chapardeuse.

— C'est sympa, répondit-il.

Izzy devina qu'il n'était guère convaincu.

— On voit souvent des listes de ce genre, bien sûr. Pour nous, c'est courant.

— Oui, c'est logique. Je trouve qu'une liste donne un aperçu de l'âme de la personne… les livres, l'art… c'est bête…

— Non, je trouve ça très bien.

Il marmonna chacun des titres. Izzy parcourut la salle du regard dans l'espoir de trouver un indice. Elle remarqua Indira, qu'elle avait croisée lors des réunions du club de lecture. Elle l'appréciait beaucoup, mais celle-ci était bavarde. En sa présence, Izzy ne l'abordait que si elle était d'humeur à parler. À part elle, la bibliothèque était pratiquement déserte.

— C'est bizarre, on dirait une liste aléatoire. Pourtant, je connais quelqu'un qui lit les mêmes romans dans cet ordre-là.

— En ce moment ? s'étonna Izzy, dont le regard s'illumina.
— Oui, je crois.
— Vous croyez que cette personne est l'autrice de la liste ?
— Oh non ! Elle déteste les livres, dit-il d'un ton neutre. Je me demandais seulement si elle avait vu votre liste. Vous l'avez laissée traîner par ici ?
— Jamais.
— Dans ce cas, je regrette, je ne sais comment vous aider. Cette amie est bibliothécaire, elle aussi. Elle travaille ici. Passez donc la voir… elle est souvent là le mercredi.
Sous son sourire de façade, elle sentait qu'il la trouvait un peu bizarre. Elle devait admettre qu'elle pouvait être obsessionnelle.
— Je peux vous renseigner sur autre chose ?
— Je prends ceci.
Elle posa *Un garçon convenable* sur le comptoir, avec sa carte de lectrice.
— Combien de fois l'avez-vous lu ?
— Cet exemplaire-ci, jamais, répondit Izzy en riant. C'est un pavé. Je dois veiller à ce qu'aucun détail ne m'échappe.
— Cette liste, reprit Kyle, elle fait sens, à présent. Je comprends pourquoi vous empruntez toujours les mêmes titres, encore et encore. Nous pensions que vous n'osiez pas nous demander des conseils.
Kyle lui remit l'ouvrage qu'elle serra contre elle, réconfortée par sa masse.
— Merci !

En quittant la bibliothèque, Izzy observa les alentours. L'auteur de la liste se cachait-il parmi les rayonnages ? Peut-être était-il simplement assis à l'accueil… Quelle était la fonction de cette liste ?

Après toutes ces lectures, ces recherches, elle n'était pas plus avancée sur l'identité de cet auteur. Cependant, l'enquête était agréable. Elle était heureuse d'avoir renoué avec la lecture. Avant cette liste, elle ne s'était pas plongée dans un roman depuis bien longtemps. Sa vie était trop frénétique et elle ne se permettait pas ce plaisir.

La liste lui avait tant apporté ! Elle aimait parler aux gens dans cette bibliothèque, ce nouveau monde si riche. Elle avait trouvé une place.

21

Aleisha

— Alors, M. Darcy aime bien Elizabeth Bennet et elle aussi, c'est clair, pourtant ils ne cessent de se chamailler, déclara Aleisha dans le silence de la maison.

Elle faisait la lecture à Leilah en s'efforçant de retrouver le même apaisement que la dernière fois.

Hélas, Leilah était distraite. Son regard errait dans le salon. Elle hochait la tête aux explications de sa fille, mais elle dérivait rapidement.

— Pardon, pardon, marmonna Leilah d'une voix ensommeillée. Donc, c'est une histoire d'amour ?

Aleisha s'était perdue en essayant de décrire tous les personnages et les rapports entre les uns et les autres : qui était amoureux de qui, qui était marié avec qui… elle était revenue au moment où Elizabeth et Darcy s'étaient retrouvés pour la première fois en présence l'un de l'autre. Elle espérait susciter la curiosité de sa mère, qui l'interrogerait peut-être sur sa propre vie amoureuse. De toute façon, Aleisha n'avait pas de vie amoureuse. Même Leilah le savait.

Au moins, pendant qu'elle écoutait Elizabeth et Darcy échanger des reparties cinglantes, elle ne pensait pas à Zac. Au contraire de Darcy, Zac ne s'était pas montré maussade et ennuyeux. Il avait été volubile, l'avait fait rire. Il voulait lui faire baisser sa garde. Ils étaient à Londres et non au XIXe siècle. Les gens ne se parlaient plus.

Elle se tourna vers Leilah et, l'espace d'un instant, elle la vit vêtue d'une des plus belles robes de Mme Bennet. C'était la faute du roman, et de son imagination débordante. C'était ridicule. Mme Bennet n'avait rien à voir avec Leilah. Elle était snob, exubérante, impétueuse et sournoise, toujours à se mêler des affaires de chacun. Leilah était réservée, trop perdue dans son propre monde pour s'intéresser à celui des autres.

— Donc, Elizabeth et M. Darcy, résuma Leilah, le regard plus vif. Tu as aussi évoqué une Lydia, non ? Qui est Lydia ?

— La sœur cadette d'Elizabeth.

— D'accord. Et qui est Wickham ?

— Je crois qu'il est censé être le méchant, non ?

— Je n'arrive pas à me concentrer sur ce livre, décréta Leilah.

Aleisha se découragea, le livre ouvert sur ses genoux, les mots tout petits et difficiles à lire. Leilah se leva du canapé et quitta la pièce. Aleisha tenta de reprendre sa lecture.

À cet instant, Aidan apparut, tenant un Post-it que lui avait laissé sa sœur : « Un pique-nique ? » suivi d'un smiley.

— Franchement, je ne crois pas que ce soit le bon moment pour faire sortir Maman, dit-il d'un ton sérieux.

Aleisha était déterminée, d'autant qu'*Orgueil et Préjugés* n'avait pas réussi à extraire sa mère du brouillard. À la même époque, un an plus tôt, Aleisha et Aidan avaient organisé un pique-nique dans le jardin. Leilah traversait une période difficile et cela lui avait fait du bien. Elle avait beaucoup ri.

— C'est une belle journée. Elle avait bien aimé, l'an dernier. On serait dehors sans s'éloigner de la maison.

— À mon avis, c'est un désastre annoncé, soupira son frère.

— La dernière fois, c'était une de *tes* suggestions et ça a marché !

— D'accord, mais je ne suis plus très sûr, à présent. Et j'en ai marre de foirer, marmonna-t-il pour lui-même.

Un silence pesant s'installa. Aleisha observa le front plissé, les cernes d'Aidan.

— Écoute, je m'en occupe, d'accord ? J'organiserai tout et tu n'auras qu'à être présent.

Peu convaincu, il haussa les épaules.

— Je dois passer à la pharmacie. Viens avec moi. Maman peut rester seule quelques minutes et on fera les courses au retour.

— Merci, Aidan, dit la jeune fille avec un large sourire.

Assise sur un banc, dans le parc, Aleisha profitait du soleil en attendant que son frère revienne de la pharmacie. Elle sortit *Orgueil et Préjugés* de son sac. Elle avait bien aimé le lire dans l'intimité de sa chambre ou à sa mère qui n'en avait que faire… là, elle se sentait exposée, gênée à l'idée d'être observée.

Un inconnu prit place à côté d'elle. Aussitôt, la jeune fille troqua son roman pour *Les Quatre Filles du docteur March*, le suivant de la liste, qu'elle avait sur elle en permanence, prête à le dégainer quand elle aurait fini l'œuvre de Jane Austen. Elle ouvrit le livre au hasard.

Discrètement, elle jeta un coup d'œil de côté.

L'espace d'un instant, elle crut que son esprit concentré sur *Orgueil et Préjugés* lui jouait des tours. Elle cligna les yeux. C'était bien Zac. Il la regardait.

— Salut, gamine, lui dit-il.

Consciente d'avoir rougi, elle était mal à l'aise. « Gamine » ! Elle chercha une repartie digne d'Elizabeth Bennet, mais aucune ne lui vint.

— Salut, répondit-elle d'un ton glacial.

— *Les Quatre Filles du docteur March* ? Je l'ai lu il y a très longtemps. Avec ma petite sœur. C'est son roman préféré. Il lui a toujours donné envie d'avoir des sœurs et non un frère. Qui voudrait d'une sœur telle qu'Amy ?

Qui diable était Amy ? N'ayant pas lu une seule page de l'œuvre, Aleisha n'en avait aucune idée. Elle eut néanmoins envie de le contredire.

— Moi, je l'aime bien, Amy. Elle est incomprise.

Aleisha feuilleta le livre d'un air désinvolte.

— Tu as lu combien de livres ? demanda-t-elle.

— Des milliers, sans doute. Tu sembles t'en tenir aux plus évidents, pour l'instant.

Au premier abord, elle eut l'impression qu'il lui adressait une réflexion acerbe digne de Darcy mais, en levant les yeux vers lui, elle découvrit un sourire espiègle. Il plaisantait.

— Tu es un peu dur, railla-t-elle.

Elle se refusait à lui parler de la liste, qu'elle considérait comme sacrée, réservée à elle-même et M. Patel, même s'il l'ignorait.

— Tu as le temps de boire un café ?

— Non, désolée, j'attends mon frère, répliqua-t-elle vivement.

Elle posa son livre et regarda Zac droit dans les yeux.

— Je ne peux pas.

— OK, et si on se donnait rendez-vous ?

— Qui dit encore ça ? Sans doute un de ces personnages, répondit-elle en tapotant *Les Quatre Filles du docteur March*… et *Orgueil et Préjugés,* au passage. C'est là-dedans que tu trouves ton baratin ?

— Très drôle. Il y a pire, comme inspiration, non ?

— Écoute, j'ai cinq minutes, alors si tu veux parler, vas-y.

— Ah, d'accord…

Elle le vit rougir légèrement, soudain mal à l'aise.

— Par où commencer ? fit-il avec un rire gêné.

Des plaques rouges apparurent dans son cou, sur son menton, puis sur tout son visage. Finalement, il n'avait rien de M. Darcy et sa nonchalance. Elle s'en voulut de l'avoir mis en difficulté. Après l'avoir laissé souffrir pendant quelques minutes de silence de plus, elle vint à la rescousse :

— Tu vas à la fac ?

— Oui, à Birmingham.

— C'est cool. Tu fais quoi, comme études ?

— Du droit.

Aleisha se tourna vers lui.

— C'est ce que j'ai l'intention d'étudier, moi aussi.

— Ah, oui ?

Zac s'illumina.

— Tu te crois à la hauteur ?

— Bien sûr. C'est du sérieux, affirma-t-elle, les sourcils froncés.

— Alors, qu'est-ce que tu fabriques avec tous ces romans ? Il faut lire de vrais livres.

Il désigna le sac à dos posé à ses pieds.

— Soulève-le pour voir.

Elle secoua négativement la tête.

— Vas-y !

Peu convaincue, elle s'exécuta.

— Nom de Dieu, tu transportes un cadavre, là-dedans ?

Elle reposa le sac et, en se redressant, vit Aidan venir à sa rencontre. Zac suivit son regard.

— C'est ton frère ?

— Oui.

— Vous vous ressemblez.

Zac se leva et prit son sac, mais Aidan était déjà près de lui.

— Ce type est en train de t'importuner, Aleisha ?

— Non, répondit-elle avec un calme qu'elle ne ressentait pas vraiment. C'est juste un copain. Zac, je te présente mon frère Aidan.

— Salut, fit Zac en tendant une main qu'Aidan ignora.

— Je n'avais jamais entendu parler de toi. Tu es un copain de lycée ?

— Non…

Il eut soudain l'air très jeune, à nouveau gêné, tel un lapin pris dans les phares d'une voiture.

— Je plaisante, assura Aidan.

Zac se détendit aussitôt et soupira.

— Bon, je vais vous laisser. C'était sympa de te voir, Aleisha. La prochaine fois, essayons de ne pas nous croiser par hasard et prenons rendez-vous. Tiens…

Il lui tendit une carte de visite.

— Je pourrais te parler de ma vie d'ermite ou même de droit, si tu veux savoir à quoi t'attendre.

Elle prit la carte en levant les yeux au ciel. Qui diable avait encore des cartes de visite ?

Zac Lowe, étudiant en droit, graphiste indépendant. Son numéro de téléphone figurait en gros. *Graphiste comme Leilah*, songea Aleisha.

Aidan s'assit à côté d'elle sur le banc.

— Il t'en a fallu, du temps ! Qu'est-ce que tu fabriquais ?

— Une ordonnance. Il y avait un monde fou à la pharmacie.

— Pour Maman ?

— Non, non, pour moi. Pour mes maux de tête. Allez, on va chercher à manger. Si tu es toujours partante pour ce pique-nique…

Il lui ébouriffa les cheveux.

Dès leur arrivée au supermarché, ils regrettèrent leur décision. C'était bondé. Ils se hâtèrent de trouver les ingrédients destinés à leurs sandwichs. Aidan avait une prédilection pour le corned-beef car cela lui rappelait les sandwichs que lui préparait Dean. Cependant, il ne l'aurait jamais admis. Ils prirent également un cocktail de crevettes pour Leilah en espérant qu'elle ne s'en soit pas lassée.

Sur le chemin du retour, en passant devant le glacier, Aleisha jeta un coup d'œil à l'intérieur pour voir s'il y avait quelqu'un de sa connaissance. À une époque, elle s'y rendait régulièrement parce que c'était un des rares établissements où les moins de dix-huit ans pouvaient traîner pendant des heures. En se gavant de sucre. Les sièges noir et violet étaient occupés par une nouvelle génération d'adolescents portant des claquettes avec des chaussettes. Les amis d'Aleisha avaient passé l'âge. Ils étaient au stade suivant de leur vie sociale : les fausses pièces d'identité et les tentatives pour sympathiser avec les videurs afin de pouvoir entrer dans les vrais bars. Tout cela ne lui manquait pas… enfin presque pas.

Une heure plus tard, les sandwichs étaient prêts. Certains étaient découpés en triangle, d'autres en long, disposés sur un plat blanc à liseré doré. Ils commençaient déjà à rassir. Aleisha en palpa un du bout du doigt.

Aidan était dehors. Depuis la cuisine, Leilah regardait vers le jardin par la porte ouverte. Elle souriait en dépit de sa pâleur, ses yeux sombres et vides. Elle était à nouveau fatiguée.

Aidan étala la vieille couverture de pique-nique sur l'herbe.

— Maman ! Sors !

Il s'efforçait de sembler enthousiaste, mais Aleisha entendait le tremblement de sa voix. Il était nerveux, terrorisé, même. C'était la première fois qu'elle le remarquait si clairement.

Aleisha jeta un coup d'œil sur sa mère. C'était le moment crucial.

Leilah demeura immobile, puis elle secoua lentement la tête, un, deux, trois… et soudain, plus vite, quatre, cinq, six.

Elle respira profondément, puis eut le souffle court. Elle ferma les yeux et porta les mains à son visage. Elle croisa les bras en enfonçant ses ongles dans sa peau. Elle se repliait dans sa bulle.

Aleisha posa les sandwichs, Aidan oublia la couverture. Ils se précipitèrent vers elle.

D'instinct, Leilah se tourna d'abord vers son fils. Aleisha sut qu'ils étaient désormais inaccessibles. Aidan se mit à répéter :

— Ça va aller, Maman, puis : Tout va bien, et : On peut manger à l'intérieur, pas la peine de sortir.

Aleisha était oubliée, elle était de trop.

Elle retourna près du plan de travail et les observa à distance, les entrailles nouées, le cœur gros. Agenouillé devant leur mère, Aidan serra une main de Leilah entre les siennes, en prière, pour l'implorer d'aller mieux. Leilah ne voulait que lui. L'atmosphère était si lourde que la jeune fille peinait à respirer. Son frère leva les yeux vers elle pour l'appeler à l'aide, pour voir si elle allait bien. Il était aussi oppressé qu'elle. Au moins, elle n'était pas seule, songea-t-elle l'espace d'un instant.

— Ça va aller, dit-il à sa mère.

Il claqua la porte donnant sur le jardin pour maintenir le monde extérieur à distance, les enfermant tous les trois à l'intérieur, puis il accompagna Leilah dans sa chambre.

— Je peux t'aider ? lança Aleisha.

— Non, ça va. Donne-nous une minute !

Aleisha sentait la colère monter en elle et s'efforça de la réprimer. Elle avait l'esprit en ébullition, les yeux rivés sur cette maudite assiette à l'effigie de Pierre Lapin heureux. Elle lui rappelait sans cesse qu'Aidan était le meilleur, dans cette maison. Sans se rendre compte de ce qu'elle faisait, elle décrocha l'assiette et la laissa tomber. Elle se brisa en mille morceaux, comme au ralenti. Aleisha savoura chaque microseconde d'égoïsme.

Aidan surgit et la trouva en train de ramasser les morceaux ; elle se piqua le doigt et regarda une goutte de sang perler sur sa peau.

— Ça va ?

Il saisit un torchon et l'enroula autour du doigt blessé comme si elle était grièvement blessée.

— Désolé, j'aurais dû t'aider à débarrasser.

— Maman va bien ? demanda-t-elle sans vouloir connaître la réponse.

— Ça ira.

Il ne commenta pas le fait que c'était son assiette, un objet précieux. Les sandwichs attendaient toujours sur le plan de travail tandis qu'il balayait les débris, dont la queue cotonneuse de Pierre Lapin.

Quelques heures plus tard, recroquevillée sur le canapé, Aleisha aurait voulu disparaître. Aidan entra dans la pièce et l'observa un moment, tenant une bière.

— Aleisha ?

— Quoi ?

Elle n'avait pas envie de le regarder.

— Je crois qu'on devrait faire en sorte que Maman parle à quelqu'un, soupira-t-il.

Là encore, elle perçut un tremblement dans sa voix. Un silence assourdissant s'installa. Aidan avait déjà évoqué la question avec prudence, sans le dire clairement. Ils pensaient tous les deux que « ce serait différent, la prochaine fois ». Cette suggestion traduisait les doutes de son frère.

Elle sentit son regard appuyé mais ne dit rien. Elle n'avait pas envie de parler, dans l'immédiat. Il demeura immobile, puis soupira encore et s'assit pour regarder une publicité à la télévision, le regard vague.

— Je retourne à l'entrepôt tout à l'heure. Je suis du soir, expliqua-t-il.

— Dans ce cas, tu ne peux pas boire ça, rétorqua sa sœur. Écoute, tu n'as qu'à appeler pour dire que tu es malade et aller te coucher. La journée a été longue.

Il ne répondit pas immédiatement :

— Une canette, ça va, invoqua-t-il enfin.

Elle ne fut pas dupe. Son ton, ses paupières lourdes lui indiquaient qu'il n'en était pas à sa première bière.

— C'était qui, le type de tout à l'heure ? Ton mec ?

Il essayait d'avoir l'air de s'intéresser à elle.

— Entre la bibliothèque et la maison, je n'ai pas vraiment le temps d'avoir un mec.

— Tu n'es pas toujours ici.

— C'est pourtant l'impression que j'ai.

— Maman m'a dit que tu lui avais fait la lecture.

— Je crois qu'elle aime ça.

— Fais attention, d'accord ? Rien qui puisse déclencher une crise.

— Elle aime ça, je te dis. Ça la détend.

— Elle ne se concentre sans doute pas.

— C'est bon, elle m'écoute. Pas besoin de concentration.

— OK ! Tu devrais inviter ce type. Je veux le rencontrer vraiment.

— Je ne l'ai pas vraiment rencontré moi-même, encore, protesta Aleisha, le dos tourné au téléviseur.

— Pourquoi avait-il l'air aussi amical, alors ?

— Je suppose que j'incite les gens à s'ouvrir ! railla-t-elle.

Elle se refusait à l'admettre mais la pensée de Zac lui donnait envie de se plonger dans *Orgueil et Préjugés* et de passer son temps dans les bals, d'être une adolescente normale du XIXe siècle, qui flirtait avec les garçons, ne pensant qu'au mariage. De retour dans la vraie vie, elle se demanda comment ce serait si elle avait du temps à passer avec Zac, s'il pouvait devenir un ami, ou plus qu'un ami.

Elle zappa un moment puis éteignit le téléviseur.

— Bonne nuit, Aidan. Je monte me coucher. Ne va pas bosser. Ça vaut mieux pour tout le monde.

Son frère s'assit et but une gorgée de bière. Elle l'entendit taper sur son téléphone. L'écran illumina son visage d'une lueur verte fantomatique. Si seulement elle connaissait ses pensées !

Dans sa chambre, elle prit son téléphone pour envoyer un texto à sa cousine Rachel, la seule qui puisse comprendre. Hélas, Rachel était très occupée à étudier, à travailler. Dès qu'Aleisha eut tapé son texte, elle le regretta. Mieux valait ne pas tourmenter sa cousine avec tout ça dans l'immédiat. Elle l'appellerait une autre fois.

Elle sortit plutôt la carte de visite de Zac qui devait être aussi solitaire qu'elle, parfois, elle le sentait. Elle avait envie de parler à quelqu'un qui ne la jugerait pas si elle était perdue. Elle lui envoya un message :

Salut, c'est Aleisha, la fille de la bibliothèque. Comment ça va ?

22

Mukesh

LA SONNERIE DU TÉLÉPHONE RETENTIT UNE FOIS, puis une deuxième et une troisième. D'abord troublé, il sentit monter la panique. Il était 8 heures du matin. Ses filles l'appelaient à cette heure-là, mais une seule fois, et elles laissaient un message vocal. Elles n'insistaient jamais à ce point. Il se leva péniblement au cas où ce serait une urgence.

— Allô ? fit-il d'une voix chevrotante.

— Papa ? s'exclama Vritti d'un ton un peu trop enjoué.

— Bonjour, chérie.

— Tu viens toujours déjeuner, aujourd'hui ?

— Ah, oui…

Mukesh avait complètement oublié.

— J'ai hâte ! On ira dans un de tes cafés ?

— Non, je me suis dit qu'il serait plus facile pour toi de venir chez moi. Deepali et les jumeaux seront là aussi.

— Et Rohini et Priya ?

— Papa, tu sais bien que mon appartement n'est pas assez grand. Rohini travaille, de toute façon.

Mukesh en fut soulagé. Il se sentait capable de gérer une conversation à propos de Nilakshi avec Vritti et Deepali, mais la présence de Rohini aurait compliqué les choses.

— Je peux venir te chercher si tu veux.

Le vieil homme songea aux démons qu'il avait chassés lors de sa sortie à Londres avec Priya.

— Papa ?

— Pas la peine. Je prendrai le métro.

— C'est loin… tu es sûr ?

— Certain ! Le métro n'a pas de secrets pour moi. À une époque, je connaissais les horaires et les itinéraires par cœur. J'y arriverai.

— Je sais. À plus tard, Papa. *Jai Swaminarayan*.

Mukesh était impatient de s'aventurer plus loin, ce jour-là. Il avait envie de voir ses filles malgré la catastrophe annoncée qu'était cette situation avec Nilakshi. Peut-être même essayerait-il de lire quelques pages d'*Orgueil et Préjugés* durant le trajet. Hélas, les lettres étaient plus petites que dans les autres livres et il redoutait d'avoir mal au cœur. C'était drôle, car il avait découvert que M. et Mme Bennet avaient cinq filles, des femmes de caractère qui lui rappelaient ses propres enfants. Deepali ressemblait beaucoup à Lydia Bennet. Il savait que c'était un peu méchant, mais c'était la vérité ! Bavarde, autocentrée, Lydia partageait quelques défauts avec la benjamine des Patel. Son visage avait exprimé un tel choc lorsqu'elle avait vu Nilakshi ouvrir la porte. Néanmoins, il avait cru déceler une lueur de plaisir. Deepali se voyait déjà en train de faire part du scandale à Rohini et Vritti dès son retour chez elle. Il pensa alors à Rohini, celle qui lui semblait la plus proche d'Elizabeth Bennet. Vive, intelligente, prompte à juger autrui sans réfléchir. Quant à Vritti, était-elle Jane, qui accordait toujours le bénéfice du doute, ou Mary ? Il ne savait pas grand-chose sur Mary. Elle était ordinaire, ce qui n'était en rien le cas de Vritti. Enfin, il y avait l'espiègle Kitty qui enchaînait les bêtises. Heureusement qu'aucune de ses filles ne ressemblait à Kitty ! Elle l'aurait rendu fou, ainsi que Naina.

Mukesh revint à la bavarde Deepali. À quelle sauce allait-il être mangé ? Il fallait qu'il se prépare. Il tapota sa poche qui contenait ses clés et sa carte de transport sénior, sa carte de vieux, comme disait Harish. Il était prêt à se mettre en route.

Outre sa salle de bains flambant neuve, l'appartement de Vritti n'avait guère changé depuis sa dernière visite. C'était un immeuble assez récent, avec ascenseur. Sa clarté compensait sa surface réduite et la jeune femme avait de nombreuses plantes vertes sur le balcon. Pas de fleurs.

Elle avait accroché plusieurs cadres sur les murs, même si le logement était assez spartiate. Au contraire de ses sœurs, elle ne voulait pas s'encombrer. Cependant, Mukesh se demandait si cet appartement était vraiment un foyer. Pouvait-on parler d'un chez-soi si l'on n'avait pas des tas de marchandises venant du temple dans tous les coins, des récipients pour les offrandes de nourriture, des pots pleins d'épingles à nourrice, du sel, des sodas ? Sans photos de famille ni portraits de swami Bapa un peu partout, sans les saris de Naina ?

Et pourtant, Naina aimait cet appartement qui représentait une vie qu'elle ne pouvait avoir parce qu'elle avait élevé trois enfants, qu'elle avait trois petits-enfants et une maison en plus de son travail. Elle l'aimait parce que sa fille se l'était approprié. Naina avait toujours mis un point d'honneur à permettre à ses filles de faire ce qu'elles jugeaient bon pour elles. À trouver leur place dans le monde. « Si tu ne trouves pas ta place, qui le fera pour toi ? », demandait-elle souvent.

En sortant de l'ascenseur, il trouva Vritti sur le seuil. Elle ouvrit les bras, comme chaque fois qu'elle saluait un proche. Depuis toujours, elle aimait recevoir.

— Dada ! s'exclamèrent Jaya et Jayesh, les jumeaux de Deepali, derrière la porte.

Mukesh se boucha les oreilles tandis que les deux bambins s'accrochaient à ses jambes. Il rejoignit Deepali dans la cuisine.

— Salut, Papa. Joli, le T-shirt ! Les manches ne sont pas un peu trop courtes pour un homme de ton âge ?

Mukesh vit alors Lydia Bennet, dans sa robe d'époque, qui le scrutait à travers les yeux de Deepali.

— Bonjour, ma fille. C'est mon styliste qui me l'a choisi et la longueur est parfaite.

Aleisha l'avait aidé à sélectionner quelques T-shirts sur Internet et à les commander en ligne. Elle lui avait expliqué quelle longueur de manches lui conviendrait. Elle avait aussi sélectionné les coloris, dont un vert olive qui, selon lui, ne lui irait sans doute pas, mais qui était tendance. Même si cette idée ne lui serait pas venue à l'esprit, il l'avait laissé faire. Elle était jeune, elle avait failli travailler chez Topshop, elle savait donc ce qu'elle faisait. Elle lui en avait pris un bleu marine « parce que c'est un classique », et un blanc, aussi, « un essentiel pour l'été ».

Avec une tenue à la mode, il se sentait plus à l'aise. Ce T-shirt un peu « sport » était intemporel. Il se sentait invincible. Pendant qu'il essayait ses achats dans sa chambre, Nilakshi attendait au salon. Il lui avait fait un « défilé de mode », selon l'expression de Naina.

— Oh ! s'était exclamée Nilakshi. Très élégant !

La table était dressée, sobre et blanche, ornée d'un superbe bouquet de fleurs en son centre. Vritti était sans doute allée l'acheter dans la matinée, une habitude qu'elle avait héritée de Naina. Leur première voisine, à Londres, s'était présentée sur le pas de leur porte le jour de leur emménagement avec un bouquet de marguerites pour leur souhaiter la bienvenue.

— C'est pour vous ! Rien ne vaut de belles fleurs fraîches pour se sentir chez soi.

Dès que leur bouquet commençait à flétrir, Vritti suppliait sa mère d'aller en acheter un autre.

Deepali s'assit en soupirant, épuisée par ses jumeaux. Mukesh s'en voulut aussitôt de l'avoir comparée à Lydia Bennet. Ses filles n'étaient pas des pestes quand elles étaient petites. Il gardait un souvenir attendri de cette époque. Des anges, selon Naina. Elles participaient aux tâches ménagères et restaient sages quand il le fallait, elles mangeaient bien…

En revanche, Jaya et Jayesh, les jumeaux, s'ils avaient un air angélique, passaient leur temps à courir un peu partout, à ramper par terre et, les jours de pluie, ils dessinaient sur les murs avec leurs feutres. L'intérieur coquet de Deepali en gardait des traces. Pour elle, tant qu'ils étaient heureux, il n'y avait pas de problème.

Elle servit aux enfants des nuggets de poulet et des frites. Pranav, le mari de Deepali, n'était pas végétarien, de sorte que les enfants ne l'étaient pas non plus. Si Naina était contrariée que Deepali n'ait pas réussi à faire adopter à sa famille le régime végétarien de l'hindouisme, Mukesh ne s'en souciait pas outre mesure. Les nuggets de poulet étaient bien plus faciles à préparer que les haricots mungo et il avait découvert depuis peu le halloumi frit, tout aussi facile.

— Quoi de neuf, Papa ? s'enquit Vritti.

— Rien de spécial. Et vous deux ?

— Rohini dit que tu vas à la bibliothèque, répondit Deepali.

— Oui ! J'ai lu plein de livres.

Il sortit *Orgueil et Préjugés* de la poche de sa veste. Il n'avait pas lu dans le métro mais il aimait l'avoir toujours sur lui, comme Naina.

— C'est très bien.

— *Orgueil et Préjugés* ? s'esclaffa Deepali. Je ne t'imagine pas aimant ce titre.

— Ce n'est peut-être pas ma tasse de thé. En revanche, la couverture est belle. Votre Maman adorait ce genre de peinture. C'est un bon vieux roman, très correct.

— C'est un roman coquin du XIXe siècle, en gros, railla Vritti en s'attablant enfin.

— Comment ça, coquin ? Vraiment ? Je n'en ai lu qu'un quart et il n'y avait rien de coquin.

— Patience ! s'exclama Vritti, espiègle.

— Comment va Nilakshi ? s'enquit Deepali en faisant circuler la salade colorée de Vritti.

Cette question fit l'effet d'une bombe. Vritti se tut. Mukesh ne broncha pas. Même les jumeaux se figèrent.

Mais c'était la raison de la présence de Mukesh, non ? Il balaya la pièce du regard comme si quelque personne invisible allait répondre à sa place. Vritti avait les yeux rivés sur son assiette.

— Elle va bien, murmura Mukesh.

— C'était sympa de la voir, l'autre jour, commenta Deepali. Je n'ai pas osé lui poser la question, mais comment s'en sort-elle après… ce qui est arrivé à son mari et son fils ? Quelle tragédie ! Maman aurait été dévastée si elle l'avait su.

Mukesh retint son souffle. Typique de Lydia, songea-t-il. Comment M. Bennet réagirait-il si sa fille lui parlait de la sorte ? Lydia posait toujours des problèmes avec ses réactions fantasques. M. Bennet ne se retrouverait pas dans ce genre de situation. Il était si sévère. Il imposait le respect, contrairement à lui, sans doute.

— Il paraît qu'elle se remet vite, renchérit Deepali avec un regard vers sa sœur, qui la foudroya du regard.

Deepali s'exprimait comme si Nilakshi était n'importe qui et non la meilleure amie de sa mère. Elle s'était occupée d'elles quand elles étaient petites et les avait soutenues durant la longue maladie de Naina. Elle les avait même conduites à l'hôpital de Northwick Park. Et voilà que Deepali ne se souciait que des ragots !

— Il faut avancer, dans la vie, répliqua-t-il plus sèchement qu'il ne l'aurait voulu. Le deuil peut être une prison pendant un certain temps et il faut oser sortir de sa zone de confort.

Vritti intervint pour couper court à cette conversation :

— Passez-moi vos assiettes ! J'espère que vous allez aimer.

Mukesh obéit. Quand il voulut attraper le saladier, Deepali l'en empêcha.

— Je m'en occupe, Papa.

Il voulut alors se verser un verre d'eau, mais Vritti saisit la bouteille avant lui.

— Je vais te servir, Papa.

Il céda. Quand son assiette fut copieusement garnie et son verre plein, il prit ses couverts, un peu gêné d'être scruté par ses filles. Au bout d'un moment, elles oublièrent presque sa présence, comme s'il était un fantôme.

— La chaudière de Papa fait des siennes. On devrait faire venir un technicien.

— Je trouve qu'il mange trop de haricots. Ce n'est pas sain. J'espère qu'il mange aussi autre chose.

— Je veux qu'il se prépare d'autres plats, mais je n'ai pas le temps de lui apprendre à cuisiner.

— Il ne va presque plus manger au temple. Il devrait y aller. Ils servent des repas équilibrés.

— Il a l'air plutôt en forme, en général.

— À propos de Nilakshi, déclara Deepali malgré le véto de Vritti, Pranav a un ami également hindou qui a entendu des rumeurs sur elle. Elle passerait du temps avec des hommes. Tu ne veux pas être à l'origine de sa mauvaise réputation, n'est-ce pas ?

Mukesh se figea.

— Deepali, laisse tomber.

— Papa, Nilakshi cherche-t-elle à se remarier ? insista Deepali avec un sourire.

— Elle a le même âge que lui, objecta Vritti, elle ne va pas se remarier. Laisse tomber, je te dis.

— J'espère que non ! poursuivit Deepali. Ça ne se fait pas chez nous.

Mukesh se tourna vers elle. Elle leva les yeux au ciel, ce qui échappa à Deepali.

— Papa, reprit cette dernière, tu la vois souvent ? Quand je l'ai croisée chez toi, c'était la première fois ?

M. Bennet ne tolérerait pas cela.

— C'est mon amie. Je la vois chaque semaine, tous les trois ou quatre jours. On se tient compagnie. Quel est votre problème ?

Voilà. C'était dit. Il appréhendait la réaction de ses filles.

Deepali n'en eut aucune.

Soudain, il eut envie d'être à la maison avec Nilakshi, à lui raconter cette scène embarrassante. Lui apprendrait-elle d'autres recettes ? Car ses filles avaient raison sur ce point. Il mangeait trop de haricots.

La sonnerie du téléphone dissipa la tension.

— Allô ? dit Vritti. Ah, c'est Rohini ! lança-t-elle à la cantonade, visiblement gênée. Papa et Deepali. Et les jumeaux. Papa, Rohini veut te parler…

Elle lui tendit l'appareil. Rohini haussa le ton au cas où il entendrait mal. Les autres n'en manquaient pas une miette.

— Dada va se faire gronder par tata Rohini, souffla Jayesh à sa sœur. Maman m'a prévenu qu'elle allait téléphoner.

Mukesh se sentit acculé.

— Papa, as-tu passé bien plus de temps avec Nilakshi qu'il ne le faudrait ?

— Bonjour, Rohini, je suis content de t'avoir en ligne, moi aussi, répondit-il d'un ton chargé de sarcasme.

Il posa les yeux sur Vritti, embarrassée, et Deepali, triomphante.

— J'ai croisé Hetel, en allant travailler, elle m'a demandé si vous étiez en couple, désormais.

— C'est faux ! s'emporta Mukesh. Pourquoi Hetel serait-elle au courant d'une telle chose ?

Il ne supportait pas d'être ainsi espionné. Cela faisait des mois qu'il n'avait pas vu Hetel, qui fréquentait le temple.

— Je veux que tu sois prudent, Papa. Tout le monde sait que Nilakshi est adorable et bienveillante. En revanche, on ignore ce qu'elle veut de toi. Il est important que les gens ne pensent pas que tu manques de respect à Maman !

Vritti se leva.

— Personne ne penserait que Papa manque de respect à Maman ! s'exclama-t-elle.

La voix forte de Rohini se fit entendre dans l'appareil :

— Je ne dis pas que nous le penserions, mais les gens se font parfois des idées.

Le silence retomba autour de la table.

— Papa, tu aimes Maman, nous le savons toutes, et tu as le droit d'être heureux, mais je crains qu'il n'y ait des ragots honteux. Et je ne sais pas si Nilakshi peut te rendre heureux.

Mukesh se leva, le téléphone à l'oreille.

— Je me sens seul, Rohini, dit-il en regardant Vritti puis Deepali dans les yeux. Ma femme est morte. Son souvenir demeure dans mon cœur et dans ma tête. Vous menez chacune votre vie, vous êtes occupées. Vous n'avez pas de temps à me consacrer sauf quand je peux vous être utile. Et dans ces moments, vous ne cessez de faire des histoires, de râler. Vous ne m'écoutez pas ! On n'a jamais de conversations ! Vous me laissez des messages sur le répondeur sans vous attendre à un rappel. Vous parliez avec votre mère, vous vous occupiez d'elle. Si vous vous souciiez de moi aussi, si vous compreniez que j'ai besoin d'une amie… Nilakshi est attentionnée.

Le cœur battant, il sentait la sueur perler sur son front. Il avait les mains si moites qu'il dut crisper les doigts sur le téléphone pour ne pas le lâcher. Vritti et Deepali l'observaient. Si Vritti semblait ravie et masquait un sourire, Deepali était abattue et pleine de pitié.

Mukesh se rassit lourdement. Il avait apprécié ce moment de force, de puissance. À présent, d'un regard de sa benjamine, il se sentit à nouveau tout petit, comme un enfant.

Il passa l'appareil à Vritti, qui le tint à distance.

— Je te remercie pour ce délicieux repas, Vritti, mais je dois m'en aller. Au revoir, les enfants !

Jaya et Jayesh regardaient la télévision après avoir massacré leurs nuggets de poulet. Ils ne l'écoutaient pas.

— Au revoir, Deepali, poursuivit Mukesh.

Il prit sa casquette et sortit en refermant la porte derrière lui.

Dans le couloir, il reprit son souffle et se ressaisit. Pourvu qu'une de ses filles se lance à sa poursuite. Elles n'en firent rien. Derrière la porte, les conversations continuèrent sans lui.

— Il s'est senti pris au piège, persifla Vritti. Il n'a rien d'un imbécile. Qui appelle sa sœur, comme par hasard, en demandant à parler à son père pour savoir s'il est en couple ? Je savais que c'était une mauvaise idée ! Mais tu ne m'écoutes pas. Pourquoi vous ne pouvez pas le laisser profiter de la vie ?

— Ne nous fais pas passer pour les méchantes ! C'est sans doute toi qui lui as mis ces idées stupides dans la tête, avec tes principes d'indépendance. Chacun fait ce qu'il lui plaît ! Au moins on a crevé l'abcès au lieu d'en discuter seulement sur WhatsApp !

Mukesh ne voulait pas en entendre davantage. Il quitta l'immeuble et prit le métro pour rentrer chez lui.

23

Aleisha

LE GÉNÉRIQUE DÉFILAIT et Leilah ne s'était pas assoupie. Cela faisait des années qu'elle n'avait pas regardé un film avec quelqu'un. Ce Disney n'exigeait guère de concentration, mais c'était une réussite. Aleisha n'en revenait pas et attendait que la magie de l'instant se dissipe. Le pique-nique raté remontait à des jours. Leilah donnait l'impression d'avoir tout oublié.

Aleisha avait vu sa mère sourire, révéler ses dents du bonheur. Ce sourire la ramenait vers leurs excursions familiales à la plage, tel un cliché imprimé dans sa mémoire.

Si seulement Aidan était là pour voir ça ! Il lui dirait de faire attention, de ne pas se bercer d'illusions. Il lui rappellerait qu'il faudrait encore des semaines, des mois de patience avant que Leilah ne soit à nouveau elle-même.

Pour l'heure, cela n'avait aucune importance. Pendant quatre-vingt-dix minutes, elles avaient formé une famille ordinaire et ennuyeuse. Aleisha n'en demandait pas plus.

Elle pensa à leurs soirées télé, quand Aidan et elle étaient petits. Dean travaillait tard, en général. Ils s'installaient sous une couverture en hiver ou mangeaient de la glace à la vanille en été. Aidan tenait à ajouter des vermicelles de chocolat et Aleisha préférait un coulis. Parfois, Leilah autorisait les deux. Ils regardaient le film et en discutaient ensuite pendant des heures, évoquant les personnages, les scènes humoristiques, les passages tristes, aussi. Leilah leur posait des questions : quels enseignements ce personnage a-t-il tirés de ce qu'il a fait ? Aleisha en faisait autant avec M. Patel, à présent, pour savoir ce qu'il avait vraiment pensé d'un livre. Elle voulait lancer un débat, prolonger ces moments de bonheur. Leilah voulait qu'ils restent dans leur bulle jusqu'à ce que Dean la fasse éclater en rentrant. La réalité reprenait alors le dessus : le coucher, l'école, les cartables à préparer.

— Qu'en as-tu pensé ? s'enquit la jeune fille à Leilah, les yeux rivés sur l'écran, les mains jointes, comme en prière.

— C'était poignant, répondit-elle doucement.

L'écran illuminait son visage de mille couleurs chatoyantes qui soulignaient ses rides, ses expressions, sa tristesse. C'était beau.

— Merci, dit Leilah, toujours immobile, en serrant la main de sa fille dans la sienne.

— Je t'en prie.

Elle ne savait pas très bien pourquoi sa mère la remerciait.

— Tu viens t'asseoir à côté de moi ? proposa Leilah en tapotant le siège.

Aleisha obéit pour ne pas rompre la magie de ce moment.

— Comment tu vas ? lui demanda sa mère en se tournant vers elle.

Aleisha laissa cette question en suspens de peur de dire une bêtise.

— Ça va…

Elle ouvrit la bouche pour continuer mais rien ne lui vint.

— À qui envoies-tu sans cesse des textos ? insista Leilah en entendant le téléphone de sa fille bourdonner.

— Quoi ?

— Cette personne… à qui tu envoies un message. Tu passes ton temps sur ton écran quand tu es là. Qui est-ce ?

Aleisha lut le message de Zac :

Salut, tout va bien ? Le film était sympa ? On prend un café bientôt ?

— Oh, personne. Un copain.

— Ton petit ami ? Tu as un petit ami ? interrogea Leilah d'un air espiègle et juvénile qui fit sourire sa fille.

— Non, non.

Elle vit Zac en personnage de Jane Austen, avec un jabot blanc, et se prit le visage dans les mains.

— C'est un collègue ? Tu as parlé d'un Kyle, une fois.

— Non ! s'écria-t-elle, horrifiée.

— Tu dois me le dire.

Aleisha s'esclaffa. Elle détestait cet interrogatoire. Cependant, sa mère semblait s'intéresser à sa vie privée. C'était nouveau.

— Tu vas l'inviter à la maison ?

Leilah semblait croire qu'ils avaient une vie de famille normale, comme si Aidan et elle invitaient leurs copains quand ils voulaient.

— Allez ! Crache le morceau ! Qui est ce garçon ?

— Qu'est-ce qui te dit que c'est un garçon ?

— Écoute, je suis peut-être une vieille bonne femme qui veut tout savoir, mais pas parce que je suis ta mère. Comme ça. Pourquoi ne pourrais-je pas apprendre quelque chose de palpitant, d'amusant ? Regarde-moi !

Leilah écarta les bras. Elle paraissait si menue, avec son T-shirt trop ample.

— Et si c'était une fille et pas un garçon ?

— Cela m'est égal. Tu vas me le dire, oui ou non ?

— Il s'appelle Zac, soupira Aleisha. Je l'ai remarqué dans le métro, un jour. Puis il m'a porté mes courses jusqu'ici. Il n'habite pas très loin. Je l'ai revu dans le parc et il a insisté pour me donner son numéro. Depuis, on discute.

— Le coup de foudre, quoi.

— Maman !

— D'accord… Dis-m'en davantage !

— Il est étudiant en droit.

— C'est bon, épouse-le ! s'exclama Leilah, triomphante. J'ai toujours dit que tu ferais des études de droit. On aura peut-être bientôt deux avocats dans la famille.

— Non ! Arrête, bredouilla Aleisha, embarrassée. En tout cas, il m'aide et va me montrer des brochures de son université.

— Efficace, la méthode de drague ! Non, je plaisante. Il a l'air sympa. Il a quel âge ?

— Vingt ans. Il n'est pas trop vieux.

— C'est bon, je suis sortie avec plusieurs garçons de vingt-six ans quand j'avais ton âge.

— Maman !

— Pas tout en même temps. Et il est au courant de ton autre amour ?

— Quel autre amour ?

— La liste. Cette liste de lecture que tu m'as montrée.

Aleisha s'étonna qu'elle s'en souvienne.

— Non. Ce n'est rien, ça.

— Ce pourrait être le point de départ d'une belle histoire d'amour. Et si l'auteur de la liste était ton homme ou ta femme idéale ? Ce serait comme dans un film d'amour.

Aleisha se tut.

— Cette liste a quelque chose qui me fascine. Tu lis toujours, n'est-ce pas ? Ce garçon ne t'a pas distraite ?

Aleisha dut réfléchir un instant.

— Oui, je lis toujours, Maman. J'aime ces livres. Ils m'intéressent. Ils me donnent quelque chose à faire quand tout le monde est parti à un festival de musique ou travaille dans un endroit correct. Je n'ai vu personne depuis une éternité et personne ne discute avec moi. On dirait que je n'existe même pas.

La liste n'était plus une simple distraction pour la jeune fille. Elle avait appris à se battre pour ce en quoi l'on croit grâce à Atticus Finch. Elle avait appris à survivre avec un tigre, comme Pi, elle avait appris à ne pas rester dans une maison effrayante des Cornouailles, d'aller dans un *bed and breakfast* à la place. Grâce à Amir des *Cerfs-volants de Kaboul*, elle savait qu'il n'était jamais trop tard pour faire le bien. *Orgueil et Préjugés*… était un plaisir coupable, mais elle en aimait certains aspects, surtout ceux qui lui rappelaient Zac.

En cet instant, elle pensait à Mukesh, son nouvel ami improbable. Il était un compagnon agréable à la bibliothèque. Lors de sa dernière visite, il s'était tenu bien droit, avec ses lunettes sur le nez, plongé dans *Orgueil et Préjugés*.

— Bonjour, monsieur Patel, lui avait dit Thriller en passant. Ça vous plaît ?

— Pas pour l'instant, avait répondu le vieux monsieur.

Aleisha s'en était amusée car elle ne s'attendait pas à cette franchise de la part d'un monsieur d'ordinaire si poli.

— J'apprécie les personnages, ils sont très, très drôles, des personnages si divers… En revanche, l'intrigue, je ne la trouve pas très… comment dire… j'ai du mal à m'identifier, avait expliqué M. Patel.

Elle n'était pas certaine de s'identifier, elle non plus. Et pourtant, sur Internet, les lecteurs adoraient ce roman. Pour eux, c'était même une sorte de Bible féministe.

— Que pensez-vous de Darcy et Elizabeth ? Vous ont-ils ramené à l'époque où vous courtisiez votre femme ? avait-elle plaisanté.

— Non, non. Ce n'est pas ainsi que j'ai rencontré ma femme, avait déclaré M. Patel qui cherchait presque une raison de poser son livre.

— Comment cela ?

— Il n'y a pas eu de longues fiançailles. On nous a mis ensemble, comme avec ces mariages que Mme Bennet aime organiser. J'ai rencontré Naina peu avant notre mariage. Ce fut le plus beau jour de ma vie. Mon épouse était parfaite. J'ai eu beaucoup de chance.

L'espace d'un instant, son esprit avait vagabondé.

— Voyez-vous, nous n'avons pas passé des mois à jouer au chat et à la souris, contrairement à Elizabeth et M. Darcy. Cela ne signifie en rien que nous n'étions pas faits l'un pour l'autre. Nous étions inconnus l'un pour l'autre, mais j'avais l'impression de la connaître depuis toujours. Je pouvais me confier à elle. Ce fut ma meilleure décision.

Aleisha avait pensé à Zac, à la première fois qu'elle l'avait vu. Avait-elle compris, alors, qu'ils deviendraient peut-être amis ?

— Dès que l'on rencontre M. Darcy et Mlle Elizabeth, on comprend qu'ils sont faits l'un pour l'autre. Dans la suite du roman, l'auteur essaie simplement de les séparer pour distraire ses lecteurs.

Il avait raison. Si Aleisha était réservée et seule, c'était à cause de sa propre réticence à être honnête et ouverte avec Zac, qui cherchait désespérément à l'aider.

Leilah s'approcha de sa fille, la tirant de sa rêverie.
— Tu as parlé de ta liste à ton frère ? Il adore cette bibliothèque.
— S'il l'aime autant, pourquoi n'y va-t-il plus ?
— Il est occupé, il travaille beaucoup. Il a moins de temps que toi.
Les mots de Leilah la blessèrent.
— Excuse-moi. Ce n'est pas ce que je voulais dire. Je sais qu'il est difficile de me parler et je suis consciente de ce que vous faites pour moi, tous les deux. Je sais combien ça a été dur. J'aimerais tant vous aider davantage. Je veux que tu sentes que tu peux tout me dire. Aidan aussi. Je veux être la première personne vers qui vous vous tournez.
Aleisha s'efforça de masquer sa surprise.
— C'est gentil, Maman.
Elle respira profondément, redoutant l'impact de ce qu'elle allait déclarer.
— Je veux que tu sois là pour toi-même, aussi.
Le visage de Leilah s'assombrit, puis elle reprit d'un ton faussement enjoué :
— Je parie qu'elle est prof ou quelque chose comme ça. Qui rédige des listes de lecture à part les profs ?
— Pourquoi es-tu si sûre que c'est une femme ?
— Je ne le suis pas, c'est juste une impression.
— Toutes les femmes dressent des listes, non ?
— C'est peut-être Aidan. Il adore la bibliothèque et je sais qu'il t'écrit souvent des listes.
— Oui, mais je n'imagine pas Aidan lisant *Orgueil et Préjugés*… ou *Les Quatre Filles du docteur March*.
Aleisha sortit une autre liste que son frère lui avait adressée sur WhatsApp.

— « Sucre, agneau, liquide vaisselle, commander des sacs de recyclage à la mairie. Sortir les poubelles ce soir. Mettre un nouveau sac dans chaque poubelle », lut Aleisha en insistant sur la dernière phrase. Cette histoire de sac-poubelle… voilà un bon début pour une histoire d'amour.

Elles éclatèrent de rire sans pouvoir s'arrêter, accrochées l'une à l'autre, Soudain, elles entendirent la clé d'Aidan tourner dans la serrure.

— Salut ! lança-t-il.

— Salut, répondit Aleisha en s'écartant de sa mère comme si elle venait de se brûler.

— Qu'est-ce qui vous arrive ?

Malgré son regard fatigué, il se tenait droit, un sourire aux lèvres.

— On vient de regarder un film de Disney. *Là-haut.*

— C'était génial ! commenta Leilah en se tapant sur les cuisses.

— Je vois ça, commenta Aidan.

Elles échangèrent un sourire, puis se tournèrent vers Aidan qui s'éloignait déjà vers l'escalier.

— C'est cool. Je suis crevé.

— Pourquoi tu fais la tête, Aidan ? s'enquit sa mère en riant toujours.

Il posa les yeux sur sa sœur en évitant de croiser le regard de Leilah.

— Trop d'heures de boulot, dit-il en bâillant. Je vais me coucher. À demain !

Au milieu de l'escalier, il lança :

— Aleisha, n'oublie pas les poubelles !

Leilah caressa les cheveux de sa fille.

— Il s'occupe bien de nous, hein ?

Aleisha acquiesça. Sa mère se leva du canapé et quitta la pièce. Restée seule au salon, la jeune fille eut un frisson malgré la chaleur étouffante qui régnait dans la maison. Elle se rendit alors compte que les fenêtres étaient grandes ouvertes. Elle ne se rappelait pas l'avoir fait.

24

Mukesh

BIP.

« Vous n'avez pas de nouveau message. »

Mukesh sentit sa gorge se nouer. Il s'assit lourdement sur le canapé, regardant droit devant lui. Il n'avait pas vu Nilakshi depuis des jours, il n'avait pas répondu à ses appels, il n'était pas allé à la bibliothèque, non plus. *Orgueil et Préjugés* demeurait sur sa table de chevet. Il avait essayé mais, chaque fois qu'il ouvrait le livre, son esprit vagabondait. Il revenait chez Vritti, entendait ce que ses filles avaient dit… et ce qu'elles avaient tu.

C'était un échec, vis-à-vis de lui-même, d'Aleisha, de ses filles et de Naina. Naina qui était silencieuse depuis si longtemps. En dépit de tous ses efforts pour faire vivre l'esprit de sa femme en lui, il avait le sentiment de l'avoir perdue.

Le mot « réputation » le hantait. L'expression de Deepali, la déception qu'il avait lue dans son regard, lui faisait encore mal.

Il s'allongea sur son lit et fixa le plafond. Ces dernières semaines, il avait tant de fois eu l'impression de réussir quelque chose ! Tout cela pour rien, parce qu'il était revenu au point de départ.

Une heure plus tard, quelqu'un frappa à sa porte. La tête lourde, Mukesh se leva péniblement et longea le couloir.

— Vritti ?

— Bonjour, Papa. Je passais juste boire un thé. Tu es disponible ?

Mukesh sentit ses yeux s'embuer de larmes, qu'il chassa vite pour laisser entrer sa fille.

— Un chaï en sachet ? demanda Vritti en se dirigeant vers la cuisine.

— D'accord, avec une sucrette. Rohini m'a acheté la version sans sucre, la dernière fois.

Il observa Vritti s'affairer dans la cuisine comme si c'était la sienne.

— Je veux bien, mais ne lui dis pas ! Elle en ferait toute une histoire. Va t'asseoir, Papa. Profite de ton repose-pied.

Ne sachant que dire, il obéit.

Quelques instants plus tard, Vritti apparut au salon avec un plateau sur lequel elle avait placé des sucrettes supplémentaires entre les deux mugs de boisson instantanée. Elle le posa délicatement à côté de lui en renversant un peu de thé sur les sucrettes qui se mirent à flotter avant de fondre. Père et fille observèrent la scène en imaginant la réaction de Rohini : « Va chercher un essuie-tout ! Nettoie ça, vite ! »

— Je m'en occupe, dit Mukesh, l'œil pétillant.

Il prit un aspirateur à main posé près de son fauteuil.

— Il aspire même les liquides !

Vritti se mit à rire.

— Où diable as-tu acheté ça ? Et pourquoi ?

— J'ai vu une émission à la télé. C'est tellement facile ! C'est la deuxième fois que je m'en sers vraiment. La plupart du temps, je l'utilise pour chasser la buée dans la salle de bains.

Vritti rit de plus belle. Mukesh se rendit compte qu'il était ridicule et s'esclaffa à son tour.

— Tu l'as depuis combien de temps ?

— Environ trois mois. Tu sais, quand je n'avais pas Netflix, j'étais un peu accro à ces chaînes de shopping. C'est bête, mais cet objet m'est utile.

Le carillon de la porte retentit. Mukesh se sentit blêmir. Vritti était là… Serait-ce un nouveau traquenard de ses filles ? Il leva les yeux vers le portrait de Naina, guettant un signe, une mise en garde.

— Tu sais qui ça peut être ? demanda-t-il à Vritti, qui haussa les épaules.

Le vieil homme alla ouvrir avec précaution.

— Dada ! lancèrent deux petites voix.

Deux paires de bras potelés l'enlacèrent. Deepalydia Bennet se tenait devant lui, sans la capeline des sœurs Bennet.

— Bonjour, Papa, dit-elle, hésitante.

— Deepali… répondit-il en souriant.

Derrière sa tante, Priya semblait ravie.

— Rohini vient de m'appeler pour me demander d'aller chercher Priya afin qu'elle passe un peu de temps avec toi. Et ces deux-là ont voulu venir aussi.

Deepali poussa les jumeaux à l'intérieur, la tête baissée. Il devina sa gêne.

— Je… je voulais m'excuser pour l'autre jour. J'ai été injuste. J'entends sans cesse Maman me gronder.

Elle détestait s'excuser… Mukesh songea à ce cher Atticus Finch, qui avait suffisamment de sagesse pour prendre de la hauteur par rapport aux conflits personnels. Et Deepali était sa fille. S'il ne la comprenait pas toujours, il savait qu'elle ne voulait pas le blesser. Les jumeaux se précipitèrent au salon pour taquiner leur cousine. Deepali étreignit son père.

— Aïe ! grommela-t-il. Tu me serres trop fort ! Je suis un vieux monsieur, tu sais.

— Elle me manque, avoua-t-elle, la tête sur son épaule. Elle me manque.

Mukesh sentit sa gorge se nouer.

— Je sais, chérie. À moi aussi, elle me manque chaque jour.

Il la revit, adolescente, rentrant des cours en larmes, un jour. Il avait compris ses sanglots. En revanche, chez Vritti, il avait décelé de la douleur sous sa colère. Il ne s'était pas rendu compte à quel point sa mère lui manquait. Elle était toujours si courageuse, si audacieuse. Comme le disait Atticus, le seul moyen de savoir ce qu'elle ressentait était de se mettre dans sa peau.

— Entre, chérie.

Deepali s'installa dans le fauteuil de sa mère, Jaya et Jayesh à ses pieds. Priya s'approcha aussitôt de son grand-père en lui montrant son livre.

— Je viens juste de le commencer ! C'est tellement bien ! Je connais Atticus Finch, à présent.

Mukesh sourit. Quelle chance ! Il était impatient de dire à Aleisha que les livres qu'elle lui avait conseillés remportaient un vif succès auprès de Priya, jusqu'à présent. Elle lui avait trouvé des romans qu'il pouvait lire avec sa petite-fille !

— Dada ! Il parle de quoi, celui-ci ?

Elle tenait *Orgueil et Préjugés* et cherchait sans doute à détourner les pensées de sa tante.

— C'est une histoire d'amour, non ? hasarda Vritti.

— D'une certaine façon, oui, répondit Mukesh. L'autoritaire Mme Bennet veut marier ses filles à des hommes riches. Une de ces filles, Elizabeth Bennet, veut se marier par amour et non par intérêt.

— Dada, tu crois que Ba l'avait lu ?

— C'est certain, déclara Deepali en regardant son père. Même moi, je l'ai lu.

— Tu es son M. Darcy, Papa ? gloussèrent Vritti et Deepali.

Priya parut ne pas comprendre. Elle sourit néanmoins.

— Je ne crois pas. Je n'ai jamais été aussi charmant. De plus, votre mère n'a pas eu le choix… mais elle était tout pour moi.

Il revit Naina le jour de leur mariage. Il avait si peur ! Il ne connaissait pas cette jeune femme qui était sur le point de devenir sa famille.

— Elle savait mettre les gens à l'aise, n'est-ce pas ?

— Pourquoi était-elle conviée à tous les événements du temple, d'après toi ? lança Deepali en levant les yeux au ciel.

— La veille de mon mariage, ma mère m'a pris à part, raconta Mukesh, pour me dire que c'était une jeune fille adorable, intelligente et bienveillante. Je n'osais pas la croire. C'était trop beau pour être vrai. Et je pensais que, si on m'en avait laissé le temps et la liberté, j'aurais pu trouver quelqu'un de mieux moi-même. Dès la première rencontre, j'ai compris…

— Tu as compris quoi, Dada ? demanda Priya.

— Que ta grand-mère était celle qu'il me fallait, la seule.

Ils avaient commencé à se courtiser après le mariage. Chaque jour Naina lui réservait des surprises. La première fut de la découvrir au réveil. Au fil des années, elle n'avait cessé de le surprendre. Quand le père de Mukesh était mourant, elle avait su trouver les mots.

— Mukesh ? C'est pour toi, lui avait-elle dit un matin.

Elle lui avait tendu un album de famille qu'elle avait créé uniquement pour lui. S'il ne contenait que peu de photos de son enfance, il figurait sur un cliché, assis sur les genoux de son père, la mine grave. Où se trouvait cet album ? Sans doute était-il bien à l'abri quelque part.

— Comment était-il quand tu étais petit ? avait demandé Naina.

— Il pouvait faire peur, je m'en souviens. Il me grondait souvent quand je courais dans la maison ou quand je salissais mes chaussures. En revanche, il aimait jouer avec moi. Au cricket.

— Tu es très mauvais au cricket !

— Je sais. Je tiens ça de lui.

Il avait souri en serrant l'album contre lui. Puis il avait décollé cette photo de lui et son père. Ils avaient les yeux soulignés de khôl comme s'ils étaient gothiques. Durant ces mois difficiles, il n'aurait pas cru que quelqu'un puisse l'apaiser. Or Naina avait réussi. Évoquer son enfance, ses relations avec son père était un moyen de gérer sa mort annoncée.

Si seulement Naina lui avait tenu la main quand il l'avait perdue, si seulement elle l'avait guidé tout au long de son deuil. Il s'était raccroché à elle à sa façon, mais cela n'avait pas été suffisant.

Tandis qu'il était plongé dans son passé, Priya le prit dans ses bras comme il le faisait naguère avec Naina, et le ramena dans le présent, avec sa famille.

Elles t'aiment, entendit-il. *Elles t'ont toujours aimé.*

C'était la voix de Naina. Elle était de retour.

— Papa, déclara Deepali, je suis contente que tu aies trouvé des gens à qui parler.

Elle brandit le livre.

— Je suis contente que tu ailles vers les gens, au temple, à la bibliothèque, et vers Nilakshi.

Elle l'étreignit à son tour.

— Maman serait si fière de toi.

LES QUATRE FILLES DU DOCTEUR MARCH

de Louisa May Alcott

25

Aleisha

— TOUT VA BIEN, ALEISHA ?

C'était Thriller (« Appelez-moi Chris »). Il s'approcha de l'accueil, un sac à dos sur l'épaule, sans doute plein de livres.

— Oui, répondit-elle en écartant ses cheveux de son visage.

Elle cherchait frénétiquement la liste des tâches qu'elle avait laissée quelque part sur le bureau.

— Je passe une mauvaise journée, c'est tout.

— Je vois ça. Ne vous en faites pas, j'ai vu cette femme se plaindre de la même chose quand Dev et Kyle étaient de service.

— Ah bon ? Elle fait le même cinéma chaque fois ?

— Oui. Je suis sûr qu'elle clique sur la mauvaise bibliothèque quand elle commande en ligne.

Aleisha venait de subir les foudres d'une lectrice mécontente venue récupérer des livres réservés pour découvrir qu'ils avaient été envoyés à la bibliothèque de Hanwell. Comme Thermos l'aurait voulu, elle avait endossé l'entière responsabilité au nom des bibliothèques de Brent et elle avait proposé d'aller récupérer sa commande à Hanwell et de la lui livrer à domicile. Uniquement pour qu'elle s'en aille. La femme était sortie en grommelant :

— Voilà pourquoi toutes les librairies sont en train de fermer. Inutiles, mal gérées… je parie que celle-ci sera la prochaine.

— Je n'avais vraiment pas besoin de cette journée. Il faut que j'aille chercher ces bouquins à Hanwell, maintenant.

Thriller eut une moue de compassion avant de se diriger vers sa place habituelle, tenant sous le bras une édition brochée d'un tout nouveau thriller.

La femme irascible avait sa propre liste de lecture griffonnée sur un bout de papier, qu'elle brandissait pour signifier « le client a toujours raison ». Aleisha n'avait pas réussi à voir son écriture. Pourvu que cette mégère ne soit pas l'autrice de sa propre liste ! Le charme serait rompu.

Cette femme avait commandé *Beloved*, qui était en stock chez eux, mais actuellement glissé au fond du sac de la jeune fille. Elle l'avait emprunté des semaines plus tôt pour le lire. Elle aurait pu le remettre à cette dame, afin de l'amadouer, mais il était hors de question qu'elle cède. Cette liste avait pris trop d'importance à ses yeux.

Quelques soirs auparavant, elle avait fait la lecture à Leilah en attendant le retour d'Aidan.

— Où est-il passé ? Il ne rentre jamais aussi tard ? s'était inquiétée Leilah.

— Maman, ne t'en fais pas, il est toujours en retard. Il ne va pas tarder.

Aleisha avait ouvert son exemplaire des *Quatre Filles du docteur March*, sentant le regard de Leilah, comme si la magie était de retour.

— Attends ! De quoi parle ce roman ? avait-elle demandé. J'en ai entendu parler.

Aleisha parcourut le résumé de la quatrième de couverture.

— C'est l'histoire de quatre sœurs, en Nouvelle-Angleterre, dans les années 1860. Elles essaient d'aider leur famille à gagner plus d'argent et sont amies avec une famille voisine... Ça parle aussi de leurs histoires d'amour, apparemment. Il y a Meg, qui rêve d'être une lady, Jo... qui est inspirée de l'autrice elle-même car elle veut être écrivaine. Beth est calme et délicate, elle aime la musique, et enfin Amy, une beauté blonde, la plus jolie.

Aleisha examina la couverture tandis que Leilah hochait la tête, à peu près concentrée.

— Prête ?

— Oui, vas-y.

Dès les premières pages, elle avait eu une hésitation :

— « Papa n'est pas avec nous et il ne reviendra pas avant longtemps. »

Elle avait scruté Leilah. Il était question du père des quatre sœurs, parti à la guerre, mais Aleisha ne put s'empêcher de penser à Dean. Sa mère avait les yeux baissés, un sourire au coin des lèvres. Elle était avec les sœurs March, pour l'instant, et n'avait pas encore établi le lien avec sa propre vie.

M. Patel avait évoqué ce roman, l'un des préférés de sa petite-fille. Au fil des pages, elle comprit pourquoi il plaisait aux jeunes filles. Il était enjoué et permettait de découvrir la vie dans ce monde en perpétuelle mutation. S'il se déroulait dans le passé, les sœurs étaient dynamiques et courageuses, elles allaient au bout de leurs rêves.

Aleisha aimait Jo qui était ambitieuse, un peu ombrageuse. Elle écrivait des pièces et mettait ses sœurs en scène, ce qui apportait un peu de joie dans le foyer. Elle faisait sourire Leilah, aussi.

— Je l'aime bien, décréta celle-ci après plus d'une heure de lecture.

C'était un record. Aleisha n'en revenait pas.

— Elle me fait penser à toi. Quand tu étais petite, tu étais autoritaire, toi aussi.

Si Aleisha ne voyait pas les choses ainsi, elle en éprouva un certain plaisir.

— Pas étonnant que ce garçon, le voisin… Laurie, c'est ça ?

Aleisha acquiesça.

— Pas étonnant qu'il aime Jo, c'est la meilleure, poursuivit Leilah. Elle sait y faire avec lui. Elle lui en fait voir, elle attise sa curiosité…

— Ils sont amis, Maman. Je ne suis pas sûre qu'elle lui en fasse voir, comme tu dis.

Leurs rires s'éteignirent peu à peu. Aleisha reprit sa lecture :

— « Comme il serait facile d'être bonnes et heureuses si nous n'avions pas tous ces soucis… »

Elle soupira et leva les yeux. Leilah avait fermé les siens, comme si elle ne voulait pas que ces mots résonnent dans le monde réel. Ils ne pouvaient exister que dans l'univers des sœurs March, pas ailleurs.

Aidan choisit ce moment pour rentrer en faisant un bruit fou. Il posa ses sacs à terre et claqua la porte derrière lui.

— Chut ! fit Aleisha en le rejoignant sur la pointe des pieds. C'est quoi, ce vacarme ?

Aidan lui tapota le bras et gagna la cuisine.

— Maman se repose. Je lui ai fait la lecture.

Aidan se servit un verre d'eau qu'il but d'une traite avant de se tourner enfin vers sa sœur.

— Tu sais, c'est incroyable, mais ça fonctionne. Elle commence à aimer ça, expliqua Aleisha.

— C'est très bien, répondit-il distraitement.

Il errait dans la cuisine, ouvrant différents placards et sortant une assiette, des couverts, un reste de curry, sans la regarder dans les yeux.

— Je suis contente de faire quelque chose pour aider. En général, tu es le seul à réussir à te connecter à elle.

Si seulement il pouvait s'arrêter un instant !

— Aleisha, dit-il en la regardant enfin, je ne suis pas le seul à pouvoir me connecter à elle. Toi aussi. Tu y arrives bien. Mieux que moi, d'ailleurs, ajouta-t-il d'une voix douce et distante. Je suis content que les romans fonctionnent. Content pour vous deux.

Aleisha baissa les yeux face à ce demi-compliment, le seul qu'elle ait reçu depuis bien longtemps, de qui que ce soit.

— Maman semble aller bien mieux, maintenant, non ? reprit-il.

Elle haussa les épaules.

Aidan garnit son assiette.

— Désolé qu'on ne se soit pas vus beaucoup. J'ai eu du boulot et j'étais concentré sur Maman en permanence. En tout cas, elle va mieux.

Aleisha l'observa avec attention. Elle n'était pas d'accord avec lui. Elle se garda toutefois de lui en faire part. Elle voyait bien qu'il cherchait à se convaincre lui-même. Son frère n'était pas optimiste en ce qui concernait leur mère. Qu'est-ce qui le tourmentait ?

— Je vais être très pris au cours des prochains jours, prévint-il. Je sais que tu seras parfaite avec Maman. Tu es géniale.

Il se tourna vers elle et lui sourit.

— Tu vas me manquer, répondit-elle doucement. Ça fait une éternité qu'on n'a pas passé un peu de temps ensemble.

— Je sais, mais tu t'en sortiras très bien sans moi. Ce que tu fais avec Maman est très efficace.

Il quitta la pièce, son assiette à la main, puis il monta dans sa chambre sans se retourner.

Pour lui remonter le moral, Aleisha lui laissa un « Bienvenue à la maison » sur la porte du réfrigérateur. Il n'avait pas menti. Les jours qui suivirent, elle l'entendait partir sans bruit, puis rentrer ; les seules traces de sa présence étaient les Post-it qu'il lui laissait pour lui rappeler d'effectuer certaines tâches. Ils se croisaient sans se voir. Elle n'avait qu'une envie, discuter avec lui. Quelque chose le tourmentait et il ne lui disait rien.

Elle retourna ces idées dans sa tête en serrant *Beloved* contre elle. Elle refusait de céder le livre à cette femme acariâtre de la bibliothèque. Puisque Aidan était absent, le seul moyen pour elle de calmer sa mère était de lui lire un livre. M. Patel reviendrait bientôt à la bibliothèque. Elle lui avait déjà réservé un exemplaire des *Quatre Filles du docteur March*. Sans doute serait-il impatient de le lire. C'était le seul titre qu'il semblait évoquer fréquemment sans avoir la moindre idée de ce dont il parlait. Et il avait tendance à dire *Les Quatre Filles du professeur March*.

Onze heures, 11 h 30. Aleisha ne cessait de consulter l'horloge et de regarder en direction de la porte. Nul ne l'importuna. Tout le monde utilisait les bornes de libre-service ou s'installait dans un fauteuil, ce jour-là. Elle appréciait le calme. Elle était impatiente de discuter avec M. Patel, elle aimait parler avec quelqu'un d'autre que sa mère et son frère. Elle voulait en savoir davantage sur sa sortie à Londres avec Priya. Pour une raison inconnue, elle s'était investie dans la vie du vieil homme, peut-être pour oublier un peu la sienne, mais aussi parce qu'ils étaient amis.

M. Patel n'avait pas d'idées préconçues. Il ne la regardait pas comme si elle avait des « problèmes », alors qu'elle s'était un peu confiée sur sa vie pas toujours facile.

— Ah, votre Papa n'est pas présent ?

Elle avait ri de ce cliché, qui correspondait toutefois à la vérité.

— Il a fondé sa propre famille.

— Vous faites partie de sa famille, vous aussi.

— Pas pour lui.

— Quel abruti ! avait-il maugréé en portant une main à sa bouche. Oh ! Je suis désolé !

Elle avait ri.

— Non, vous avez raison. Ce n'est qu'un abruti. Si seulement ma mère l'avait su. Tout est sa faute à lui, pas la sienne.

— Je suis sûr qu'elle le sait. Parfois, les hommes sont des imbéciles, du moins je crois. J'ai trois filles et aucune d'elles n'est stupide.

Le téléphone d'Aleisha se mit à bourdonner, la ramenant à l'instant présent.

Salut ! Comment ça va ?

C'était Zac. Depuis leur rencontre au parc, il lui avait envoyé des textos chaque jour. D'abord un « bonjour » puis un mème de livre, un mème de chat (il adorait les chats, ce qui ne pouvait être le cas de M. Darcy). Elle s'en tenait à des réponses laconiques en songeant au commentaire de sa mère : « Elle lui en fait voir, elle attise sa curiosité… » Aleisha suivait-elle ce conseil de Leilah extrait des *Quatre Filles du docteur March* ? Ce serait plus difficile qu'il n'y paraissait car elle avait envie de parler à Zac.

Une cliente odieuse a ruiné ma journée.

Tu as besoin de quelque chose ? écrivit-il presque instantanément.

Parler à Zac était facile. Elle ne lui disait pas « ça va » quand elle pensait en réalité « je passe une journée pourrie ». Il ne connaissait pas la personne qu'elle s'efforçait d'être avec tous les autres. Avec lui, elle était elle-même.

Qu'est-ce que tu fais plus tard ?

Rien de prévu !

Au plus profond d'elle-même, elle savait que Zac était comme elle, un intrus, un solitaire, mais il parvenait à être lui-même.

On pourrait se voir. J'aurai peut-être besoin d'aide, plus tard. Ça te dit ? Une histoire de livre...

Elle effaça aussitôt ce texto et le reformula avec moins d'enthousiasme :

J'aurai peut-être besoin de ton aide.

Elle ne pouvait faire mieux.

Soudain, l'appareil se mit à clignoter. *Appel entrant : Zac.*

Avant d'appuyer sur la touche verte, elle sentit son cœur s'emballer. C'était la première fois qu'elle lui parlait au téléphone.

— Allô ? fit-elle d'une voix stridente.

— Salut. Ça te dirait d'aller faire un tour en voiture ? Si tu peux. Une fois que je t'aurai aidée, je pensais aller vers Richmond par le parc. Qu'en penses-tu ?

Il était toujours aussi posé.

Aleisha n'était jamais allée à Richmond, un quartier huppé proche d'un parc. Aidan serait à la maison en fin de journée, pour la première fois de la semaine, donc du moment qu'elle était de retour pour 21 heures, avant son départ, elle était libre de faire ce qu'elle voulait. Hélas, elle n'osait pas imposer ce couvre-feu à Zac, comme si elle avait douze ans. Les nerfs à fleur de peau, elle pensa à Leilah.

— Oui, ce serait sympa, dit-elle d'une voix mal assurée, en chassant ses doutes. En fait, j'ai besoin de ta voiture pour ce truc. Tu veux bien m'aider ?

— Bien sûr, chef ! Envoie-moi un texto à la fin de ta journée de boulot. Je serai content de te voir.

Lorsque Aleisha ferma la bibliothèque, Zac l'attendait déjà devant le bâtiment, au volant de sa petite voiture de ville. De la musique filtrait par les vitres baissées. Tout le contraire d'Aidan, qui était incapable de ne pas mettre la musique à fond.

Il était accoudé à sa portière. Dès qu'il la vit, il s'illumina. Aleisha sentit son ventre se nouer. Avait-elle faim ou était-elle troublée ? Elizabeth Bennet, elle, ne serait guère impressionnée par ces gargouillements inélégants.

En ouvrant la portière, elle se sentit soudain vulnérable. Elle prit place en essayant de ne pas se cogner la tête ou heurter le levier de vitesse. Elle semblait avoir perdu le contrôle de ses gestes.

— Prête ? Où va-t-on ?

— Absolument. Alors, première étape, la bibliothèque de Hanwell, le plus vite possible. Quelqu'un m'attend.

Pour masquer sa nervosité, elle s'exprima de son ton professionnel d'ordinaire réservé aux clients pénibles.

— Une mission top secrète, j'adore ! plaisanta-t-il.

Ils roulèrent en silence, à part la musique si subtile qu'elle en était agaçante. Finalement, la circulation et la chaleur les submergèrent. Zac était de plus en plus frustré.

— Normalement, il y en a pour vingt minutes et j'ai l'impression de rouler depuis une heure.

— Ça fait une demi-heure, répondit Aleisha d'un ton conciliant. On est presque arrivés.

Elle avait le ton d'Aidan, parfois, quand il s'adressait à leur mère. Que faisaient-ils en cet instant ? Aidan était-il avec Leilah ? Regardaient-ils un film ? Elle se sentit un peu coupable d'être là, avec quelqu'un, alors qu'ils étaient confinés à la maison. Elle aurait pu passer la soirée avec son frère.

Elle ravala ses regrets. Elle n'avait pas de temps à perdre à se lamenter car ils étaient arrivés à destination. Aleisha descendit vivement et frappa à la porte de la bibliothèque de Hanwell. La bibliothécaire était là, devant son ordinateur. Les livres de la mégère étaient empilés devant elle. Il était clair qu'elle s'était trompée d'établissement en réservant ses ouvrages en ligne.

Après vingt-six minutes de route et des commentaires de Zac sur la circulation et la chaleur, sur l'autoroute, Aleisha déposa les livres chez la mégère.

— Enfin ! grommela celle-ci.

— Je vous en prie, ironisa Aleisha avec un sourire.

— Vous en avez mis, du temps !

Elle prit les livres et lui claqua la porte au nez sans un remerciement.

Aleisha soupira. Elle aurait tant aimé rétorquer, crier quelque chose par la fente destinée au courrier, mais elle pensa à Marmee, la mère des sœurs March, qui était très à cheval sur la politesse. Elle avait beau être un personnage de fiction, elle avait raison. Cette mégère n'en valait pas la peine.

Elle remonta en voiture et lut l'itinéraire sur son téléphone en espérant que Zac accepterait une dernière étape avant leur soirée.

— C'est là, après le panneau.

— Oui, chef !

— Au bout de la rue, tourne à gauche et suit les panneaux jusqu'à la route de Wembley.

— Compris.

— Ensuite, c'est la prochaine à gauche, puis la troisième à droite.

— Attends, attends ! Tu vas trop vite.

Il éteignit la radio, remonta la vitre et alluma la climatisation.

— C'est mieux. Enfin on peut réfléchir.

Aleisha leva les yeux au ciel. Zac fixait la route.

— À gauche ! s'exclama-t-elle. Vite, tu vas rater la sortie.

— Quoi ? Il fallait me prévenir.

Il regarda dans le rétroviseur et bifurqua vers la gauche.

« Vous êtes arrivé à destination », s'éleva la voix du GPS.

Une voiture était garée devant la maison.

— Attends-moi ici, ordonna-t-elle à Zac en sortant un livre de son sac.

Zac laissa le moteur tourner. Un peu nerveuse, Aleisha se dirigea vers la porte. Elle avait enfreint les règles de la bibliothèque en cherchant une adresse personnelle dans le système. Pourvu que M. Patel ne la dénonce pas.

Elle sonna. À l'intérieur, elle entendit une voix, mais pas celle de M. Patel. Sans doute la télévision. Une chaîne indienne. Quelques instants plus tard, alors qu'Aleisha allait tourner les talons, la porte s'ouvrit sur une femme d'environ soixante-dix ans, vêtue d'une tenue traditionnelle hindoue de couleur bleu marine, avec un foulard blanc autour du cou.

— Bonjour. Je peux vous renseigner ? demanda-t-elle aimablement.

— Bonjour, madame. J'apporte un livre à M. Patel. Il n'est pas venu le chercher à la bibliothèque aujourd'hui… Comme c'était sur mon chemin, j'ai décidé de faire un saut.

— Mukesh !

M. Patel apparut dans le couloir, vêtu d'un pantalon de jogging parsemé de taches orange et d'un T-shirt qui avait été blanc, avec des taches de ketchup. Aleisha l'avait toujours vu en pantalon et en chemise, sans parler de son incontournable casquette.

— Mademoiselle Aleisha ! Oh non, il ne faut pas que vous me voyiez dans cette tenue.

Il disparut dans la pièce dont il venait.

— Attendez, mon petit. Vous pouvez patienter un peu ?

Elle se tourna vers Zac, dans la voiture, appuyé sur son repose-tête.

Elle entendit des voix étouffées provenant du salon, sans doute, dans une langue qu'elle ne comprenait pas.

M. Patel réapparut, drapé dans un manteau qui dissimulait les taches de nourriture. Il était en nage.

— Entrez. Nilakshi a préparé le dîner. Elle voudrait que vous mangiez avec nous. Je dois aller mettre une chemise.

La femme revint à la porte tandis que le vieil homme s'éloignait vers une autre pièce. Il semblait souffrir d'une hanche.

— Il va bien ? s'enquit la jeune fille.

— Hier, il a fait une chute sans gravité. Il chahutait avec ses petits-enfants. À présent, il se sent un peu inutile. Je m'occupe de lui aujourd'hui.

— Je ne voudrais pas déranger. Je venais juste déposer ce livre.

— Non, j'insiste. Venez manger, c'est l'heure du dîner.

— Merci, mais mon ami m'attend dans la voiture.

— Invitez-le aussi !

Elles discutèrent ainsi pendant un moment, jusqu'à ce qu'Aleisha cède. Cette dame n'était pas disposée à essuyer un refus. Elle consulta sa montre et pensa à Aidan et Leilah. Elle avait encore du temps ; si elle restait une heure, elle serait chez elle largement à temps.

Elle n'avait plus qu'à convaincre Zac que ce dîner était une bonne idée.

26

Aleisha

— JE DÉTESTE FRÉQUENTER DES GENS !

— Zac, il a quatre-vingts ans ! Sois gentil, murmura Aleisha.

Elle avait l'impression que c'était leur première scène de ménage. Elle avait presque dû le faire descendre de voiture de force.

Nilakshi et M. Patel étaient très chaleureux. Côte à côte dans le couloir, ils formaient un véritable comité d'accueil. Zac semblait un peu inquiet. Sans doute ne s'attendait-il pas à ce que leur premier rendez-vous prenne une telle tournure.

Était-ce au moins un rendez-vous ? Une promenade dans Richmond Park était romantique à souhait. C'était quelque chose que Darcy et Elizabeth Bennet auraient pu faire.

La table était dressée pour deux convives mais Nilakshi s'empressa d'ajouter deux couverts. Elle approcha un ventilateur sur pied et ils s'attablèrent. Nilakshi posa une galette de pain sur chaque assiette et entreprit de servir différents plats de légumes et de lentilles.

— Un peu de dahl, Aleisha ? proposa-t-elle en la servant d'office.

— Et vous, jeune homme, des gombos sautés ?

Elle lui servit une portion généreuse.

Les deux hôtes se lavèrent les mains et se mirent à manger avec les doigts. Zac et Aleisha en firent autant en les observant de peur de commettre un impair. Ils oublièrent leurs couverts. Zac déchira un morceau de pain pour s'en servir de cuillère sous le regard attentif de M. Patel. Le vieil homme avait envie d'aider Zac sans le mettre de l'embarras.

M. Patel fut le premier à s'exprimer.

— C'est délicieux, Nilakshi. Merci, déclara-t-il.

— Je t'en prie. Reprends des forces. Ça ira mieux.

— Que s'est-il passé ? s'enquit Aleisha, inquiète.

— Techniquement, j'ai fait une chute, mais ce n'est pas la vérité. Je n'ai rien fait de particulier, plaisanta le vieil homme, ce qui ne fit sourire personne.

Nilakshi lui tapota l'épaule.

— Vous nous avez manqué à la bibliothèque.

Il lui sourit, un morceau d'épinard entre les dents.

— Je tenais à vous apporter votre livre suivant. Avez-vous terminé *Orgueil et Préjugés* ? Je sais que vous lisez vite.

— Si je lis vite, c'est pour me rendre à la bibliothèque chercher le suivant que vous me conseillerez. Mademoiselle Aleisha, j'ai mis plus longtemps avec celui-ci. J'ai eu quelques drames familiaux à gérer, rit-il en se tournant vers Nilakshi qui sourit. Les mélodrames des Bennet en plus, c'était trop pour moi. À présent, ça va mieux. Et cette livraison à domicile est adorable.

Aleisha s'attendrit en l'entendant prononcer « adorab' ».

— Qu'est-ce que vous faites, jeune homme ? s'enquit-il en se tournant vers Zac pour changer de sujet.

— Je suis étudiant, répondit celui-ci, un peu tendu. Ce sont les vacances.

— Très bien, et vous étudiez quoi ?

— Le droit…

Ils étaient tous les deux si nerveux qu'Aleisha eut envie de disparaître sous terre. C'était comme si son petit ami rencontrait ses parents pour la première fois.

— C'est bien ! Très bien ! J'ai toujours eu envie que l'une de mes filles fasse des études de droit, au lieu de choisir le commerce, ce qui est très bien aussi.

— Cela me plaît beaucoup, monsieur Patel.

— Vous savez, Mlle Aleisha sera avocate, elle aussi. Lors de notre rencontre, vous étiez impolie et grossière, comme une vraie avocate ! plaisanta-t-il.

— Mukesh ! gronda gentiment Nilakshi. Pourquoi dis-tu cela ? Je ne vois pas cette jeune fille être impolie.

— Je l'ai pourtant été, malgré moi et j'en suis désolée. On s'entend bien, maintenant, n'est-ce pas ? Vous m'avez pardonné.

— Bien sûr ! Vous me conseillez de si bons ouvrages.

— Et vous, êtes-vous… amis depuis longtemps ? questionna la jeune fille en regardant Nilakshi.

— Pas vraiment. J'étais la meilleure amie de sa femme Naina. Mukesh et moi nous tenons compagnie. Je regarde la télé, il lit vos livres.

Aleisha sentait le regard de Zac rivé sur elle. Elle n'osa pas lever les yeux de peur de rire.

— C'est très gentil.

— Au *mandir*, certains pensent que nous sommes plus qu'amis, déclara M. Patel, les oreilles brûlantes.

— Le temple, traduisit Aleisha en voyant la confusion de Zac.

— Mes filles aussi, ces indiscrètes, poursuivit M. Patel. Elles ne comprennent pas qu'un homme et une femme peuvent être amis. Tout est pardonné, maintenant. La famille, c'est la famille. Vous deux, vous êtes amis, aussi ? ajouta-t-il d'un air malicieux.

Aleisha et Zac baissèrent les yeux.

— Oh, non ! Je suis bête ! Vous, les jeunes, vous n'aimez pas les « étiquettes ». Vous ne vous considérez en couple qu'une fois à l'église. Ça se fait encore, de nos jours ?

Zac éclata de rire.

— C'est vraiment gênant, commenta-t-il. Je voulais sortir avec elle, ce soir, alors j'ignore ce qui se passe.

Aleisha se prit le visage dans les mains. Les trois autres s'esclaffèrent.

— C'est un excellent choix, approuva M. Patel. C'est une jeune fille adorable.

Nilakshi acquiesça. Aleisha était mortifiée.

Après le premier plat vinrent du riz, des haricots mungo (préparés par M. Patel lui-même) et une sauce verte à base de yaourt. Zac et Aleisha prirent leur cuillère. Aleisha était fascinée par l'adresse de ses hôtes à manger avec leurs doigts.

Après le repas, ils s'installèrent au salon. Nilakshi alluma le téléviseur sur une chaîne indienne, en baissant le son. Ils restèrent ainsi pendant un moment. Mukesh posa un pied sur une chaise en grimaçant de douleur.

— En général, nous nous installons ici, chacun dans son univers, n'est-ce pas, Mukesh ? déclara Nilakshi.

— C'est vrai ! Elle m'a donné un casque antibruit pour que je puisse lire pendant qu'elle regarde Zee TV ! Finis, les documentaires.

Il semblait très fier de lui.

— Vous êtes très motivé, monsieur Patel, commenta Aleisha en observant Zac, qui semblait plus à l'aise. Et vous, madame Nilakshi, que regardez-vous, en général, sur Zee TV ?

— Des feuilletons, surtout. Ces derniers temps, j'aime bien un télé-crochet à la *X Factor*, en version indienne. Appelez-moi juste Nilakshi, mon petit.

Ses hôtes se mirent à rire, vite imités par les deux jeunes.

— Vous allez adorer votre prochain roman, monsieur Patel. *Les Quatre Filles du docteur March.*

Mukesh s'illumina.

— Ma petite-fille Priya l'a lu ! C'est ma femme qui le lui avait offert.

— Oui, je me rappelle. Je vous préviens, c'est très bien mais un peu triste, aussi.

— Le côté triste ne me fait pas peur. J'ai lu *Les Cerfs-volants de Kaboul*, rappelez-vous.

Les rayons du soleil couchant filtraient entre les rideaux, créant une lumière dorée.

— Quelqu'un peut-il allumer ? demanda Mukesh. Je ne vois presque plus vos jolis visages.

Zac se leva pour actionner l'interrupteur, puis il ferma les rideaux de lui-même.

Aleisha put enfin examiner la pièce. Son regard se posa sur un coussin coloré au motif cachemire qui semblait incongru dans cette décoration éclectique mais harmonieuse.

— Ce coussin est superbe, commenta-t-elle en le soulevant. D'où vient-il ?

— C'était un sari de ma femme. Deepali, ma dernière fille, est une excellente couturière. Elle me l'a cousu juste après la mort de Naina. On finit par ne plus remarquer les objets familiers. Naina est toujours présente, souffla-t-il.

Aleisha observa le portrait orné d'une guirlande. Naina paraissait si jeune. Elle était très belle. Mukesh suivit son regard, la mine grave.

— Ça va ? lui demanda Zac.

— Oui, ça va.

Nilakshi se tourna à son tour vers le portrait.

— Naina était formidable, dit-elle. Aleisha, vous l'auriez adorée. Elle était très généreuse.

— Plus généreuse que vous ? s'enquit la jeune fille en regrettant aussitôt sa question, car l'atmosphère se tendit soudain dans la pièce.

— Oh oui, bien plus que moi. Elle a toujours été bienveillante. Je crois que c'est elle qui m'a appris à l'être. Et ses filles, elle les a élevées dans l'amour du prochain, dans l'altruisme.

— Je ne les ai jamais rencontrées. Vous les voyez souvent, monsieur Patel ?

— De temps en temps. Elles sont très occupées.

La soirée se poursuivit paisiblement. Aleisha avait l'impression d'être une personne différente dans un autre univers. Dans l'immédiat, le monde extérieur n'existait plus. Ils écoutèrent des chants hindous à la télévision, des *bhajans* doux et méditatifs. Aleisha aurait pu rester ainsi pendant des heures.

— On ferait bien d'y aller, suggéra Zac à la jeune fille. Si tu veux être rentrée à temps.

Elle consulta sa montre : 22 h 10 ! Aidan avait dû quitter la maison vers 21 heures et Leilah l'attendait. Son cœur s'emballa.

— Je suis désolée, bredouilla-t-elle, mais il faut que je rentre. Merci !

Elle enfila ses chaussures à la hâte.

— Tu vas bien ? lui demanda Zac, une fois dehors.

— Ma mère ne doit pas rester seule. J'avais promis à mon frère d'être de retour pour 21 heures.

— Ne t'en fais pas. Tu habites à deux minutes d'ici.

— Non, je suis en retard. Tu ne comprends pas !

Elle monta en voiture, ils roulèrent en silence. Aleisha n'entendait plus que les battements frénétiques de son cœur.

BELOVED

de Toni Morrison

27

Aleisha

La maison était plongée dans le noir. Tous les rideaux étaient tirés. Aleisha trouva l'interrupteur à tâtons. Il n'y avait personne.

— Maman !

Heureusement, il n'y eut que le silence. Leilah devait être endormie. Peut-être n'avait elle-même pas remarqué son retard.

Elle posa ses affaires au salon et sortit de son sac *Belsoved*, son dernier livre de bibliothèque pour le monter à l'étage. Soudain, elle entendit une latte du parquet craquer. Sa mère arpentait-elle sa chambre ? Sa porte était entrouverte.

Aleisha s'en approcha à pas de loup. Elle perçut des sanglots, des grommellements. Son cœur se serra et ses entrailles se nouèrent.

— Maman ? répéta-t-elle sans attendre de réponse.

Elle ouvrit doucement la porte et laissa son regard s'adapter à l'obscurité. Elle vit alors une forme recroquevillée dans un coin de la pièce, se balancer d'avant en arrière. Elle alluma.

La chambre était saccagée, comme si quelqu'un avait fouillé tous les tiroirs en quête de quelque chose. Ses vêtements étaient éparpillés sur la moquette. Son réveil, qui n'avait pas servi depuis des années, gisait à terre, brisé. Les placards étaient ouverts.

Leilah se tenait la tête dans les mains et pleurait à chaudes larmes.

Il faisait chaud, l'air sentait le renfermé, reflet de la journée de Leilah, qui n'avait pas été bonne.

Aleisha demeura pétrifiée, à regarder sa mère pleurer, sachant au plus profond d'elle-même que tout était sa faute.

Enfin, Leilah prit la parole à voix basse, au point qu'Aleisha ne saisit pas tous les mots, jusqu'à ce qu'elle en assimile le sens.

— Il n'est pas rentré.

— Qui ça ?

C'était déjà arrivé. Elle parlait de Dean, le jour de son départ, ses bagages, ses cartons, et il n'était pas revenu. Leilah revivait ce moment comme si c'était hier.

— Aidan… il n'est pas rentré.

— C'est ridicule, rétorqua Aleisha. Tu étais sans doute endormie. Il est rentré juste après mon départ pour la bibliothèque, ce matin. Je suis restée dehors plus longtemps que prévu. C'est ma faute. J'aurais dû être là. J'aurais dû être là depuis des heures.

— Non, Aleisha, dit Leilah en levant la tête, les yeux rouges, en alerte. Après ton départ, il n'est pas rentré à la maison. J'ai attendu. J'ai été réveillée toute la journée. Je n'arrivais pas à dormir. J'ai essayé de prendre le téléphone pour te prévenir mais je ne voulais pas appeler au cas où il tenterait de me joindre. Je ne trouvais pas mon portable. Pas moyen. Je suis désolée.

— Maman, ne t'en fais pas, murmura Aleisha en s'efforçant de ne pas trahir sa panique.

— Je ne sais pas quoi faire.

Le cœur de la jeune fille s'emballa. Elle avait l'esprit en ébullition. Surtout, elle devait rester rationnelle. Il devait y avoir une explication. Aidan n'était pas du genre à s'absenter longtemps sans une bonne raison. Ou alors c'était la faute d'Aleisha, qui avait mal compris ses messages ou ses propos. Avait-il des heures supplémentaires à effectuer à l'atelier ? Ou une grosse livraison à l'entrepôt ?

Il fallait qu'elle calme sa mère. Ce devait être un malentendu.

Elle sortit son téléphone et appela son frère. Pas de réponse. C'était bon signe. Son appareil était allumé et il ne rejetait pas l'appel. Elle laissa un message :

« Aidan, tu es où ? D'après Maman, tu n'es pas rentré de la journée. Rappelle-moi. »

Dans la cuisine, elle remplit une tasse d'eau fraîche. Quand Leilah était agitée ou apeurée, en colère ou stressée, une tasse d'eau glacée lui faisait souvent du bien.

Lorsqu'elle remonta, sa mère n'avait pas bronché. Elle ne prit pas la tasse, qu'Aleisha posa part terre, à côté d'elle. Leilah était inaccessible.

Aleisha sortit et se rendit dans la chambre de son frère. Il y régnait un grand désordre alors qu'Aidan était très ordonné. Sur sa table de chevet, elle vit un reste de boisson énergisante, une pinte de bière, une pile de romans de Martina Cole qui prenait la poussière. Ses préférés.

Soudain, elle repéra son téléphone, caché sous un tas de reçus, en train de se charger. Elle appuya sur le bouton central : quatre appels manqués : Guy, Claris… elle ne les connaissait pas.

Aidan était parti sans son téléphone, qu'il gardait toujours sur lui au cas où leur mère ou elle l'appelleraient, malgré le règlement de l'entrepôt qui l'interdisait. Au cas où il se passerait quelque chose.

Quelque chose n'allait pas. Aidan était raisonnable, il n'aurait jamais laissé son téléphone dans sa chambre s'il ne comptait pas revenir très vite.

Il allait revenir très vite. C'était certain.

28

Mukesh

À SON RÉVEIL, Mukesh avait mal aux genoux, à la hanche et au dos. La douleur était plus vive. Il regretta de ne pas s'être couché à une heure raisonnable, mais il était captivé par les aventures des sœurs March, plongé dans leur univers pour avoir le fin mot de l'histoire. La chaleur de cette famille semblait l'inviter en son sein, tel un invité de marque. Après les événements des derniers jours, la querelle avec ses filles, la réconciliation, la chute qui avait meurtri sa hanche, son assurance ébranlée… c'était exactement ce dont il avait besoin.

Les Quatre Filles du docteur March était le roman qu'il aurait dû demander à la bibliothécaire quand il ne savait pas quoi lire. Dès sa rencontre avec les sœurs March et Marmee, il avait compris pourquoi Naina et Priya adoraient cette œuvre. Les filles – Jo, Meg, Beth et Amy – étaient drôles, imaginatives. Elles vivaient dans les livres et en dehors. Elles étaient solidaires et s'entraidaient. Tout dans ce roman lui rappelait Naina. Chaque page était porteuse de son héritage. Son esprit infusait chaque phrase. Malheureusement, le père des filles était à la guerre et leur mère s'occupait d'elles seule, dans le Massachusetts, aux États-Unis. Marmee prenait également soin de nombreuses autres personnes, elle participait à l'effort de guerre, se montrait bienveillante envers ses voisins, elle portait à manger aux nécessiteux à Noël, elle était serviable. À chaque page, Mukesh retrouvait Naina.

Il aurait aimé lui dire combien la lecture lui permettait de passer le temps, de se connecter aux autres, lui donnait une raison de se lever chaque matin et de sortir de sa maison.

Naina aurait continué sa vie à l'instar de la matriarche de la famille March. Mukesh, lui, s'était renfermé depuis la mort de sa femme. Il avait laissé ses filles se charger de lui en se contentant d'une existence insatisfaisante. *Jusqu'à maintenant*, songea-t-il. Ressemblait-il davantage à Marmee, désormais ? Oui. Il avait changé. Il s'en sortait bien mieux maintenant.

La description du festin de Noël des March lui donna faim. Son estomac se mit à gargouiller. Il sentait presque le fumet des pommes de terre rôties, l'odeur sucrée des gâteaux. Il fut projeté vers les fêtes de Diwali qu'organisait Naina, avec ses friandises parfumées. Depuis sa mort, ils n'avaient plus connu un tel repas de fête. Ils se réunissaient, bien sûr, mais se contentaient de plats tout prêts.

Ce jour-là, il était décidé à offrir un festin à sa famille. Priya et Rohini venaient dîner, il allait cuisiner pour trois. Il songea aux sœurs March, à Marmee, toujours positives dans l'adversité, l'incarnation de l'expression : « Quand on veut, on peut. »

Il prit son courage à deux mains et se leva de son fauteuil. Il leur préparerait des *dosa*, des crêpes de riz. Il en était capable.

Et il y croyait !

Je suis très fière de toi, Mukesh, murmura Naina. *À présent, va faire les courses.*

Il ne se le fit pas dire deux fois.

Mukesh mit plus longtemps que de coutume à gravir la pente. Toutefois il s'attendait à pire, compte tenu de ses douleurs. Arrivé sur la grande route, il croisa des hordes de supporters de football, une écharpe bleu et blanc autour du cou, portant des maillots de leur club. Il ne croisait autant de monde que les jours de match ou de concert au stade. Les voitures klaxonnaient pour le faire avancer plus vite. De peur d'être piétiné, Mukesh rasa les murs et les boutiques, sur sa gauche. Les gens chantaient, brandissaient des canettes de bière. Il se réfugia dans la supérette où Nikhil l'accueillit.

— Qu'est-ce que je te sers aujourd'hui, Mukesh ?

— Je change de recette ! Des *dosa* !

— Des *dosa* ? Tu es prêt ?

— Bien sûr, dit-il, même s'il n'en était pas si certain.

C'était son plat préféré. Naina lui en préparait un vendredi sur deux. Quand les filles étaient adolescentes et sortaient, ils les dégustaient en tête à tête. En famille, elle n'avait pas le temps de s'asseoir car les galettes cuisaient une par une.

— Ceux de Naina étaient incomparables. Cependant, je veux m'y mettre. J'espère obtenir quelque chose de mangeable.

— Je me souviens qu'elle m'en donnait parfois.

— Ah bon ?

— Quand il lui en restait, précisa le commerçant. Et quand ma mère travaillait de nuit.

Naina affirmait que la préparation des *dosa* était facile, mais Mukesh savait que c'était faux. Il était loin d'être aussi doué qu'elle.

— Attends, je vais te chercher les ingrédients, proposa Nikhil avant de parcourir les rayons à une vitesse impressionnante.

Mukesh en eut le tournis, le cœur battant. Était-ce le spectacle de Nikhil s'affairant ou l'appréhension de cuisiner pour Priya et Rohini ?

Il songea aux étapes de la recette. Savait-il au moins quoi faire ? Les images se mélangèrent dans son esprit. Soudain, il eut l'impression que les rayonnages du magasin se refermaient sur lui dans un kaléidoscope de couleurs qui troublaient sa vision.

— Nikhil !

— Oui, Mukesh ?

— *Mane paani joie che ?*

— Une seconde. Tu veux un verre d'eau ?

— S'il te plaît.

Mukesh porta les mains à sa poitrine, le souffle court. Nikhil se hâta de le faire asseoir et lui servit un verre d'eau qu'il but à petites gorgées. Il essaya de respirer comme lors d'une des séances de yoga prisées de Vritti. Peu à peu, il se sentit mieux. Une main était posée sur son épaule, pas celle de Nikhil, celle de Naina qui lui rappelait qu'il était capable d'y arriver.

Mukesh consulta l'horloge : 17 heures. Elles n'étaient pas encore arrivées. 17 h 15. Toujours pas arrivées. Dix-sept heures…

Le carillon de la porte retentit. Les voici !

Il se leva un peu trop vite que ne lui permettait son état physique. Son corps parut se détacher de son esprit. Il ouvrit la porte et essuyant ses paumes moites sur son pantalon.

Priya apparut, serrant *Ne tirez pas sur l'oiseau moqueur* sur sa poitrine. Soudain, Mukesh eut le cœur plus léger.

— J'adore ce roman, Dada ! J'aime Scout, surtout. Si seulement je pouvais vivre ses aventures !

— Je m'en doutais, chérie, dit-il en se penchant pour l'embrasser sur le front.

Elle enroula les bras autour de sa taille, puis elle alla s'installer dans son fauteuil pour continuer sa lecture. Grâce à Naina, Mukesh savait dans quel univers Priya était plongée. Il y avait quelque chose de magique à partager avec un être cher un monde que l'on avait aimé.

Un peu hésitant, Rohini prit son père par les épaules, le faisant émerger de sa rêverie. Elle inspectait déjà la maison d'un œil acéré, cherchant quelque chose à nettoyer, à ranger, notant ce qu'elle pouvait ajouter à sa liste de réflexions désobligeantes. Elle ouvrit la bouche, mais se ravisa.

— Salut, Papa, dit-elle simplement. Comment ça va ? J'ai apporté des ingrédients pour préparer le dîner.

— Non, pas la peine. Je prépare le repas. J'ai déjà tous les ingrédients.

Rohini était visiblement impressionnée.

Nikhil avait trouvé la recette sur Internet et l'avait notée au dos de quelques reçus oubliés. Il les avait agrafés dans le bon ordre et remis à Mukesh. Celui-ci avait déjà réalisé la garniture de pommes de terre moelleuses agrémentées de cumin, de graines de moutarde et de fenugrec. Il avait l'impression d'être un grand chef.

Il avait un peu triché avec le sambal, condiment à base de piment, qui provenait d'un sachet acheté chez Nikhil, lequel avait promis de garder le secret. La pâte des galettes était prête également. Là encore, il avait utilisé un sachet du commerce car il n'avait ni le temps ni l'énergie nécessaire pour piler le riz et les lentilles. D'après Nikhil, même Naina ne jurait que par ces sachets.

— Je n'ai plus qu'à cuire les *dosa* !

— Génial ! s'exclama Priya en sautillant de joie.

Il avait réussi. Il avait concocté un plat sans haricots mungo ni gombos. Un exploit ! Rohini n'en revenait pas. Les crêpes de son père étaient un peu biscornues, mais délicieuses.

— Je peux te donner un coup de main ? proposa-t-elle en relevant ses manches.

— Non, non, répondit Mukesh.

Rohini était prête à se lever à tout moment pour intervenir. Elle n'en fit rien, ce qui ravit son père. Elle aussi avait évolué. Elle lui faisait confiance.

Ils étaient attablés tous les trois. Mukesh n'avait pas l'habitude de se charger du service. Il se retrouvait dans le rôle de Naina, de Marmee, et il était heureux.

— C'est super bon, Dada, commenta Priya. Mais j'aurais préféré que la garniture soit à l'intérieur des crêpes et non à côté. Et aussi que tu sois assis avec nous.

— Je suis votre serveur et votre chef.

— Papa, je me régale. Bravo ! Le sambal est particulièrement réussi. Il est différent de celui de Maman, toutefois.

— Tu te rappelles le goût de celui de ta mère ?

— Comment l'oublier ? J'admets que le tien est délicieux, meilleur que le mien.

Il fut tenté de lui avouer qu'il avait un peu triché, mais il emporterait ce secret dans sa tombe. Il n'y avait pas de mal à cela. Il ne restait pas longtemps à attendre.

Après le dîner, Mukesh crut que Priya allait débarrasser son assiette avant de se remettre à lire. À sa grande surprise, l'enfant revint à table.

— Tu sais, quand Atticus dit qu'il ne faut pas tirer sur l'oiseau moqueur car ce serait un péché… Veut-il dire que c'est un péché de tuer l'innocence ou les gens innocents ? demanda-t-elle.

— Euh…

Mukesh sentit son cœur s'emballer. Il n'avait pas évoqué ce sujet avec Aleisha.

— Je crois, oui, murmura-t-il pour ne pas trahir son incertitude.

— C'est logique. Tant de gens innocents sont blessés ou maltraités dans ce livre. Ça m'a mise en colère.

— Tu as raison, Priya.

— Tom Robinson, reprit-elle.

Mukesh hocha la tête.

— Boo Radley !

Il opina encore du chef.

— Dill et Jem ! C'est génial, Dada ! s'exclama-t-elle en serrant son livre contre elle. J'aimerais tant qu'on puisse en discuter avec Ba. Je me demande si elle l'a lu.

Tandis qu'elle poursuivait son éloge du roman, Mukesh se rendit compte qu'elle avait prêté une attention particulière aux personnages secondaires. Lui-même s'était concentré sur l'intrigue principale. Il songea à Aleisha. Les jeunes étaient très observateurs.

— Chacun peut interpréter le texte comme il le souhaite. C'est le rôle des livres, déclara Mukesh dans une tirade digne de la sagesse d'Atticus.

— C'est vrai, Dada. Ba disait la même chose. Ce roman est plus compliqué que les livres qu'on lisait ensemble.

— Vraiment. Ba était très sage.

Rohini les observa en consultant son courrier électronique sur son téléphone. Elle sourit.

Mukesh lui rendit son sourire. Il avait obtenu ce qu'il voulait. Sa petite-fille était sortie de sa coquille. Il la revoyait rire avec Naina en feuilletant un livre ensemble. Il ne les comprenait pas, à l’époque. À présent, il savait que Scout, Atticus et Jem étaient aussi réels pour Priya que pour lui, à l’image de sa propre famille. Désormais, il comprenait.

29

Aleisha

Elle a cinq ans, elle marche à côté de son père en lui tenant la main. Ses doigts sont rugueux contre sa peau fine. Les semelles de ses baskets dérapent un peu sur les planches tandis qu'ils se dirigent vers la mer. Elle ne la discerne pas encore, mais elle suppose que telle est leur destination.

Ils traversent une forêt. Elle ne voit que des arbres, de grands arbres au tronc fin et aux feuilles pointues. Des sapins, lui raconte son père. Une forêt de sapins. Elle entend des oiseaux, des chiens, au loin, même si elle a l'impression qu'ils sont juste à côté d'elle. Elle ne cesse de se retourner pour vérifier. Son père lui dit d'arrêter de bouger car il risque de perdre l'équilibre.

Aleisha ne veut pas que son père perde l'équilibre, qu'il tombe, car elle serait seule, sans personne au monde, sans aucun moyen de rentrer chez elle. Sa mère a emmené Aidan à Cromer, sur la côte du Norfolk. Il refuse d'aller à la plage, surtout une plage où il n'y avait rien de spécial. Il veut juste à manger et une console de jeux.

Il tient à voir la jetée. Ses amis s'y sont rendus l'année précédente et il veut leur raconter qu'il l'a vue, lui aussi.

Ce jour-là, il n'y a qu'Aleisha et Dean. Elle serre très fort sa grande main. Un peu trop fort. Que lui réserve-t-il ? Elle ne voit pas très loin devant elle, mais une lueur apparaît entre les arbres. Elle se retrouve à la lisière entre la forêt et la plage. La mer. Le paradis, peut-être.

Elle regarde autour d'elle et ne voit que le sable doré et laiteux, les hautes herbes, si hautes qu'elles sont parfois aussi grandes qu'elle. Par endroits, elles touchent presque le ciel. Le sable des dunes a l'air chaud. Quelques rais de lumière éclairent la plage par touches et tout le reste est dans la pénombre.

Ils marchent encore et, enfin, Aleisha ose lâcher la main de son père. Ses pieds s'enfoncent dans le sable humide et meuble. Ici, il a la texture de la mélasse ; là, il est assez compact et praticable. Le sable mouillé est plus sombre. Par une journée morne, il peut paraître sale. Pas ce jour-là. C'est une journée parfaite.

Le sable crisse sous ses pieds. En baissant les yeux, elle voit des coquillages. Des coquillages par milliers, par millions. En temps normal, elle en aurait ramassé autant que possible. En scrutant la plage, elle repère des silhouettes, des personnes et des chiens, au loin, qui parsèment l'horizon. Elle ne les observe pas très longtemps. Ils continuent leur chemin. La mer n'est pas loin. Il y a une fine couche d'eau sur le sable. Le soleil et le ciel s'y reflètent.

Elle se retourne vers son père. Il est derrière elle, à sa gauche, sur un sable dépourvu de traces de pas. Il domine une silhouette, un pâté de sable, apparemment.

L'enfant sautille vers lui. Ce détour n'est pas un problème. Elle finira par atteindre la mer, même si elle est sans doute trop froide pour y tremper les pieds. Elle remarque que son père lui fait signe, le bras levé bien au-dessus de sa tête.

En s'approchant, elle se rend compte que le pâté de sable est en fait un phoque. Son grand frère lui a dit qu'il y avait des phoques dans le Norfolk. Hélas, celui-là présente un trou sur le flanc, avec des mouches qui tournent autour. Le soleil éclaire momentanément sa peau. La chair commence à se rétracter autour de l'orifice d'où s'écoule un liquide qui n'est ni du sang ni de l'eau.

C'est la première fois qu'elle voit un phoque et il n'est même pas vivant. Elle est incapable de détacher son regard de l'animal. D'où vient ce trou ? Que signifie-t-il ? Son père la regarde et une douleur familière s'empare d'elle, celle qui précède les larmes et suit la tristesse ou la colère.

Elle sent la main de son père sur son épaule et a envie de se blottir contre son ventre, de ne plus voir le phoque, le ciel infini, la plage infinie. D'abord, elle pleure en silence. Des larmes froides et poisseuses coulent sur ses joues. Ensuite viennent les sanglots, qui la gênent avant même de démarrer. Elle se trouve en pleine détresse, incapable de s'arrêter. Elle n'imagine rien de pire que d'être à la place de ce phoque, en cet instant, en état de décomposition, mourant, déjà mort. Il n'y a personne pour veiller ce phoque, à part deux inconnus dont un semble insensible.

— Aleisha, dit Dean à sa fille de cinq ans. Ne te mets pas dans un tel état. Il y a des morts en permanence. Ce n'est pas bien grave.

Elle n'était pas bouleversée. Elle ne ressentait rien. Elle regarda ses mains. La policière était assise en face d'elle. Sa bouche s'ouvrait et se refermait comme si elle parlait. Elle semblait énoncer « mauvaise nouvelle », « trouvé par un inconnu », « désolée », dans un silence irréel. Aleisha ne pensait qu'à ce phoque. Le souvenir était lointain, comme des mots écrits par quelqu'un d'autre dans un roman. Comment avait-elle pu pleurer la mort d'un phoque et ne rien sentir en apprenant que son frère, son Aidan, avait été percuté par un train ?

Elle suivit la policière qui la raccompagna et lui dit au revoir avec un sourire froid, irréel, indifférent.

Elle entra dans la cuisine tel un fantôme et se dirigea vers le réfrigérateur. Elle parcourut les messages d'Aidan en quête d'un indice. Elle prit un Post-it et l'arracha, puis elle le laissa voleter vers le sol. Elle les lut de plus en plus vite. Certains bouts de papier disaient simplement « haricots » ou « sacs-poubelles » ou « liquide vaisselle » « sandwichs pour Maman ». Enfin, elle trouva celui qui disait : « Je rentre tard, ne m'attends pas, bisous. » C'était tout. Il n'y en avait pas d'autre. Qu'aurait-il écrit ? « Je pars. Pour toujours. Bonne chance. »

Elle se mit à piétiner rageusement les bouts de papier comme autant de feuilles mortes sur le bord d'une route. Elle les observa, les sentit se froisser. Elle les laissa là.

Parmi ces messages, elle aperçut soudain, à moitié glissé sous le réfrigérateur, un débris de l'assiette d'Aidan, avec le visage souriant de Pierre Lapin.

30

Mukesh

— BONJOUR, MONSIEUR PATEL ! lança Lucy dès qu'il arriva à la bibliothèque.

Ils ne s'étaient parlé que peu de fois, en l'absence d'Aleisha. Mukesh l'appréciait quand même. Elle avait un sourire superbe.

— Je partais, justement. C'est sympa de vous croiser. Vous êtes un habitué, maintenant. Qu'est-ce que vous avez là ?

Mukesh lui montra *Les Quatre Filles du docteur March.*

— Ah ! C'est le roman préféré de ma fille, encore maintenant, à vingt-huit ans.

— Il est formidable et me rappelle toutes mes filles, leurs ressemblances, leurs différences. Elles se chamaillaient sans cesse quand elles étaient petites mais elles étaient aussi les meilleures amies du monde.

Mukesh parlait vite. Il avait déjà dit la même chose à Nilakshi, la veille au soir.

— Je regrette parfois que Naina n'ait pas écrit un roman sur elles, sur leur enfance.

— Que voulez-vous dire ? s'enquit Lucy, son sac en bandoulière, prête à partir.

— Eh bien, ma défunte épouse, Naina, était toujours présente pour les filles, quand nous vivions au Kenya. Elle les regardait grandir jour après jour. Parfois, quand je rentrais du travail, tout le monde était déjà couché.

— Vous aviez l'impression d'avoir raté quelque chose ?

Lucy était bienveillante. Elle ne cherchait pas à filer.

Mukesh se rendit compte qu'il n'y avait pas réfléchi.

— De temps en temps, mais Naina me disait toujours que nous formions une équipe. Chaque soir, elle m'attendait pour me raconter sa journée. C'était mon moment préféré. Je ne ratais rien.

— C'est adorable, Mukesh, commenta Lucy en lui tapotant l'épaule. J'ai l'impression qu'il y a un livre qui sommeille en vous.

— Oh non ! Une série télévisée sur Zee TV, peut-être, pas un livre.

Lucy s'esclaffa.

— Où est Mlle Aleisha ?

Il avait envie de lui raconter combien les personnages du roman lui avaient évoqué sa femme, surtout Marmee. Priya deviendrait-elle une jeune femme courageuse et intelligente comme Jo, celle qui aimait les livres et l'écriture et qui était devenue écrivaine ? Était-ce l'avenir promis à sa petite-fille ?

— Je ne sais pas vraiment, hélas. Je crois que Kyle est de service aujourd'hui. Il est au fond. Vous n'avez qu'à sonner. À bientôt, monsieur Patel !

Il la salua de la main puis sonna à l'accueil. Kyle apparut, portant une brassée de livres.

— Monsieur Patel, le salua-t-il, en nage.
— En effet. Où est Aleisha aujourd'hui ?
— Elle est absente… Je la remplace. Je peux vous renseigner ?
— Elle va bien ? Elle est malade ?
— Je crois qu'elle a eu une urgence familiale.
Mukesh fut aussitôt alarmé.
— Sa mère ?
— Je ne sais pas, monsieur.
Mukesh sentit monter la panique.
— J'aimerais m'assurer qu'elle va bien, lui rendre visite. Pouvez-vous me dire où la trouver ? Elle est chez elle ? Avec sa mère ? Et son frère ?
— Je ne peux pas vous renseigner, monsieur.
— Je suis un ami. Je suis bien intentionné. Je suis sincèrement inquiet. Je peux peut-être l'aider.
— Non, monsieur, à moins qu'elle ne vous ait fourni ces renseignements elle-même, je ne peux rien vous dire. Cela irait à l'encontre du règlement.
— Ah… fit Mukesh qui changea de tactique. Elle a dû me les donner. Elle est venue chez moi il y a deux jours, vous savez. J'ai oublié. Ma mémoire n'est plus ce qu'elle était. Ne vous en faites pas pour le règlement.
Il s'efforça d'avoir l'air vulnérable, vieux et désemparé. Parfois, cette stratégie était efficace. Que feraient Marmee ou Naina dans cette situation ?
— Je voudrais simplement lui porter à manger, par exemple.
— Je ne peux rien faire pour vous, monsieur, persista Kyle en tapant sur son clavier. Je vois que vous avez une réservation.
— Je n'ai rien réservé.
— Dans ce cas, ce doit être Aleisha qui vous a réservé ce titre. Il s'agit de *Beloved*, de Toni Morrison.

Sans un mot, Mukesh lui tendit *Les Quatre Filles du docteur March* et laissa le jeune homme travailler. En lui rendant le volume, il éprouva un sentiment de perte, de renoncement. À qui disait-il au revoir ? Aux sœurs March ? À Naina ?

Le cœur serré, il regarda Kyle saisir le livre. Il pensa à Beth, la sœur tombée malade, et à sa grande sœur Jo qui l'aimait tant. Il songea au chapitre où elles se rendent au bord de la mer dans l'espoir que l'air marin fasse du bien à Beth. Aussitôt, cette plage fut celle où il emmenait ses filles, au Kenya, quand elles étaient petites. Il se remémora ces journées moites quand il rentrait tôt et emmenait les filles au phare. Ils dégustaient du maïs grillé face à la mer. Les filles étaient joyeuses et Naina admirait le paysage en silence pendant que Mukesh s'efforçait de les distraire, de les faire sourire. Se rappelaient-elles ces moments ?

Des années plus tard, un jour torride d'été, à Londres, Naina avait voulu voir la mer, revivre ces souvenirs. Avec le recul, c'était peut-être dans l'espoir que l'air marin arrange tout, comme l'espérait Jo dans *Les Quatre Filles du docteur March*. Ce jour-là, ils avaient pris le train pour Brighton avec un pique-nique composé de sandwichs au houmous, de bâtonnets de carotte, de *bhaji* et de pain indien. Naina avait préparé une Thermos de thé aux épices et une bouteille de jus de papaye, sans oublier leurs médicaments.

Le trajet en train avait été amusant. Il s'en souvenait très bien. Cela faisait des années qu'il n'avait pas vu la mer. Pas depuis que les filles étaient assez grandes pour ne plus partir en vacances avec eux. Ils avaient eu mauvais temps car ils étaient restés en Angleterre. Il avait eu l'impression que Naina et lui avaient retrouvé leur jeunesse, les mois ayant suivi leur mariage, quand ils faisaient encore connaissance. Ses parents leur avaient accordé du temps et de l'espace. Ils n'avaient pas insisté pour que Naina fasse le ménage, ils ne leur avaient rien imposé. Dans le train, il avait tenu la main de Naina. Un sourire aux lèvres, ils avaient regardé défiler le paysage.

Naina adorait le bord de mer. Ce jour-là, assise sur un banc, elle avait lu son livre. Quelques mèches de son chignon s'étaient échappées et volaient au vent. Il avait compris combien il avait eu de la chance, quelle vie merveilleuse il avait menée avec elle. Ils avaient eu des enfants superbes. Comment pouvait-on être aussi heureux de regarder sa femme tourner les pages d'un livre, au bout de tant d'années de mariage ? Il était aussi amoureux que lors de leurs premiers mois de vie commune, de découverte. Ils avaient pique-niqué sur la jetée, en écoutant les cris des mouettes, les rires et les bavardages des enfants. Ému, il lui avait dit qu'il l'aimait comme si c'était la première fois.

Il ignorait encore qu'il ne restait à Naina qu'un an et demi à vivre. Elle n'avait plus revu la mer. Avec le recul, il était heureux qu'ils soient partis à la plage sur un coup de tête. Mukesh regrettait simplement de ne pas lui avoir exprimé chaque jour son amour.

Il savait à présent que l'air marin ne lui avait pas insufflé une nouvelle vie, mais ils avaient au moins passé du temps ensemble, créé des souvenirs précieux. En lisant l'histoire de Jo et Beth sur la plage, Mukesh avait eu le cœur gros pour la jeune vie de Beth et celle de Naina.

En faisant ses adieux à Beth, Jo, Meg, Amy et Marmee, il accueillit *Beloved*. Que lui aurait dit Aleisha pour l'inviter à le lire ? Elle avait le don de lui présenter chaque œuvre qu'elle lui choisissait.

— De quoi parle-t-il ? demanda-t-il au jeune homme.

— Je regrette, je ne sais pas vraiment. Je ne l'ai pas lu. En revanche, Toni Morrison, l'autrice, est formidable.

— Merci. Maintenant, j'aimerais l'adresse de Mlle Thomas, je vous prie. Il faut absolument que je lui parle des *Quatre Filles du docteur March*. Nous discutons toujours des livres qu'elle me conseille. Cela me permet de mieux les comprendre. Cela fait partie du service de la bibliothèque.

— Je vous le répète, je ne peux pas vous fournir ce genre d'informations.

— Je suis un vieil homme, insista Mukesh. Et je peux provoquer un scandale. Si vous ne me donnez pas cette adresse, je vais me mettre à crier.

Mukesh balaya la salle du regard. Il repéra Thriller, assis dans son coin, et lui fit signe. Il y avait aussi trois autres habitués, de quoi faire honte à Kyle.

Un peu inquiet, Kyle scruta les alentours.

— Alors ? Vous m'aidez ? hurla Mukesh.

La tension monta d'un cran. Kyle passa une main nerveuse dans ses cheveux et poussa un soupir.

— D'accord… surtout, ne dites à personne que je vous ai renseigné. Je perdrais mon emploi.

Facile, songea Mukesh. Qui pourrait affirmer qu'il n'était qu'un vieillard transparent ?

Bien joué, lui murmura Naina à l'oreille.

Il prit le bout de papier que lui tendait Kyle.

— Merci bien ! Vous n'imaginez pas le service que vous me rendez !

Il tourna les talons car il n'y avait pas une minute à perdre, mais il se ravisa :

— Avant de partir… auriez-vous un exemplaire de *Le temps n'est rien* ?

Cet ouvrage l'avait réconforté. Il pourrait aider Aleisha à affronter l'épreuve qu'elle traversait.

— Certainement, répondit Kyle en s'éloignant.

Il réapparut quelques instants plus tard avec le précieux volume à couverture plastifiée.

Mukesh le serra contre lui et glissa l'adresse d'Aleisha dans l'ouvrage. Enfin, il ressortit dans les rues effervescentes de Wembley.

Il ne connaissait pas la rue où vivait Aleisha alors qu'elle donnait sur la rue principale. Ce logement mitoyen était différent de ceux de son quartier, dans un autre style. Un autre monde.

Mukesh examina l'écriture de Kyle, difficile à déchiffrer. Il devina néanmoins le numéro. Ce devait être sur sa gauche. Le soleil venait de surgir de derrière de gros nuages gris.

Il entendit de la musique jaillir d'une fenêtre ouverte. Les basses faisaient trembler les vitres et les murs. Des enfants jouaient au ballon dans la rue. Pourvu que la balle ne vienne pas vers lui ! Soit il prendrait un coup, soit il serait obligé de donner un coup de pied dedans. Ayant dépassé la zone de danger, il se retrouva devant le numéro 79.

Ils devaient être à la maison. Aleisha le lui avait confié : quand elle n'était pas à la bibliothèque, elle était chez elle. Si toutes les fenêtres de la rue étaient ouvertes, celles du 79 étaient fermées. Le jardin était encombré de mauvaises herbes et de poubelles. L'ensemble était morne et gris, à part une touche colorée, le reflet d'un gyrophare de police dans une fenêtre. La voiture était garée de l'autre côté de la rue.

L'allée menant à la porte d'entrée était bordée de carreaux géométriques que Mukesh trouva à son goût. Si l'ensemble manquait d'entretien, il était manifeste que la maison avait été soignée, à une époque. Il pensa à sa propre cour dont les dalles étaient décolorées et, pour certaines, brisées.

Au moment de frapper à la porte, il se ravisa, puis il recula d'un pas pour observer les fenêtres de l'étage et dresser l'oreille. Tout était fermé, les rideaux tirés, dans un silence pesant.

Mukesh frémit en dépit de la chaleur ambiante. Il n'y avait peut-être personne. Le vieil homme vérifia l'adresse. Non, il ne s'était pas trompé.

Il voulut sonner à la porte, mais n'y arrivait pas. Il se résolut à glisser l'exemplaire du *Temps n'est rien* dans la boîte aux lettres. Si Kyle lui avait fourni une mauvaise adresse, ce serait sa faute. Ensuite, il regagna la grande route pour prendre le bus.

En s'éloignant de la maison, il se sentait plus léger, ravi d'avoir laissé derrière lui ces fenêtres fermées, cette sensation oppressante qu'il se déroulait quelque chose d'effrayant à l'intérieur. Il pensa à Manderley, dans *Rebecca*. Il avait l'impression de fuir un lieu hanté par les fantômes du passé, ses secrets et ses peurs. Il secoua la tête pour chasser l'effroi de ce roman. Aleisha allait bien, c'était certain. Non ?

31

Aleisha

La maison était plongée dans la pénombre. La policière et son agent avaient emporté toute la lumière avec eux en partant. Ils avaient dû enjamber un livre posé à l'envers sur le paillasson. *Le temps n'est rien.* Ils l'avaient tous entendu tomber sur le tapis.

Aleisha sentit le silence l'envelopper. Elle avançait pas à pas, terrifiée à l'idée de penser au suivant. Au sommet des marches, son cœur battait à tout rompre. Elle posa la main sur la poignée de la porte de Leilah et demeura un instant pétrifiée. Pas un bruit ne provenait de la chambre de sa mère. En entrant, elle la trouva debout, comme si elle l'attendait. Aleisha referma la porte sur le monde extérieur.

— Maman, assieds-toi, dit-elle en posant une main sur son épaule.

Et s'il s'était agi de quelqu'un d'autre ? Atticus, calme et imposant. Rien ne l'aurait troublé. Jo March en apprenant que

Beth était partie, brisée et furieuse. Pi, en comprenant qu'il avait perdu sa famille entière et qu'il ne lui restait pour toute compagnie qu'un tigre versatile. Rien n'allait plus.

En plongeant dans le regard de Leilah, elle comprit que sa mère cherchait déjà la réponse. En scrutant son visage, Aleisha revit la policière assise en face d'elle. Elle était si calme. Comment pouvait-elle être aussi calme après avoir anéanti l'univers de quelqu'un ?

Elle fut parcourue de frissons, comme si elle sortait de son propre corps. Si seulement elle pouvait remonter le temps, arracher les dernières pages de cette histoire et les réécrire !

Aidan franchirait le seuil, trébucherait sur le livre et la réprimanderait pour avoir laissé traîner ses affaires. Il se rendrait dans la cuisine, enlèverait les Post-it qui n'étaient plus d'actualité et se chercherait à manger. Tout irait bien.

Plus rien ne serait normal.

Leilah gardait les yeux rivés sur sa fille. Ils la transperçaient.

Aleisha retint son souffle. Pour l'heure, elle pouvait être Atticus, à énoncer les faits, décrire la vérité. Ce matin-là, Aidan s'était jeté sous un train. Un suicide. Pour Aleisha, ce ne pouvait être le cas. Elle savait ce que l'on ressentait, debout sur un quai, à l'approche de la rame. Cette pulsion irrationnelle qui poussait quelqu'un à se jeter sur les rails, à vouloir découvrir ce que l'on ressentait à être percuté par un train. Mais ce n'était qu'une fiction et non la vraie vie.

Leilah l'observait. Les mots faisaient-ils encore sens ? Plus rien ne faisait sens. Aleisha parla jusqu'à ce qu'il n'y ait plus rien à dire.

L'espace d'un instant, le monde s'arrêta. Atticus-Aleisha disparut au profit d'Aleisha. Le cœur figé, elle ne parvenait pas à croire qu'une telle chose puisse se produire. Elle se força à s'asseoir à côté de sa mère et lui prit la main sans se soucier de ses sursauts. Leilah avait la main molle, sans vie. Aidan n'avait pas de vie.

Si la pièce bougeait au ralenti, l'air était immobile et lourd. Sans vie. Soudain, Leilah se mit à hurler. Leilah avait raison quand sa fille l'avait trouvée en proie à la panique. D'instinct, elle savait. Elle avait toujours su.

Leilah se frappa les cuisses, mais Aleisha lui plaqua les mains sur le lit. La voix de Leilah transperçait la maison et le monde entier.

Son fils était mort.

Son fils était parti pour toujours.

— Sors ! hurla-t-elle à sa fille. Sors d'ici ! Je ne veux pas te voir ! Laisse-moi tranquille !

32

Mukesh

Il était assis à sa place habituelle, entouré de ses lampes. Dès son retour chez lui, il s'était plongé dans *Beloved* en se demandant si les pages recelaient un indice sur l'épreuve que traversait Aleisha. Était-ce un signe qu'elle lui adressait ? Ou simplement un conseil de lecture ?

Dès le départ, il avait découvert une autre maison étrange et effrayante, une maison hantée par la tristesse.

Il pensa au numéro 79 qui lui avait évoqué Manderley, sur le moment, le manoir inquiétant qu'il avait visité au fil de l'histoire de *Rebecca*. Il lui apparaissait à présent que la maison d'Aleisha, avec ses fenêtres fermées et ses rideaux tirés, plongée dans la pénombre, correspondait en tout point au numéro 124, la maison de *Beloved*. Il savait que ce n'était pas plausible, qu'une bâtisse des années 1870 à Cincinnati ne pouvait ressembler à une habitation mitoyenne de Wembley construite dans les années 1940. Lorsque l'autrice décrivait l'ambiance inquiétante du numéro 124, il visualisait la maison d'Aleisha, avec ses fenêtres closes en permanence, le silence. Toni Morrison lui permettait d'entrer dans la maison de *Beloved*, il voyait ce qu'il s'y passait sans avoir besoin de son imagination. Au numéro 124, il rencontra Sethe et Denver, la dernière fille qu'il lui restait. Aussitôt, il eut de la peine pour elles, car elles avaient l'impression de ne pouvoir s'échapper. Les fils de Sethe, Howard et Buglar, avaient fui la maison hantée des années plus tôt. Même Baby Suggs, la belle-mère de Suggs, avait été épargnée de ses ténèbres par la mort. Il n'y restait plus que Sethe et Denver. Personne n'entrait chez elles. Denver n'allait pas au-delà de la cour sans être accompagnée. Tel était son univers : la maison, sa mère et le fantôme de sa sœur décédée, Beloved.

Au fil des pages, Mukesh eut envie de se plonger dans l'univers de Sethe et Denver, de leur montrer qu'elles étaient pleines de vie, prêtes pour une nouvelle existence si ce fantôme ne cessait de les ramener vers le drame.

En poursuivant sa lecture, il garda son téléphone près de lui. Pourvu qu'Aleisha l'appelle ! Il voulait savoir si elle allait bien. Mukesh sursautait au moindre bruit, à chaque page qu'il tournait. Il était là depuis des heures, incapable de lâcher les personnages. Autour de lui, l'air était plus froid. Aleisha n'avait pas appelé. Il était de plus en plus inquiet.

Si tel était le message de la jeune fille, que cherchait-elle à lui dire ? Était-elle, comme Sethe et Denver, prisonnière d'une maison ? Qu'est-ce qui la retenait ? Avait-elle son propre fantôme ?

— Allô ? fit Mukesh, un peu groggy.

Son réveil s'était déclenché à 11 heures, plus tard que d'habitude, mais il avait lu jusqu'au petit matin en quête d'indices.

— Vous pouvez me rejoindre ? fit une voix.

— Excusez-moi, qui est à l'appareil ?
— C'est Aleisha.
Mukesh retint son souffle. Il ne l'avait pas reconnue. Elle n'allait pas bien. Le numéro 124 surgit aussitôt à son esprit.
— Aleisha, que puis-je faire pour vous ?
— Vous pouvez me rejoindre ? répéta-t-elle.
Mukesh hocha la tête alors qu'elle ne le voyait pas.
— D'accord. Où ça ?
— Je suis au parc, près de la bibliothèque.
Mukesh alla chercher un bloc de Post-it sur la tablette du téléphone.
— Attendez, je note.
Il ne voulait pas oublier. Il ne pouvait pas oublier. Sa main tremblait.
— Vous allez bien ? Vous voulez que j'appelle quelqu'un ? proposa le vieil homme.
— Je vous ai, vous. Je vous ai appelé, non ?
Mukesh se tut. Il raccrocha et alla vite se préparer. Jamais il n'avait été aussi rapide.

Aleisha était assise sur un banc du parc, tenant *Le temps n'est rien* entre les mains. Mukesh avait mis trois quarts d'heure à arriver. Il blâma le bus qui s'arrêtait sans cesse pour laisser monter trop de gens dont les corps étaient serrés les uns contre les autres. Il était prêt à formuler ses excuses, mais l'expression de la jeune fille lui indiquait qu'elle était complètement ailleurs.

Ce devait être à cause de sa mère. Il se souvenait de son visage le jour où elle s'était confiée à lui. Elle semblait si triste, si jeune. À dix-sept ans, elle n'aurait pas dû avoir besoin d'être aussi forte en permanence.

— Aleisha ? fit-il en s'asseyant doucement à côté d'elle. Comment allez-vous ?

Elle baissa les yeux et secoua la tête. Il devina son envie de disparaître sous terre.

— Que puis-je faire ? Mademoiselle Aleisha, vous pouvez me parler.

— Non, chuchota-t-elle d'une voix brisée.

Mukesh posa une main sur son épaule.

— Allons, allons, fit-il en regrettant aussi sa réaction.

Ils demeurèrent ainsi, les yeux baissés, pendant une éternité.

— Mon frère, chuchota-t-elle enfin. Il est mort. Ils ont dit qu'il s'était jeté sous un train.

Chaque mot prononcé semblait l'épuiser.

Mukesh prit le temps d'assimiler la nouvelle.

— Votre frère ? souffla-t-il en espérant qu'elle n'aurait pas à entendre ces deux mots.

Si seulement il pouvait changer quelque chose ! Il n'y avait rien qu'il puisse faire, hélas.

— J'avais besoin de sortir de la maison. J'étouffe, là-bas. Je...

Elle avait le souffle court.

— Ça n'a pas de sens. Il allait bien, il était si fort. Il s'occupait de nous.

Mukesh exerça une légèrement pression sur son épaule et respira profondément, le cœur brisé. Il imagina Denver luttant pour sa famille, faisant son possible pour sauver sa mère, pour sauver sa sœur Beloved. Hélas, il n'avait pas le pouvoir de Denver, ni son intelligence. Pour l'heure, il n'y avait rien qu'il puisse faire. Il ne pouvait pas se cacher derrière les mots de quelqu'un d'autre pour chercher une réponse. Il devait parler lui-même, dire quelque chose de vrai.

— Je ne sais pas quoi faire, avoua la jeune fille en l'implorant du regard.

Aleisha lui avait toujours dit quoi faire, que lire… et elle l'appelait à l'aide.

— Peut-être devriez-vous rentrer chez vous, rester avec votre mère.

Aleisha se voûta.

— J'ai raté tant de choses, reprit-elle avec une rage sous-jacente. Maman aussi. Comment a-t-on pu faire ça ? J'avais la tête plongée dans ces livres !

Elle avait haussé le ton. Mukesh observa les alentours pour voir si quelqu'un les regardait. Nul ne leur prêtait la moindre attention. Chacun continuait sa vie alors que celle d'Aleisha venait de s'écrouler. Elle tapa le livre du poing, puis elle l'ouvrit et en griffa les pages. Mukesh fut choqué par la violence de ce geste.

— Je pleurais sur des gens qui n'existaient même pas et, pendant ce temps-là, mon frère avait besoin de moi. J'étais aveugle. Complètement aveugle !

Elle jeta le livre à terre. Mukesh le vit tomber sur la couverture et, d'instinct, eut envie de le ramasser, de l'essuyer, de le remettre à l'abri. Il se tourna plutôt vers Aleisha dont le visage était crispé, les yeux fermés.

— Ce n'est pas votre faute.

Elle avait envie de le contredire mais n'était pas de force à discuter.

— Je vais appeler Nilakshi. Elle saura quoi faire.

Il ne voulait pas prononcer ces deux phrases à voix haute. Aleisha acquiesça néanmoins, les doigts crispés sur sa paume droite. Son pouce appuyait aussi fort que possible pour tester sa capacité à ressentir, à comprendre le monde qui l'entourait. Elle priait pour que ce ne soit qu'un cauchemar.

Nilakshi arriva une demi-heure plus tard avec des paquets de chips et des *dhebra*. Elle tendit les chips à Aleisha, qui l'interrogea sur les *dhebra*.

— Oh, c'est de la nourriture indienne, une sorte de pain, répondit Nilakshi. Tu n'aimeras peut-être pas ça.

Aleisha goûta néanmoins une petite bouchée. Mukesh était pourtant certain qu'elle n'avait rien mangé depuis des jours.

Si Nilakshi ne dit rien à la jeune fille, elle l'étreignit sans la moindre gêne.

— Ma chérie, murmura-t-elle en la serrant contre elle.

Aleisha finit par se dégager de son étreinte.

— Je ferais mieux de rentrer.

Nilakshi les entraîna vers sa voiture.

Ils roulèrent en silence. Aleisha s'attarda dans le véhicule avant de rentrer. Elle était terrifiée à l'idée de franchir le seuil et de ce qu'elle allait trouver : la tristesse, le vide, la souffrance. Mukesh la comprenait. Il se souvenait de sa propre maison à la mort de Naina. Il était incapable d'y rester. Rohini avait pris sur elle de tout organiser pour lui. Elle avait rangé les affaires de Naina, les avait mises à l'abri en veillant à ce que sa présence persiste sans lui rappeler qu'elle ne reviendrait pas. Qui en ferait autant pour Aleisha ? Où était son père ? Viendrait-il l'aider ?

Une petite voix retentit au fond de lui, peut-être celle de Naina, pour l'aider à penser à autre chose et surmonter ce moment.

— Aleisha ? Qu'avez-vous pensé des *Quatre Filles du docteur March* ? C'est bien, non ?

Elle leva les yeux vers lui. Aussitôt, il comprit qu'il aurait dû s'abstenir.

— Je m'en fous, de votre bouquin !

Regrettant cette réaction vive, elle porta une main à sa bouche, puis elle reprit :

— J'ai passé trop de temps dans les livres. Je dois me remettre à vivre. Qui sait ? Je pourrais foirer tout le reste, aussi !

Elle descendit de voiture en abandonnant *Le temps n'est rien* sur le siège arrière. Ils la regardèrent s'éloigner et se ressaisir sur le seuil avant d'entrer. Au moment de refermer la porte, elle leur adressa un dernier regard.

Mukesh lui sourit. Pourvu qu'elle comprenne qu'il lui envoyait de la force et qu'elle avait la vie devant elle. Il aurait voulu lui dire quelque chose comme : « Je serai toujours là si vous avez envie de parler. » Il espérait qu'elle avait quelqu'un de plus proche.

Au bout d'un moment, Mukesh ramassa *Le temps n'est rien* et le porta vers la porte d'entrée d'Aleisha pour le glisser dans la boîte aux lettres. Elle n'en avait peut-être pas besoin dans l'immédiat mais, s'il lui procurait un réconfort, une évasion dans les minutes ou les semaines à venir, ce serait déjà cela.

33

Aleisha

— Aleisha, j'ai essayé de t'appeler, déclara Dean au téléphone, d'une voix où perçait une certaine angoisse.

L'écran de l'appareil était glacial sur l'oreille de la jeune fille.

— Papa, je ne sais pas quoi faire, chuchota-t-elle.

Elle avait coutume de parler tout bas au téléphone, surtout à son père, même si c'était futile. Leilah était en haut, dans sa chambre, absente du monde.

Elle avait essayé de faire lever sa mère, mais ne supportait pas plus sa proximité qu'elle ne supportait sa propre présence.

— Je ne sais pas quoi faire, répéta-t-elle, une larme coulant sur sa joue. Je ne sais pas arranger les choses.

Elle ne s'était pas montrée aussi honnête avec lui depuis longtemps.

— Je sais, chérie.

Elle ne supportait pas son émotion, sa voix brisée. Il ne la comprenait pas, il ne comprenait rien.

— On s'en sortira ensemble. Comment me rendre utile ? Je peux venir chez toi, si tu veux. Dis-moi ce que je peux faire. Tu n'as pas à porter ce fardeau seule. Je sais ce que tu traverses. Comment va ta mère ?

Venir chez elle. Ces mots ne firent que rappeler que Dean ne vivait plus là. Pour lui, cette tragédie était lointaine. Il existait en dehors du monde d'Aleisha, de celui d'Aidan. Après les funérailles, il s'éloignerait de sa propre vie. Aleisha, elle, ne pourrait jamais partir. Elle avait passé trop de temps à s'apitoyer sur elle-même, à se plaindre du fait que ses amis n'étaient plus ses amis, à vivre dans l'univers de personnages de fiction, pour se concentrer sur son univers, sur celui d'Aidan.

— Non, ça va. On n'a pas besoin de toi pour l'instant. Oncle Jeremy et Rachel arrivent la semaine prochaine. Ils apporteront ce qu'il faut.

Oncle Jeremy et Rachel ne lui avaient pas demandé ce qu'ils devaient faire. Ils avaient agi.

On sera là dans quelques jours et on restera aussi longtemps que nécessaire. Bises. R.

Dean ne sut que répondre à cela.

— Bon, je vais te laisser, alors… mais je t'aime, d'accord ? On s'en sortira. Dis-moi si je peux faire quelque chose. On s'en sortira, Aleisha.

Elle raccrocha. Son père ne disait jamais « on ».

Elle découvrit trois textos de Zac. Il s'inquiétait pour elle. Elle lui avait résumé la situation sans entrer dans les détails. Il lui affirmait qu'il serait là si elle avait envie de parler et continuait à lui adresser ses mèmes de chats ridicules. Il faisait de son mieux, ce qui ne suffisait pas.

Son regard se porta vers une photo, sur la cheminée, un portrait de tous les quatre : Aleisha, Aidan, Leilah, Dean. Sa colère s'atténua un peu. Lorsque Aidan avait jeté les affaires de leur père, après son départ, elle s'était étonnée qu'il conserve cette photo. Il l'avait même dépoussiérée. C'était l'ultime vestige de leur famille, la dernière preuve qu'ils avaient été quatre. Dans un moment de folie, elle avait demandé à sa mère si ce portrait la dérangeait, Leilah avait répondu :

— Non. Nous étions heureux, à l'époque, et je ne peux regretter le bonheur.

Cette réflexion ne l'avait pas quittée. Elle avait envie de se couper du monde extérieur, comme sa mère, mais il y aurait tant de choses à faire, à organiser. Or elle ne sentait qu'une torpeur ou une haine farouche pour chaque sourire, pour chaque personne qui vivait alors que son frère, l'être qui comptait le plus pour elle, était mort.

La photo la regardait, le visage d'Aidan, son sourire juvénile, qui semblait lui poser une question :

— Qu'est-ce qui s'est passé ?

— Tu as sauté.

Il se peut que je t'aie poussé.

Incapable de rester une minute de plus dans cette maison silencieuse, vide, mais bruyante et pleine à la fois, Aleisha sortit. Tant pis si Leilah l'appelait en vain. Elle traversait déjà le pire. Elle voulait juste marcher. Dans la rue, les gens riaient. Ils ignoraient qu'Aidan était mort. Les enfants jouaient, criaient, s'interpellaient. Elle croisa un groupe d'adolescents chahuteurs. Ils avaient la vie devant eux. Soudain, une idée la frappa : ce bon vieux temps qu'évoquaient les personnes âgées, elle ne le connaîtrait jamais. Elle marcha, marcha.

Elle gravit des marches menant au quai de la station Stonebridge Park. Au sommet de l'escalier, elle eut l'impression de dominer le monde. Le quai était presque désert en cette journée d'été torride.

Son regard fut attiré par des couleurs vives, au bord du quai. Des fleurs, des enveloppes, des messages voletant dans la brise.

Elle s'approcha. *C'était le dernier endroit où il avait vécu. Aidan, repose en paix au paradis.*

Une rame était à l'approche. Elle l'imagina se jetant sur les rails. Avait-il sauté ou simplement franchi un pas ? Que faisaient les autres ? Avaient-ils crié ? Avaient-ils essayé de le retenir ? Avaient-ils continué leur journée en se plaignant du retard provoqué par cet « incident voyageur » ?

Elle observa les fleurs multicolores, au moins trois ou quatre bouquets. Rouge, blanc, rose, bleu… il y avait aussi des tournesols. Il adorait les tournesols depuis son enfance. Sur la carte d'anniversaire de ses cinq ans, il avait dessiné sa sœur et lui à côté d'un immense tournesol et avait inscrit en dessous : « chez nous ».

Elle regarda les pétales agités par la brise et les grava dans sa mémoire. Ce serait le mémorial de son frère. Elle avait souvent vu des bouquets de fleurs attachés à des poteaux, se disant qu'une jeune vie fauchée était très triste, sans s'attarder. Ces fleurs-là étaient différentes, infiniment plus belles, mais très petites, tellement petites, pour porter le poids de la mort d'Aidan. C'était insuffisant pour être marquant. Elle en voulait davantage.

De retour chez elle, elle monta directement dans la chambre de sa mère. Leilah était toujours recroquevillée sur son lit. Le cœur d'Aleisha était de pierre. Elle détestait Leilah, elle se détestait elle-même à cause de tout ce qu'elle avait fait, ce qu'elle n'avait pas fait. Et pourtant, elle étreignit sa mère, s'enroula autour d'elle. Elle avait envie de disparaître, d'avoir du réconfort, de se sentir proche de quelqu'un, n'importe qui, sa mère, pendant un instant.

Elle voulait quitter ce monde totalement étranger quoique implacablement inchangé.

Elle prit l'exemplaire du *Temps n'est rien*, qu'elle avait monté avec elle, désireuse de s'évader, d'apaiser Leilah. À quoi bon lire, désormais ? Les personnages qu'elle aimait étaient faux et ne pourraient rien réparer. Ils ne vivraient pas au-delà d'une page. Or l'être qu'elle aimait avait existé dans le monde réel. Il s'était battu pour elle, l'avait encouragée, avait renoncé à tant de choses pour elle. Et il était parti.

Aleisha jeta le livre sur le sol, près du lit, et s'approcha de Leilah. Elle attendit que le corps de Leilah résiste à son contact, mais Leilah ne réagit pas. Elle sanglotait dans un silence ponctué de hoquets.

34

Aleisha

Aleisha n'avait pas fermé l'œil depuis des nuits. Elle redoutait cette journée. Comment réagirait Leilah ? Que devrait-elle faire ?

Près de la voiture, oncle Jeremy prit Aleisha dans ses bras.

— Prends ton temps, chérie, d'accord ? On est avec toi à tout moment.

Elle avait envie de crier, de hurler, de s'enfuir loin de Leilah et des funérailles de son frère, s'enfuir sans cesser de courir.

Percevant sa panique, oncle Jeremy la serra plus fort pour lui rappeler qu'il ne la laisserait pas tomber. Rachel lui tenait la main pour lui éviter de s'écrouler complètement.

— Je suis là, dit-elle en la faisant asseoir à l'arrière de la voiture.

Oncle Jeremy et Rachel étaient arrivés une semaine avant la cérémonie, ce qui l'avait soulagée.

Quand tout le monde fut en voiture, elles baissèrent la tête, incapables de regarder le corbillard qui les précédait. Seul oncle Jeremy regardait devant lui, sans jamais flancher, pour garder un œil sur Aidan.

Il tenta une plaisanterie.

— Notre Aidan a toujours aimé se déplacer avec style. C'est un jaguar.

Nul ne réagit.

Devant le crématorium, Jeremy et Rachel partirent en avant pour accorder un peu d'intimité à Aleisha et Leilah.

— Je l'ai vu traverser la rue, aujourd'hui, murmura Leilah, ses premières paroles de la journée.

— Qui ?

— Aidan.

— Non, tu ne l'as pas vu, Maman.

Et pourtant, Aleisha l'avait vu, elle aussi. Ce jour-là et la veille. Elle le voyait partout. C'était le jeune homme qui écoutait de la musique à fond à l'arrêt de bus, le vieux monsieur poussant son Caddie… Il était même dans les yeux d'une femme choisissant ses légumes chez le primeur. Aidan était partout.

Chaque fois qu'elle le voyait, il était vivant, il allait bien, mais il était inaccessible. Puis l'illusion se dissipait, ne laissant qu'un souvenir.

Le crématorium était bondé. Les gens faisaient même la queue à l'extérieur. Ils étaient venus pour Aidan. Chacun présenta ses condoléances à Leilah, qui les remercia, le regard vague, car elle faisait ses adieux à son fils.

Aleisha lui tenait la main et resserra son emprise quand Dean s'approcha. Leilah crispa les doigts sur ceux de sa fille. Depuis la mort d'Aidan, ce fut le premier moment où la jeune fille perçut une étincelle d'amour entre elles. Elles étaient ensemble dans cette épreuve, qu'elles le veuillent ou non. Dean fit la bise à Leilah.

— Notre petit garçon… dit-il d'une voix brisée, le regard baissé.

Son visage exprimait un profond chagrin. Il semblait plus vieux, plein de regrets.

Aleisha se rendit compte à quel point Aidan ressemblait à Dean. S'ils n'avaient pas la même couleur d'yeux ou de cheveux, leurs traits étaient similaires.

Leilah lâcha un instant sa fille pour poser la main sur l'épaule de Dean, les yeux rivés sur lui. Aleisha la regarda le réconforter.

Après quelques instants de silence, Dean s'éloigna pour rejoindre sa nouvelle famille aux cheveux blonds et auburn. Ils étaient tous si différents d'Aleisha. Nul n'aurait pu croire qu'ils étaient ses demi-frères et sœurs.

— C'est bien qu'il soit venu, déclara Leilah.

La jeune fille eut envie de hurler de rage.

Mukesh s'approcha d'un pas lent. Lui qui n'avait jamais rencontré Aidan avait fait le déplacement. Son costume noir était un peu étriqué. En la saluant, il ne dit rien car il semblait au bord des larmes. Il lui tendit simplement un bout de papier, un dessin d'enfant, mais pas de simples bonshommes. Une femme assise derrière un bureau, un homme et une jeune fille tenant des livres, entourés de rayonnages.

Aleisha retint son souffle en lisant une écriture qui s'efforçait d'être adulte : « On pense à toi, Aleisha. » En bas, deux autres écritures : « Bises, Priya et M. Patel. »

Elle leva les yeux sur Mukesh, les doigts crispés sur le dessin. Il n'y avait plus de mots.

Aleisha gardait les yeux rivés sur le portrait d'Aidan, à l'avant du crématorium, dans un cadre doré, lorsque Guy, le meilleur ami d'Aidan, s'approcha du micro. Elle fut incapable de le regarder. Il avait déjà la voix brisée. Sur la photo, qui datait d'environ un an, son frère affichait un large sourire. Il était appuyé sur sa voiture rutilante, les bras croisés, l'air malicieux. Il ignorait alors que ce portrait servirait lors de ses funérailles, que ses proches la fixeraient en essayant de s'accrocher à la joie et l'espoir qu'il leur avait donnés, alors qu'il était parti.

— Je voudrais lire un poème composé par Aidan à l'âge de huit ans, énonça doucement Guy. Il me l'avait offert un jour où c'était un peu compliqué pour moi. Il m'a affirmé que j'en avais plus besoin que lui. À présent, je vais vous le transmettre :

Parfois, le ciel est gris
Parfois, le jour est gris aussi
Mais derrière chaque nuage gris
Il y a toujours du bleu.

Guy laissa flotter ces paroles d'un enfant de huit ans, avant d'ajouter avec un sourire :

— Vous savez, il le trouvait très profond.

Quelques rires fusèrent.

— Il avait peut-être raison. Je l'espère, en tout cas.

Aleisha baissa les yeux et serra fort la main de Leilah.

Nilakshi avait proposé d'organiser une petite réception chez elle, avec l'aide de M. Patel et ses filles.

— Nilakshi, dit Aleisha, merci… pour tout.

Elle balaya du regard la pièce pleine de monde.

— Et merci à vous aussi, monsieur Patel, de vous être occupé de ça.

— Ne nous remercie pas, répondit Nilakshi. Et n'hésite pas à faire appel à nous en cas de besoin.

— C'est gentil. Est-ce que… est-ce qu'il y a un endroit où ma mère pourrait s'isoler et se reposer un peu ?

— Bien sûr. Suis-moi, je vais lui montrer.

Elles entraînèrent Leilah, tapie dans un coin de la pièce, vers la chambre d'amis, en la guidant de son bras. Aleisha n'avait jamais vu sa mère permettre à une inconnue de l'approcher aussi vite. Elle eut même un soupçon d'espoir.

En remarquant l'absence de Leilah, Dean alla parler à sa fille :

— Comment ça va, ma chérie ? Et le travail ? Tu travailles à la bibliothèque, c'est ça ?

Il n'avait pas envie de parler d'Aidan de peur d'affronter sa propre culpabilité. Elle non plus.

— Ça va, dit-elle froidement. Aidan aurait détesté toute cette attention.

Elle désigna les portraits agrandis, une idée de M. Patel, apparemment. Elle-même aimait les regarder sachant que son frère serait allé se cacher dans un coin.

— Oui, je le suppose, admit Dean en buvant une gorgée de café.

— Où est ta famille ? s'enquit la jeune fille en scrutant les alentours.

— Ils sont partis depuis un moment. Les gosses étaient fatigués.

Elle ne répondit pas. Après quelques minutes d'un silence pesant, elle vit Nilakshi rejoindre M. Patel qui bavardait avec Jeremy et Rachel. Ils portaient des plateaux de canapés. Le vieil homme se contentait de piocher sur le sien.

Il se tourna vers elle et, d'un regard, lui demanda si elle allait bien.

Aleisha sentit ses yeux s'embuer de larmes, mais elle lui adressa un signe de la tête.

— Qui est ce vieux monsieur ? Il est invité ? s'enquit Dean en remarquant enfin la présence de Mukesh. Il m'observe bizarrement depuis le départ.

— C'est mon ami de la bibliothèque, expliqua-t-elle un peu trop vivement. C'est le meilleur.

Sans attendre la réaction de son père, elle s'éloigna.

Une heure plus tard, Dean prit congé.

— Appelle-moi si tu as besoin de quoi que ce soit, dit-il en agitant ses clés de voiture.

Elle le regarda s'en aller en se demandant s'il avait envie de rester. Elle aida Nilakshi à porter la vaisselle sale à la cuisine, puis leur hôtesse la fit sortir. M. Patel était déjà parti sans qu'elle ait pu lui dire au revoir et le remercier encore pour le dessin, glissé dans son sac, près du visage en céramique de Pierre Lapin. Un peu perdue, elle monta à l'étage et trouva Leilah assise sur le lit, le visage tourné vers la fenêtre.

La pièce était bien rangée, une chambre d'amis avec peu de photos personnelles. Des serviettes étaient posées sur une étagère. La literie était impeccable. Elle n'avait pas touché à la pile de couverture que Nilakshi lui avait donnée.

— Ça va ? lui demanda Leilah.

Sa mère ne lui avait pas posé cette question depuis longtemps. Elle ne sut que répondre.

Elles restèrent un moment dans un silence pesant. Les ongles de Leilah meurtrissaient la chair de sa paume. Elle se griffa jusqu'au sang, refusant de crier car les gens l'entendraient. Elle s'allongea vivement et se mit à hurler dans un oreiller.

Aleisha avait tellement envie d'en faire autant. Hélas, il fallait qu'elle soit forte. Elle se contenta donc de la regarder. Dans sa tête, elle vit Aidan, elle vit Leilah, allongée sur le lit, à plaisanter, à rire, à parler, alors que, sous ses yeux, sa mère s'épuisait à force de hurler en silence.

35

Mukesh

En quittant la maison, Mukesh fut assailli par une cacophonie d'enfants jouant dans les rues de Wembley, de voitures filant sur la route. Après une pause chez Dosa Express, alléché par un appétissant parfum de cumin, il atteignit enfin la bibliothèque. Elle était presque déserte. La fin des vacances d'été approchait et les gens étaient dehors pour profiter du soleil.

Aleisha était à son poste, à l'accueil.

— Bonjour, dit-il.

Il y eut un moment de silence, puis ils échangèrent un regard nerveux. Elle ne l'avait pas vu depuis deux semaines. Il observa les alentours, cherchant quelque chose à dire. Finalement, il s'arrêta sur une pile de tracts posée sur le comptoir, avec un slogan qu'il ne connaissait que trop bien : « Sauvons nos bibliothèques. » Il se détourna pour ne pas penser à autre chose de négatif.

— J'ai la peau sèche. Un coup de soleil, peut-être.

Mukesh se maudit d'être aussi maladroit, mais il ne savait pas quoi dire.

— Vous et moi… on n'a pas la peau qui brûle, répondit-elle, troublée.

Mukesh secoua la tête et tendit un bras.

— Elle est irritée, persista-t-il.

— Kyle garde un pot de beurre de cacao dans le tiroir. Tenez, mettez-en un peu. Vous allez bien ?

Elle avait les yeux rougis et portait une couche de fond de teint irisé.

Incapable de répondre à cette question ou de la remercier, il étala un peu de crème sur son bras.

— Naina devait en acheter car ce parfum m'est familier.

— Probablement.

— Vous êtes censée travailler, Aleisha ? demanda-t-il d'une voix douce.

— J'en ai besoin… la routine est préférable et… normale.

— D'accord… et votre Maman ?

— Mon oncle et ma cousine, vous savez, vous les avez rencontrés. Ils logent chez nous pendant quelque temps, pour nous aider. Maman est contente de les avoir.

Mukesh eut l'impression qu'elle voulait en dire davantage, mais il ne savait que lui demander de plus. Il était content que la jeune fille soit un peu soulagée de son fardeau. À dix-sept ans, elle était trop jeune pour gérer ce deuil toute seule. Son frère avait vingt-cinq ans, lui aussi trop jeune pour s'occuper d'une famille entière.

— Je veux que Maman obtienne de l'aide. Cela m'aiderait aussi, voyez-vous… qu'elle parle à un professionnel. Elle n'a pas vu de médecin. Aidan le voulait aussi. Elle n'a jamais parlé à personne. Ce serait utile.

Elle haussa les épaules.

Mukesh n'avait pas l'habitude d'entendre parler de ces choses-là, des problèmes de santé, des troubles psychologiques. Il était gêné. Cependant, il fallait bien que quelqu'un soit présent pour elle. Il savait écouter, même s'il ne savait pas grand-chose.

— Je trouve… que *Beloved* peut être un soutien, déclara-t-il avec prudence. Ce roman, vous l'avez lu ?

— Je ne veux plus penser aux livres ! répliqua-t-elle vivement.

— Allons, mademoiselle Aleisha, je n'y avais jamais pensé, mais les livres peuvent nous aider aussi.

Aleisha poussa un long soupir, puis elle leva les yeux au ciel en tapotant le bureau de ses ongles. L'espace d'un instant, Mukesh revit la jeune fille du premier jour.

— Prenez *Le temps n'est rien*, par exemple, reprit-il.

Le regard d'Aleisha erra dans la bibliothèque.

— Quand ma Naina est décédée, ce livre m'a changé les idées et m'a rapproché d'elle, aussi. À présent, je crois qu'il m'a surtout aidé à gérer certaines choses, voyez-vous.

— Non, monsieur Patel, je ne vois pas. J'ai passé un été à vivre la vie d'autres personnes au point d'en oublier la mienne et les vraies personnes de mon entourage.

— Et *Beloved* ? Vous l'avez lu ? insista-t-il d'une voix tremblante. Denver… comment aide-t-elle sa mère ?

Il patienta. Aleisha avait les yeux rivés sur l'écran de son téléphone.

— Très bien, je vais vous dire le fond de ma pensée. Denver s'est rendu compte que rester dans cette maison, avec sa mère et le fantôme de Beloved, ne servait à rien. Elle en est sortie pour obtenir le soutien de sa communauté, d'autres femmes désireuses de l'aider. Elle a demandé de l'aide car sa mère en était incapable.

Mukesh laissa ces paroles en suspens. L'espace d'un instant, il sentit la main réconfortante de Naina sur son épaule. La jeune fille refusait de le regarder dans les yeux.

— Aleisha... n'oubliez pas que les livres ne sont pas toujours une évasion. Ils peuvent aussi nous enseigner des choses. Ils nous montrent le monde au lieu de le cacher.

Voilà des paroles dignes d'Atticus, Mukesh, lui murmura Naina à l'oreille, plus fort que jamais. Déstabilisé, il dut s'appuyer sur le comptoir, puis il attendit. Finalement, la jeune fille posa l'appareil à côté d'elle sans lever les yeux de son écran. De temps à autre, il bourdonnait et s'illuminait. En général, elle le retournait. Ce jour-là, elle regardait. Elle avait l'esprit ailleurs, ce qui était compréhensible.

Mukesh ne voulait pas la bouleverser, mais il aurait été préférable qu'elle cesse de regarder son téléphone. Ses filles en faisaient autant, au beau milieu d'une conversation, comme si elles n'étaient pas vraiment présentes.

— Qu'est-ce que c'est ? s'enquit-il d'un ton qui se voulait léger.

Elle lui montra l'écran, une photo d'Aidan. Un garçon et une fille, au soleil. Aidan portait des lunettes noires.

— Magnifique.

— Pas du tout. Regardez le commentaire en dessous.

Mukesh vit quelques mots qu'il fut incapable de déchiffrer.

— Je n'y vois rien, avoua-t-il.

Elle le lui lut, mots-dièse compris :

— « Toujours là pour moi, toujours attentif. Tu me manques, Aidan. Je ne t'oublierai jamais, #RIP, #paixàtonâme, #dépression, #ilfautparler. »

— Un bel hommage, commenta Mukesh.

— Non ! Il faut cinq minutes pour publier quelque chose sur Instagram, même pas. Mon frère est affiché partout sur Internet, comme si les gens avaient le droit ! Ils ont même posté les funérailles !

Mukesh n'avait pas tout compris. En revanche, il était manifeste que la jeune fille était contrariée.

— Qui met « dépression » en hashtag ? Ils ne savent même pas si c'est une dépression. Pourquoi ils l'impliquent là-dedans ? Comme s'il pouvait lire ces posts de là où il est ! Au paradis !

— Je ne sais pas ce que ça veut dire.

— Regardez, reprit-elle en lui montrant son écran. Faites défiler vers le bas.

Mukesh obéit un peu maladroitement. Il découvrit des dizaines de photographies d'Aidan en compagnie de diverses personnes. Il y avait même les fleurs formant son nom. Il reconnut la table de Nilakshi chargée de mets. Tout y était.

— À la vue de tout le monde. N'importe qui peut regarder ! Même les gens qui ne le connaissaient pas. C'était une cérémonie intime pour la famille et les amis et, maintenant, tout le monde s'est approprié un peu de lui.

Une larme coula sur sa joue. Elle ne la chassa pas pour ne pas attirer l'attention dessus. Mukesh n'était pas dupe. Il avait élevé trois filles qui lui avaient fait le même coup au moins une fois, après avoir regardé *La vie est belle*, le plus triste des films, ou parce qu'elles avaient reçu une gifle en rentrant de l'école à cause de leur couleur de peau et qu'elles faisaient comme si cela n'avait pas d'importance.

— Je suis désolé, Aleisha, mais je crois que c'est une façon pour ces gens de lui rendre hommage, affirma Mukesh en lui rendant le téléphone.

Aleisha se remit à faire défiler les images, puis elle tapota l'écran. Pourvu qu'elle ne soit pas en train d'envoyer des messages haineux. Comprendraient-ils ? Lui pardonneraient-ils ?

— Mon père a posté une photo d'Aidan bébé sur sa page Facebook. On n'a pas figuré sur sa page depuis qu'il s'est remarié. La perte d'un enfant rend plus respectable ou quoi ?

Mukesh perçut un changement dans sa façon de s'exprimer.

— Aleisha, vous devriez vous éloigner de ces trucs sur Internet. Pour quelque temps.

Elle le regarda dans les yeux pour la première fois depuis qu'il avait abordé *Le temps n'est rien*. Elle fit une moue et se frotta les yeux.

— Vous avez raison, concéda-t-elle en retournant son téléphone.

Mukesh hocha la tête. En effet, il avait raison.

Ils restèrent assis en silence pendant un moment, dans un coin de la bibliothèque. Mukesh regarda autour de lui. Il n'y avait plus grand monde. Il avait aperçu des personnes de sa connaissance. Il sentait enfin qu'il faisait partie de cette communauté.

Il s'éloigna vers une autre partie de la bibliothèque pour accorder un peu d'espace à Aleisha tout en restant à proximité. Il se replongea dans *Beloved*, qu'il avait déjà fini de lire, mais il ne voulait pas emprunter un autre livre pour ne pas mettre la pression à la jeune fille.

Il feuilleta les pages décrivant le plan de Denver pour fuir le 124. Denver qui n'en était pas sortie depuis douze ans, Denver qui avait une peur bleue du monde extérieur. Elle était partie chercher de l'aide. Elle avait surmonté sa terreur et trente femmes de la communauté étaient venues à la rescousse.

À certains égards, les premiers pas de Mukesh dans cette bibliothèque avaient été pour lui une chance de demander de l'aide en tendant la main vers la communauté. Il n'était pas cloîtré dans sa maison, mais il n'avait pas lu beaucoup de livres. Et il n'avait jamais franchi le seuil d'une bibliothèque avant cet été. Il songea aux tracts appelant à la sauvegarde des bibliothèques de quartier. Naina en parlait sans arrêt. Pour elle, la disparition d'une bibliothèque était un désastre. Il pensa à tout ce qu'il avait découvert en ce lieu : la sagesse des personnages, le sourire de visages familiers à son entrée, les conseils d'Aleisha, son sentiment de pouvoir échanger avec Priya, de la voir devenir une lectrice. Cette bibliothèque avait pris une grande importance dans son existence. Il avait fini par s'y sentir chez lui. Un lieu n'est que ce que les gens en font. C'est ce que Naina répétait sans cesse à propos du temple. Et d'après Aleisha, la bibliothèque comptait pour Aidan également…

Mukesh eut soudain une idée, peut-être inspirée par Atticus Finch. Il se leva de son fauteuil pour se diriger vers l'accueil. Dans la bibliothèque presque déserte, il avait l'impression que tous ceux qu'il y avait rencontrés au cours de cet été, fictifs ou réels, étaient là.

— Aleisha ? murmura-t-il.

— Oui ? fit-elle un peu sèchement, ce qu'elle regretta aussitôt. Oui ? demanda-t-elle plus doucement.

— Vous savez, ceci…

Il brandit un tract « Sauvons nos bibliothèques ».

— Oui.

— Comment sommes-nous censés sauver nos bibliothèques si nous ne demandons pas d'aide ?

— Euh… monsieur Patel, je crois que c'est le sujet de ces tracts.

— D'accord, mais… vous vous souvenez, tout à l'heure, quand j'ai parlé de Denver partie chercher de l'aide… et si nous en demandions à la communauté ? Cette bibliothèque m'a fait tant de bien, elle m'a rendu plus courageux, m'a donné des amis. Et je ne parle que de moi.

— Je regrette, je ne vous suis pas, fit Aleisha, l'air vague.

— On se sent bien moins seul ici, en silence, que chez soi, entouré d'une famille qui parle sans cesse sans tenir compte de soi. Il est réconfortant de croiser les mêmes personnes chaque semaine. Cela m'a fait un bien fou parce que j'ai de la compagnie. Il m'a suffi de sortir de chez moi, de ma zone de confort, à l'image de Denver. Et me voici, à la bibliothèque… un lieu qui m'aide. Et vous m'avez dit combien Aidan était attaché à ce lieu. Qu'appréciait-il ?

— Le calme. Je crois qu'il y trouvait la paix. Ici, il pouvait être seul. Il n'était pas venu depuis des années, à part pour me voir de temps en temps. Il était tellement occupé.

— D'accord, je comprends, mais la bibliothèque comptait encore beaucoup à ses yeux. Tant de gens viennent chercher la paix ou des amis… Que penserait-il de cette opération « sauvons nos bibliothèques » ?

Aleisha ne dit rien.

— Serait-il heureux de voir la municipalité fermer celle-ci ?

Pas de réaction.

— Je ne le crois pas, poursuivit Mukesh. Et vous non plus.

— Vous avez sans doute raison, admit-elle avec un sourire. Mais que faire ? Tout le monde voit ces tracts et il y a même une cagnotte sur une plateforme de dons.

— J'ai une meilleure idée…

Il attendit qu'Aleisha lui demande des précisions. Elle n'en fit rien.

— Je sais que vous faites un tas d'autres choses, comme le club de lecture. J'ai vu les affiches. Mais vous avez besoin d'être occupée, non ?

Une fois encore, la jeune fille garda le silence.

— J'aimerais qu'il y ait aussi une demi-journée portes ouvertes. Le matin ou l'après-midi, comme vous préférez. C'est vous la professionnelle.

Elle leva les yeux au ciel.

— Je ne suis pas la professionnelle. Que voulez-vous dire ?

— Il ne serait pas nécessaire d'avoir une carte de lecteur, d'emprunter des livres. On utiliserait l'accueil pour servir du café, des gâteaux, à manger. Les gens viennent toujours quand il y a à manger, surtout quand c'est gratuit. Ce pourrait être le mercredi. Les gens se parleraient. Ce serait le principe : parler à une personne différente à chaque fois. Cela aiderait davantage de gens à se sentir un peu moins seuls… et à sauver la bibliothèque, peut-être. Les gens ne seront pas obligés de s'inscrire, mais ils finiront peut-être par le faire. La bibliothèque sera à nouveau fréquentée et populaire !

— Vous croyez que les gens viendraient en nombre suffisant ? Ils ne sont pas très bavards, ici. À part cette dame qui vient parfois le mardi et qui n'arrête pas de parler.

— Ce serait l'occasion pour nous de demander de l'aide pour la bibliothèque et pour chacun d'entre nous, aussi. Essayons, au moins ! Pouvez-vous vous renseigner auprès de la direction ? Ce serait bien. On a parfois besoin d'un coup de pouce pour aller vers les autres.

— Je ne sais pas si mon patron serait d'accord. Ce seraient les mêmes gens que d'habitude, non ?

— L'idée lui plaira parce qu'elle amènera de nouvelles personnes. Ils viendront pour les gâteaux et resteront pour les livres.

Et leurs amis ! On pourrait imprimer des tracts bien plus joyeux que ceux-ci !

— Bon, je vais me renseigner, soupira Aleisha.

— Et je me disais… la première réunion pourrait être en mémoire d'Aidan. Même s'il n'a pas eu le temps de venir, ces dernières années. Il voulait que vous travailliez ici, non ? Et cela vous a fait du bien, à vous aussi. J'en suis persuadé. C'est une façon d'honorer sa mémoire, au-delà de ces mots instagrappe.

Aleisha réprima un sourire.

Thriller entra, vêtu de ses sempiternels sweats à capuche et jeans.

— Chris ! lança Mukesh, frétillant. Que diriez-vous d'une matinée communautaire, le mercredi, à la bibliothèque ?

Chris parut intrigué. Mukesh ne lui avait jamais parlé aussi longuement. En général, il se contentait d'un sourire et d'un signe de la main.

— Euh… oui. C'est pas mal. Ma mère adore ces réunions pour boire du café, le matin.

— Vous voyez ! triompha Mukesh en se tournant vers Aleisha. Alors vous demanderez ? Chris viendra avec sa mère. Ce sera formidable. J'ai hâte !

Il affichait un tel sourire qu'Aleisha se mit à rire. Visiblement perplexe, Chris gagna sa place habituelle.

— Naina aurait adoré ! Et voilà que je m'y mets à mon tour. Et même pas au temple.

Mukesh se leva et donna une tape sur l'épaule à Aleisha. Il se fit un peu mal au dos en se penchant. L'espace d'un instant, il avait oublié qu'il était un vieil homme perclus de douleurs. L'espace d'un instant, il avait eu l'impression d'être un nouvel homme.

36

Aleisha

Elle avait vu les fleurs déposées sur le quai à travers les yeux de quelqu'un d'autre, sur les réseaux sociaux, avec quarante-cinq likes. Les pétales étaient flétris et les fleurs mouraient. Elles n'étaient pas éternelles. Aidan peuplait l'esprit de ces personnes, à présent, mais il en sortirait un jour.

Une matinée portes ouvertes en souvenir d'Aidan… cette idée l'aurait amusé. Il aurait détesté cette attention. Il avait tenu à ce qu'elle y travaille. M. Patel avait peut-être raison. C'était au moins une petite chose qu'elle pouvait faire, qu'elle pouvait contrôler, pour faire vivre son souvenir… et lui montrer que cette bibliothèque jouait un rôle important dans sa vie aussi. C'était ce qu'il voulait. Il voulait qu'elle trouve sa place.

Il n'y avait pas de temps à perdre. M. Patel ne la laisserait tranquille que lorsque ce serait réglé. Elle avait lu une telle détermination dans son regard. Il était parti d'un pas guilleret, serrant

Beloved contre son cœur. Il avait salué Aleisha d'une main et Chris de l'autre.

Elle appela Kyle pour lui demander s'il était de service plus tard.

— Oui, je viens tout à l'heure.

— Super. M. Patel a une idée pour redonner vie à cet endroit.

— La bibliothèque ?

— Oui, la bibliothèque.

— Tu es sûre que ça va, Aleisha ? s'enquit Kyle.

— Oui. Ça me fait du bien de me changer les idées. Bizarrement, ce projet m'aide.

Elle désigna son projet de tract sur son écran.

— M. Patel semble savoir ce qu'il fait, admit Kyle. La sagesse liée à son âge, sans doute. Combien te reste-t-il de journées à faire avant de reprendre les cours ?

— Une semaine… cinq ou six services.

— C'est peu. Tu vas nous manquer.

— Oui, je crois que je me suis bien plu, ici. Aidan l'avait prévu. Il m'avait dit que je me surprendrais moi-même.

— Qu'est devenu ton « c'est juste un boulot d'été pourri » ? Le premier jour, tu rechignais à faire quoi que ce soit.

— C'est vrai. C'est un boulot d'été pourri. Mais j'y ai pris goût, avoua-t-elle avec un sourire au coin des lèvres.

Dev, alias Thermos, arriva à son tour. Aleisha fut parcourue par une poussée d'adrénaline. Heureusement, Kyle prépara le terrain en déclarant :

— Aleisha a eu une excellente idée.

La jeune fille sentit toute l'attention se concentrer sur elle. La gorge sèche, comme si elle allait délivrer un grand discours, elle pensa soudain à Atticus. Atticus au tribunal. Il n'avait pas faibli.

Elle prit son courage à deux mains et se lança :

— Nous voulions proposer… une matinée portes ouvertes afin d'attirer des gens en nombre. Cette bibliothèque dégage de bonnes ondes. Une ambiance amicale et familiale. Il faut les mettre à profit. Inciter les gens à venir. Faire en sorte que la bibliothèque soit au cœur de la communauté. Un lieu où les gens se retrouveraient, se parleraient, s'ouvriraient aux autres, découvriraient de nouvelles choses…

— Aleisha, tu ne devrais pas être là. Je t'ai dit de prendre autant de temps qu'il te faudra, lui rappela Thermos.

— J'ai besoin de me changer les idées, marmonna-t-elle. Bref, reprit-elle, plus fort, cette matinée portes ouvertes serait gratuite et pour tout le monde. Une réunion conviviale, un lieu de rencontre, comme autrefois.

Dev hocha la tête en débouchant sa bouteille Thermos.

— Les gens seront ainsi incités à s'inscrire à la bibliothèque ? C'est crucial pour nous.

— Absolument ! Lucy ou Benny pourront peut-être participer, distribuer des tracts, par exemple. Il faut montrer aux gens que c'est un endroit formidable. Ils viendront pour les gâteaux et resteront pour les livres. Et leurs nouveaux amis.

— Parfait ! C'est exactement ce qu'il nous faut. Franchement, maintenir cette bibliothèque à flot est compliqué depuis trop longtemps. Les autorités s'inquiètent sans cesse du budget, surtout en comparaison avec la fréquentation du centre municipal.

Dev but une longue gorgée dans sa Thermos.

— Le club de tricot était une bonne idée, mais il ne compte que quelques habituées. Lucy est la seule à s'en occuper. Elle manque de temps. Le club de lecture a moins de succès qu'au début. Ce projet a des chances de fonctionner. On ne s'occupe pas seulement de livres, ici.

Kyle et Aleisha échangèrent un regard plein d'espoir.

— Et si on essayait un mercredi matin ? C'est le moment le plus calme.

Ils hochèrent la tête.

— Parfait. J'adore cette idée. Ce lieu doit permettre de se connecter. C'est une idée formidable, Aleisha. Faisons une tentative la semaine prochaine, pour voir combien de gens viendront. On commencera à petite échelle. Une fois par mois ou tous les deux mois.

— Une semaine, c'est un peu court pour en parler autour de nous.

— Eh bien, au travail !

Aleisha se tourna vers Kyle qui avait observé la scène sans un mot. Elle sourit et leva les deux pouces.

Elle avait hâte d'annoncer la nouvelle à M. Patel.

37

Mukesh

BIP.

« Rohini, tu pourrais venir avec des plateaux de nourriture, mercredi prochain en les apportant chez moi mardi soir. Tu nous ferais tes samossas, par exemple. C'est pour une matinée portes ouvertes à la bibliothèque. Et je participe à l'organisation. »

Bip.

« Vritti ? J'ai besoin de tes talents de cuisinière. Apporterais-tu de quoi grignoter pour une matinée portes ouvertes, mercredi prochain ? Il faudrait les livrer chez moi mardi soir. Quelque chose d'hy-po-aller-gé-nique. »

Bip.

« Deepali, chérie, préparerais-tu ton punch spécial, tu sais, celui que tu réalises pour les grandes occasions ? C'est pour une matinée portes ouvertes, mercredi prochain à la bibliothèque. Il faudrait que tu passes chez moi mardi soir. »

Il raccrocha et raya ses trois filles de sa liste. Il se tourna ensuite vers Nilakshi, qui regardait un feuilleton sur Zee TV.

— Nilakshi ? fit-il, prudent.

— Oui ? répondit-elle en l'écoutant d'une oreille distraite.

— Aleisha a besoin que je distribue des tracts pour la bibliothèque.

Il en brandit une pile devant elle. Ils étaient colorés et enjoués.

— C'est Zac qui les a réalisés. Ils sont beaux, non ? Je pourrais en parler au temple, qu'en penses-tu ? Ils se moqueraient de moi ? Ils penseraient que je suis un pauvre veuf solitaire ?

— Ce n'est pas le cas ! Tu sais combien Naina aimait cette bibliothèque. Les gens sauront que tu fais cela pour elle, pour ce charmant Aidan aussi. Elle aurait été si fière de toi.

En regardant Nilakshi, il se dit qu'il était en paix. Elle était son amie. Naina la lui avait envoyée, en quelque sorte. Elle avait veillé à ce que leurs chemins se croisent. Elle avait guidé ses pas vers le temple. *Le temps n'est rien* était un signe. Depuis le départ, Naina était là, avec lui.

Au temple, nul ne s'attendrait à ce que Mukesh Patel distribue des tracts. C'était pour la bonne cause. Tant de gens souffraient de solitude…

Et s'il glissait les tracts dans les boîtes aux lettres ? Certaines personnes détestaient ce genre de démarche. Risquait-il de se retrouver dans la salade ?

Dans la panade, corrigea la voix de Naina. *Dans la panade.*

Au temple, Mukesh rassembla son courage. Le fils cadet d'Harish le poussait dans un des fauteuils roulants très convoités.

— Je dois avoir les deux mains libres, vois-tu, avait invoqué Mukesh.

— D'accord, je te pousse moyennant un billet de dix ! avait négocié le jeune homme.

Ainsi longea-t-il le couloir, passant devant la boutique, l'espace des chaussures, les toilettes. Il n'avait encore distribué que trois tracts. Mieux valait changer de tactique.

Le fils d'Harish écoutait un podcast. Il se fiait aux signes de la main du vieil homme. Cela lui évitait de devoir entretenir une conversation avec lui. Mukesh détestait passer pour un vieillard, mais adorait se promener en fauteuil roulant. Il aurait dû essayer plus tôt, surtout avec le fils d'Harish, qui était rapide comme l'éclair.

En quête d'inspiration, Mukesh songea à une série télévisée dont les personnages haranguaient les clients pour vendre des journaux ou des légumes, au marché. Il agita donc un tract en déclamant, pas trop fort pour ne pas se faire exclure :

— Matinée portes ouvertes à la bibliothèque ! À ne pas manquer ! Tous vos amis seront là ! Ils se demanderont pourquoi vous êtes absent si vous ne venez pas ! Amenez vos enfants et petits-enfants !

Comme par miracle, deux femmes s'approchèrent, curieuses. Il avait capté leur attention. Il leur tendit un tract en passant.

Dans les rayons de la boutique de cadeaux, il n'y avait pas assez de place pour le fauteuil. Il demanda au jeune homme de ressortir. C'est alors qu'ils croisèrent Rohini et Nilakshi. Ensemble…

— Oh ! s'exclamèrent-ils en chœur.

— Bonjour, je suis le fils d'Harish.

— Où allez-vous, toutes les deux ? demanda Mukesh.

— Nous passons un moment au temple, répondit Rohini. Il y a une réunion. J'ai pris ma journée. Priya est avec Robert, ajouta-t-elle en devinant sa question.

— Ta fille et moi faisons plus ample connaissance ! déclara Nilakshi, radieuse.

Mukesh fit signe à sa fille de se pencher vers lui.

— Tu es comme ta mère. Tu accueilles toujours les gens.

Rohini lui sourit d'un air de dire : si elle fait partie de ta famille, elle fait aussi partie de la mienne.

— Tenez, reprit-il en leur remettant des tracts. Nous avons besoin de nourriture pour la bibliothèque, donc ne venez pas les mains vides ! Vous avez reçu mes messages ? Il faut mettre l'accent sur les plats végétariens. J'apporterai peut-être mon fameux panir grillé.

Rohini et Nilakshi échangèrent un regard intrigué.

— Fameux ? railla Rohini. Je croyais que tu n'avais réussi qu'une seule fois à ne pas le brûler…

— Allez, fils d'Harish, dit-il car il ne connaissait pas son prénom. On y va ! Par là ! Je vois quelques esseulés qui ont besoin d'un tract. Les filles, n'oubliez pas de cuisiner pour mercredi !

Sur ces mots, ils filèrent sur le plancher et empruntèrent la rampe vers le sol en marbre du bâtiment principal du temple.

Le mardi soir, Mukesh était sur des charbons ardents. Rohini, Deepali et Vritti s'affairaient dans sa cuisine à préparer les mets et les jumeaux chahutaient dans le couloir. Quand Zac sonna à la porte, Mukesh revint des années en arrière lors d'une soirée caritative organisée par Naina. Elle dressait toujours un buffet pour « stimuler les motivations ». Zac avait apporté un grand paquet de chips et de la sauce, ce dont Mukesh lui fut reconnaissant.

— Ma mère considère qu'il ne faut pas arriver chez quelqu'un les mains vides, déclara Zac.

— C'est bien, mon garçon !

Zac semblait un peu déplacé, dans la maison de Mukesh, sans Aleisha. Il ne cessait de demander la permission de faire certaines choses, de prendre une assiette, par exemple. Ou boire un verre d'eau. Mukesh hochait la tête.

— Zac, fais comme chez toi !

Le jeune homme lui sourit mais demeura mal à l'aise, comme s'il redoutait de laisser une trace de son passage. Mukesh en fut amusé. Tandis qu'il plaçait des petits pois dans un saladier, pour la farce des *kachori*, Jayesh surgit et entreprit d'escalader son grand-père.

Nikhil se présenta à son tour avec des légumes provenant de son magasin.

— On a besoin de toi ! lui cria Rohini. Viens vite !

Nikhil entra d'un air méfiant car Rohini tenait un bloc-notes.

— Il faudrait que tu nous livres des ingrédients supplémentaires pour demain matin. Nilakshi me prête son autocuiseur.

En prononçant le nom de Nilakshi, elle regarda en direction de son père avec un sourire. Il grimaça en encaissant les coups de poing de Jaya.

— Sois gentille avec Dada ! gronda Rohini. Joue plus doucement.

La fillette obéit jusqu'à ce que sa tante ait tourné le dos.

Au cœur de cette agitation, Mukesh aperçut Priya, dans son coin, un livre entre les mains. Il se libéra des jumeaux pour s'approcher d'elle.

Priya lisait *Les Quatre Filles du docteur March*. Encore !

— Tu l'as déjà lu, non ?

Elle hocha la tête.

— Je sais, mais il me rappelle Ba. J'entends même sa voix. Elle me disait que, quand on aime vraiment un roman, il faut le relire encore et encore. Pour revivre ce qu'on a aimé et trouver ce qui nous a échappé la fois précédente. Un roman évolue en même temps que la personne qui le lit.

Mukesh acquiesça. Comme elle avait raison !

Zac tendit à Mukesh une tasse de thé et demanda à Priya si elle en voulait une aussi.

— Elle ne boit pas de thé ! lança Rohini.

— J'en prendrai bien, Zac, s'il te plaît, dit la fillette.

Priya sourit, posa son livre et prit le mug entre ses mains. Elle se tourna ensuite vers sa mère et fit mine de lui tirer la langue.

Mukesh alla s'asseoir dans son fauteuil et observa l'effervescence ambiante. Les jumeaux se pourchassaient. Depuis la mort de Naina, il n'y avait pas eu autant de monde sous son toit.

Il pensa alors à Aleisha et Leilah, dans leur maison silencieuse.

UN GARÇON CONVENABLE

de Vikram Seth

38

Aleisha

— ALEISHA, TU AS L'AIR CREVÉE.

— Je le suis.

— Et si tu faisais un somme avant d'aller travailler ? suggéra Rachel.

— Oui, peut-être…

Aleisha mourait d'envie de se glisser sous la couette pour ne plus sortir. Mais elle pensa à sa mère, alitée depuis si longtemps.

— Je vais voir comment elle va.

Elle passa la tête dans l'entrebâillement de la porte.

— Maman… oncle Jeremy et Rachel sont là. Je vais dormir un peu, d'accord ? Ils vont déjeuner dans le jardin. Il fait très beau. Tu veux te joindre à eux ?

Leilah se redressa et fixa le mur.

— Ça va, dit-elle. Dors bien.

— Alors ? demanda Jeremy, dans le couloir.

— Elle ne veut pas descendre. Franchement, ça ne sert à rien d'essayer.

— Justement ! intervint oncle Jeremy. Leilah, comment ça va ? Il fait un temps magnifique.

Le lendemain avait lieu la matinée portes ouvertes en hommage à Aidan. Elle ne se sentait pas prête, épuisée. Aleisha laissa son esprit vagabonder. Ses jambes la portèrent malgré elle dans la chambre de son frère. Elle était intacte, silencieuse. Elles n'avaient pas touché à ses affaires. Elle en était incapable. Le lit était fait. En dépit du désordre qui régnait dans la pièce, ce qui était inhabituel, Aidan n'aurait jamais laissé son lit défait. La jeune fille s'allongea sur les couvertures en essayant de ne pas laisser de trace. En posant la tête sur l'oreiller, elle remarqua une pile de livres, par terre, couverte d'une fine couche de poussière.

Elle se tourna et fixa le plafond en attendant le sommeil. Soudain, son téléphone se mit à bourdonner : Kyle. Elle le verrait plus tard à la bibliothèque, de toute façon. Elle retourna l'appareil. Alors son attention revint à la pile de livres.

Voilà ! Comment cela avait-il pu lui échapper ? Parmi les romans policiers, les Martina Cole, il était là !

Le temps n'est rien.

Elle pensa à son exemplaire, celui de M. Patel, abandonné à côté de son propre lit.

Son cœur se serra. Elle entendit M. Patel lui parler de ce roman, du bien qu'il lui avait procuré. Les livres « nous montrent le monde au lieu de le cacher ». Elle vit Aidan, à cette même place, en train de le lire. L'avait-elle déjà vu le lire ? Quand l'avait-il lu ? Récemment ?

Elle prit une profonde inspiration et ramassa l'ouvrage pour le prendre délicatement entre ses mains. Elle avait été tellement certaine de s'être cachée de la vie. M. Patel avait peut-être raison, finalement. Elle avait aussi beaucoup appris dans les livres. Elle avait vu les épreuves traversées. De quoi en tirer des leçons, elle aussi, non ? Et il était là, dans la chambre d'Aidan, à côté de son lit ! S'il l'avait lu, elle voulait le lire aussi.

Elle ouvrit donc *Le temps n'est rien* et tenta d'apaiser son esprit pour déchiffrer la première ligne, un mot à la fois.

Plus tard dans la journée, dans la bibliothèque déserte, Aleisha se retrouva seule à l'accueil, *Le temps n'est rien* à côté d'elle. Elle n'en avait lu que quelques pages, mais avait pénétré dans l'univers de quelqu'un d'autre. Leurs émotions se mêlaient. Pendant un moment, quelqu'un d'autre l'avait guidée afin qu'elle puisse déterminer comment se guider elle-même au mieux. Dans ces pages, elle avait cherché des signes d'Aidan. Qu'avait-il pensé d'Henry ? de sa capacité à se déplacer dans sa propre vie ? Comment avait-il trouvé l'histoire d'amour avec Clare ? Ses parents riches et snobinards ? Aidan détestait de genre de personnes.

— Hé ! lança Kyle depuis la cuisine, n'oublie pas de donner un dernier coup de collier pour la matinée portes ouvertes. Il faut qu'on attire un maximum de personnes demain. Dev vient de m'envoyer quelques suggestions de la fille de Lucy pour les réseaux sociaux.

Aleisha grommela, mais elle savait que M. Patel et Aidan le voudraient.

Elle regarda la pile de brochures « Sauvons nos bibliothèques », prêtes à finir à la poubelle, remplacées par le nouveau tract.

En parcourant les stories sur Instagram, elle s'imprègne de la vie des autres. Des lumières, des gens en short, des jambes au bord de la piscine, des jambes sur la plage, avec un livre, des chats se trémoussant sur de la musique, un ancien camarade faisant la moue devant la tour penchée de Pise, torse nu, trop cool pour faire semblant de la tenir, le cliché classique.

Elle s'ennuyait déjà à regarder ces gens profiter de la vie. Jamais elle ne pourrait poster quoi que ce soit sur les réseaux sociaux sans s'inquiéter de ce que les gens penseraient d'elle. La catalogueraient-ils comme étant « la petite sœur en deuil » ? Sans trop se poser de questions, elle réalisa une vidéo de la bibliothèque déserte et ajouta un texte : « Venez faire le buzz demain à 11 heures et faisons le buzz ! »

Avec une moue d'appréhension, elle publia l'annonce.

Aidan aurait honte.

Elle reçut alors un appel de Rachel.

— C'est quoi, cette réunion à la bibliothèque ? C'est demain ? Pourquoi tu en parles seulement ? Tu ne m'as rien dit !

— Hein ?

— Je viens de voir ton post.

— Tu es rapide !

— Les réseaux sociaux, c'est mon boulot. Je dois être sur le coup.

— C'est une sorte de matinée portes ouvertes, une réunion de quartier, une idée de M. Patel en hommage à Aidan.

— J'adore l'idée. Tu veux le dire à ta mère. Elle est là.

Aleisha se tut. Que dire ? Que penserait Leilah ? En rirait-elle ? Et si elle ne réagissait pas du tout ?

— D'accord, concéda-t-elle, le cœur battant. Allô, Maman ?

Silence.

— Maman ?

— Désolée, fit Rachel d'une voix tremblante. Elle est retournée se coucher. Je lui en parlerai plus tard.

— Merci, Rachel.

Aleisha ne s'attendait à rien. Elle ne s'attendait jamais à rien.

J'ai réussi à me débarrasser de quatre-vingt-dix-neuf tracts ! annonça M. Patel au téléphone.

— Ouah, c'est génial, répondit Aleisha en s'efforçant d'injecter de l'enthousiasme dans sa voix. Je pensais que vous en auriez marre et que vous les jetteriez à la poubelle.

— Pas du tout ! J'en ai même collé un à la fenêtre du salon. Quand ma vieille voisine s'est approchée pour le lire, j'ai eu un peu peur en me demandant ce qu'elle me voulait !

Il n'avait jamais été aussi animé.

— Vous me faites marcher, monsieur Patel.

— Je suis très sérieux ! Je suis prêt à tout moment à crier aux gens que c'est de la violation de domicile. Bref, c'est une bonne publicité. Je suis très fier ! Et vous, il vous en reste ?

— Oui, un peu. Je pense que je ferais mieux d'en distribuer, ce soir.

— Bien sûr ! Il n'y a pas de temps à perdre.

En raccrochant, elle s'écroula sur son canapé, avec Rachel. Elles observaient oncle Jeremy avec Leilah. Elles n'avaient pas évoqué la réunion, cet après-midi-là. Dès qu'Aleisha était rentrée du travail, Rachel s'était excusée :

— Je n'ai pas osé aborder le sujet avec elle…

Oncle Jeremy avait préparé son fameux ragoût d'agneau, même s'il faisait trop chaud. Aleisha s'était régalée et ils étaient à présent réunis au salon.

Ils étaient en famille, ce qui n'était pas arrivé depuis longtemps. Aidan aurait adoré être là, même s'il ne l'aurait pas admis. Il aurait feint la désinvolture, serait allé boire un coup avec ses copains. Non, elle exagérait. Pour Aidan, la famille passait avant tout.

— Je dois distribuer les derniers tracts, dit-elle à sa cousine. Tu viens avec moi ?

— Excuse-moi, mais j'ai trop mangé, répondit-elle en se tapotant le ventre. Je suis incapable de bouger.

Aleisha fit mine de lever les yeux au ciel.

— Allez, viens faire une petite promenade digestive !

Ses yeux disaient : « Il faut absolument que je sorte d'ici. »

— Excellente idée, Aleisha, renchérit Jeremy. Vas-y, Rachel.

Leilah sourit pour montrer son approbation.

Les deux cousines longèrent la rue, d'abord en silence.

— Ça se passe bien ? s'enquit Rachel, au bord des larmes.

Elle ne répondit pas tout de suite, les yeux rivés sur ses tracts : « Le grand rassemblement de la bibliothèque », lut-elle, avec les grosses lettres rondes de Zac.

— Ça va, je m'en sors, dit-elle enfin. Il me manque, c'est normal.

Rachel prit également un temps de réflexion.

— Il était le meilleur. J'ai encore du mal à y croire. C'est irréel.

— Ça n'a pas de sens, renchérit machinalement Aleisha.

Elles avaient eu cette conversation le jour des funérailles. Elle s'efforça de chasser son émotion le plus longtemps possible.

Elles marchèrent en silence. Soudain, le cœur d'Aleisha s'emballa, ce qui lui arrivait souvent, ces derniers temps. Dans un instant, elle serait à bout de souffle.

— Tiens, distribue des tracts de ce côté de la rue, ordonna-t-elle à Rachel. Je prends le trottoir d'en face. Dans toutes les maisons, sauf celles qui sont inhabitées.

Aleisha traversa, soulagée, et respira profondément. Elle ralentit mais se sentait sur le point de s'écrouler à tout moment.

Derrière une porte, elle entendit un chien aboyer et revint vivement sur ses pas. À nouveau haletante, elle se tourna vers sa cousine qui n'avait rien remarqué de son malaise. Que faire ? Elle respira profondément. Elle pensa à Leilah, qui se cachait, dissimulant la vérité. Elle avait peur car elle ne voulait pas en révéler trop sur elle-même. Cependant, elle savait qu'elle avait besoin d'aide. Ils en avaient tous besoin. Et Rachel, qui avait été sa meilleure amie… elle lui manquait. Elle voulait la retrouver. En traversant la rue, elle sentit les battements de son cœur se calmer un peu. Son front semblait moins moite. Elle prit le bras de sa cousine, qui lui tapota doucement la main.

— Je suis là, dit-elle comme si elle avait deviné les moindres pensées d'Aleisha, sur le trottoir d'en face.

— Aleisha…

Un murmure d'activité se faisait entendre dans la maison. Leilah était couchée et Jeremy lavait la vaisselle.

— Ce post sur Instagram, reprit Rachel, tu devrais le partager avec les amis d'Aidan, pour qu'ils soient au courant.

— Je ne crois pas que j'y arriverais, admit Aleisha.

— Je peux m'en occuper, proposa Rachel.

Soulagée, sa cousine lui remit son téléphone.

— Notre dernière chance pour donner envie aux gens de venir.

— C'est trop tard, murmura Aleisha en s'écroulant sur le canapé.

Au bout de quelques instants, Rachel désigna l'écran. De nombreux internautes partageaient l'information sur la bibliothèque.

— Tu vois, je te l'avais bien dit, jubila Rachel avec un sourire.

Aleisha regarda son écran s'illuminer à chaque notification.

— Les gens sont intéressés !

Son frère aurait pu le faire : rassembler les gens pour les aider à se sentir un peu moins seuls.

39

Mukesh

BIP.

« Salut, Papa, c'est Deepali. On se met bientôt en route. Je te verrai à la bibliothèque. Jaya et Jayesh m'accompagnent. J'apporte aussi le punch. »

Bip.

« Papa, Priya piaffe d'impatience ! Je la dépose d'abord chez toi, puis je passerai chercher l'autocuiseur chez Nilakshi. Priya a préparé des cupcakes supplémentaires. Je les apporte aussi. »

Bip.

« Salut, Papa, tu veux que j'apporte encore de la nourriture et des boissons ? Je peux aussi prendre des chaises si besoin. Je n'arrête pas de me dire que Maman serait fière de toi. Elle parlait souvent d'organiser ce genre d'événement. »

Au matin du grand jour, Mukesh se réveilla d'attaque. La veille, ses filles avaient emballé les provisions de toutes sortes. Tout était prêt.

— Ne mange rien, surtout ! Les *vada* sont très épicés et il n'y en a pas beaucoup. Tu risques de le regretter, avait prévenu Deepali alors qu'il était sur le point de chiper un beignet.

— Tu me demandes de résister à la tentation ?

— Voilà !

Après le départ de sa fille, il en goûta un. Deepali n'avait pas lésiné sur le piment. Il s'empressa de calmer le feu qui lui brûlait les lèvres avec quelques cuillerées de yaourt.

Il était impatient de voir qui viendrait, de nouveaux visages, de vieilles connaissances, des amis… pourvu que la mère d'Aleisha soit de la fête. C'était peu probable. Leilah avait du mal à gérer son deuil. Il préférait ne pas s'imaginer ce qu'il ressentirait s'il perdait une de ses filles.

Il avait fait établir une carte de lecteur « junior » et réservé *L'Histoire de Pi*, *Beloved* et *Orgueil et Préjugés* pour Priya. Il les lui remettrait avant la réunion. Pour l'heure, il guettait son arrivée.

En attendant, il essaya de lire, en vain, trop exalté pour se concentrer. Il relut le début de *Le temps n'est rien* et fut aussitôt transporté vers Naina. Il se rappela la première fois qu'il avait découvert ce roman. Il avait le cœur brisé. À présent, il revivait. Naina était présente à chaque mot. Elle était dans son cœur tout au long du chemin.

Le carillon de la porte le fit émerger de sa rêverie. Il se leva si vite qu'il en eut le tournis. L'espace d'un instant, il eut l'impression que c'était Naina qui sonnait à la porte.

— Dada ! lança Priya en entrant. Tu as mangé un *vada* ?

Rohini se précipita dans la cuisine pour s'assurer de ne rien oublier.

— Tu en as mangé, Papa ?

— Non !

— Si ! s'esclaffa sa petite-fille. Tata Deepali a dit qu'il y en avait vingt et un et il n'en reste que vingt !

Mukesh s'empourpra.

— Allez, donne-moi ça, fit Rohini en s'emparant du plateau. Je vais chez Nilakshi, à présent. Tu peux te rendre à la bibliothèque par tes propres moyens ?

— On ira à pied, je crois.

Rohini s'éloigna d'un pas déterminé.

— Priya, j'ai une surprise pour toi.

— Une surprise ? fit l'enfant, un peu méfiante.

Il prit son sac en toile et en sortit une carte et trois livres qu'il lui remit.

La carte était au nom de Priya Langton. C'était l'écriture ronde d'Aleisha.

— C'est pour moi ? Dans la bibliothèque où travaille Aleisha ? fit-elle, pleine d'espoir.

— Oui. Aleisha a écrit ton nom sur la carte, tu vois.

— Et les livres, ils sont tous pour moi aussi ?

Elle les aligna sur une marche de l'escalier.

— Si tu en as envie. *Beloved* est plutôt pour ta Maman, mais je voulais te le donner pour que tu saches que c'est un bon livre, même s'il fait un peu peur.

— J'ai lu *La Dame en noir* de Susan Hill. C'était angoissant.

— Je ne l'ai pas lu.

— C'est Ba qui me l'avait conseillé. Elle avait eu peur, elle aussi, s'esclaffa la fillette.

Mukesh vit ses yeux s'embuer de larmes.

— Allons, chérie, murmura-t-il en l'étreignant. Ta grand-mère serait heureuse de voir quelle merveilleuse jeune fille tu es devenue. Elle serait fière de toi, comme je le suis.

Elle resta un instant dans ses bras, dans le silence de la maison.

— Dada, on y va ? dit-elle enfin.

Il consulta sa montre. Dix heures vingt.

— Bon sang ! il faut partir. Je dois donner un coup de main pour l'installation.

Ils arrivèrent à la bibliothèque vingt minutes avant le début de l'événement. Aleisha était présente, accompagnée d'une personne qui lui ressemblait beaucoup.

— Bonjour, Aleisha ! Tu te souviens de moi ? Je suis Priya.

— Bien sûr, répondit la jeune fille avec un sourire teinté de tristesse. Comment vas-tu ?

— Merci pour ma carte de lecteur. J'adore ton écriture !

— Je t'en prie. Tu pourras accompagner ton grand-père quand il viendra.

Priya acquiesça avec enthousiasme.

— Bonjour, monsieur Patel ! lança Aleisha au vieil homme resté un peu en retrait pour permettre à Priya de s'exprimer. Voici ma cousine Rachel.

— Oui, nous nous sommes vus l'autre jour, se rappela Mukesh, de plus en plus nerveux.

Deux voitures s'arrêtèrent devant le bâtiment. Rohini, Deepali, Nilakshi et Vritti en descendirent, portant des plateaux de nourriture qu'elles disposèrent sur les tables prévues à cet effet.

— Pourquoi les chaises sont-elles disposées ainsi ? s'enquit Mukesh.

Kyle intervint à la place d'Aleisha :

— Voyez-vous, cette disposition en grappes se prête mieux aux échanges. Les gens peuvent manger dehors puis se promener dans la bibliothèque, au calme. Il faut que les gens fassent connaissance lors d'une journée portes ouvertes.

— C'était justement l'idée de M. Patel, dit Aleisha avec un clin d'œil complice.

Priya rit sous cape en tenant la main de son grand-père.

Les gens s'approchèrent peu à peu. Des habitués, portant des victuailles, accompagnés de leur famille, de leurs amis, et d'autres qui n'avaient visiblement jamais mis les pieds dans cette bibliothèque. S'ils n'étaient pas venus par centaines, comme se l'imaginait Mukesh, ils étaient au moins trente ou quarante. Ils durent sortir d'autres tables tant il y avait de mets, des samossas, du poulet frit, des saucisses, des plats végétariens, sans oublier les cupcakes de Priya. Mukesh découvrit des dés de fromage sur des piques en bois et des chutneys variés. Un véritable festin.

À un moment donné, le brouhaha des conversations fut si assourdissant qu'il se replia à l'intérieur pour s'installer dans un fauteuil. Il observa la bibliothèque à travers le regard des personnes restées à l'extérieur : des piles de livres aux pages jaunissantes et un assortiment de sièges en plus ou moins bon état. À l'issue de cette journée, il était impatient de revenir se plonger dans un roman. Pourvu que les nouveaux venus soient conquis ! Au milieu des rayonnages, il aperçut Priya, installée sur un pouf. En croisant son regard, elle lui sourit. Que de chemin parcouru en l'espace de quelques semaines ! Il y avait eu du bon et du moins bon, mais il vivait en cet instant l'un de ses moments les plus merveilleux.

Mukesh grignotait une saucisse végétarienne quand il repéra Rohini, tenant une assiette en carton dans une main et une tasse remplie à ras bord dans l'autre.

— Je t'ai rapporté des saucisses ! dit-elle à voix haute. Et du chaï préparé par Indira !

— Elle est là ?

— Apparemment, c'est une habituée depuis un bon moment. Tu ne me l'avais pas dit. Elle est d'humeur bavarde, aujourd'hui.

— Indira ? Bavarde ? C'est nouveau ! railla-t-il. Dans ce cas, je vais rester encore un peu ici. La dernière fois qu'elle m'a mis le grappin dessus, j'ai mis deux heures à m'échapper.

Rohini rit de bon cœur.

— Papa ! gronda-t-elle gentiment. Sois gentil avec elle ! Elle se sent seule. N'est-ce pas l'objectif de cette journée ? Maman appréciait beaucoup Indira qui était pleine de sollicitude pour elle.

— Tu as raison, admit Mukesh en faisant tournoyer sa brochette piquée dans une saucisse végétarienne.

— Bref, je voulais m'excuser de t'avoir traité un peu durement, reprit Rohini. J'ai pris des décisions à ta place alors que tu te débrouilles très bien seul. Et Priya a passé de très bons moments avec toi, cet été.

Mukesh ne sut que dire.

— Et tout ce que tu as fait pour Aleisha ! Tu as été un ami fidèle.

— Ta Maman m'a sans doute inculqué quelque chose d'utile, finalement, répondit-il, gêné.

— Après sa mort, j'ai eu peur que tu aies besoin de quelqu'un qui s'occupe de toi. Je ne te croyais pas capable de t'en sortir par toi-même, alors je me suis occupée de toi au lieu de te tenir compagnie. Je le regrette.

Mukesh prit gentiment sa main dans la sienne.

— Je vais sortir aider Deepali à se libérer des griffes d'Indira, mais j'espère qu'on pourra passer davantage de temps ensemble, désormais. Maman l'aurait voulu.

Sur ces mots, elle disparut, laissant Mukesh la gorge nouée par l'émotion.

Il regarda par la fenêtre. Les gens mangeaient et bavardaient gaiement. Il constata avec plaisir que les fidèles du temple ne parlaient pas uniquement à leurs connaissances. Les invités d'Aleisha, ses amis et ceux d'Aida, se mêlaient aux personnes plus âgées. Mukesh ne se sentait plus de joie.

Une autre voiture s'arrêta. Zac en descendit. Tant mieux, songea Mukesh. Aleisha serait contente.

Sur le siège du passager, il vit une silhouette regarder par la vitre. Était-ce possible ? Il fallait vite qu'il prévienne Aleisha. Leilah était venue !

40

Mukesh et Aleisha

ALEISHA REMPLIT UN SALADIER DE PUNCH. Les glaçons avaient vite fondu et elle craignait qu'il n'en reste plus dans le compartiment à glace de leur réfrigérateur.

— Saviez-vous que le mot « punch » vient du mot hindi *panch* ? demanda une vieille dame vêtue d'un sari très ouvragé.

La jeune fille l'avait croisée à la bibliothèque, toujours en train de bavarder à voix basse. Elle avait même dû la prier de baisser le ton à une ou deux reprises.

— Je l'ignorais, répondit-elle avec un sourire.

Les cheveux de la dame étaient noués en un chignon strict protégé d'un filet.

— *Panch* signifie cinq, le nombre d'ingrédients. Combien y en a-t-il dans celui-ci ?

Aleisha n'en avait aucune idée. C'était Deepali qui l'avait préparé. Une femme coiffée d'un béret et vêtue d'une marinière intervint. Elle aussi fréquentait la bibliothèque.

— Indira ! s'exclama-t-elle. Comment ça va ? Cela faisait longtemps qu'on ne s'était pas vues.

— Bonjour, Izzy ! Ma sciatique m'a clouée au lit, mais je suis de retour pour le grand jour ! Avez-vous eu le fin mot de l'histoire, à propos de cette liste de livres, auprès du monsieur de la bibliothèque ? La même liste que j'ai trouvée. Cela me tracasse depuis le départ.

Aleisha dressa l'oreille. Une liste de livres ?

— Non, hélas. Le mystère demeure entier. On ne le saura peut-être jamais. Et pourtant, cette liste nous a tant apporté ! commenta Izzy. Vous voulez goûter un peu de mon kombucha ? Il est fait maison. J'y ajoute du miel.

L'odeur de cette boisson fermentée ne disait rien qui vaille à Aleisha, qui en profita pour s'éclipser. Elle rangea dans un coin de sa mémoire ce qu'elle venait d'entendre à propos de la liste en se promettant de se renseigner. Soudain, elle aperçut la voiture de Zac.

— Aleisha ! appela Mukesh en désignant le jeune homme. Vous avez de la visite.

Il s'approcha, portant un plat. Le cœur battant, la jeune fille s'efforça de voir la personne qui l'accompagnait.

— Quel succès, commenta-t-il. Viens, je vais te présenter ma mère.

Aleisha sentit son cœur se serrer. Elle aurait tant voulu que ce soit sa propre mère. Si elle ne s'attendait pas à ce que Leilah vienne, elle l'espérait au fond d'elle-même.

— Bonjour, dit-elle à la mère de Zac, une blonde jeune et tendance, chaussée de sandales à talons et vêtue d'un corsage immaculé qui ne se prêtait guère à ce genre de buffet. Ravie de vous rencontrer.

— Moi de même. Toutes mes condoléances pour ton frère. Zac m'en a parlé. Cet événement est une merveilleuse idée.

J'espère que mon tagine végétarien plaira à ton grand-père, ajouta-t-elle en désignant Mukesh, qui agitait la main.

— Oh, ce n'est pas mon grand-père, c'est un ami, un habitué de la bibliothèque. Merci d'être venue. C'est important pour nous.

Aleisha était heureuse de la rencontrer, en dépit de sa déception. Elle avait envie de rentrer chez elle et de traîner Leilah dehors de gré ou de force.

Thermos apparut sur le seuil et prit la parole :

— Veuillez approcher, mesdames et messieurs !

Le brouhaha des conversations cessa.

— Samuel, ne tire pas sur la robe de la dame ! s'exclama une mère. Oups, désolée !

Quelques rires fusèrent dans l'assemblée. Aleisha en profita pour observer la foule, une cinquantaine de personnes de tous âges : la femme en marinière, la fille aux cheveux bleus, l'amateur de sciences, qu'elle n'avait pas revu depuis longtemps. Benny et Lucy se tenaient en retrait avec leurs familles respectives. Elle reconnut aussi quelques visages présents sur les photos d'Aidan ou ses réseaux sociaux. Si les amis de Mukesh étaient identifiables, les autres étaient difficiles à classer. Chris, alias Thriller, était accompagné de ses parents. La ressemblance était frappante. Chris lui sourit et brandit un exemplaire de *Ne tirez pas sur l'oiseau moqueur*.

C'était si loin… Thriller était celui qui lui avait donné son premier livre, avec cette mystérieuse liste glissée entre deux pages. Avait-il élaboré cette liste à son intention ? Était-il au courant ?

— Merci à tous d'être venus, déclara Dev en parcourant la foule des yeux.

En croisant le regard d'Aleisha, il lui fit signe d'approcher. À contrecœur, elle se fraya un chemin parmi les saris et les T-shirts, déjà intimidée.

Pourvu que personne ne remarque son embarras et son front moite. Dev appela également Mukesh, qui rejoignit les deux autres.

— Je tiens à remercier Aleisha, une de nos formidables bibliothécaires, et Mukesh Patel, un habitué de Harrow Road, qui ont eu l'idée de ce rassemblement. Grâce à eux, notre bibliothèque s'est ouverte à tous, ce matin. Nous sommes ravis de vous recevoir et nous espérons que vous viendrez à d'autres matinées communautaires, le mercredi. Venez pour les gâteaux et restez pour les livres ! Nous ne sommes peut-être pas la plus grande des bibliothèques, mais nous voulons un espace convivial pour notre communauté. Nous aimerions avoir votre soutien pour assurer la pérennité du lieu et son rôle dans l'histoire de Wembley.

Mukesh se pencha vers le micro et déclara d'une voix tremblante :

— Les livres sont formidables !

Ses filles s'esclaffèrent, ainsi que quelques autres.

Il hésita un instant, ne sachant que dire. Soudain, dans la foule, il aperçut Naina, qui l'encouragea d'un signe de tête.

— Je remercie Aleisha et Dev, ainsi que le jeune Kyle, de m'avoir permis de trouver un lieu où je me sens chez moi. Nous aimerions renouveler l'expérience le plus souvent possible, le mercredi. Pourquoi ne pas faire un saut à l'occasion de vos courses ?

Aleisha devinait sa nervosité car il bégayait un peu, mais il appréciait ce petit moment de gloire. Lui qui affirmait détester attirer l'attention. Quel menteur !

— Naina, ma défunte épouse, poursuivit-il en scrutant la foule, les yeux embués de larmes, le cœur gros, elle adorait les livres. Je n'ai compris pourquoi qu'en venant ici. Cette bibliothèque m'a rapproché d'elle. Il est important de se sentir membre d'une communauté et j'aimerais que tout le monde vienne en profiter.

Aleisha hocha la tête.

— Et n'oubliez pas de porter un toast et d'emprunter un livre, à la mémoire d'Aidan Thomas, un jeune homme qui aimait beaucoup cette bibliothèque !

Il tendit le micro à Dev et recula. Le silence se fit. Rohini s'essuyait les yeux. L'espace d'un instant, Mukesh vit défiler tous les personnages qu'il avait croisés sur son chemin : Pi et son tigre terrifiant, Elizabeth Bennet, toujours farouche, suivie de Darcy, Marmee et ses filles, Amir et Hassan, à nouveau jeunes, insouciants, tenant un cerf-volant. Parmi eux se tenait Naina, les mains serrées sur son cœur.

Aleisha et Mukesh étaient assis à leur place habituelle, près de la fenêtre, dans la bibliothèque à nouveau déserte.

— Vous croyez qu'Aidan aurait aimé cette matinée ? s'enquit le vieil homme, un peu hésitant.

Aleisha s'était posé la même question. Elle avait vu tant de gens qui riaient, discutaient. Certains avaient emporté la brochure de la bibliothèque. Si seulement Aidan avait été là pour voir cela.

— Je crois, oui. Il aurait adoré.

Mukesh poussa un soupir d'aise.

— Il serait très fier, mon petit.

Aleisha sentit l'émotion monter en elle. De peur de fondre en larmes, elle alla ramasser une nappe oubliée sur une table et la rangea dans un sac, incapable de soutenir le regard de Mukesh.

— Quel sera mon prochain livre ? demanda-t-il pour la sortir de l'embarras. J'ai envie de le lire.

Elle hocha la tête. Pendant une fraction de seconde, elle crut voir Aidan assis à côté du vieil homme, lisant *Le temps n'est rien.*

— Et si vous passiez demain ? Je vous conseillerai un titre.

— Merci, Aleisha. Vous avez bien travaillé, ajouta-t-il en se levant péniblement.

— Merci à vous, monsieur Patel, répondit-elle doucement en essuyant une table qui n'en avait pas besoin.

Mukesh sortit non sans avoir appuyé sur le bouton d'ouverture automatique.

— Attendez ! lança Aleisha. Ils m'ont demandé de vous rappeler de rapporter le Code de la route…

Il s'empourpra de honte et s'éloigna.

Aleisha songea à la femme qui était descendue de la voiture de Zac. Elle n'avait jamais imaginé que ce serait Leilah. Ce n'était qu'un rêve lointain, en réalité. En ce jour consacré au souvenir d'Aidan, elle s'était autorisé une lueur d'espoir.

41

Aleisha

En s'engageant dans sa rue, Aleisha regarda en direction de sa maison, s'attendant à voir les fenêtres fermées, les rideaux tirés. Rachel et Jeremy n'étaient pas encore rentrés puisque leur voiture n'était pas garée devant. Ils étaient sortis faire des courses pour le dîner. La jeune fille sentit une sourde appréhension monter en elle. Comment allait sa mère ? Depuis combien de temps était-elle seule ? Accaparée par l'organisation de la matinée portes ouvertes, elle n'avait pas réfléchi à cela.

Elle hâta le pas, puis se mit à courir. À l'approche du numéro 79, elle aperçut sa mère assise sur la première marche du perron, la porte ouverte derrière elle.

— Aleisha, je suis…

Sa voix s'éteignit.

Elle était habillée en bleu marine de la tête aux pieds, un sweat à capuche et un pantalon de jogging ayant appartenu à Aidan.

Elle voulut se lever mais n'en eut pas la force. Aleisha se pencha pour la prendre dans ses bras.

Elles restèrent ainsi enlacées un long moment.

Aleisha n'était plus en colère, elle n'en avait plus l'énergie. De plus, Aidan ne l'aurait pas voulu. Elle huma le parfum de noix de coco de son shampooing et l'odeur de son frère sur ses vêtements.

— Tout va bien, Maman.

— Non, répondit-elle en s'écartant. Je suis désolée, je voulais venir. J'ai essayé… je n'ai pas pu.

— Ne t'en fais pas.

— Regarde…

Elle sortit un bout de papier, une impression papier d'un courriel.

— Je me suis inscrite à la bibliothèque, annonça Leilah avec un sourire. Cela peut sembler stupide, je sais… j'ai adoré tes lectures. J'espère que tu continueras. Je mettrai sans doute du temps à me rendre sur place… je suis motivée. Regarde en bas.

Un ouvrage réservé : Ne tirez pas sur l'oiseau moqueur, *Lee Harper.*

Que dire ? Ce n'était pas fini. Ce n'était même que le début. Leilah se tenait devant la maison, seule, et elle ne tremblait pas, ne haletait pas. Elle la regardait dans les yeux. Elle fournissait des efforts.

— On pourrait essayer d'y aller ensemble la semaine prochaine.

— D'accord.

— Après mon rendez-vous chez le médecin, ajouta Leilah. J'aurai peut-être besoin de ta présence, là aussi.

Aleisha n'en revenait pas.

— C'est génial, Maman ! Je suis fière de toi.

Elle était sincère. Si seulement Aidan avait pu partager ce moment…

Dans la soirée, Elles s'installèrent au salon, fenêtres entrouvertes pour faire circuler une douce brise vespérale.

Elles avaient passé l'après-midi à regarder des photos d'Aidan enfant. Chacune faisait ressurgir un souvenir : des vacances sous la pluie, Aidan dans son bain, de la mousse sur la tête, Aidan sur une planche de surf, Aidan à l'école…

Ensuite, elles eurent de la peine car il ne reviendrait pas. Aleisha ouvrit le dernier roman de la liste : *Un garçon convenable*, et commença sa lecture.

Elles furent aussitôt projetées dans un mariage. Mme Rupa Mehra disait à Lata, sa fille célibataire, qu'elle devrait épouser le garçon que sa mère lui choisirait. C'était un roman plein de vie, très évocateur. Leilah sourit de la sévérité de Rupa Mehra.

— Je ne suis pas comme elle, j'espère !

— Pas toujours, s'esclaffa Aleisha.

Cette nouvelle histoire évoquait une mère et sa fille, ainsi qu'une quête pour trouver à la fille un garçon convenable.

— Quel texte foisonnant ! commenta Leilah. Il y a tant de personnages de divers horizons. L'intrigue est très habile. C'est superbe. J'ai envie de le peindre.

Aleisha leva les yeux vers elle. Sa mère n'avait pas parlé peinture depuis des mois. De peur de briser la magie de l'instant, elle poursuivit sa lecture.

Pourquoi ce titre était-il le dernier de la liste ? L'auteur de la liste les avait-il commandés pour une raison précise ? Elle songea au chemin parcouru grâce à cette liste, aux endroits visités : Maycomb, Alabama, les Cornouailles et Kaboul, jusqu'au milieu de l'océan Pacifique, une région d'Angleterre, sans oublier le Massachusetts, Cincinnati et, enfin, Brahmapur, en Inde. À travers les personnages de la liste, elle avait vécu l'injustice, l'innocence juvénile, la terreur, le malaise, la culpabilité, le regret et la puissance, l'amitié éternelle, une mésalliance avec M. Darcy. Zac lui venait toujours à l'esprit quand elle pensait à *Orgueil et Préjugés*. Elle avait connu la résilience, l'indépendance, la détermination des sœurs March, les répercussions d'un traumatisme, le pouvoir de l'espoir, la foi, la communauté. À présent, avec *Un garçon convenable*, c'était un nouveau voyage qui commençait.

— Qu'est-ce que c'est ? demanda Leilah.

— Quoi ?

— Dans le livre.

— Ils quittent la cérémonie. Savita est la mariée et Pran le marié.

— Non, je voulais dire à l'arrière du livre. Il y a quelque chose qui dépasse.

Aleisha tourna la dernière page. Leilah avait vu juste : une enveloppe était glissée sous le rabat de la couverture plastifiée, un peu froissée. Elle la sortit tel un trésor.

— Qu'est-ce que c'est ?

— Une lettre, je crois, répondit Aleisha qui chercha une adresse.

Mukesh.

— Maman, je crois qu'elle est pour M. Patel.

— Quoi ?

— Cette lettre…

— Tu crois que l'écriture est la même que celle de la liste ?

Aleisha sortit la liste de la housse de son téléphone. Toute vérification était inutile car son image était gravée dans sa mémoire. Les lettres étaient similaires.

Elle tendit les deux documents à sa mère qui avait un œil d'artiste.

— Il n'y a pas de doute. Elle est pour *ton* Mukesh, tu crois ? M. Patel ?

— Eh bien… on va voir.

— D'accord, mais ne perds pas notre page. Je veux connaître la suite.

42

Mukesh

MUKESH SOURIT EN DÉCOUVRANT LA JEUNE FILLE sur le pas de sa porte.

— Aleisha ! Vous aurais-je invitée à dîner ? Je suis désolé, j'ai oublié. Je n'ai rien préparé à manger. J'ai un peu abusé du buffet. Vous préférez revenir demain ? Priya sera là. Elle serait contente de vous revoir… ou bien êtes-vous venue chercher le Code de la route ?

— Non, non, ne vous inquiétez pas. Nous ne devions pas dîner ensemble. J'ai juste… enfin, j'ai quelque chose qui vous est destiné, je crois.

Elle lui tendit *Un garçon convenable.*

— Oh non ! Je sais que je lis bien plus vite qu'avant, mais il est trop gros pour moi. Je risque de m'endormir dessus.

— Ce que j'en ai lu pour l'instant est incroyable. Vous allez l'adorer et, le temps que vous le terminiez, Priya sera en âge de le lire à son tour ! plaisanta Aleisha.

Elle retourna le livre et en sortit l'enveloppe.

— J'ai trouvé ceci à l'intérieur. Je crois qu'elle vous est adressée. Avant de la lire, sachez que… voilà : j'ai trouvé une liste de livres. Ceux que nous avons lus ensemble.

— Vous avez noté les titres ? C'est très consciencieux de votre part.

— Non, monsieur Patel. C'est une liste d'ouvrages appartenant à quelqu'un d'autre. J'ai un peu triché. Je n'y connais rien du tout, en réalité. Du moins, je n'y connaissais rien.

— Vous êtes très modeste.

— Non, je vous assure, je n'y connaissais rien. J'ai trouvé cette liste le jour où vous êtes venu pour la première fois. Je me suis dit… que si je les lisais et s'ils étaient bons, je pourrais vous les conseiller.

Il observa l'enveloppe.

— « Mukesh », lut-il.

— Je crois qu'elle est de…

— Naina, coupa-t-il. C'est son écriture.

— Je crois que c'est aussi Naina qui a rédigé cette liste.

Elle la lui tendit. Il avait les mains tremblantes.

— Et la lettre est pour vous.

Mukesh regarda la jeune fille comme s'il la voyait pour la première fois. Aleisha lui sourit et prit congé.

En traversant la route, elle aperçut un jeune homme adossé au mur. Elle crut voir Aidan qui lui souriait.

LA LISTE DE LECTURE

Naina

2017

NAINA VENAIT DE DÉPOSER SA DERNIÈRE LISTE, désormais glissée dans un exemplaire de *Ne tirez pas sur l'oiseau moqueur*. Pourvu que Chris le lise ! Ce roman était différent des thrillers qu'il affectionnait tant. Selon elle, il y trouverait du soutien, car il souffrait. Or les livres avaient un grand pouvoir de guérison.

Ses livres de bibliothèque étaient empilés sur sa table de chevet. Son ultime liste de lecture. Tous ses romans préférés, ceux qui l'avaient trouvée au bon moment, qui l'avaient réconfortée, qui l'avait fait voyager, qui lui avaient permis de vivre au-delà de sa propre existence. Elle avait appris à aimer plus intensément, s'était ouverte aux autres. Et elle venait de les relire pour la dernière fois.

C'était Priya qui lui avait suggéré une liste de lecture.

— Ba, je voudrais que tu me laisses une liste de tes livres préférés. Tu les connais si bien, avait-elle déclaré un jour avec la désinvolture des enfants.

Cette idée avait frappé Naina, mourante et désireuse de laisser une trace d'elle. À Wembley. Pour les gens qui l'aimaient. Les livres lui avaient tant donné ! Le moment était venu de les transmettre. Pourvu que ses listes trouvent leur chemin vers des mains et des cœurs prêts à les recevoir. Au supermarché, à l'arrêt de bus, à la bibliothèque, dans la salle de yoga, dans le jardin communautaire… Pourvu qu'elles illuminent l'existence de ces personnes, ne serait-ce qu'un instant. Elle ne pouvait remettre la liste d'Indira directement à sa destinataire. Indira était fière. Elle aurait ri et jeté le bout de papier à la première occasion. Ce n'était peut-être pas une bonne idée de laisser une boulette de papier dans le casier à chaussures d'Indira, mais elle se fiait au destin. Pourvu qu'Indira emprunte le chemin vers ces livres et peut-être vers la bibliothèque.

Il ne lui restait qu'une seule liste, celle de Mukesh. Il n'avait jamais aimé la lecture. Elle espérait que, après son départ, il se demanderait ce qu'elle avait découvert dans ses précieux romans. Elle ne voulait pas qu'il se sente seul, car il avait tendance à se couper du monde extérieur quand il était triste. Si cela se produisait, il trouverait de la compagnie ailleurs, la motivation de rencontrer des gens, de découvrir des choses nouvelles, des paroles de sagesse.

Elle sortit une feuille de son papier à lettres. Elle avait déjà rédigé plusieurs brouillons. En dépit de tous les livres qu'elle avait lus, au cours de sa vie, il lui était difficile de trouver les mots pour dire « je t'aime » à la personne avec qui elle avait partagé les plus belles années de sa vie. Il n'y avait rien de plus difficile.

Lorsqu'elle commença à écrire, des larmes tombaient déjà sur le papier.

Mukesh,

Dix fois, vingt fois, j'ai commencé cette lettre et je ne sais jamais quoi dire, à part « Merci ». Merci de m'avoir aimée, d'avoir été mon ami, mon âme sœur, merci pour ces cinquante années. Je suis si heureuse que nous nous soyons trouvés, que nous ayons fondé notre famille. Je suis fière de la vie que nous avons construite. Modeste et pleine d'amour, grâce à toi.

Sache que tu t'en sortiras sans moi, mais il faudra te faire violence, te lancer des défis chaque matin, parler à quelqu'un de nouveau, faire des choses différentes, parler à nos filles de notre vie avant leur naissance. Il faudra t'occuper d'elles sans avoir peur de les laisser s'occuper de toi. Priya est timide. En lisant avec elle, je l'ai aidée à s'ouvrir. J'aimerais que tu essaies, toi aussi. Elle voudrait être plus proche de toi et c'est ce que je vous souhaite.

Fais la paix avec toi-même. Je sais que tu es en colère, que tu souffres. Mon cancer n'est la faute de personne. Parfois, la vie est ainsi. Si tu lis cette lettre, c'est que je suis partie et que tu commences un nouveau chapitre de ta vie. Sois heureux comme nous l'étions ensemble.

Sois bienveillant et attentionné. Je n'aurais pu rencontrer d'homme plus merveilleux. Ne crains pas d'aimer à nouveau si l'amour frappe à ta porte. Je serai heureuse pour toi. N'oublie pas que la famille existe dans les lieux les plus inattendus. La famille te trouvera toujours.

Avec tout mon amour,
Naina

P.-S. : Ce sont des livres qui m'ont permis de mieux me connaître, qui m'ont façonnée. J'espère qu'ils t'apporteront la lumière et la joie. Si je te manque, tu me trouveras dans ces pages. Je t'aime.

P.-P.-S. : Je crois que Priya les aimerait beaucoup également, dans quelques années.

En glissant la liste dans l'enveloppe, avec la lettre, elle entendit les pas de Mukesh dans l'escalier. Elle s'assit vivement sur l'enveloppe et rangea le stylo dans la table de chevet.

— Naina, dit Mukesh en passant la tête dans l'entrebâillement de la porte, tu veux du thé ?

— Ah oui, volontiers.

Dès qu'il se fut éloigné, Naina reprit son enveloppe, désormais froissée, et la glissa dans le rabat d'*Un garçon convenable*. Cet épais volume finirait par défroisser la lettre.

— Ce sera un chaï en sachet ! lança Mukesh.

— D'accord. J'adore ça !

NOTE DE L'AUTRICE

Si la liste de lecture de ce roman appartient à un personnage, il y a tant de romans que j'aurais aimé y intégrer ! Ces œuvres ont influé sur ma vision de l'écriture, des gens, du monde. Elles m'ont inspirée, touchée, enrichie bien plus que l'école. Elles m'ont donné envie d'être une lectrice, puis une autrice.

Voici ma propre liste de lecture :

Jhumpa Lahiri, *Un nom pour un autre*
Arundhati Roy, *Le Dieu des Petits Riens*
Zadie Smith, *Sourires de loup*
Chimamanda Ngozi Adichie, *Americanah*
Katherine Heiny, *Les Faux Plis de l'amour*
Rohinton Mistry, *L'Équilibre du monde*
Hiromi Kawakami, *Les Années douces*
Angela Carter, *The Magic Toyshop*
Maya Angelou, *Je sais pourquoi chante l'oiseau en cage*
Attia Hosain, *Sunlight on a Broken Column*
Ali Smith, *Le fait est*

J'ai rencontré ces livres au bon moment de ma vie. Je me les rappelle avec précision. Je me souviens de leurs personnages comme d'amis, parfois des membres de ma famille. Je sais où j'étais et comment je me sentais en tournant leur dernière page. Ils ne m'ont plus quittée.

REMERCIEMENTS

Ce livre me tenait à cœur depuis longtemps, mais il n'aurait pu voir le jour sans des personnes formidables. Merci à mon agente, Hayley Steed, mon plus grand soutien. Merci d'avoir cru à ce livre, de m'avoir prodigué des conseils précieux avec un enthousiasme de tous les instants. Elle a aussi su apaiser mes angoisses durant ce processus. Merci également à l'équipe de Madeleine Milburn Literary Agency, surtout les stars des droits, Liane-Louise, Georgina et Sophie. Une famille littéraire idéale. Ce roman était entre de bonnes mains.

Je tiens à remercier Charlotte Brabbin, ma merveilleuse éditrice. Sans elle, ce roman n'aurait pas existé. Merci pour ta passion, ta créativité, ton souci du détail, ta foi en ce roman. Merci à toute l'équipe de chez HarperFiction, notamment Nancy Adimora, Jen Harlow, Becca Bryant, Lynne Drew, Hannah O'Brien and Katy Blott, Grace Dent, Isabel Coburn, Ammara Isa, Alice Gomer, Sarah Munro et Laura Daley. Je suis impressionnée par vos compétences et par le soin apporté à la publication de cet ouvrage. Merci à Claire Ward et Andrew Davis pour la superbe couverture, et à Aleesha Nandhra pour la superbe illustration.

Je remercie Rachel Kahan, mon éditrice chez William Morrow et son équipe.

Merci à mes premiers lecteurs, Hannah Wann, Amanda Preston, Niki Chang pour leurs conseils et leur clairvoyance. Rosie Price, merci d'être mon amie, d'être bienveillante et serviable dans l'adversité.

Merci à Ifey Frederick d'être mon roc, mon ancrage.

Noor Sufi, ma complice, présente à chaque étape du parcours. Merci d'avoir été mon amie, la meilleure défenseure de ce roman. Votre enthousiasme m'a permis d'avancer à bien des occasions.

Merci à Liz Foley et Kate Harvey pour leurs paroles de sagesse.

J'adresse mon immense gratitude à mes amis pour leur soutien, notamment Abi, Mary, Rachael, Christina, Monica, Kitty, Radiya, Katie, sans oublier Isobel Turner, qui collectionne les listes et m'a permis d'intégrer Izzy dans mon roman !

Merci à mes collègues et tous les auteurs merveilleux avec qui j'ai travaillé chez Headline, Vintage et Hodder. Merci pour vos conseils et votre soutien sans faille au fil des années.

Merci à tous les bibliothécaires et libraires de faire du monde des livres ce qu'il est. Vous faites tant pour les gens et les communautés. Merci !

Enfin, merci à ma famille. Votre enthousiasme m'a portée. Mes nuits sans sommeil, mes réflexions, mes angoisses valaient la peine. Merci à Dada qui m'a toujours demandé ce que j'étais en train de lire. Il est le point de départ de ce roman. Merci à Ba pour ton amour et ta générosité. Merci à Jaymin et Jigar, mes adorables cousins qui m'ont informée de ce qui est cool pour les jeunes d'aujourd'hui. Merci à ma tante d'avoir lu ce livre à Granny.

À mes parents, je dis merci pour tout. Merci Papa d'avoir cru en moi et de ne pas m'avoir laissé renoncer. Tu as lu tous les petits textes que j'ai écrits, à part celui-ci, parce que tu préfères l'acheter dans une librairie. J'espère que tu l'apprécieras et que l'attente valait la peine. Maman, mille mercis d'avoir lu ce texte et de m'avoir parlé de mes personnages comme s'ils étaient réels. Quel plaisir de savoir que tu l'as aimé. Ta fierté me rend fière aussi.

Granny, je suis tellement heureuse que tu aies lu ce livre. Merci de m'avoir demandé où j'en étais dans mon écriture. Tu me manques terriblement.

Enfin, merci à Will Handysides, sans qui je n'aurais pu écrire ce livre. Merci d'avoir rendu cette aventure possible, d'avoir supporté mes angoisses, d'avoir lu et corrigé le roman tant de fois, d'avoir été d'une franchise sans détour et d'une grande bienveillance. Merci de m'avoir inspirée, d'avoir enduré mes états d'âme créatifs… tu es unique. Merci d'exister.

Cet ouvrage a été imprimé en utilisant des papiers composés de fibres naturelles, renouvelables, recyclables et fabriquées à partir de bois issus de forêts qui adoptent un système d'aménagement durable. En outre, les fournisseurs de papier s'inscrivent dans une démarche de certification environnementale reconnue.

Achevé d'imprimer en mai 2023
par CPI Bussière
À Saint-Amand-Montrond (18)
Dépôt légal : juin 2023
N° d'impression : 2070308
Imprimé en France